中国三部曲·之二

白乌鸦、半度人及其他

沿途

陆天明 著

人民文学出版社

图书在版编目（CIP）数据

沿途／陆天明著．—北京：人民文学出版社，2023（2023.9重印）
ISBN 978-7-02-017928-2

Ⅰ.①沿… Ⅱ.①陆… Ⅲ.①长篇小说—中国—当代 Ⅳ.①I247.5

中国国家版本馆CIP数据核字（2023）第055240号

策划编辑　胡玉萍
责任编辑　秦雪莹
责任印制　王重艺

出版发行　人民文学出版社
社　　址　北京市朝内大街166号
邮政编码　100705

印　　刷　三河市博文印刷有限公司
经　　销　全国新华书店等

字　　数　299千字
开　　本　890毫米×1290毫米　1/32
印　　张　13
版　　次　2023年6月北京第1版
印　　次　2023年9月第2次印刷

书　　号　978-7-02-017928-2
定　　价　49.00元

如有印装质量问题，请与本社图书销售中心调换。电话：010-65233595

是的，我也看见了，那是半边山，半棵树，在那半山坡上，既荒凉又繁茂。

（摘自我的读诗笔记）

那时我在远方
那时我自由而贫穷
这些不能触摸的姐妹
这些不能触摸的血
这些不能触摸的远方的幸福
远方的幸福是多少痛苦

（摘自海子的诗《远方》1988.8.19）

我们这代人一切的幸和不幸都缘于我们总是处在新旧两个时代交替的漩涡中。

（摘自我的创作札记1998.5.23）

> 那一年，当人们都淡忘了钟绍灵
> 饮弹自尽这档事，谢平对此却依
> 旧耿耿于怀。而且正因为目睹了
> 钟绍灵自尽，他开始认真反
> 思"沿途"这俩字的含义和分量

那天，钟绍灵用他那把精致的象牙柄镀铬小手枪，顶在自己的太阳穴上，扣响扳机杀了自己。那时，谢平离他不过二三十米远。枪声响时，谢平彻底惊呆了。刹那间，他仿佛看到无数只白乌鸦向他猛扑了过来。（在后来的许多年里，他时常会产生这种幻觉。但扑过来的只是白乌鸦。不是白嘴鸦。也不是白颈鸦。更不是那种只在腹部长一片白色羽毛，通身却仍然乌黑的达乌里寒鸦。）这时连带卡拉库里（吐瓦克）后身那座大山和周边一连串山头全都直起了腰。遮去大半个天空。天色一下黑瞎。而山前那一大片坡地上，则海市蜃楼般出现无数幢残旧的石屋。它们大小不一，高矮不齐，绝对错落无序。多数还不带窗户眼儿。每一个用片石铺成的屋顶上都架着那种老式的鱼骨天线。由于年代久远，这些天线大多已歪歪倒倒……石屋与石屋之间用黑褐色碎石屑铺就的一条条羊肠小道，从高空看下去，活像千百条突然从冬眠中苏醒过来的长虫，在慢慢地，慢慢地向山顶蠕动。这一刻，那些白乌鸦纷纷降落在不断晃动的屋顶平台上。它们聚集起来。一声不吭。**集体凝视着天空。**

到傍晚时分，谢平和几个老乡——都是吐瓦克乡政府派出的，合力把钟绍灵抬上一辆小型的120敞篷卡车。而小董（老钟在位时的贴身助理。也可以说是他的生活秘书。也有人说是他的情人）一直很冷静，即便枪声响起，钟绍灵倒下，即便那一坨黑色的血从老钟太阳穴上喷出，她都没哆嗦，没流泪，也没喊叫，更没表示出一丝一毫的意外和哀痛。她一直像一段木化石凝固在那里。脸色青白。她似乎早就得知（料到？）钟绍灵最后会走这一步……

十几分钟后，那辆破旧的120敞篷卡车在两名派出所民警，还有两名乡卫生所赤脚医生的"押送"下，载着正在慢慢变僵硬的钟绍灵一颠一簸地消失在高地的另一头，向县城殡仪馆驰去。谢平没跟着车走。只是呆站。脑子仍然一片空白。当晚回到招待所，从不失眠的他失眠了。接续几天。完完全全睡不着。睁大了眼。不知所措。总觉得老钟瞪着眼，还在看他。要跟他交代些什么。他辗转反侧，问自己：老钟到底要跟我交代什么？他要留下一句什么话？到底是什么话，想说又不想说。不说又想说。当然没有答案……于是一直挣扎到天明……后来，无奈之下他只能逼自己去读一些最时尚却又最晦涩"无趣"的三无（无情节、无主题、无标点符号）小说来催眠自己。又去读最难懂的哲学名著，比如海德格尔的《存在与时间》、维特根斯坦的《论确实性》、尼采的《查拉图斯特拉如是说》等等。还有他向来崇拜的马克思的《哥达纲领批判》、恩格斯的《自然辩证法》、列宁的《哲学笔记》等。这几本书他老早就读过，边读还边做过相当详细的读书笔记，只是因为各种耽搁，一直没能读完。他以为这样至少可以转移或麻痹自己的注意力，让钟绍灵那种"了悟后又极度自嘲的眼神"从自己眼前隐退。但，没用。还是没法让自己摆脱这样一个心结：这些年来我们做了大量从前没有做也不敢做或者不想做，但绝对应该做、必须做、再不做就没机会做、做了以后确实能"扭转乾坤而让一部分人先富起来"的事情。但……但……与此同时，我们是不是有意无意地疏忽了，或放松了（？），或敷衍了、搁浅了另一件大事，那就是"清理灵魂"。"筑牢精神底线"。须知：在物性以外，人必定是要有个灵性的存在。否则，最终的走向就是一起拐吧拐吧重回丛林。

是这样吗？

这和老钟举枪自我了结有半毛钱的关系吗？

也许有……也许没有……到底有没有？！

请问：到底有。还是没有？！

他不知道。

他只知道那些个夜晚，自己总是睡不着。总觉得深更半夜有人在敲他的门。或敲窗户。

几天后，谢平再次走到钟绍灵中枪后坠落的地方。他在那儿徘徊许久才找到一小块石头。这块小石头上似乎还沾着一点点老钟的血。应该是在秋末最后那场大雨的冲刷中幸存的。他用一条旧手帕将小石头包裹起来，小心翼翼地揣进口袋。小满立即责备，你揣起它干吗，也不嫌脏！他不答。这两年，他经常不回答小满的问题。也不回答许多人的追问。很大一部分原因确实是他不知道怎么回答。小满很想跟他计较他这种突如其来的沉默和固执。但她也是因为病很了，白天黑夜都觉得胸闷、憋气，有时还喘得不行，再没这份心气儿和心劲儿跟他计较。再后来——应该是两年多以后了,也是一个秋末,他带着小满和小别根去了北京。说实话,这一回他本没打算去北京的,完全是被李爽和向少文"逼"的——尤其是李爽。在个把月的时间里,李爽一连发了六七封"鸡毛信"和好几封加急电报催他。"不要再固执了。让你来京,不是我一个人的意见。""你现在啥也别考虑,把自己所有的注意力都集中到一个焦点上:想想你自己。想想自己的后半生到底要什么。到底要怎么度过这剩下的几千天。你最近不是也开始认可萨特的某些观点了吗?'人除了自己认为的那样以外,什么都不是。''人就是人。这不仅仅说他是自己认为的那样,而且也是他愿意成为的那样。'""……说了归齐,我们这一代人已经到了必须沉下心来做前半程总结、认真规划自己后半生的时刻了。如果你没犯健忘症,也没提前进入更年期或老年痴呆期,你应该记得有句话是你当年经常挂在嘴边的。你说人就是要让自己活得像个自己。还说过,'从心灵伤口里长出的应该是什么?必须是**翅膀**。'对啊!**翅膀**!翅膀是用来干啥的?是让你窝在戈壁滩上,弓腰曲背咬牙踽行,继续玩自恋自虐的把戏吗?不是吧?尼采说过,'每一个不曾起舞的日子,都是对生命的辜负。'就算你狗日的现在心里啥愿望、啥欲望都没了,全都归了零,根本也不想舞,更不想飞了,为了小满和你那个特别可爱的小别根和夭折了的老二——那个机灵的小丫头,你也应该鼓起勇气再飞一次。我建议你真应该马上去看看这套书,'走向未来'丛书。最近北京知识界都跟发了高烧一样,争读争说这套书。说夸张一点,在京沪两地知识圈里,现如今如果谁手头没捧着一套'走向未来'丛书,谁要言不称'未来'、文不提'未来',谁就是臭大粪……"

……信上句句"情真意切",且又"言之凿凿"。但不管李爽怎么说，这个"狗日的"谢平依旧保持着那种让人特别费解又古怪的沉默。不搭腔。不回嘴。且原因不明。最后着实把李爽和向少文等老朋友惹恼了，召集一帮当年坐同一个专列去垦区战天斗地的知青老友，联名给他发了封信，呵斥："你他妈的难道真的要让小满和小别根在卡拉库里（吐瓦克）为你陪葬？不是吧？你小子可以不在乎小满，但小别根总是你唯一的而且亲生的血脉吧？（前面说过，他和小满曾经有过一个老二。而且是他和小满一直盼望的女孩。不幸夭折了。老二夭折后，大夫告诉他俩，小满由于某种妇科疾病，今生再也无法怀孕了。）现在就算你已经把我们这些脚碰脚（上海俚语，意为'一起苦熬过来的'）兄弟姐妹当成茅屎坑里一堆臭石头，都不屑跟我们说个啥了。行。随你的便。我们不说了，啥也不说了。但我们愿意替小满在北京找最好的医院，顶级的大夫，而且一切费用都由我们来负担。这总可以吧？你小子还想咋的？我×！！"也许正是最后那点大包大揽的承诺打动了谢平——他毕竟不能"不在乎"小满。也不会不在乎小满。更不能不在乎唯一亲生的小别根的未来。更说不上什么要让她母子俩在卡拉库里（吐瓦克）的大戈壁滩上为他"陪葬"。至于"北京"……北京啊北京，谁能拒绝再次去北京的机会呢？它毕竟是"我们的北京"啊！于是在收到李爽和向少文电汇来的车票钱以后（其实他并不缺这点钱，尤其在最近，他真不缺钱了），谢平便带着小满和小别根，带着那块沾血的小石头，雇了一辆大马爬犁子，带上沿途喂马用的好几大麻袋干苜蓿草，离开了卡拉库里（吐瓦克），直奔垦区首府白杨河市而去——那是一座完全由一个战功卓著的复转军人集团马拉人扛，白手起家在戈壁荒滩上建起的新城。整座新城都"淹没"在一丛又一丛，一片连一片，苍翠欲滴且又高耸密集的人造白杨林中。城边上有个不大点儿

7

的颇有一点俄罗斯建筑风格的火车站。每周都有两趟特快列车直发北京。

那天车晚点。到北京站已是午夜时分

……整个北京城都笼罩在一片深秋绵密的细雨中。

向少文和李爽早已在出站口等着了。李爽开来一辆车。旧的。面包车。他先去中央党校接的向少文。向少文上车前绕车查看，还故意用力踹了车轱辘一脚，笑着揶揄："哟，你小子都趁上四个轱辘的了。不赖啊！哪弄的？"

李爽笑着回怼："哪弄的？说得轻巧。这四个轱辘的玩意儿是随随便便就弄得来的？！"

"那就是买的啰？也就是说兄弟您也进入先富起来的行列了？！"

"嘿，还'先富起来的'？富你个头啊！你给的钱？老子借的！"

"到底还是李站长有面子。什么时候替我也借一辆去拉拉风？"

"向大主任，向大首长，您就别跟我这儿矫情了。您还用我借？奥迪车早就在你们家门楼子跟前候着您啦。"

李爽乘返城之风回上海后，先是在街道办事处做计划生育方面的宣传教育工作。一个单身的大男人，整天混在一堆大龄女人中间，劝说计划生育，干了多半年，实在不想干了，由他哥哥当年一个大学同学推荐，在外省一个地级"大市"的市委机关报驻京站里谋到一份外勤记者差使，由于脑子够使，嘴皮子也来得，笔下功夫过硬，又肯干，腿脚勤快……当然，最让该市市委宣传部和报社领导看好的是他政治上的敏感，总能及时把握各种政治风向，深刻领会和全面体现各种宣传口径，一个多月前被提起来当了这个驻京记者站的"代理副站长"。（站长暂缺。）

而向少文在大批上海知青返城后，主动要求继续留在独立师红星二场。在武装值班连任指导员。（全连二百五十三人，从连长到炊事员，全部是沈阳军区有六年以上军龄的退伍老兵，唯独他这个指导员是没当过一天兵的"白丁"。）真还别说，让人大跌眼镜的是，老兵们还挺服他。关键是作为专职做政治思想工作的指导员，他说得少，干得多。开春小麦返青，需要耙地保墒。老连长做出安排后，他带头拉着一二百公斤重的钢钉耙，在上千亩小麦地里一干就是一整天。老兵们就服这。他在指导员任上连着干了两个麦收季，很快上调到团部机关被任命为政治处副主任。接着去师武装处当了副处长。一年多以后又从师机关外派到第二管理处任副处长，分管该管理处辖下七个农场的文教（含学校）、宣传、体育、武装、卫生（含计划生育）、基建等方面的工作。是全垦区十多万上海知青中最早被提到正营（或副团）职的。几个月前又被破格，直接拿上去当了独立师政治部副主任。这就卡上正团、迹近副师职了。入秋前又被垦区党委保送中央党校青干二班脱产学习。最近还有传闻，从中央党校出来，组织上会外派他到地方上挂职，担任一个地级市的市委书记，让他的从政履历更全面。明摆着是把他列入第三梯队接班人进行重点培养了。这也就是李爽说的那句话，"奥迪车早就在你们家门楼子跟前候着您啦"的来由。

向少文、李爽接到谢平一家三口后，一路上继续互相调侃。谢平在一旁则一直淡淡地笑，默默地听。完全不插嘴，不搭腔。

不多会儿工夫，面包车便驶出北京城圈。那会儿北京城区小。

东边只要过了建国门，西边一过复兴门，大概其就算进入近郊了。赫赫有名的首都机场那会儿也只有一个不大点儿的圆筒状航站楼。买机票不去机场，就只能在西单民航大楼这一个售票点办票。还得带单位证明。否则，对不住，恕不接待。（因为航班少，机票不好买，奇货可居，售票窗口里的那几位大小姐态度尤其生硬傲慢也就可以理解了。）此时在面包车里，小别根早已睡着。小满本来就因病虚弱，这一路劳顿，必定也是相当困倦，但想睡又睡不着，只能是裹紧了那件带尖顶帽盔的灰蓝色旧棉猴儿，斜靠在后排座位上，怔怔地望着车窗外星星点点的城市灯火逐渐被一排排既高又粗的大叶杨替代。继而路面逐渐变窄，开始有点儿颠簸起来。有时甚至非常颠簸。车窗玻璃上雨点的滴答声也开始变得越发密集清脆。给谢平的感觉，似乎是离他们应该去的大医院越来越远了……他想问。又不想问。这几年，他都这样，心里明明淤着不少问题，但还是紧着告诫自己，能不开口就尽量不开口。或少开口。先看看再说。他这种貌似谦和，在小满看来其实是一种典型的不自信，也是一种病态。其"症状"同时还表现为优柔寡断。"色厉内荏"。小满曾经告诉过少文和李爽，谢平这种"优柔寡断的毛病"近来是越来越"严重"了。为这事，小满跟谢平认真起过急："姓谢的，你在红山服刑那会儿都没见你怎蔫乎过。这一阵子你咋弄的嘛。到底咋的了？"谢平看看小满，勉强笑笑，只答："你说我谢平还能咋的？我……"小满一下站起。"谢平，你……你能跟我掏心窝子说句真话吗？！"她吼着，眼眶里顿时涌满滚烫的泪水。这时，谢平脸上那种在小满看来绝对是勉强扮出的笑容开始一点一点退去，但仍然保持一种让小满无法理解的平静。固执。于是，泪水一下涌出。她摇摇晃晃地瘫坐下去，断断续续地呜咽道："老谢，我求求你了……你能不这样吗……你干吗要这样……你能振作起来吗？你这样，我害怕。我真的害怕。我求求你了。你想过没有，我这病指定是好不了了。你这么蔫乎，万一我真的一蹬腿走了，让小别根往后靠谁去？他才五岁啊……老谢，他才五岁啊……我求求你了……你能振作起来吗……"说着，她冲着谢平扑通一声双膝跪了下去。

那一瞬间，谢平的眼圈也红了。

……

半个多小时后，车终于减速，拐弯。显然是驶上了一条很规整的郊区水泥道——路两旁再次出现路灯和一应正规的交通标志。给谢平和小满的感觉，好像又从荒野之境回到了"人间"。特别是小满，觉得这一下离大医院不会远了，紧张期待了一路的心情顿时松弛，努力挣扎起酸痛僵硬的腰背，递给谢平一个欣慰的眼色。但他俩最终仍然没弄明白的是，什么样的"顶级大医院"会建在这么背静、偏僻的远郊呢？

过了一忽儿他俩才明白，这辆旧面包车今晚压根儿就没打算送他们去医院。

车终于停下，停在一片林地边上

四周一片漆黑。

停稳车，李爽按了两下喇叭。正前方的黑暗中即刻闪出一片亮光。就着这片亮，谢平和小满隐隐乎乎地看出这片林地竟然还是个坡地，好像是向着一条小河（或小溪？）倾斜去的。小河旁由人工栽起的一排青杨树，瘦且高且整齐。谢平从细密的雨点声中分明还听到了河水的淙淙声和林下风穿掠时定会发出的那阵哗哗声。随即从这片亮中，走出一个人影。"人影"打着伞。热情。应该是李爽和少文的熟人。因为这"人影"不仅和这二位握了握手，还很"西方"地和他俩分别拥抱了一下。

"想着你们也该到了。我这儿的确有点远。辛苦各位。一路还顺吧？""人影"开口。大概其三十出点头。应该是车上这三位男同胞的同龄人。也可能还小个一两岁、两三岁。但一脸的自信老练和沉稳却不是车上那三位可比的。他身材中短。留着小平头。裹件很干净的军棉大衣。当然是旧的。大衣里穿一身蓝卡其中山装。没系领扣。因为敞着，所以还能让人看出贴身穿的是件很旧的淡黄色圆领老头衫，也就是后来被人称为"T恤"的那种玩意儿。走近了才看出此哥儿们有点瘦。脸型倒还方正。扁平。也许是灯光的缘故，也许是经常熬夜的缘故，脸色显得有点黄白。鬓角长长，连着一部修剪得不那么整齐的大胡子，加上嘴唇上那一抹很有特色的胡髭，让他像极了一条西北回族汉子——可惜个头矮了点。后来证明他不是"西北"的。更不是回族。是一个地地道道的汉族"北京娃"。

"那，就是谢平夫妇了？这是你们的孩子？长得挺虎头虎脑的嘛。还没睡醒哦！"他上前来笑着先胡噜了一把小别根的大脑袋，然后才和谢平、小满握手。一口纯正爽脆的京腔，让人听着舒服。得劲儿。没有更多的寒暄。随即推开一扇高大结实对开式生铁铸花院门。门上的黑油漆在几经寒暑风霜后略显斑驳。门鼻子上则吊着一串铁链和一把硕大的铜锁。似乎表明近来少有人在这儿驻扎。把这一行人领进院。例行性地带他们先把整个院子粗略参观了一个遍。院内，几间青砖砌起的屋子围成个"凹"字。每间屋子窗框的材质都是当年少见、十年后才真正流行起来的那种高端铝合金。按说这么偏僻的地段，这么个大院，怎么都应该有一条或两条高大而训练有素的德国黑背狼狗看守。但没有。这也印证了谢平他们的猜测，这院子少说也得有一两年没人住过了。所有的房间里虽然家具齐全，但都空关着。无论如何都显得有一点异样。落寞。只是在坐北朝南的一间大屋子正墙上挂着一幅行草中堂，写的是北宋林仰的《刘阮祠》："深树冥冥一径风，溪流应与十洲通。仙家日月无人识，只爱桃花二月红。"

向少文问"小平头"："这幅字是您写的？"

"小平头"笑笑："我哪有这把刷子。是我们的一个同志上外头求来的。我们当时还不是跟你们一样，该练字学琴的时候都去广阔天地大有作为了嘛。落下的人生功课真不是一星半点儿！"然后他指着屋子里的摆设对谢平说道，"所有屋里所有的家伙什随便使。"在一个当书房使用的屋子里坐下后，他又这么交代谢平："您两口还可以根据自己的需要自行决定在这儿的居住时间。只要在走以前替我把大铁门锁上就行了。电话、水电费都不用你们管……"

听说连水电费电话费都不用他付，谢平赶紧说道："那怎么可以。"

"甭跟我见外。""小平头"一边说着，一边做了个手势笑着打趣道，"再说您两口也不会在这儿住十年八年吧？"

"那倒是。"谢平忙应声。

"就是住十年八年也没什么嘛。反正空着也是空着嘛。"（当然，即便是"小平头"自己也绝对想不到十年八年后北京的房价会涨成什么样了！这个院子离市中心也就二十来公里吧，独门独户的这么几间房，又带这么个大院儿，此时一出手，怎么也得上千万人民币了吧。）他呵呵一笑。笑得很从容。很大方。这种从陌生人脸上带着微笑自然流露出来的那种从容和大方,特别是一口一个"您"地称呼谢平,让谢平尤其受用。这些年谢平总是有一种感觉,自己不被人信任。这种明显有些偏颇的(在某种程度上也可以说是他自造的)自我感觉凿实对他形成了一股强大的压力,让他自觉不自觉地在心理上把自己流放到了社会边缘去了。用三十年后民间一个流行语说,就是把自己"社会性轮空"或叫作"社会性死亡"了。

"这些零七八碎的费用,我已经托给一个朋友,他会按时去缴付的。您就甭操这个心了。好好照顾您生病的太太就是了。""小平头"接续呈现他那种从容和慷慨大方。他提到小满时用"太太"这种称呼。这让谢平和小满倒有点突兀。陌生。多年来他们习惯了称对方为"爱人"。后来的那些中青年这样解释这种称呼的改换:"结成夫妻的不一定是自己所'爱'的人。所爱的又不一定能结成夫妻。所以还是沿用民国时的称呼,夫人或太太或先生或老公来得准确。"(在单位里,人们也开始改口称书记、厂长、局长为"老板"或"老大",甚至在少数中央一级的党政机关内,有人把部长也这么称呼。)

谢平还想说些什么。向少文立即向谢平示意:这在他,只不过小事一桩。小菜一碟。领情就是了。北京的某些朋友圈讲究的就是这种"义气"。再跟他客套,谦让,就没意思了。自外于人了。

谢平知趣。随即不作声了。

"有一点要跟你们说明的是,这院子一直没接上煤气。也是当初扩建这院子时因工作需要,一帮兄弟着急忙慌要入住,就凑合了。欠一点长远考虑。现在取暖做饭还得用煤。"

"用煤,好啊。没事。没事……"向少文忙应道。

"你们上海人……"

"上海也不是每家每户都用煤气的。绝大多数,可以说百分之九十九以上的上海老百姓，多少年多少代人一直还是在用煤球炉做饭烧水。最近听说市里已经在研究煤改气方案。但要等真正实行，普遍推开，恐怕还得等long long（英语，很长很长）的日子了。再说，我们在大西北农场里生活了十来年。除了没烧过牛粪，其他的那些，比如红柳、梭梭、玉米秆儿、苞谷芯子……啥没烧过？那忽儿有煤烧，算是好的！谢平在煤矿还干过几年。不光对挖煤，对怎么用煤都挺在行的。而且还是放羊的好把式。"李爽帮着解释。介绍。

"那就好。""小平头"一边说，一边回过头来打量了一下谢平。但他这个"打量"明显只是礼节性的，眼神中既没包含惊讶，也不显示感佩。显然，他早就知道眼前这个叫谢平的人曾经有过那么一段挖煤放羊的特殊经历。至于他是怎么知道的，那就是后话了。"院子里存下的那堆煤足够您一家使这一冬的了……"他继续这样向谢平交代。然后他又对向少文和李爽交代："在我出差期间，谢平一家再发生什么生活难题，您二位就要多过问多担待。真要解决不了了，及时跟我通气。或者就近给这个同志打电话。"说着留下一个电话号码。一个人名。

"没问题。您就放宽心走吧。"向少文接话。

"您这是要……？"谢平小心谨慎地问。

"出趟公差。""小平头"笑笑。

"出国。"向少文补充。

"哦……"一直没插话的小满这时长长地哦了一声。表示了惊诧。能去国外出差，这在从来也没出过国，甚至都没在国内出过"公差"的她看来绝对要算件天大的好事。但这位"小平头"居然如此淡然处之，确实让她意外。并惊诧。

"至于小满女士住院的事，我已经托给北京市卫生局的陈局了。

应该没问题。我给他留了您的电话号码,"他这个"您"单指李爽,"陈局一两天内会主动联系您。陈局您熟吗?"

"熟!上半年我还就北京的医改问题采访过他。我这篇专访稿,给了《中国新闻周刊》,还发了个头条。"李爽答得很痛快。其实他和这位"陈局"也就只有过一面之交。但这一年多来,由于记者站的工作需要,他必须经常和各种各样的人打交道。为了尽快引起对方对自己的重视和信任,为采访打开方便之门,所以每当对方提及什么名人或领导时,他总会有一种"本能"的应激反应,立即告诉对方:"他呀?我怎么会不知道。我跟他太熟了。"或者还会跟上一句:"上周我还跟他一起吃过饭。东来顺啊。"

"那就好。""小平头"笑笑。类似李爽这样的回答,他听得太多。但他完全能理解这些在基层工作的同志这么说的那种心态。所以,仍然能坦然"笑纳"。"陈局那儿万一挂了空挡,落单了,我还联系了一家直属总后的部队医院做备份。院方的政委曾经是我家老爷子的保健大夫。有什么事尽可以去找他。"说着他随手又写了个人名和电话号码交给李爽。

"这个……真太感谢您了。"小满这时又插上一句。觉得一到北京就能遇到这么个"贵人",太不容易了。他家的老爷子一定是个"大干部"。(党和政府曾给他老爷子个人派"保健大夫",而且这个保健大夫现在都当上了"部队大医院的政委",他老爷子这级别能小得了吗?她再次震惊。)

可能是接受类似这样的感谢和敬佩的次数同样太多太多,对于小满的感谢和诧异震惊的神情,他也只是礼节性地笑了笑,没做其他表示,然后把一串钥匙(包括大铁门上的和院内所有房门上的)交到谢平手上,又从书桌的一个小柜子里取出一个黑色人造革旧公文包交给向少文。

向少文问:"什么?"

"你不是一直想看我们当年在中央农办屠主任带领下搞的农村调研系列报告吗?"

"您找到了?还是油印的原件。哎呀,太珍贵了。"

"别激动。听我说完。第一,它已经不是原件了……"

"那也难得啊。"

"第二,也没找全。少了那份关于农村雇工问题的调查报告。"

"这倒有点可惜。你们几位当年搞的那个农村问题调研系列,最敏感的,在中央领导层反响最强烈的还就是那份关于农村雇工的调研报告。农村在分地包产到户后出现了雇工现象在当时极具爆炸性,在国内各个界面上都引爆了农村改革到底是姓社还是姓资的争论。你们几位确实很有超前意识,力排众议,基本肯定了这个趋势,直接惊动了'海里'最高方面……"

向少文说的"海里",是圈里人对"中南海"的习惯性简称。

"可不能说'惊动'。只不过是引起了他们的一点注意。另外,以我们当时的认知水平,对这个农村雇工问题的认知也还是不够全面的。甚至可以说是比较浅近的。我们只是不赞成立即加以'扑杀',不赞成急于给它扣什么资本主义复辟和回潮的大帽子,持一种中性的以观后效、让实践来证明的态度罢了。"他赶快纠正。

"当时领导特地把你们几位召进'海里',就这个农村再现雇工现象当面听取你们的口头汇报,这不假吧?"

他谦虚地挥了挥手,又提醒:"你现在在中央党校学习,主要任务是学好这次中央全会的精神。我们当初搞的这些材料已经是明日黄花了,只能拿来当历史看。如果还有助于你们加深理解这一次中央全会的主基调和总精神，就算没误导了你。"

"那是。那是。"向少文连连点头称是。

"还有一点，这些材料当时都是作为'未刊稿'，只在最高层很小的一个范围里印发做参考的。虽然已经过了保密期，但最好还是别扩散了。用完了我还是要回收的哦。"他笑道。

"明白。"

说完，他就走了。自己开着一辆进口原装黑壳四驱悍马走的。然后，向少文和李爽也要走。走以前，他俩又陪着谢平、小满上厨房里转了转。试了试各种水电设备。见一个偌大的壁柜里放着二三十包方便面。一桶没启封的豆油。五公斤富强面粉。一袋小站米。二十来根广式香肠和十几头紫皮大蒜。一塑料兜在北京被称之"油菜"、在上海则被称作"青菜"的绿叶蔬菜。还有十几筒挂面（上海人称之为"卷子面"）。免不了的是，还有七八棵大白菜。一小袋北京人在炖大白菜时一定要撒进一小撮去的虾米皮。特别让谢平感到意外和感动的是，一个纸板箱里还放了一小筐红皮鸡蛋和两个儿童玩具——一个当时在孩子们中间刚走俏的变形金刚和一支仿造得并不粗糙的塑料冲锋枪。这显然是特意给小别根准备的。

"他是谁？"谢平打量着这些东西，低声问。显然，这个"小平头"的体贴周到细心深深打动了他。甚至产生了某种疑惑。

"你不记得了？不会吧。"向少文笑着反问。

"'你不记得了'？我不记得谁？"谢平一愣。

李爽笑着嘲讽："人说贵人多忘事。侬这只赤佬还没贵就把人给忘了。"

"再想想。"向少文不动声色地提示。

"少文曾经很郑重地跟我们讲过他。"李爽提醒，"姓孙……"

"姓孙？"谢平还是想不起来。这些年交往过姓孙的人不老少。但大都是在垦区。前一阵子来过一次北京，交往过的人中间也没有姓孙的啊。

"孙涛！"李爽大声地提告了一下。

"孙涛？"谢平仍然没想起这个孙涛到底是谁。

"好了好了，别跟我们的谢平同志打哑谜了。那年我告诉过你们，我接受了一个中央高层的儿子邀请，上他家做过客……"

"这个孙涛就是那位前高级干部的儿子。"李爽解释道。

谢平略略地愣怔了一下，还在跟那二位较劲儿："高级干部的儿子……可是中央高层里没有姓孙的。这一届……上一届好像都没有姓孙的……"

"我说谢平你是故意的吧，故意在跟我们打岔？！他们的子女在外一般都不会用父姓。这你都不懂？！"

"哦……"谢平似乎明白了这里的"奥秘"。但有一点他又不明白了："他孙涛……这么个背景……凭什么会把这么大一套房子借给我这么个啥都不是的平头百姓？就是观世音菩萨在救苦救难普度众生，满世界撒馅饼，这么大一个饼也轮不到往我谢平头上掉啊！这里总有个原因的吧。原因何在？凿实让我感到自己的想象力太贫乏了。"

"你不想住？"李爽有一点不耐烦了。

"这不是想住不想住的问题……"谢平恧然。

"你……"李爽还想呲儿他一句。被向少文拦住了。他替谢平解了一下围："谢平提出这么个问题不是没有一点道理。谁'平白无故'得到这么大一套住宅都会感到自己的'想象力太贫乏'的。"

"我确实不是不想住……"谢平刚为自己开脱了这么一句，也被向少文拦住了。向少文笑道："这是真话，不是不想住，就是住得不怎么踏实……"

"你们怎么会想到把我和小满当前生活的困窘报告给这位孙公子……"谢平问。

向少文纠正："不是我们向这位孙公子报告了你一家的情况，让他来救苦救难。实际情况是，他先来找的我，他的原话是这么说的，如果你们那位谢平一家遇到了什么解决不了的困难，我可以帮着做一点事。"

"是他先提出来的？"谢平一下变得更"傻妮儿"了。

"是的。"向少文答道。

"在此以前，你们没有为我的事找过他？"

"怎么可能？我们的想象力有那么丰富和强大吗？胆儿有那么肥壮吗？我们敢直接去敲开前高级干部的家门，让他们家的公子去帮一个放羊挖煤……曾经还被判过刑坐过牢的家伙济困？轮到你，你敢吗？会吗？"

"……"谢平不作声了。李爽说得不错。这两位老朋友再怎么想着帮他一家解决困难，也不会去找这么一位"孙公子"呀。人家是什么人？！我谢平又是什么人？！

"那……他……他孙涛怎么会知道我的呢？而且他还知道我和你俩的关系。这也……太……太他妈的神奇了。"谢平呆呆地问。

"我们也想知道这个答案哩。"李爽回答。

"我问过孙涛。"向少文说道。

"你问过孙涛？怎么不告诉我？"李爽诧异了。

"李爽你别打岔。听少文说，孙涛是怎么回答的。"

"他……"

"他咋说？"

"他只说了一句：'亏你俩还是跟他有过生死之交的赤脚朋友，你们知不知道，谢平现在是一个大名人了。'"

李爽差一点笑出声："谢平现在是一个大名人了？他喝多了吧。"

谢平倒没笑，只是一愣："……"

向少文说："李爽你别笑。一开始我也认为他只不过在涮我玩哩。但他接着说的一档事，让我觉得，谢平，你小子真他妈的不够哥儿们。发生了那么重大的一档事你都瞒着我们。孙涛告诉我，多半年前，垦区法院复查甄别了你的案子，当时就改判了你无罪。有没有这么档事？"

李爽一下呆愣掉了。他看看向少文，又回过头来看看谢平，把身下坐着的那把椅子一下挪到谢平跟前，问："谢平，你改判了？我╳！真事？"

这时，向少文腰间的BP机响了。是孙涛："你们离开春草院了没有？方便请回话。"

"春草院"是孙涛和他那帮年轻的朋友替这个院子起的名，源自朱熹的名句"未觉池塘春草梦，阶前梧叶已秋声"。前边提到过，改革开放初期，孙涛和他一些年轻的同道在国务院农村问题调研中心一个老领导的带领下，就多年来中国农村、农业和农民领域里遇到的一些重大问题深入做过一些调研。提过一些建议。他们这些"初生牛犊"的某些作为和言论（建议）在社会上，在党内，尤其在党内一部分高层人士中引发了广泛的严重的关注和激烈的争议。有些争议还上纲上到"砍旗"和"挖社会主义墙脚"的"高度"。有关方面为了让他们免受不必要的干扰，能有一个相对安静的环境以继续这方面的探索和研究，便在京郊这么个角落里找到一个农家小院。在对小院进行了大幅度的改扩建以后，让他们在这儿安顿下来。那时候这群年轻人并不知道他们的某些建议后来竟然会如此有效地帮着推动中国农村掀起了一场革命性变革。同时这种历史性的亲力亲为，也让年轻的他们在快速却又有一点沉重艰难的成长中一次又一次地体会到这场变革不会一蹴而就。它所面临的阻力和艰难程度可能不次于，或者更确切地说仅次于当年的那场"长征"。他们虽然相信有中央的坚强领导，有体制的全面保障，有基层广大农民群众的响应，这场革命性的变革会以全胜而告终，但面对时下来自各方的质疑和反对声浪，面对变革过程中必然会遭遇的种种可以预料和不可预料的波折，以至可能的挫折，他们对个人的政治前程（命运）始终清醒地只持有一种"谨慎乐观"的态度。正如他们这个研究团队的那位老领导在一次和他们进行集体谈话时所说的："读遍中国两千年古代史，你们会发现一个规律，这一代又一代'圣贤'的使命无非就是驯化自己和他人，以维持一个碎片式的群体存在。而维持这个碎片般的群体就是为了维持一个圣上的存在。不改变这种政治状态，不真正解放了、并发挥出、又凝聚起每一个中国人身上潜在的巨大能量，中华民族永远进不了现代化的大门。而历史又告诉我们，争取每一个时代的进步都要以一大批人的牺牲为代价。矗立在天安门广场上的那座人民英雄纪念碑就是明证。革命家和改革家们走在时代前列，但他们的个人命运却往往无法善终。你们要有这种思想准备。"所以在为这个院子起名时，孙涛他们就借用朱熹的这个名句来表达这种应对时代挑战的悲壮心态，因为不是不会有这样一种可能："春草梦未醒"，"阶前已秋声"了……

……知道孙涛在呼叫他们，李爽忙把记者站配给他的那个大哥大递给向少文。但没等向少文拨通孙涛的电话（向少文还不太会使大哥大这个最时新的通讯工具），向少文的BP机又响了，仍是孙涛，又发来一句话："你们现在能上我这儿来一趟吗？现在。"

"现在？"向少文稍稍一愣，立即答复，"可以。请发我一个地址。"收到孙涛发来的地址后，他转身训斥谢平："这笔账咱们一忽儿再跟你算。你小子也太不地道了嘛。哥几个那么费心费力地为你为小满鞍前马后地张罗着，你居然连改判那么大一档事，都瞒着我们！你把我们当啥了？"

"……"谢平的脸真心红起，啥话也说不出口，只是愧疚地低了低头。

"孙涛让我们马上去他那儿。估计说的还是你他妈的那些烂事。你跟我们一起去不？"向少文问。

"我……就算了吧……有我在场，也许你们说啥都不方便……"谢平讷讷。

"你他妈的到底还有多少秘密瞒着我们？"李爽也耐不住地冲谢平吼了一句。

这时，在另一个屋里待着的小满听到这边的嚷嚷声，一手领着小别根，一手扶着门框，病恹恹地问道："出啥事了……你们……"

向少文赶紧安慰她道："没事没事。你歇着。我和李爽去办点事。"说罢冲谢平做一个手势，暗示他赶紧去把小满搀回卧室，安排她躺下。

四十来分钟后那辆旧面包车缓缓驶进市区另一条典型的老北京胡同。胡同两边一溜全是刚翻修过的四合院。一色的青砖院墙。（在前三门给平反复职提级后的高知盖高层住宅楼时，这儿就翻修了一批同样专供平反复职后的高干住的四合院。）孙家就在其中一座四合院里。和别人家的四合院不同，他家的院墙更高。院子也更大。院门刚刷过红漆。门前作为古董留存的上马石仍威风凛凛地一左一右分列两旁。和向少文第一次去的那座大院比起来，有一个差别：虽仍有门岗，但战士们不再持枪。后来得知这是孙涛父亲退居二线后的住所。

"对不起，这么晚了还让你们跑这一趟。"他俩被一个秘书样的中年人带进陈设简朴的西书房时，孙涛起身迎了一下，并解释道，"我明天下午的飞机。走以前还有些杂七杂八的事要处理，只有这会儿能腾出这么个空当，所以只能麻烦你们上门来了。这档子事本来满可以在春草院谈的，但有些话在那儿谈，有些不方便。"

"明白。"向少文忙应声。

"那我就开门见山了。不用说，您二位都是最熟悉谢平同志的人……"

果不其然，还是"谢平"。

"熟。太熟了。"李爽应声挖苦自嘲道，"熟到这家伙都随随便便地敢跟我们不说真话了。"

孙涛笑了笑，然后习惯性地滞顿了几秒，再一转身，从身后一个两头沉的硬木书桌抽屉里取出两盒流行歌带和几张塑料薄膜唱片，递给向、李二位。"这些歌你们都听过吧？"他问。

向少文一向对流行歌不感兴趣。这时就更不明白平时"一脑门子改革态势、环球动向"的孙大官人在去国外出差前夕剩余的这点宝贵时间里，急火火把他们叫来，难不成要跟他俩谈这些在他看来绝对不登艺术殿堂的通俗玩意儿？不会吧！所以他只是略为眄了一眼，就把它们递给了李爽。李爽是这一类"通俗玩意儿"的热衷者。他不只是感兴趣，还爱唱。不只爱唱，唱得还不赖。不只是唱得不赖，对流行潮流还颇有一些研究，还真舍得掏真金白银去那个"卡拉哦什么开"里消磨"自己的大好青春时光"。他为自己这个爱好的辩解是："记者，就是要接地气，贴近群众。对人民大众各种各样的文化诉求要有足够的关注度和知情度。这也是把握社会舆情的一个手段。"理由真够高大上的。向少文对他这种说法的"抨击"是："你这爱好就跟当前一窝蜂似的玩古董的人一样，纯属新时期一些吃饱了手头又攒足余钱想要附庸风雅的人开始玩物丧志的一种典型表现。（再过三十年，世人把这一类的'典型表现'，比如疯狂追星、不择手段上流量、争做网红等现象，又给了顶新'帽子'，称它为'饭圈文化'。）至于您老弟嘛，无非是用'假公济私'来'公私兼顾'。"

李爽接过那一摞盒带和唱片认真翻看后，挑出一盒带子，情绪立即昂奋："哦，难得。难得。这盒带子最近几乎在所有音像店里都脱销了。尤其是这首主打歌《十二月啊十二月》曾经连着三周上榜，传唱度很高的耶。"

"十二月啊……十二月……吐瓦克的十二月，我想在泪水中把你遗忘……"孙涛用他沙哑的嗓音轻轻地哼唱起来。李爽赶紧起身，给孙涛的哼唱加上粗犷高亮的和声："……你在白杨林中徜徉，我在暴风雪中灼烧胸膛……"

"哈哈……漂亮！漂亮！"孙涛击节叫好。李爽欲罢不能，还想接着往下"吼"。向少文赶紧悄悄踢了他一脚，让他适可而止，留时间让孙涛说正事。

李爽只能戛然而止。孙涛好像还没过瘾，追问："怎么不唱了？你的声线很特别嘛，很有点辨识度嘛。"

李爽忙哑然失笑抱拳道:"献丑献丑。"

孙涛收声,又从抽屉里取出一摞纸。纸上复印了一些见诸地方小报、民间社团油印刊物上的文字,也有一些则是刊发在大型报刊上的。(前一阶段,这种民间自发油印刊物曾兴盛一时。)其中有几篇当时在坊间,尤其在中下层知识"愤青"和高校一部分中青年教员中被相当看好又争相传阅过。向少文和李爽或听说过。或看过。这些文字笔调老辣。观点犀利。嬉笑怒骂皆有文采。仅就文风和惯用语来判别,应该都出自同一人。但看内容,特别是在评价当下改革开放进程中的各种利害得失时,却忽"左"又忽"右",政治指向截然相反。应该出自不同人之手。但孙涛说,它们都出自同一支笔。同一个键盘。同一双手。同一个脑袋。同一个人。

向、李二位面面相觑并异口同声了:"不会吧?!"

"如果我告诉您二位,这些文章和歌词的作者都是谢平。您二位以为如何?"

"我俩以为如何?哈哈……"向少文还没反应过来时,李爽先大笑了。他显然没把孙涛这句话当真。随即向少文也反应过来了。但向少文没笑。他知道孙涛这时候不会跟他俩开什么玩笑。关于谢平,他手里一定捏着不为他俩所知的"重大情报"。所以,他稳住了姿态,只等孙涛往下揭盖子。

"你俩不信?"孙涛微笑着胸有成竹地问。

"您要我们信什么都成……"李爽句斟字酌起来。他不想过分顶怼了孙涛。"要我们相信谢平会写流行歌词……这个……好像……还不至于……您可能还是不太了解他的过去。他这个人……这个人……脑袋太死板,太传统,除非他疯了,才会玩这些通俗的娱乐性游戏……这些杂文和随笔中表达的特别'右'的论调更不可能出自他笔下。一向以来，他整个人受'左'的思潮影响太深……"

"哎，李爽，你怎么也会认为这些流行歌词作者是在游戏人生？你没觉得体现在这些作品——当然，我是指它们中间的优秀作品而言，那里的情感同样是纯真而又高尚的？如果因为谢平写出这样的歌词就说他疯了，那也是高级疯。搞艺术有时候就得'疯'一点。在某种境界中走向极端。不能平庸了。**平庸产生不了真艺术。天才往往在极端中涌现**。但你们的谢平他没疯。我负责任地告诉您二位，所有摆在你们面前的这些文字确确实实都出自谢平他一人之手。"

孙涛说得那么肯定。简直是在向、李二位面前**一锤子砸碎**了一个元青花罐。李爽脸上全部的笑容立即消失殆尽。向少文却变得更加沉稳。沉稳中多少有点忐忑。诧异。甚至疑虑。但又多少有点期待。期待这位孙大公子最后能为他俩揭出一个他们完全不知，既接受不了却又是真实的"新谢平"来。

"可……这些歌词是有作者的啊。都署着名哩。您看，麦田。白乌鸦。都是圈内很著名的一些流行歌词写手。这些文章……各自也都有作者……您看，也都署着名哩。"李爽似乎仍然不肯"颔首就范"，指着那些盒带和文章上的署名，开始低声地质疑和反驳。

"它们都是谢平的化名。"

"谢平的化名？谢平会化名？他开始化名了？这也太天方夜谭了吧……"

"我做过调查。"

"您调查？调查谢平？"向、李二位再一次异口同声地追问，并再一次面面相觑。

"两位不必紧张。"孙涛赶紧笑着做了个手势解释,"你们千万别过度解读了我说的这个调查。"孙涛这么说,本意是想让向、李二人别把他口中的这个"调查"去跟什么政治机构挂上钩。但他这一说,反而使向、李二人想到了"政治性的组织调查"。反倒有点揪心了——这二位无论如何也不相信像孙涛这样身份的人去调查某一个人某一件事,会跟"政治"跟"任何组织"无关。跟体制无关。他孙涛不会那么闲,没闲到那么无聊的地步吧?!

孙涛当然看出这二位的疑惑来了,倒也没急着做进一步的解释,只是莞尔一笑,而后"恭请"二位再度坐下,再转身提来一把竹节提梁高筒状紫砂壶,分别为两位眼前的盖碗里斟上黑里泛红、透明见亮的普洱茶,并特意加上说明:"来。品品。头春的老班章普洱。"

向、李二位没动弹。

"这茶不错的。坐下嘛。品品嘛。别那么紧张。"孙涛笑着催促。

向、李二位仍然不作反应。

于是孙涛只得一口喝干了自己手中的那盅"头春老班章",说了下面这番话:"你俩有所不知,我孙涛打小就是个音乐爱好者。后来一直也是个虔诚的发烧级音乐爱好者……"

他也下过乡插过队,做过"公社毛泽东思想文艺宣传队"的台柱子。吹拉弹唱打球照相跳舞表演样样来得。并以其出色的组织能力带领一个公社业余宣传队,自导自演革命样板戏《智取威虎山》,轰动过整个县城。父亲结束被审查,恢复在中央的工作。公社领导闻风而动,立即推荐他去上大学。(也有人说是父亲的秘书背着他父亲直接给公社领导打了电话,下了"限期推荐令"。)他当时豁出命要去中央音乐学院,或北京电影学院。为此,老爷子曾苦口婆心、大开大合地和他谈了整整一个通宵。老人家希望他去学经济或法律。（而且一定得是人大的经济和法律。这和这所著名大学前身是创办于抗战时期延安的陕北公学不无关系。老爷子当年就是陕北公学的一个年轻教员。后来陕北公学又演变成华北联合大学、北方大学、华北大学等，在建国初期为共和国培养了不少优秀的济世经国人才，最后才又变成人们口中的"人大"即"人民大学"。）但孙涛还是希望父亲能尊重他自己的选择。父亲说，你应该遵从国家的需要。孙涛反驳说现在国家都乱成这个样子了，学经济学法律有什么用？父亲说，大乱之后必有大治。大发展。这符合唯物辩证法的基本原理。对于一个"百废待兴"急于要重新起飞的国家，文艺固然不能说不重要，但重中之重，一是要重振经济，再一个便是要完善法制。"要知道经济和法制是一个国家腾飞的两个翅膀。但我不会强制你，就像当年你祖父没有阻拦我秘密离开北大去投奔延安一样。但我希望你是一个能以国家命运为重的人。不以小我得失看天下。更不以小我兴趣爱好定前程。当然，最后的决定权还在你自己手里。"和父亲谈完话，他把自己关在房间里，又苦苦挣扎了一天一夜，也给几个在复兴门国务院宿舍楼里长大的"哥儿们姐儿们"打了电话。到再一个傍晚时分，他大踏步走进父亲的书房，告诉父亲，"我同意去人大。学经济。"父亲说："你说'同意'还不行。必须是'我决定'。"他稍稍犹豫了一下改口道："我决定了。去人大……学经济。"这么多年过去了，他从没后悔过自己当初的这个选择。更庆幸在自己人生变道的关键时刻，获得了这样一个人生坐标和航行灯塔："不以小我得失看天下。更不以小我兴趣爱好定前程。"不过，他后来虽然进入了政经圈，但还是坚持了对音乐的爱好。结交了一批音乐发烧友。那首《十二月啊十二月》最早（在它还没被传唱开以前）就是这批朋友中的一个女生推荐给他的。当然，当时她也不知道这位词作者的真名叫谢平。只是向他推荐了几首她认为将来一定会流传开来的"通俗歌"。"尤其是这一首，唱十二月的。歌词你一定喜欢。"她这样郑重向他推荐。这个女生的父亲是一位研究鲁迅的资深专家。她自己是北师大中文系的高才生。大概是受父亲的影响，她很讨厌高校中那些刚从西方留学回来就煞有介事地一味否定中国近当代文学中那部分革命性的遗存。所以他俩比较谈得来。（她老公也是学中文的，后来下海做地产生意。生意做得还不小。家有余粮存款，她便做了全职太太。）他读了那首《十二月……》的歌词。确实，它哀而不怨。诉而不泣。委婉却又奔涌着一股无法掩饰的深沉。失去的剧痛。却又急切地盼着再度获取。在无奈的夜的黑暗中踯躅，却又小步快走在黎明的边缘……嗅着那黑发的清香。即刻融入冰冷的晨风。一种朴拙、强硬却又不带侵入感的"深情暖意"战栗着扎心而来。还带有一股大海般的饱满，并代入了铁树冷杉般坚硬的质感和治愈率。所有这些都是一般流行歌里不会有的。让孙涛心动。于是他起意了，一定要去找找这个作者写的其他歌。查下来，这个作者居然还是个高产写手。短短一年多，已经写过不止百十首歌词并都被谱了曲。虽然大部分也都是那种应时应景随俗买宠的货（这让他失望），但确有三四首（不会更多）让人心尖滴血，情涌中庭，必须跺脚摇头指天吼地并暗中泪奔的作品。于是他想知道此人是谁。那个女生告诉他，作者在每首歌上都署了名的。"麦田"或"白乌鸦"便是。你还查啥？

"麦田、白乌鸦又是谁？"他追问。

那个女生回答他："钱先生（钱锺书）有句名言，你应该记得比我清楚：你已经吃到鸡蛋了，又何必一定要知道生它的那只母鸡是什么样的呢？这句话当初还是你推荐给我的。难道现在还要我用它来'开导'你吗？"

"嗨，我还一定要知道这只'母鸡'是什么样的。"他笑答。用老北京土话来形容，孙涛有时确实比较"轴"。还轴得有点"抹不开"。这跟他同时在做"三农问题"的学术研究有点关系。俗话说，做学术研究，还非得有个"轴性"不可。

"……"女生只能不作声了。经验告诉她，和他、和他那些在春草院共事的年轻朋友们论辩——不管争辩什么，包括音乐方面的论题，更别提政治经济军事或国际形势（外交）方面的，她都不是他们的对手。

不用多强调，大家也都会相信，如果孙涛真想要搞清一个人的真实面貌和政治背景，他是拥有这样的资源和手段的。这么一查，谢平就砰然浮出水面了。但这时他还没能想到此谢平就是当初他结识过的那位向少文的好朋友。更没想到这位写得一手好歌词的谢平还能写一手好杂文好短评。（而且"左""右"通吃。）过了几天，受他委托去做歌词作者调查的某机构的同志突然来找他，给了他一摞复印的文字。都是前一阶段在坊间引发热议的杂文、随笔和时局短评。该同志告诉他："据内部一些同志说，这些文字的作者谢平也就是那个写歌词的谢平。"孙涛当时的反应和今晚的向、李二位一样，岂止是绝对不信。根本就是不可能信嘛。尤其那些短文上署的作者名字，乌七八糟，啥都有：什么林下风。隔夜饭。汉家裨将。瘸腿马。东邪西毒。灶上君子。一声嘹亮。侯门三郎。二道痞子打手鼓。梁间飞龙跳蚤蛋，等等。等等。有个正经的吗？有。有那么两三个——一个就是"白乌鸦"。另一个便是"麦田"。还有一个"吐瓦克"。还有一个则让孙涛最感兴趣的，是"半度人"。

"半度人？"真没听说过。人怎么还分半度一度的？怎么个分法？！

"一开始我们也没意识到这些文字的作者有可能就是这个谢平。后来内部的同志说，他们发现这几个笔名，'吐瓦克''麦田'和'白乌鸦'不止一次出现在《十二月……》那首歌词里，就想着这二者会不会有什么关联，就让有关部门上手段再协查一下……他们当时就告诉我们，因为这些文字特别好走极端，摇摆性也极强，而且已经造成一定的社会影响，他们几个月前就注意到了。经过暗查，确认这些忽'左'忽'右'的文字都出自一人之手，此人也就是那个写歌词的**谢平**。"

"会不会是同名同姓的两个人呢？"孙涛当时也这样追问过。

"不会错。**核实了**。就是同一个谢平。"内部的同志断然回答。

"别的笔名都好理解，他为什么要自称'半度人'呢？"

说到这里，向少文和李爽都不作声了。只能闷住了。他们也不知道他为什么要取这么个笔名。他们也是头一回知道他把自己叫作"半度人"。

"看来你们还是不相信这个谢平和那些'白乌鸦''吐瓦克''半度人'就是同一个人？"过了一忽儿孙涛问。

"……"向少文为难地笑了笑。他不想硬怼孙涛。

李爽直言："我们的确很难相信您嘴里的这个'谢平'就是我们多少年来所熟知的那个'谢平'。孙涛同志，这些年来我们太熟悉也太了解他了啊。在很长一段时间里，我们日夜相处，住同一个地窝子，吃同一个笼屉里蒸出来的苞谷馍，一起在大漠胡杨红柳窝里出生入死啊。打死我们也不能相信从我们熟知的那个'谢平'身体里会平白无故地长出这么个不伦不类的'谢平'。"

"怎么会是'平白无故'的呢？当然是一种因果反映的另种形态。就算他发生了让你们难以想象的那种变化，也不能简简单单、轻而易举地就给他下一个'不伦不类''平白无故'的结论。无非是我们没有能走进他思维变移的轨道。没掌握这种变移的必然性，就觉得他有点畸形，甚至说他'出格'罢了……"

这时，桌上一部老式黑电木外壳电话机响了。有人催孙涛去开会，同时告知，来接他的车已经出发。向少文立即给李爽使了个眼色。两人便不等孙涛放下电话，赶紧知趣地起身准备告辞。孙涛放下电话后说道："别慌着走。听我把话说完。我还没亮底牌哩。"说着，他先去收拾了公文包，再把一忽儿走的时候要穿戴的衣帽妥妥地放在公文包旁边，看了一眼桌上的那个座钟，继续说道："时间稍稍有点紧了。我说快点。你们不要打断我。不要插话。为了查明谢平的'前世今生'我确实费了点工夫。甚至把关系托到了上海，让那边的朋友下沉到街道、派出所、居委会，包括从谢家的一些亲戚邻里那儿'起底挖干货'。用心之良苦，可谓'无所不用其极'。"说到这里，他又看了下座钟。"整个过程我就不细说了。你们知道不知道谢平这一回携家带口来北京前，曾独自来过一回北京，而且是在那个钟绍灵自杀之前。而在钟绍灵自杀后，他又去了一回上海。"

"……"向、李二人又一愣——姓孙的这家伙怎么连钟绍灵都知道？真是个大神级人物啊！

"这一回京沪两地之行虽然时间都不长，但这段经历对他来说可谓'刻骨铭心'，对他整个三观和为人做事方式方法的改变所产生的作用，可能要比在红山煤矿时期、比后来亲眼看到钟绍灵自杀产生的震撼都要大，在某些方面可以说起了更强的催化作用，甚至可以说起了一种扭曲的作用……"

"扭曲？这两次的'京沪之行'中他遭遇什么了？"

"别插嘴。先听我说完。一年多前，也就是在他独自来北京前，你们垦区法院撤销了当年对他的刑事判决，改判无罪。这件事你们知道吗？"

李爽答道："我也是今天才知道。"

"还有一件事，不知道他告诉过您二位没有？"孙涛问。

"什么事？"

"前几年他还偷偷写过一部长篇小说。"

"这个我们知道。那还是在红山煤矿时写的。"

"据说写得还不错。"

"……"向少文和李爽又一次面面相觑了。

"他上一次独自偷偷来京，据说就跟他的这部小说有关。"

"小说出版了吗？"

"如果出版了，发表了，大概就不会发生后续那一系列的事。也许就不会去写流行歌词——对不起，我必须得申明一下，以免引起不必要的误会：写流行歌词也是一种艺术创作。只要写得好就行。他可能也就不会混不吝地给各种各样的小报、民间刊物写那些忽'左'忽'右'的豆腐块、报屁股文字了。"

"这两者之间有关联吗？"

孙涛刚要说些什么，一个警卫来报告，接孙主任去开会的车到了。

孙涛立即起身道："今天来不及细说了……现在，我想你们一定更想知道，我为什么要这么做？"

"为什么？"李爽急切地问。

"当下发生类似变化的中青年远不止他一个。可以说有这么一个群体，甚至可以说一代人……都在变。只不过各有各的变法。各有各的趋向。但总体来说绝大多数都在变。搞清楚发生这些变化内在的和外在的原因，尽可能掌握这变化的趋势和走向的重要性是不言而喻的。而且这件事值得我们大家一起来做。"

"他们这一批人很重要吗？"

"不是'他们这一批人'。而是'我们这一批人'。"

"我们？"

"是啊，我们。三十岁左右的一代人啊。你们想一想，对于当下的中国，一二十岁那一代是不是还太年轻？四五十岁的哩，是不是已经定型？而三十岁左右的不仅仅是承上启下的一代，而且正处在分化成长剧变的关键期。这一拨人怎么变、往哪儿变，对处于变革进程之中的中国、对于争取在今后三五十年重新腾飞的中国是不是很重要，甚至可以说是特别重要的？他们将接管这个中国。"（话说到这里，他只说"他们"将接管中国，而不是说"我们"。大概是为了避一种嫌吧。在别人眼里，他和他的一些同事——战友，似乎正在接管这个中国。或者说准确些，已经在为接管中国做种种准备了。）

"您是想解剖这样一个典型，以窥全貌？"李爽问。

"可能不只抓一两个典型吧？"向少文补充。

孙涛刚要说些什么，一个秘书又来催了。孙涛立即起身道："今天来不及展开细说了……"李爽想挽留孙涛，即便再挽留他几分钟也行，让他把谢平这档事抖搂清了。他刚上前嚷了一声"请您留步……"向少文赶紧瞪了李爽一眼，让他知趣点，别耽误了孙涛的工作。倒是孙涛收住脚，回转身笑问李爽："还有事吗？"李爽迟疑了一下，只得回了声："没事……没事了……"孙涛笑了笑道："那行。咱们找机会再聊。"说着便提着公文包大踏步向外走去。快走到来接他的那辆帕萨特车旁，又回过头来对送他的向、李二位说了声："我在国外这期间请你们务必和我保持联系。谢平那儿有什么新情况，一定随时跟我通报。另外，替我转告谢平，祝他夫人早日康复。"

人说，生活就是在一堆玻璃碴子里找糖粒儿。真的只是如此，海子和凡·高还会自寻绝路吗？

孙涛急急忙忙地走了。

这时，雨也停了。李爽先把向少文送回党校。下车时李爽打开后备厢。里头有半扇冻硬了的剥皮绵羊。说是独立师师机关两个熟人来北京出差特地"给向主任捎的"。向少文瞟了一眼那羊肉还挺新鲜，红不呲呲的带着一层霜花和冰碴子。让李爽带回记者站去享用。李爽说："他们孝敬您这位新晋政治部副主任的，与我等平民何干？""少废话。扛着多半扇冻羊肉进中央党校，我神经？！""好吧……好吧……平头百姓勉为其难，就算是替领导同志分忧了。"李爽关上后备厢门，挂上挡就想赶紧走。但见向少文只站着不动，便从车窗里探出脑袋问："怎么了，领导，还有啥指示？"向少文瞪李爽一眼："酸不唧唧地挖苦谁呢？什么指示不指示的，少来！"李爽笑笑："行了行了。有话快说，有屁快放。我还得赶路哩。"这时向少文反而迟疑了一下说道："那你回吧。咱们以后找时间再说。""哎，吊我胃口？当领导的不带这么干的。快说。"向少文于是正色:"今天晚上咱们说了半宿谢平的事。你觉出什么名堂来了?"

"什么名堂?"

"孙涛嘴里说的那个谢平,真是我们所了解的那个谢平?"

"哎,刚才当着孙涛的面你不质疑,现在跟我说啥说?!"

向少文不作声了。

"你究竟怀疑啥?"李爽问。

"算了算了。找时间再谈。"

"你怎么这样?!"

"这一阶段,我也觉出谢平有些变化。不过没像孙涛说的那么……那么……严重……"

"你别出啥苗头来了?"(上海俚语,看出什么名堂。)

"谢平这件事真是应该认真说道说道的……也不是匆忙间三两句说得清楚的。咱们还是另找个时间吧……"

"好吧好吧。我等你招呼。"李爽说着话的工夫再次发动着了车。刚想踩离合挂挡起步,却又被向少文叫住了:"还有件事……是关于你的。必须提醒你一下。"

李爽忙把脚从离合器上收了回来,迟疑地问:"我又咋的了?"

"你别嫌我多嘴。"向少文笑道。

"快说吧。多少年来不是老大您一直在教导、提醒着我等。我们啥时候嫌您多嘴过?"

"又来了。不会好好说话,就给我滚!"向少文真生气了。

"好好好。快说。又要提醒我什么?"李爽索性熄了火,一本正经地瞧着向少文,等他发话。

向少文便正色起来:"李爽,我们是老朋友了……"

"快说。别兜圈子。"

"今天孙涛说到谢平，我觉得我也有责任提醒你一下。这段时间以来，我总觉得你跟谢平似的，变化有点大，情绪有点反常。对人对事对各种问题，尤其牵涉到某些重大社会问题，总有些偏激……你现在大小也是个地市级党委机关报的驻京站负责人。你的偏激会在你的新闻报道工作中产生不该产生的某种不良偏向，你要慎重对待……"

向少文这一番话说得义正又词严。李爽却一脸的不正经，不在意，不说是，也不说不是。向少文来气了，啐了李爽一口道："你他妈的，不想听就给我滚！"说着，转身大步向党校走去。

李爽忙启动车跟了上去，还是一副嬉皮笑脸的样子说道："领导，没人说不想听啊。可您不看看都几点了？我家里还有个孕妇哩。我得赶快回家去伺候一把哩……"

"好吧。"向少文一下站住了，回过头来把住车窗凑近李爽，压低声音说道，"我正要跟你说你家这个孕妇的事哩。你心里还有这个孕妇？听说你最近在跟她闹分手？你他妈的把人肚子搞大了，就要跟人分手了？你行啊，我的李代站长，能耐见长啊！口口声声说自己是平民，平民就你这个鸟样？一针姐她怎么对不起你了？"李爽刚想分辩，向少文果断地截住他的话头又说了句，"这个问题，你狗日的给我好好把握住自己。现在社会上借着解放思想的名头，什么言论都在往外冒泡。有个性学专家，姓什么来着，还是个女的……居然提倡成年人只要自愿，可以换着老婆搞。还有一帮人打着'人性'解放的旗子，专写乱伦小说。什么玩意儿嘛。连马都不如。儿马蛋子还知道不能乱伦……"

"人家没提倡乱伦。只是说……"

"只是个屁！这些人脑子里不知道都在想啥呢。我的李代站长，在这么个大变动的阶段,你我都得把着点自己,明白不?"

"……"李爽没作声。这时他只想快点回记者站看看一针姐她到底怎么了。他可以肯定,是她去向少文那儿告了他一状,今天向少文才会来向他"兴师问罪"。这时向少文腰间的BP机又响了两下。向少文取下机子看了看,神色似有点紧张。李爽问他又出什么事了。他只是迟疑了一下,好像要说个什么,又好像没把握说似的,只撂下一句:"太晚了……就这样吧……好好处理自己跟一针姐之间的这档事。别亏待了这么个好女子。听到没有!"便大步走进党校大门去了。

回到记者站小院——这院子也是他们市政府驻京办的院子。李爽停好车,一路小跑上楼。他着急,因为驱车去接谢平一家前,他就有了一种不祥的预感——今晚在他和一针姐之间会发生些什么事。否则一针姐不会催他早点回来。说到一针姐和她那个一天比一天膨胀起来的肚子,确实是这一段时间以来最让李爽烦心的事。一针姐的肚子确实是被他"搞大"的。但这是一针姐主动要求的。也就是说是她急于要怀上李爽的孩子。而且怀上李爽的孩子后,提出分手的也不是李爽,而是她自己。说得再具体详细一点,即便在怀上李爽的孩子又主动向李爽提出分手之后,一针姐也没想要打掉这个孩子。促使她提出分手的,并非是因为她在北京找到了比李爽更有钱更有地位颜值更高的"靠山"。(说句实话,真要这样,李爽心里还痛快些。起码精神上还能扛得过去。这两年借联姻谋取欧美绿卡和京沪广户口的"高人"还少吗?)但这个一针姐是要跟一个在农场包地的退伍老兵——而且是黑不溜丢其貌不扬的退伍老兵回独立师。回戈壁滩上去。李爽完全被她整蒙圈了。一针姐提出要回农场后，李爽跟她谈过不止一次。要求她明确说出她死活要回农场的"理由"。甚至把话都说到这个份儿上："现在政府对台商的政策都是来去自由，我还能把你咋样？但你总得跟我露个底吧。你就是要我死，也得让我死个明白。""没人要你死……"她当场急眼。当场脸涨得通红。当场眼眶湿润。"或许，这肚子里的娃不是我的？你回农场去是要找他亲爹？""他是你的！"一针姐一声喊叫。泪水当即迸出眼眶。那一副委屈的样子好像要分手的不是她，而是李爽，是李爽要抛弃她。李爽没再说什么了，他还能说什么？这孩子是你主动要求我让你怀上的。然后你又要离我而去。你弃我这个驻京记者站代理副站长而去，去的又是大西北的戈壁滩，找一个相貌极其不扬的退伍老兵，跟他住地窝子。你这到底是在算的哪笔账？设的什么局？！你孙桂琴不明摆着在蒙人欺负人嘛！你把我李爽当什么在耍哩？你到底想干啥嘛！

这种烦心事怎么偏偏就让我李爽赶上了呢？

上得楼去，推门前，他特地先掐灭了烟头。稍稍喘定，再推门一看，果不其然，屋子空了。灯也是黑的。往常绝不这样。不管他在外头或采访或应酬到几点回来，一针姐铁定会在屋里亮着灯等他。泡好了他爱喝的绿茶在等他。今天绿茶依旧，但人没了。赶紧拉亮灯。办公桌上那个青白瓷笔洗下果不其然压着一封信。信不长。信上写道："老李，（一针姐一直这样称呼李爽。就像小满一向称呼谢平为'老谢'一样。）老曾（就是那个退伍老兵）来接我去火车站了。出租车已经在楼下等着了。火车不等人。我必须走了。本来是想等你回来当面告个别的，但现在来不及了。对不住你了。记者站小食堂的账全清过了。我把伙食尾子（总计三百六十八元四毛二），还有那个灰布封面的明细账本一起锁在原先我俩共用的那个小抽屉里了。（一针姐在记者站除了担负李爽派给她的那一摊内勤活儿，还主动办了个小食堂，把站里那几位大学毕业才一两年的单身实习外勤记者的伙食全管了起来。）抽屉钥匙留在你枕头底下。你赶紧收走。藏好。最后再跟你说两句。我不知道你老李现在是怎么想我孙桂琴这个人的。你一定觉得我孙桂琴特无情无义。特不是个东西。我不怪你。许多话一时半会儿跟你说不清。但是老李，有一条，你赊管放宽一百个心。肚子里的这个娃娃，百分之一百是你的。不管咋的我都会生下他。也不管将来到哪儿，日子又过成啥样，我都会把他带大。我会让他一直姓李。我会告诉他，并让他死死记住，他的亲爹叫李爽。有一天我会让他上门去找你认祖归宗。我只能这样来报答你这些年对我的好。老李，忘了我吧，我走了……"

一针姐信里提到的这个"老曾"叫曾凡希。正如前边说到的，是个退伍老兵。徐又成在工程兵部队当连长时，他曾在连部给徐又成当过几个月的通信员。原名"几稀"。曾几稀。入伍前在老家上过多半学期的初中。他这名字就是这所中学一个终生不得志的语文老师替他起的。语出孟子"人之异于禽兽者几稀"。到部队后，徐又成嫌他这个"几稀"既拗口，叫起来又不好听。每每连队晚点名，徐又成叫到"曾几稀"，全连的战士都忍俊不禁，有时还会故意起哄。等散了会，老兵们便围着这个新兵蛋子叫"曾几几（鸡鸡）"。徐又成命令他改名，并想了好几天，替他改成"曾凡希"。凡间稀有之人。真正的人。孟老夫子的原话改了，但细品还是有异曲同工之意，却一反孟老夫子的悲观情调，张扬了现代社会必须的求真求全求善意味。老连长徐又成一直带着这个憨厚踏实能干又有点固执的曾凡希。曾凡希自己也争气，在这个工程兵部队里跟着徐又成一路从通信员、班副干到班长、排副、排长、副连长……最后也跟徐又成一样，是在连长的位置上脱的军装。退伍后，他不甘心窝在老家务农，买了张火车票，站了几天几夜，到独立师找老连长徐又成。徐又成再度收留了他。（这点经历和钟绍灵的父亲当年差不多。那个年代这样"自动"支边跑到垦区来度荒的河南甘肃等地的农民——也即通常所谓的"盲流"，又何止百、千、万。）"九·二六事件"发生后，徐又成得知自己即将被停职审查，便竭力推荐他来代理一七零三连的连长。但上头因尚未查清事件中是不是徐又成下令开的枪，再加上他俩之间这种过于密切的"历史渊源关系"，就没准许曾凡希去接管零三连。只让他带了四五十个新近从口里"自动支边"来的人员去东戈壁马场外一大片新开出来的荒地上放水泡地压碱。意在那儿新建一个计划外的生产单位。团首长的意思是，（农场至今仍沿袭当年军垦时形成的部队编制。师团连班排或大组。）那儿离团部足有三十多公里，此事要是办成了，场里白增计划外的两三千亩播种面积。办不成也无碍大局。但这个曾凡希有股牛劲儿，凿实想在那块老碱包上栽出一朵鲜花来。当过连长的他自然懂得，要想办成事，得靠团队力量。而要想让这个团队齐心协力，还得有个领导核心，也就是伟大领袖毛主席语录本第一页第一条所说的"领导我们事业的核心力量是中国共产党"。而"支部建在连上"，又是毛泽东建军思想的核心之一，也是我军无往不胜的法宝之一。当他了解到这四五十个盲流人员中，恰好有几位当初在老家入过党（五六位吧）。其中有两位自动支边来时还揣着组织手续。只是因为这边政治处不承认他们这个手续的正当性，就没让他们接上关系。为此事，曾凡希多次去团部找过政治处主管这一类事的组织科科长。希望能承认这些同志的党员身份，允许他在马场东这个碱包上成立一个党支部。结果组织科长只用一句话就让他彻底断了这个"异想天开且又狂妄无比"的念头。科长说："曾凡希，你自己'盲流'，丢了党票，组织上还能允许你带人去东戈壁马场开荒，已经是冒了相当的政治风险。你居然还想捏咕一帮跟你一样自动脱党的人成立党支部？你到底想干啥？是想改写党章党规，还是想给领导脚下埋雷？"但曾凡希总觉得他手下的这些"同志"，甭管是自动脱离组织，还是因其他原因再也没能接上组织关系，总还是在党旗下举过拳头宣过誓的，在当前这创业时刻不仅需要、也相信他们一定能再度发挥核心作用把眼前这四五十人凝聚起来。于是，不管不顾地还是悄悄把这个"盲流支部"成立了起来。（甚至还按月收取他们的党费。存入在团部银行单开的一个折子里，取款密码定为"192171"。）好家伙，"私自"成立党支部，私自收取党费，这还了得？！团部得到举报，随即免了他的职。派人接管了这个开荒队。被免职后，老曾倒也没另受惩戒，只是留在马场开荒队成了一名普通劳力。"就地使用，以观后效。"一直干到"九·二六事件"调查结束，查实：事发时没有人下令开枪。是战士们看到有人来抢枪，又看到副连长被炸身亡，慌忙间自发开枪自卫，才造成重大伤亡。判定徐又成负领导责任，给了一个党内严重警告处分。鉴于零三连长期缺乏主管领导，生产和军训一直搞不上去，经团场党委慎重研究，报师党委批准，让徐又成返回零三连代理连长一职。以观后效。徐又成复职的当天下午就赶到东戈壁马场，想把曾凡希收回一七零三连，让他继续当他这个"代理连长的代理助理"。没料想，曾凡希拒绝了。

"看你能的，还想上天咋的？！"老连长啐他。

"……"这个黢黑精瘦，个头大、眼睛小、颧骨高、点子多的中年汉子苦笑笑，耷拉下他那个核桃似的脑袋，闷了好大一忽儿，只回了一句："下一步咋弄，老连长，恁让我自个儿再琢磨琢磨。中不？"

三天后……不，或者说是一天半后，有人看到他出现在团部那幢上下两层的老办公楼过道里，在政治处、司令部、生产处、计财处等几个办公室门前来回转悠。那一阵子政策确实宽松了。国营农场也允许职工个人承包土地了。一开始老职工们真不敢承包。几十年过的都是那种日子：一早听连部文教敲钟起床，由连长、班组长（班排长）派活儿下地。傍黑听哨音收工。让干啥就干啥。年底亏了盈了都有领导担责。自己按月上连部会计那儿开资。即便开不出资，也会给打个白条。年底拿着攒下的一摞白条去团部财务科算总账。也就是说，他们活着，就像一个风筝，瞧着在空中飘来飘去，其实总有那么一根线攥在领导手里。自己只要在这根线允许的范围里飘，这日子好赖总还是能过得下去的。现在要剪断这根"风筝线"，看起来好像是"自由"了，能由着自己海阔天空地活了，但自己的一切作为都要自己负责。忙活一整年，有盈余，能上交，还好说。万一亏了咋说？而自打有农场以来，这二十多年，多数年份都是亏的。当时亏了，不要紧啊。亏多亏少，国家都给包了。多大的窟窿都有财政部中央银行掏钱往里填补。难道自己包地就能不亏？听说就是亏一分钱都得自己往里赔。要是亏十万八万咋办？还不了账，那是要负法律责任的啊。心里怎能不发毛？但老曾还是想试试。后来就听说，那天他缠着团长政委，让他们允许他从原先那个开荒队带走一部分人。（二三十个。另要三个女的。你们可别想邪了。他找三个女的，是让她们中的一个去伙房掌勺，一个管账，另一个管库房。

他觉得让女人管钱管财物较为可靠——也不知道为什么他就那么相信"女人"。就像后来他一眼就看中了一针姐一样。）他还要了一笔贷款。仍在马场东包了一大块碱包地。挖好一排地窝子——他自己单住一个用斑茅芦苇树棍棍搭起来的帐篷。他住的那个帐篷就算是队部。帐篷前竖起一根旗杆，扯起一面国旗，再安上一个高音喇叭，就这么大大咧咧地开干起来。还承诺，如果三年内还不清全部建队贷款，自动去红山煤矿劳改队报到。就是这么一个在众人看来，说话做事都"没一点下（音hà）数"的杠倔头，能让一针姐放弃了这么一个白白净净、斯斯文文的驻京记者站副站长，同时又放弃了北京"恁好个稳稳当当的日子"，"傻乎乎地且又莫名其妙地"回到戈壁滩上跟这么个"杠倔头"开荒种地搭伙结伴过日子去了？

真的假的？

真的啊额的个娘哎！

这让李爽想起陀思妥耶夫斯基在《卡拉马佐夫兄弟》一书中说过的那句话：啊，阿列克塞·费尧多罗维奇，亲爱的，让我们就像看待病人似的看待那些人吧！

但，到底谁是病人？曾凡希？还是他李爽自己？甚或是一针姐？如果真是一针姐，他倒要大力地问一声：女人啊，我们哪里错待了你们？！难道无来由的善变也是你们天生的固有的人生姿态之一？但一针姐孙桂琴从来就不是个善变的人啊。她要"善变"，她要"水性杨花"，我能心甘情愿地把她带到北京来？真要那样，我李爽成了啥啦？我李爽真他妈的成了有眼无珠不识人心之好歹的蠢家伙了？！

现在又添上个谢平，"胡搅蛮缠"地写那些个风风火火"忽左忽右"的文字。难道他也"病"了……

**隔了一个多星期，李爽突然
接到孙涛一个朋友来的电话**

听声，是个女生。她声称她是孙涛工作团队的一个工作人员。孙涛临走之前委托她来按月给春草院代交各项费用，处理该院各种杂务。最近接到区天然气公司的通知，他们将按市里部署，为春草院一带的住家户铺设天然气管道。他们几次去春草院敲门，都没人应门。电话也打不通。天然气公司才来找到她说事。她问李爽："你们那个战友，姓谢的同志还住春草院吗？"李爽告诉她："住着哪。""你肯定？"那女同志再问。"不用我肯定。他不住那还能住哪儿？他一家在北京没别的去处啊。"她说那肯定是出事了。因为她白天晚上都去敲过门。特别是晚上，整个院子黑灯瞎火，没一扇窗户是亮着的。如果他一家还在那院里住着，难不成一家三口都出事了？有这可能吗？李爽立即拨了一下春草院的电话查证。而且连着拨了两三次，果然都没人接。然后就赶了过去。院里确实没人。但明显可以看出，谢平小满离开这院子时比较慌乱仓促。孙涛当初为谢平一家准备的食品也基本没怎么动过。客厅的挂历上所显示的还是谢平他一家到北京那天的日期。这就是说，到北京后的第二天一早，（也许是当晚？）谢平就带着小满和小别根离开了春草院……到底发生啥事了，让他们如此仓促如此急于离开这么个能让他们一家人免费使用的大院子呢？李爽立即把这情况转告给了向少文。两人都大感而不解。这家伙又犯啥各了呢？两人马上赶到孙涛给联系的那家三甲医院，得到的回答是该院住院部从来没住过姓满的女病人。这儿没有，他们还能上哪儿去了呢？偌大个北京，那么些三甲医院，怎么找？！两位正犯愁着，李爽的大哥大响了。

正是谢平。

李爽一下爆发了，怒吼："你他妈的跟我们玩儿啥呢？"

"少安毋躁。听我说……"

"听你说个屁！"

"你要这样，我挂电话了。"

"你挂！你挂！"

"……"谢平不作声了。

向少文忙对李爽做了个手势，让他别跟谢平刽刽。然后接过大哥大："你在哪儿呢，兄弟，出啥事了？"

谢平说了个地名。还在北京城里。

"小满呢？"向少文接着问。

"……"谢平沉默了一小忽儿说，"她不在了……"

"什么叫'不在了'？"向少文的心一抽抽。

"她走了。到北京的当天夜里发病，让120接走后，没抢救过来……"说完，电话那头又没声音了。

……谢平一家到北京的当天晚上，小满大概因为经受不住这几千公里的颠簸劳顿，病情突然告急，等120赶来，送到医院急诊室，人已经不行了。急诊室好几个大夫一通忙活，还是没抢救过来。后来的几天，谢平在一些歌迷粉丝的帮助下，料理了小满的后事，再去把春草院收拾干净，就被粉丝们接走了。

"那你也得跟我们报个信通个气啊。我和李爽是你的外人吗，我的谢老弟？"向少文多少带点埋怨地责备道。

"……"谢平又不说话了。

向少文和李爽立即赶往那个粉丝家。粉丝家不能说宽敞。谢平、小满随身带到北京来的行李虽说并不多，也已经把这位粉丝家房门外那个窄窄的过道占得只允许人侧身来往了。即便如此，谢平在粉丝家所受到的欢迎和尊重程度却足以让向少文和李爽惊愕诧异。得知"麦田""白乌鸦"和"半度人"来了，附近一些歌迷几乎挤满了这一家门前那个老旧的大杂院。（让向少文和李爽意外的是，这些粉丝应该都有二十出头三十挂零了。还有些看得出都快奔四张去了。不会更年轻。完全超常规。）大杂院并不大，横七竖八挤满了私搭违建的小棚屋。有几个歌迷正在窃窃私语地商量着怎么把谢平接到另一个歌迷家去。那儿的住房条件要好得多。另一些歌迷则拿着谢平的歌碟盒带，等着谢平为他们签名。合影。还有一些歌迷已经知道谢平的太太去世，是带着黄白菊花来的，只想当面安慰一下谢平和孩子。

"你小子行啊。"李爽看着这个火爆的场面，悄悄对谢平说道。

"咱们找个清静地方去说话。"谢平则带着一点歉意，悄悄地对向少文和李爽提议。

向少文和李爽立即点了点头。

谢平马上又跟几位粉丝交代了几句。大意是请他们临时代为照看一下小别根。另外请他们出去也做一下外边那些歌迷粉丝的工作，告诉他们，他一忽儿一定会回来跟大家见面。该签名的签名。该合影的合影。一样都不会落下。然后又嘱咐小别根，在叔叔家要乖一点。爸爸很快就会回来的。"那妈妈呢？"小别根着急地问。"妈妈她会回来的。但你要乖，她才会回来。"谢平答道。小别根于是很听话地向里屋跑去，摆弄起那台家用制氧机。这时，谢平突然变色了，一下冲过去大吼："别弄坏了。一忽儿妈妈回来还要吸氧的！"当即把小别根的小脸吓白了。所有在场的人也都愣住了 —— 小别根的妈妈？小别根的妈妈不是去世了吗？她怎么"一忽儿回来还要吸氧"？一声吼过，谢平自己倒是清醒过来了。是的，小满已经不在了。她不会回来再使用这台制氧机了。别再吓着孩子了。他忙过去紧紧搂住被他吓哭了的小别根，好大一忽儿都说不出话来……

谢平带着向少文、李爽悄然从粉丝家的后门走出。他们穿进另一条胡同。再往前走个几十米就到了一条河边。这里原先有个火车站。是个货站。货站周边是个老大不小的老旧平房区。等着拆迁。平房区里有一家老旧的国营茶室。往年这家茶室远近闻名。茶客盈门。兼卖独家制作的驴打滚、麻酱火烧、椒盐花生瓜子、白洋淀莲藕糖饼和山楂糕。这几年周边正在建、也建成了一些二三十层的住宅楼。居民成分也大有改变。老北京人广广迁走。迁往更远的郊外。搬进这些高楼里的多数是新北京人中的白领，或者是一些有"远见卓识"、有商业头脑的炒房客。茶室的生意渐渐被后起的麦当劳、肯德基、卡拉OK厅、练歌房、火锅店、中西大药房、美容按摩理发洗脚和台湾奶茶店取代。当然还有卖盗版色情光碟和推销走私手表、录音机的哥儿们姐儿们在这儿串街走巷，在早市里摆摊。据说这家仅有的国营茶室也很快就会盘给星巴克的连锁方。在经过一番必然的、规范的改装后，将改营咖啡生意。但这一刻，当谢平他们走进去的时候，这里还挂着国营茶室的招牌。时近傍晚，昏黄的灯光里几间包房全都空着。粉丝们提前给茶室经理打了招呼。三人走进预订的包房时，茶桌上一应干点、水果、茶水都已摆上。经理特别客气，操一口地道的北京话："三位请慢用。还需要什么赌管吩咐。"然后替他们轻轻带上包房门，悄然退了出去。在包房门被带上的一刹那，向少文和李爽看到门外有好几个年纪不算轻的服务员快速挤过来，从门缝中向里瞥一眼。毋庸置疑，他们都是闻讯过来想看一眼"白乌鸦"和"半度人""麦田"的。

包房门关上了。

果然是一片少有的清静天地。虽然眼前这"清静"多少带着一点正待败落又待兴起却尚未兴起之际的"凄清"意味，好在三位并不在乎。他们略略地坐了一忽儿，静下心来。向少文先把一小盅当下正被各种媒体炒出高价的普洱茶（就像长春一度把君子兰炒出天价，末了让不少人破产一样）轻轻推到谢平面前，做了个"请用"的手势，然后微笑着揶揄道："谢平，真没想到，你现在大火啊。"

谢平立即应道："大火的是'白乌鸦''麦田'……"

"还有那个'半度人'。"李爽补上一句。

"是的。火的是'他们'。不是'谢平'。两码事。"谢平苦笑着。

"跟我们玩文字游戏？谢平不就是'麦田''白乌鸦''半度人'？'麦田''白乌鸦''半度人'不也就是你谢平？还谦虚个啥？"

"不是。"谢平断然否定。

"怎么不是？"向少文追问。

"不是就是不是。"谢平这忽儿不想跟他俩细扯。

"好吧。我们能不能说，现在我们面前有两个谢平。一个是扮作'麦田''白乌鸦''半度人'的谢平。一个是打小跟我们一起混大的谢平。是这样？"李爽问。

"随你们怎么说……"

"什么叫随你们怎么说？孙涛临走前跟我们透了个底。可你却一直瞒着我们。这可不像是老朋友干的事啊。还有你改判的事……"

李爽刚提及"改判",向少文就在桌子底下踢了他一脚,暗示他先别提此事。

果不其然,听李爽提及"改判",谢平立即抬起头问:"孙涛那小子还跟你俩嘀咕了些啥?我知道他在背后调查我。"

"此话怎讲?"

"你们要替他隐瞒这一点,我们就没法往下谈了。"

"你怎么知道他调查过你?"

"隔墙有耳。天上有眼。小满走后,消息传到上海,上海一个粉丝连夜赶到北京来吊唁时告诉我的。他说前一阵子有北京去的人调查我过去在上海的情况……"

"有人调查你,那也不定非是孙涛啊。"

"我都改判无罪了,还会有谁吃饱了撑的再去上海调查我?"谢平冷笑。

"就算是孙涛这么做了,他也并无恶意……只是想了解……"

"我让他'了解'了吗?我需要他'了解'吗?"谢平突然把说话的音量提高了八度,激愤的程度让他脸色陡然涨红。但他很快控制住了自己的情绪,转为他一贯以来特有的那种冷笑,这种冷笑中往往带着一丝丝坏笑,说道:"还在调查我。嘿嘿。多少年了,有完没完?都什么年代了,还来这一套!老子改判无罪了。他知道不知道?"

"他知道。"

"他知道我无罪还在调查我,想干什么?啊?!"他收回了坏笑。干吼。

静场。

向少文和李爽当然能理解谢平害怕和厌恶再度被人背后"调查"

51

的这种心态。所以面对谢平突然之间的情绪失控都保持了沉默。

"下一步……你咋打算?"过了一小会儿,等气氛稍稍平和了一些,向少文问。

谢平苦笑了一下应道:"我还能咋打算,走一步看一步呗……走一步是一步呗……现在谈个人有什么打算,管用吗?"

"这是谢平说的话吗?"李爽忍不住怼了一句。

"不是。"

"那是谁在说话?"

"是'白乌鸦''麦田''半度人'在说话。"谢平紧怼。然后加重语气,大声补充,"是半度人在说话!"

"半度人……我还真想请教一下谢老师,您这个'半度人'怎解?"李爽半开着玩笑问道。

"……"谢平不答。

"谢平,我和李爽,也包括孙涛……"向少文刚说了半句,就被谢平打断了:"你们能不再跟我提那个孙涛吗?"

"谢平,人家孙涛完完全全是一片好心……"向少文说得极为恳切。语重心长。

"好心?我不需要任何施舍。"谢平又一次激动起来。

"你怎么把别人善意的帮助都看成施舍……那天刚到春草院时,你谢平面对人家孙涛,还是挺讲理的嘛。"李爽提醒道。

向少文却无奈了:"好吧好吧,我们不说他了。先说说小满的墓地问题。将来不管你是想把她放在北京还是上海,这个'后花园问题'真得尽快敲定了。现在墓地的价格涨得飞快,比房价涨得还快,特别是上海。"

"小满生前留下过两句话……"

"哦？"

"她说，如果把她棺葬，合上棺盖前一定在棺盖上开几个通气孔，她怕憋气……再一个……再一个，如果是火葬，她希望我把她的骨灰盒带在身边……先不要入土……所以暂时还不存在她的'后花园问题'……"

"不入土？让你带在身边？"

"……她说将来就算我重组家庭了，也别把她的骨灰埋了。她就是想跟着我和小别根，就近保佑我和小别根……"说到这里，谢平的眼圈红了。眼眶也湿润了。"她说……老谢啊你这个人太不听话……又太有主张……这些年表面上看起来闷声不响了，其实还是个死到临头也不记打的人，所以一生起伏动荡不定，她实在放心不下……"

"知你者，小满也。"李爽叹道。

"……"谢平一下子把脑袋深深地低垂了下去。

向少文剥出两颗花生豆放在谢平面前说道："起伏不定的，也不光是你一个嘛。我们这一代人，谁的一生不是在起伏动荡中度过的？再说得大一点，整个中国这些年都在大变。大动。大起伏。如果说整个大海都在起伏不定，我等一叶扁舟又怎能平静平稳前行？当下最要紧的就是少牢骚，不埋怨，在大起大落中把准航向。如果一时不能给自己找准定位，再不济，趁这人生空档期，用一点时间好好读一点书，做些思考……"李爽跟着补充道："可以读读新近出版的一些书，帮助自己更换观念，更新思想。上一封信里我们跟你提到过的那套'走向未来'丛书就是这样的书，我和少文帮你抢购了一套。请老弟你务必抽时间读一读。全套七十多本，一气读完，不现实。可以先读读这几本。"说着从随身带着的那个背包里掏出那几本来进一步解释道,"这几本你拿回去先看起来……"

谢平直起上身,斜过眼去,瞟了那几本书一眼问:"就这几本?"

"怎么了?我和李爽读了都觉得'开卷有益'……你试试……"

"是吗?"谢平薄薄的唇边立刻又浮起一丝他惯有的那种嘲讽式的坏笑,没等向少文再往下说就从自己脚边提起一个黑色的细帆布旧双肩背包,从里面掏出几本书,轻轻放在李爽面前。向少文和李爽定睛一看,正是'走向未来'丛书中的那几本。书,显然不是刚买的,最起码也是认真反复读过了的,有两本的封面都有点磨旧了。有些页面都起了卷角。书内不少正文被画上了重点符号。有的还做了眉批。从眉批的字迹看,有谢平写的。有一些不是。"眉批"中有些还不是文字,只是画着大大小小的问号。而且越到书的后半部,这些问号出现的频率就越高。显见得对书中一些重要观点表示了高度质疑。其中有一本到后半部,则既见不到眉批,也不见画上重点符号。页面显见的异常干净。显然,这本书只读了前半部就被撂下了。

"这是独立师那个鸡场老汉送我的。"看到向少文和李爽对他居然已经拥有这套丛书感到相当的意外和惊诧,谢平主动解释道。

李爽一时纳闷了:"独立师……哪个鸡场老汉?"

"忘了?常庚。常老汉。"

"哦……"向少文先想起来了那个干瘪瘦小的老头。当年他们三个被朱留长带着对立面群众组织的"战斗队员"四处追打时,在鸡场"避难",还吃过老汉煮的鸡蛋。这老头原先就是垦区农科系统的一个领导。运动中靠边站,被弄到鸡场"锻炼""改造"。运动结束后复职,先是从鸡场调回师农科所当副所长。再后来甄别平反,又调到垦区总部规划院当院长。

"他啥时候找过你？"李爽问。

"这个世界上并不是只有像孙涛那样莫名其妙的人才会关注我。"

"谢平，孙涛他想了解你，帮助你，是真心的。我们见证了他的这种真心。我们理解你不愿意再被人调查，但你对孙涛抱有任何成见也是不公平的……"向少文循循善诱道。

"……"谢平立即竖起左手的食指顶住右手掌心，做了个篮球裁判的暂停动作。果断制止了那二位为孙涛的辩解。

李爽只得把话题重新转到'走向未来'丛书上："既然是常院长送你的书，那你怎么没看完呢？因为看不懂？"

"看不懂啊真有点看不懂他们……但也不完全吧。虽然比起您二位，我简直就是个当代思潮盲……"

"你不能接受书里的那些观点？"

"……你觉得人们都能接受这些自以为在开拓中国'未来'的观点？"谢平反问。

"谢平，"向少文在迟疑了一忽儿后，慎重地说道，"这么些年我们局限在大西北一角，和大变动时局中的知识界、思想界隔绝多年，我们观察问题的方法、角度，还有判别是非的标准、观念应该说都有点儿陈旧了。当务之急就是赶紧敲开这扇'新思想（新思潮）'之闸门，需要冲洗一下了。俗话说人过三十不可怕。但一旦思想陈旧，不知更新自己，才真没救了。上面已经放出硬话，不换脑袋就换人。当然，这话是针对高层领导说的。但，风云际会。时势逼人。实际上我们这一代已经面临被淘汰的危机。前些日子我遇到高中时比我小两届的一个同学。当年他在学校的表现远没有我们显眼。后来他也没有响应号召像我们那样去大西北农场战天斗地，而是留在了上海，后来考进北京电影学院，当上了电影导演。最近以上海弄堂里的小人物命运为题材拍了一部电影，叫得挺响。他指着我的鼻子说，你们这一拨人不行了。完全被耽误了。现在只能看你们的弟弟妹妹和更年轻的那一拨人出成绩了。最后他还用了尼采的一段话告诫我：'在世人中间，不愿渴死的人，必须学会从一切杯子里痛饮。在世人中间，想保持清洁的人，必须懂得用脏水也可以洗净身体。'他山之石嘛……"

"你就这么乖乖地让他指着鼻子训斥？"谢平冷笑道，"还让你用脏水来洗净身子？我×！这不存心使坏吗……还什么'他山之石'？他山之石就不会砸死好人？！还玩什么泥（尼）采石采的。"谢平哈哈一笑。

"难道那十年某些极'左'的做法不应该得到纠正？我们'意气风发''冲冲杀杀'，伤害了多少不该伤害的人。这样的错误就不该纠正？"李爽问。

"应该。那当然应该。那怎么不应该呢？太应该了。谁听我说过不应该了吗？"谢平连连表示赞成，却故意夸张地把"那"字拉长了音。嘴角边又有意无意地浮起那一丝坏笑，让向少文和李爽再一次想起了当年运动中的那个谢平。

事后李爽忽然问向少文："都说谢平这家伙变得蔫不拉唧了。我觉得不像。你觉得呢？"

向少文沉默了好长一段时间，没说别的，只反问了一句："他这一生什么时候真的蔫过？"

那天吐瓦克镇政府一个办事员告诉谢平，独立师政治部政法处来通知了，让他赶紧到政法处去一趟。什么事，他们没说。赶到师部政法处，才知道自己有错，但不涉及刑事，经过甄别复查，被改判无罪了。出了师机关大门，在路边的白杨树下呆呆地站了好大一忽儿。他本意是要把实施了多年的酒戒破了。去找一家小饭馆，点两个小炒，再要一小瓶奎屯大曲，喝他个五迷三道，再一摇三晃地去黄沟边冲那一大片延伸到地平线上的苇子荡和藏在这片苇子荡里那成千上万只黑雀好好地吼上一吼。发泄发泄。但……他没这么干。没必要。就像有人说的那样，一切都过去了。过去就过去了……为此，当天他没急着回吐瓦克。在师部第三招待所的大房间里要了个床位。三招的大房间里只有双层叠叠床。所有的床位都空着。那些被子枕头和床单上照旧是一股满满的烟油、汗渍和臭脚丫味儿。那是一种多年来令他特别熟悉，甚至还可以说特别"亲切"的味道——在红山煤矿的"狱舍"里。这一刻他突然很想回到这种气味和环境中。是去回顾？感慨？彻底告别？是。也不是。

那天约谈他、向他宣布改判决定的是师政法处处长朱留长。老相识。这位昔日师部东方红照相馆的技师、曾经某群众组织的一号勤务员、自己的老对手。今日政法处处长。那天倒是没跟谢平打任何官腔。宣布完，还细心地提醒他别忘了去文秘科把改判文书取上，然后亲自送他到办公室门口，主动握了握他的手，说了这样一番话："谢平，一切都过去了。现在政策好了。好好活。好好干。我们都认为你是能活出个模样、干出点名堂来的人。说出来，你也许不信，我其实一直看好你。"谢平客气地应了声："谢谢朱处长。"朱留长立即应道："别谢我。要谢就谢现在的政策，谢现在的这个中央。独立师好几位退居二线的老首长至今还不时提到你。让我带话给你，好好干。有困难可以去找他们。"然后，朱留长目送谢平下楼……

回到家，谢平果然啥也没跟小满透露。小满追问。他只说："你去炒两个肉菜。咱俩今晚喝几口。""破戒了？摊上啥好事了？说来听听。""就是想喝两口。""不会吧？"小满笑道。谢平突然烦了，翻脸："怎么那么多废话？我就是想喝两口，怎么了？没啥事姓谢的就不能喝两口？非得有好事才能喝？"谢平拔了高腔。小满赶紧不作声了。她当然了解谢平。前些年，在红山煤矿那忽儿，即使谁当面呲儿他，戏弄寒碜他，他一低头，不作声就是。似乎迟钝得很。近些年在众人面前，他没甚大变，还是显得有点沉闷，可是在小满面前，就会像今天这样，不知道哪句话、哪个举动触疼了他那点藏得挺深的自尊，就会爆出埋在内心久久的那种烦懑，会有所反拨。也会"拔高腔"。小满当然不跟他计较。那天去灶上默默地弄了个他最喜欢吃的回锅肉，又找出那藏了有年头的多半瓶酒，给谢平满上。谢平此时早已消了气，回了声"谢谢"，却没立即去端酒盅，只管照旧闷坐。小满没催。怕再惹着他。过了一忽儿，谢平突然把满满一盅酒一下全倒到喉管里。然后又连着闷了三盅。因为喝得快，又因为很久不喝了，酒意一下蹿上头，他支棱着眼看定小满，说了声："以后再不喝了。"小满说："什么叫以后再不喝了？这儿不是红山煤矿。既然开了戒，想喝就喝，男人，喝点酒又咋啦？！"谢平断然道："不喝了。"小满正想再开导他两句，谢平突然起身，把脑袋直直地挺了过来，贴近小满，并一把紧紧地抓住她的双肩，说了这么一句话："小满，从今往后你只管放宽了心活！把一百个心都放进肚子里。我们重新活过。我们一定重新活过……"小满不明白他干吗突然没头没脑地说出"重新活过"这样的重话，正忐忑着琢磨这到底是个"吉兆"呢，还是个"凶兆"，只见谢平已经把她一把搂进了怀里，而且还搂得那么紧，让小满几乎都透不过气来。等小满挣扎着抬起头时，看到谢平满脸已然泪水涟涟了。

　　后来许多年间，向少文、李爽多次追问过谢平，当初为什么要对他俩瞒起改判的事。谢平嘴角有意无意地浮起当年那种坏笑，然后长叹一声道："无所谓啦，瞒不瞒……"

　　……不管他是答还是不答，怎么个答，有一点向少文和李爽是看明白了的：这些年谢平的确有变化，而且是大变。看起来他好像没有当年那么自信了。有个细节特别能说明他心理上的这种变化。他有一个黑色细帆布做的双肩背包。只要一出家门——不管去哪儿总要带上这个双肩背包。包里一定装着他全部的证件、钥匙、钱包、通讯录，还有那两本多年来从不离身的银行存折。（一开始那里的存款少得可怜。近年来还真存了些"真金白银"。）还放着一本自制的记事本和手头正在看的某本书。后来配备的手机更是必带的。不管是参加什么活动，还是会议，这个双肩背包从不离身。和朋友聚餐，还是吃工作餐，他也要带到食堂或饭店里去，把它放在自己脚边。到晚上，他一定要把这个包放到自己床边。如果一时忘了拿，即使躺下了，也会从被窝里跳起，光着脚满屋子去找到它，把它放回到自己床边，才放心躺下。朋友们笑他，你至于吗？难不成包里有黄金万两，房本百张？他笑笑，只回答，习惯了。或者说，小时候丢过一个书包，挨过揍。所以就不敢再丢包了。向少文、李爽问过他大妹谢珍奇。谢珍奇说他瞎编哩。他小时候哪丢过书包？！也许心理学家能告诉她，这可能只是一种潜意识的行为。因为是潜意识的，就像梦游一样，所以他自己也不一定能说得清为什么要这么做。一般情况下，这往往是那种对明天会发生什么自己都没把握的人才会有的一种行为。生活在莫名的忐忑中。最近他又饶有兴趣地收集起几十上百年前的老照片、老电影剧照或海报。当时一身华服的贵妇们得意洋洋地支棱着三寸金莲，却眼神空洞。专横自得的达官们却又猥琐颠顶。蝼蚁般的民众纷纷颓唐麻木且又瘦弱不堪。而那些发了黄的风景照片上，天空往往灰暗平淡。原野总是凋敝泥泞。街巷杂乱窄小。板壁房低矮破旧。而且，总还有乌云和冬雨相随。问他这有啥好看。一部《活着》还不够你看的？他支支吾吾地也解释不清。挟起两块旧木板去找油泵站的木工师傅了。那段时间他一心想着要为才一岁多的小别根做个手推车。难得去哪位老朋友家去坐坐。老朋友问他还缺些什么，他们还能帮他些什么。这些朋友知道他一家都没劳保，即便上医院瞧个伤风咳嗽那样的小毛病，也没处去报销。所以一般情况下，他们会打开他们家存放药品的抽屉或柜子，让他挑些常用药带走。他只挑过期的药带回家。他会告诉你，当年红山煤矿劳改队卫生员屋里药架上的各种药大都是过了期的。"它们管用着哩。没事。"

　　那天在那家国营茶馆会晤时，李爽追问他，你火了后，给自己取了那么些笔名，有啥意思吗？他笑笑，答道："那能有啥意思？临时想到个啥就是个啥呗。玩呗。玩，还能有啥意思。带上'意思'，那还叫什么'玩'？还玩得起来吗？！""那么……那个'半度人'

呢？它在你所有使用的笔名里出现的频率最高。你反复称自己是半度人，也没什么用意？不会吧？"这一回他真低下头去了。沉默了一小忽儿。然后说："这个半度人……我觉得我现在就是个半度人。还有你们。很多人。都是。你们自己觉得呢？"他这一反问，倒让毫无思想准备的向少文和李爽张口结舌了。事后，正遇上孙涛从国外打电话回来打听近阶段国内的舆情。捎带问了问谢平的近况。向少文便跟他提到了这个"半度人"。立即引起了孙涛的兴趣。他追问："他对'半度人'这个概念做了什么解释？"可能因为当天通的是国际长途。话费论分钟计算。他俩都没敢在电话上深入追究探讨。孙涛只是让向少文找个时间再找谢平聊一聊，看看谢平他自己到底是怎么界定"半度人"这么个概念的。向少文告诉孙涛："当时我们问过他。他说他是临时起意，很即兴地迸出了这么个东西，觉得好玩，就用上了。并没有往深处去想过，更没觉得它有什么意思。"孙涛笑道："怎么可能只是'临时即兴迸出来，觉得好玩，就用上了'。你们也真信？"

几天后，向少文和李爽真去找了谢平。约到一家新开张的咖啡馆。谢平给他俩带来一本他的日记。让他俩看完这本日记，再约时间细聊。

"搞这么神秘？"李爽随手翻了翻这一厚本纯手工做出来的布面日记本揶揄，"不怕我们从中获取你什么隐私？"

"光明磊落之人绝对可以坦荡面对一切。"谢平往火车椅的高靠背上一靠，笑道。嘴边下意识带出他惯有的那种"坏笑"。

向少文也翻了翻那本日记，故意笑着问："不是删节本吧？"

谢平说："你们要不想看，少废话，我收回。"

向少文忙摁住那本日记，笑道："别别别……"

61

这本日记的扉页上分明写
着"沿途记事"几个大字

日记（一）
（……无论你去哪儿，或者在哪儿，
都得面对你自己。这绝对没错……）

我曾说过，我要写下我们的一生，并给自己一个活着的理由。也许待活到最后的那一天，这也无非只是一句诳言而已，压根儿就写不成什么像样的东西。更无法将它公之于众。但我把这些年人生沿途的遭遇写成日记藏下来，大概其还会有点用的吧？

公元某某年十二月某日

……今天在莽莽雪原上行驰了二百来公里到达卡拉库里县城那一刻，浑身早已冻僵，又几乎被颠零散了。当我猫下腰，颤颤巍巍、哆哆嗦嗦地想从那辆挤一挤能容纳五六个客人乘坐的大马爬犁子上取下自己的行李时，不经意地扭头向后瞥了那么一眼，没料想，就这一眼，惊呆了我。我觉得……觉得自己……自己好像看见了小满。

我的心一抽抽——这怎么可能？！小满的骨灰盒就在我身后那个双肩背里哩。定定神，再悄悄瞥了一眼，便失望了。自嘲了。那女子当然不是小满。虽然同样的年龄段，三十上下。同样的圆脸尖下巴。同样的苍白。疲惫。甚至个头也差不多。但人家脸上显然化着精致的淡妆（小满从不化妆）。人家上身一件迷彩军棉服。下身一条灰蓝格的苏格兰呢长裙。裹着一件价钱不菲的韩版秋冬款咖啡色加厚羊绒翻领大衣。脚上穿一双高靿作战靴。手里领着一个五六岁的小女孩。小女孩身上最扎眼的是脚上那双鲜艳的红皮鞋。小满得病后常跟我说，如果这回能把这病治好了，又能再给你生个女孩，你一定要给我母女俩同时买双红皮鞋。"红皮鞡，这是我童年时最向往却始终没能实现的一个心愿。"

当然，现在已经不可能了。

可是，这双鲜艳小红皮鞋这时却突然和我一起出现在离国境线不到十来公里的地方……小满她曾沮丧地说过，她这一辈子就是没出国去看看。她说，将来你有机会出国，别忘了带我一起去。就算我不在了，你哪怕带着我的骨灰盒在国境线上向外看一眼也是好的……

今天我就是来帮她还愿的。居然还有人替她穿了一双红皮鞋在这儿显现——真是冥冥之中啊……

后来又遇见了那一对母女。在卡拉库里县城唯一上星级的"北高地宾馆"大门前。她们是坐着一辆崭新的牛头（丰田）四驱越野车过来的。当时的画面是一辆高大上的四驱越野和一辆土得掉渣的马爬犁子同时驰到宾馆门前停了下来。（有必要说明一下，后来垦区周边一些乡镇、农场经济发达后，纷纷升格为"市"。卡拉库里在开通了北高地铁路后也得到了升格，在国务院正式颁发的地名表上被称为"卡拉库里市"。）这样的画面一向少见。当时就引来一些人围观。宾馆的两名工作人员和市政府办公室的一名秘书像是事先得到通知似的，赶紧出来把那一对母女接进宾馆。门卫便上前驱赶我和我乘坐的那辆马爬犁。赶爬犁子的粗壮大叔不服气，使劲儿指着我告诉门卫："我车上这位客人也要住店。"

"他要住店上别处去。告诉你那个乘客,这儿是政府招待所。这两天我们接待会议。不接待散客。别在这跟前惹事。赶紧去二道沟你们那个马爬犁运输站替他找个落脚地儿。"门卫已经有点不耐烦了。

"可刚才那个小娘儿们咋就能在你们这儿住了哩?她也是开会的?带着娃来开会?新鲜!"大叔还就是有点拧。有点不服气。

"新鲜?她有政府机关大楼里的人在这儿候着哩。你有吗?"

"⋯⋯"大叔这下被呛住了。

"你有吗"——一枪中的。

我没吭声,慢慢从捆在腰间的一个小包包里掏出一个信封。又从信封里抽出半截对折着的信纸,然后连信封和信纸,一起递给那个工作人员。信封是公用信封。印着"卡拉库里市人民政府"字样。信纸同样是卡拉库里市人民政府的公用信笺。这是前几天我让少文给我办的介绍信。这段日子少文在市里挂职。挂的是市委书记一职。宾馆门卫半信半疑地瞟了我一眼,又仔细看了一眼介绍信的落款,显然他不敢、也不愿相信这么一个裹着一件旧军用皮大衣、戴着一顶旧剪绒帽、穿一双既脏兮兮又特别笨重的毡靴、一手提着一个旧旅行袋、一手拎着一个旧双肩包,还背着一个铺盖卷儿、坐马爬犁子来的家伙,手里居然会持有这样一位领导亲笔开署的"住店介绍信"。(其实这时我完全有条件穿得像个"海龟"——海外归客,镇镇这些势利眼。但我不想。我是回垦区。回卡拉库里。在我看来,在这儿,但凡是个人,都是这块土坷垃里长起来的一棵歪脖子榆树,谁跟谁呀。)

⋯⋯

隔天我又见到那个长得特别像小满的清秀女子了⋯⋯

在这里，我觉得有必要先补充一点小满和这本日记的事。当时因为心肺衰竭，她已经有好长时间喘不上气，更躺不下来，一直靠一台别人淘汰的家用制氧机维持着（原先就是个二手货）。一根细细的半透明的浅绿色塑料输氧管二十四小时插在鼻孔里。眼窝早就凹陷。说话有气无力。一天到晚也说不上一句半句。常常只是呆呆地看着我。看着小别根。有一天，她精神突然转好。想说话了。还说得不少。拍拍床沿，示意我坐她近点。坦然地看着我，告诉我，她要走了。而且这段时间以来，她已经把我俩这些年前前后后、大大小小所有的事情都在心里过了一个遍。想来想去，已经没啥放心不下的了（喘气）。而最放心不下的是每年到换季的时候，你找不到该穿该用的衣物。还有那一箱留作写作资料用的日记，没来得及替你分门别类贴上标签（深深喘口气）。平时让你递个酱油醋，你都找不着地儿（喘气）。这下可好了，几十本。上百万字的东西。云山雾罩。到要用的时候，你上哪儿去找那些段落和细节？一直都说过多少回了，能不能抽个整块儿时间，趁我还能动弹，一起来整理一下这些日记（喘气），哪怕只理出一个大框框也好，也能帮你回忆起当年经历过的一切。你们这一代人经历的那些奇奇怪怪的事，应该、也可以说是绝版的了。再也不可能发生的了（深深喘口气）。不管谁们对它咋看，咋说，是好，是歹，是该千刀万剐，还是千代百世后能让人另眼看待，总得留个全真的版本（喘，继续喘）。你们这些当事人总不能老装着是活在别处的一个邻家大哥，谁会搭理你们？我说的这些，你全当耳边风了。总说不着急不着急，你我还年轻，以后有的是大把时间。现在好了吧！大把时间呢……（深深喘）我的先人，你说的那个"大把时间"呢？"我的大把时间呢？！"说到这里，她顿住。两眼干热。直瞪瞪地看着我。一阵急喘。

我垂下头去。"无言以对"。我无言以对，还真不是因为以后单枪匹马就没法整理这上百万字的日记了。而是那时我已经无心再做这件事了。钟绍灵开枪自杀重重打击了我。说我精神上严重滑坡也不为过。小满一直在"敲打"我，要我重新振作。恢复状态。我总是"稀里马哈"地跟她应付着。凑合着。现在她说她要走了。我却只能让她带着这种深重的忧心和失落而走，这一刻还能说个啥？要知道这些年来，小满一直是以我为精神支柱的。她甚至说过，"跟你说句最没志气的话，一个女人最大的心愿无非是找一个在精神和物质上都能支撑自己的男人……要不……要不……"说到这里，她撒娇似的揉到我怀里笑啐道，"要不，人家干吗要嫁给你？"我只能回答她："什么精神上物质上，它们没那么重要。好好养你的病。才是第一位的。没有了你，这个家就散啦。"她一下坐起："什么意思？什么叫没了我这个家就散了？没了我，还有你呐！你个孬熊，又想干吗了？啊？你想干吗了？"这时我冲她吼了一句："我要你活着。活着！活着！活着……"说着眼泪从眼眶里迸出。这一下把小满吓住了。她呆愣着。不吱声。胸口却起伏得厉害。一下又一下。只有进气的，不见出气。过了好大一忽儿，她长长出一口气，大声呜咽。我赶紧把她搂到怀里："好了好了，不说了。你还是安心养病……别七想八想。你看你今天精神好多了。咱们应该还是有希望的……"

"精神好多了……应该是有希望的……"她从我怀里挣扎出来，苦笑笑，低头垂泪道，"你真的看不出我这是'回光返照'吗？"说着，她用力喘一口。再抬起头来看看我。哽咽。

"别胡说！"我喊叫。

"……"她没再反驳，继续喘不过气。我要替她接上氧气。她平静地推开。

"答应我一件事。"她仍说得平静。并擦去了她脸上的泪水。

"你说。"我几乎止不住地要哽咽了。

"把眼泪擦掉。别跟小娘儿们似的。"她强努出一丝笑容。我抓起她那双冰冷的小手,把它们紧紧捧在自己的手心里,并由着泪珠一串一串无声滴答,等着她接荏往下说。

"告诉我,你以后会继续写下去……"

"小满……"我刚想跟她解释要想进入当前这个"写作圈"有多难。她一下子用尽最后一点力气,把自己的手从我宽大的手掌心里抽出,咬着牙关,狠狠地说了最后一句话:"我不听任何解释。不听。你一定要继续写下去!"

……

所幸,那天她说的"回光返照"不是事实。她艰难地又熬了一年多,最后在北京那个春草院里,她才离开了我和小别根。那天她都没再给我和小别根一个"回光返照",突然间捂着胸口就软瘫了下去……(就是在这最后的一年中,她帮我整理了这日记。择要归纳成了这一大本。)

是的,此刻她的骨灰盒分明还在我身后那个早已旧得不像样的双肩背中放着。她怎么可能出现在那辆锃黑瓦亮一崭新且又高头昂首气势非凡的牛头(丰田)四驱越野车里?

是的。越野车里的女子不是小满。无非是年龄相近,容貌相似,神情相仿罢了。尤其眼神中隐隐浮现的某种忧郁(绝不是"阴郁"),再加上瘦削的脸庞苍白、那一绺略显得有一点散乱掉落在鬓角边的黑发,还有那总是宽容于人却又总会带着一丝丝无奈的微笑……太像了。

（**谢注**：后来我才明白这里所谓的"像"，一多半有我自己的心理因素。所以看到那些和她同龄的女子，总觉得像是看到了她。）

游魂啊……

这段时间我不止一回在深夜里听到过小满回家来的脚步声。不止一回凌晨时分因发现身旁空了半边床而惊醒。有一回，疾风捅开门窗。墙上哐啷一声响。起身一看，原先端端正正挂着的镜框歪了。那镜框里挂的是我一家三口的合影。我认定是小满在那边太想我和儿子了，趁夜半时分偷偷回来取这张相片的。于是跑出门去追她……

李爽说我《聊斋志异》看多了。

我没反驳。只回了声："是吗？"

少文劝我："得振作起来了，老弟。逝者已去。幸存者更得为明天着想。"

我依然没反驳，只回了声："是吗？"

说啥呢？说啥他们也不会明白。人这一生什么都可以从头重来，就是一个"她"，没法重来。

日记（二）

（我已经想不起来，从什么时候开始，自己终于认可了这样一句话的真理性——在失去信仰这个大框架之后，人不但变得"一无所有"，而且还会变成一堆支离破碎的存在物。）

公元某某年七月某日

接到垦区和独立师两级文联的邀请函，去为他们举办的业余作者文学特训营讲课。有点兴奋。但也有点感慨。按说，他们早就该请我一下（音hà）了。（这么说是不是有点狂？如果这就是所谓的"狂"，那就暂且让我狂这么一回吧。）改开以来（谢注：改开，改革开放的简称，以下同）——能从垦区最底层冒出来，短短一两年之内又能在国家级大出版社相继出版两部长篇小说的，每一部的发行量又都在十万以上的，整个垦区百万人中恐怕也就是我了。现如今不是提倡白猫黑猫逮住老鼠就是好猫嘛。在垦区这群码字为生的"猫"里，怎么着我也算得上是一只"好猫"了吧？但是相当一段时间以来，别说是让我去讲课，连"叨陪个末座"地参加个座谈会，旁听一下的机会都没给过我。为什么？是因为我没学会提溜着礼品匣子去"敲门""请安""拜山头？"（满注：要不要删去这一句，我拿不定主意。不删，今后万一发表出去伤了垦区文联那帮人的和气咋办？你真打算以后出走他乡再不回垦区和独立师，再不和垦区那些主管文艺的领导打照面了？到底删不删，你自己定。谢注：不删。）

公元某某年七月某某日

中午一点零五分到白杨河市。奇怪的是一下飞机——谁能想到现在连白杨河这么一个常住人口不足二十万的三四线新城都建了机场，能直接通航北京上海了。（谢注：后来了解到，这是由垦区本身具有的"稳边安边富边"战略地位决定的。跟城市大小无关。）奇怪的是下了飞机，除了感到灼热，太阳耀眼，地平线在机场周围退得很远很远，黄白色的大戈壁完完全全被层层叠叠瘦高翠绿的钻天杨遮蔽……我没有感受到一丝期待之中的激动。四周是一个大蒸笼。但我却不出汗。没走几步，便出了这个袖珍型的机场大厅。从停车场水泥地面上反射出来的阳光晃得我睁不开眼。我站在机场大门的阴影下，告诉自己，这就是垦区了。垦区，你离开它好几年了。你在这儿结束了自己的青年时代。结束了一个所谓的"高扬理想主义"或称它为"纯理想主义"的人生阶段。你多次梦想过要回来。要寻找。要探询。要重新在自己心中点燃一点什么……现在就站在它大门口的树荫里。仔细瞅了瞅。再仔细掂量。我发现自己依然很平静。非常平静。似乎在以一个"市侩"的眼光打量映入我眼帘的一切。

我知道自己终于不再年轻。

"不再理想"？

悲哀。却又高兴。

失望。又为之激动。

（满注：又这样，又那样的，干吗呢？你到底在转［音zhuǎi］啥呢？这一段能不要吗？谢注：不能。别着急。这不尽然是个故事书。我在努力把自己掰开了揉碎了，细细地过着筛……请满老师耐着性子往下看。）

此行事先我没给老但打电报。（谢注：老但，《垦区文学》副主编。我第一部长篇《高地 高地》的初稿，他曾给过不少关注和鼓励。）没让他们上机场接。我要尽量让这次"讲学""访问"成为一次纯平民式的走访。在这段时间里尽可能多地感受一个普通人能感受到的东西。更多更准确地把握这些年来人的变化。或者说变异也成。从中确定并校正我做人和创作的方向。获取灵感，校正激情。也许，正因为我为自己制定了这样一个来访目的，才使自己变得如此冷静和冷峻？带有了某种市侩性？仿佛用了一块巨大的无形的玻璃板把自己跟眼前的一切隔离开来。让自己只是在观察。分析。而不是代入。或带入。更不是像二十多年前那回那样是来"参与"、"融入"。

这么做，是不是有点更像一个来搜刮素材的"采访者"？一个"作家"？

但，我是作家吗？

……再说说这次航行吧。飞机是坐满了的。伊尔－62。一百五六十人吧。下了飞机真正像我这样乘坐机场大巴进城的不超过十个人。其余的都由"专车"接走了。（谢注：那会儿坐飞机有级别限制。也就是说多数乘客都是规定级别以上的贵人——应该是正厅局级以上的吧。他们被各单位的专车接走，也就很正常了。我也是凭垦区总部文联的邀请函才买上机票的。）

……民航大巴只到市内的售票处。然后转乘一路公交。到屯垦路下，步行百十米，拐个弯就到垦区文联那座小楼。楼显然是变旧了。窄小的楼门开在一大堆去年用剩下的烤火煤旁。楼道也窄，还暗。窗框都掉漆了。堆着几个刚运到还没拆包的新沙发。有一个办公室门板上贴着一张白纸。上面写着"舞蹈家协会"。二楼是文联办公室。办公室对面的墙上挂着一块黑板。这一期的板报内容是《练功十八法简介》。也许因为是中午时分。楼道里静悄悄的。我还真有点担心找不见人。上了三楼。有一扇门是开着的。门后头的角落里架着一张单人床。床单皱了吧唧。躺着一个黑胖小伙儿。他个头不高。穿一件蓝背心。方脸盘。鼻梁高挺。正在看新出的那期《诗刊》。我报了姓名。他立即从床上跳了起来连声说："哎呀呀呀，您就是谢平啊。您比我想象中年轻多了！坐坐坐……"倒水。却没找到茶杯。交谈之下才知道，他居然是我们独立师红星二场的子弟。家在皮坊。（谢注：皮坊，专门加工鞣制羊皮牛皮的副业生产连队。

71

在红星二场柳树沟水库西边。那是一个非常偏僻的地方,被称作"独立师的西伯利亚"。我俩去过一两回。那真是连树都没几棵的干渴之地。)说起来真应该算是我独立师的"小老乡"。后来考入省农大政教系。应该是七八届或七九届的。"当时我语文考了46分。已经是那一届里的高分考生了。数学不好意思,考了1.5分。哈哈哈哈……不好意思,1.5分……"在大学里就写诗。毕业后先是分配到卡拉库里政府,后又被借调到《垦区文学》杂志编辑部当见习编辑。说了一大段对我"敬佩"的话。甚至说我是"大手笔"。还说他很少看别人的小说。"但您的,每篇必看。您多数都写我们垦区。亲切。真实。"说着从枕头底下抄出一本《上海文学》,翻开其中一页说:"这两天我正在看您这篇。"然后他放低了声音,"不过我觉得您最好的作品还是前些年发表在各种民间刊物上的那些随笔杂文。犀利。太犀利了……"然后朝门口瞥了一眼,确证门外无人,便再度压低了声音,带出一点揶揄的口气说道:"左右逢源啊。您是怎么做到的?"不等我回答,又接着向我描述,他们皮坊从去年十一月起就只给职工开白条,没发工资了。(谢注:白条,即农场连队在发不出工资的情况下,给职工打的欠条。一般情况下,到年底可以拿着白条直接到场部财务科兑换现金。)您应该能知道,我们皮坊,姑娘不到十八岁,头发已经被晒黄了。上海知青现在也都说一口河南话了。脸上长满了句号和逗号。"你们上海知青最大的历史功绩就是向我们这些老职工子弟证明了这世界上还有另一种生活。另一种人。而我们这些老职工的子女通过自己的努力也是可以走出这个大戈壁的。而在从前这对于我们这些有人生向往的农场子弟来说,几乎是完全不可想象的。"他说他一家八个兄弟姐妹,已经全部离开了皮坊。"您可能不知道,现在红星农场不少年轻一代都想走文学的路。

他们说,谢平没上过大学,他可以,我们也可以嘛。我以后也要写小说。我是现代派。不喜欢蒋子龙。喜欢张承志。喜欢艾特玛托夫、茨威格,但不喜欢卡夫卡。他的东西实在是看不懂。用你们上海话说,就是实在拎勿清。弄不懂伊。""我认为最优秀的作品都是在性饥渴的情况下产生的。只有弗洛伊德的潜意识理论才能解释世界一切人文现象。我要写完全不一样的小说。不过,我现在还没看过雷马克、欧文·肖,还没看过辛格和伯尔。那本火遍世界的《第二十二条军规》还只是翻了翻……"

我离开这个办公室时,才发现他身下的那条床单脏到发黑。床上的被子和乱七八糟的私人衣物都用一件灰色的风衣掩盖着。办公桌上还摆着好几只用过后没洗的饭碗。

(谢注:这个年轻人其实挺神的。绝顶聪明。后来他改行去算命了。当然不是在路边摆摊的那种。他只要定定地看你一眼,就能从你三岁时的遭遇说起,说到现在的处境和未来的走向。许多人相信他说的这一切。连海外的富商都来找他禳灾。至于那些因为自己"拉屎没把屁股擦干净",担心出事来找他求免灾方子的领导干部,更不在少数。他当然是要收费的。于是他在北京市的中心区买了四合院。在威海买了好几幢别墅。他家的客厅里挂着不少大幅照片,都是一些省部级以上的官员,还有一些大企业家和有颜值没头脑、胸大心眼儿小的女明星跟他的合影。于是他全家十来口人拿到了一般人极不容易拿到的进京指标,落上了北京户口。某省电视台一位将要退居二线的女台长原先是怀着闹着玩的心情请他说说她的前半生和后半世,居然被他说得心惊肉跳。深更半夜来找他索取免灾方子。于是,从那以后,该省省台每年的春晚都可以看到一个年轻的黑胖子,穿着件名牌的红色长袖T-shirt,坐在贵宾席里矜持着微笑。我知道就是他。他曾给我打过电话，说，老谢，你要是有需要，我威海别墅的大门永远对你开放。带夫人，带情人，随你便。当时我还真想去来着。只是因为小满病了，就没去。）（满注：傻不傻啊。人家不是说了嘛，你还可以带情人去嘛！去呀！带呀！哼！瞧你交的啥烂脏朋友！）（谢注：天地良心。你可以找这位"神人"打听一下，无数人找他算过命，巴结过他，我谢平找过他一回没有？啧！）

公元某某年七月某某日

  一下午都在《垦区文学》等着见各编辑部的主要领导。又去看望了垦区文联党组书记老陈。被陈的夫人硬留下在他们家吃了晚饭。陈是个老实人。他的口头语是："我们这些人就是老老实实执行上级意图。总是受夹板气。"那意思是夹在领导和艺术家、作家中间，往往左右为难。结果哪边都没落好。

  今晚住垦区迎宾馆。这个宾馆在黑松林宾馆以外要算垦区一等一的宾馆。真是客气得很哦。"通知"我住迎宾馆时，我想拒绝来着。但还是顶不住这样的"诱惑"。在垦区十来年，对于这个"迎宾馆"真的是只闻其名而无幸望其项背。故而暗自宽慰自己，住它一夜又何妨。人一生难道不该啥都经历一下（音hà）、尝试一下（音hà）的吗？！苦难，我们都尝了，奢华又何妨领略它一下（音hà）呢？哈哈，于是就住了。还是个大套间。因此也可以理解到，许多人官当大了，特别是当了一把手，是怎样地在一次次对自己的"宽慰"中，最终难以自拔地陷入他人设下的"彀"中的。哈哈。呵呵。有体会了。（满注：啥彀不彀的。圈套。陷阱。不过就是你想上吊，他递给你一根带彩的绳子罢了。）

是夜，躺在这样的大套间的长沙发上，就着宫灯一般高颜值的立地台灯，看完飞机上没看完的巴金的《寒夜》。近年来，虽然有人不断在贬鲁（迅）郭（沫若）巴（金）茅（盾），尤其是对郭，但我读来还是被打动了。他们让我想到，为什么一定要写作。为什么死活要去当作家。

公元某某年七月某某日

清早天不亮就醒了。早起早睡。老习惯。这儿还是那样，几乎没春天——清明一过，一场大雨带来一股暑气，就让人可以穿上短袖了。也几乎没秋天——九月阴沉下来一场北风，大雪就全覆盖，把冬天凿凿实实带到这片广漠的大地上了。因此几乎也没有清晨和傍晚。天亮不久，还没怎么凉爽一忽儿，太阳就涨红了脸把你烤上了。下午由老陈陪着去垦区政治部、宣传部面谒马部长和主管文化的刘处长。出垦区党委大门，已经是下午七点了。在口里，（满注：说清楚。口里，就是一般人嘴里的"内地"。）这时的天色怎么也快要黑了，但在这儿太阳还明晃晃的，辣着哩。

婉拒了老陈再度去他家吃晚饭之邀，去看了一下《垦区文学》主编但承宗。《垦区文学》退过我两篇小说稿。后来被北京的《十月》和上海的《收获》采用了。这件事当时在垦区文学圈里引起过一点不小的议论和"波澜"。如果我今天到了白杨河市不去看望一下编辑部的同志，显得我小气。更何况退我稿时，老但在编辑部还只是个普通编辑，退稿一事应该跟他无关。后来他接手主管《垦区文学》后，还是挺关心鼓励我的。所以，应该去看他一下。（满注：对头。给你竖个大拇哥。做人，尤其是男人，就得大气一点。大度一点。）

从来没到过老但家。按说老但也算是垦区总部机关的老同志了。

曾在垦区一位主要领导身边任秘书多年。为此一直住在总部机关的干部宿舍大院里。这院子确实不小，够得上个"大院"。院里矗立着六七幢四五层的红砖楼房。他住其中一幢的底层。好像也就是个大一居。窗户冲着院子。往年这样的干部大院里往往托儿所、副食品供应点、理发室、卫生室、车队等等，甚至小百货门市部……一应俱全。即便白天干部们上班走了，院子里也还是人来人往挺热闹的。不时还能看到垦区文工团、豫剧团，特别是舞蹈队和话剧队里那些穿着打扮尤其俊俏雅致的年轻女孩出入这个大院。

因为多年在首长身边工作，看得出老但还是比较自律的。房间没做任何装修。四墙只是一白到顶。大概也是因为当了多年的秘书，总担心泄密，习惯了一年四季白天黑夜都拉着窗帘。两排旧书柜装满了——应该说是堆满了书。一个案板下面则摆满了大大小小的粮袋。（谢注：这让我太意外了。他有必要存粮吗？）（满注：说到底你老谢还是个"上海小赤佬"。像我们这种从小就在农场戈壁滩上苦大的娃，永远懂得，只要有可能，屋里存点粮有多么重要。）因为只是个一居室，液化气罐和一些炊具都在屋里放着。窗前一张书桌，一半堆满了杂志，另一半放的是一摞摞一卷卷待审稿。稿子边上放着碗盏。老但正在吃晚饭。他胖。而且很胖。于是吃得一头一脸油汗。老但离婚后，不知道什么原因，一直就这么单着，再没找个伴儿。按说像他那样地位的，在垦区想找个什么样的女孩都不是个难事。如果想从下边的农场找，更可以说是一档"把掐把拿"的事。托个关系，让女方在白杨河市落户也很容易。但他没有。因此那些无聊的人就说他因为太胖，性无能，找谁都长不了。他就……（满注：删了。这么说一个老同志，有意思吗？谢平，你也真够无聊的。）（谢注：日记嘛，都写得一本正经的跟个社论似的，谁信？）而房间里还有两位客人。省军区的一位画家。垦区电视台的一个导演。(谢注：后来我才知道，这三位，都是"老单身汉"。都四十多赶五十去了。那二位更神，从来都没成过家。也许因为有点"同病相怜"的意思吧，所以"常来常往"。)我进屋时这三位正在争论着什么。画家是当兵后去了中央美院进修的。后来又分回省军区创作室。导演是个平反的右派。听了一忽儿，才听明白他们在争论中国能不能出好作品。那位军人画家认为中国文坛再也出不了好作品。一部《红楼梦》、一篇《阿Q正传》已经到头了。原因有二。一，过分强调"服务论"，让作家、艺术家长了功利心。再一个也是由功利心引起的，那就是浮躁啊。"现如今还有谁能像曹雪芹那样，翻来覆去用一生的心血写一部刻骨铭心的作品？有吗？"他问我。我只能说："今天好像是没有了。""难道明天……就会有了？"他嗓门挺大。再问。我当然没法回答。然后他自己又把话圆过来："当然，也不能全怪这些作家和艺术家。现在上上下下都要求我们紧跟形势去创作。就是有曹雪芹、鲁迅那样的定力和才气，也顶不住。"而那位导演的观点反而要比这一位沉稳。周全。他认为："我们还是要面对现实，不能否认现实的需要也是艺术创作的原动力之一。为现实生活服务，以便完善现实，也是艺术家的重要使命。至于作品是否能传世，能否被将来的人认可，这不是我们现在能决定的。因为你根本就不知道将来的人到底是怎样的人，会变成什么样的人，会喜欢什么样的艺术。有人一张嘴就胡诌他是为一百年以后的人创作的。一百年后的人会鸟你吗？喷！""行行行。你就讨好现实吧。""我这怎么是讨好？"一来一往，针尖对麦芒。……老但不掺和。只忙着在一旁扒饭，忙着擦他那雨淋似的汗珠。

两位走了。老但收拾收拾碗盏，喂过他那只蓝眼睛波斯猫，才坐下来苦笑一声:"这两位……唉……争这些干啥吗……真是老小孩……"然后他说了一句让我"大吃一惊"的话:"小谢,这两年你在创作这条路上走得有模有样。把自己经营得不错。不过有件事我要跟你澄清一下(音hà),当年《垦区文学》退了你的两篇小说稿……"我刚想拦住他,请他不必再清旧账。他却接续说了下去:"当时的退稿信是我签发的。那忽儿我刚从垦区党委办公厅调到杂志社来主持工作。对小说诗歌什么的还不是十分熟悉。编辑部有一两位同志……到底是谁你就别问了,他们找了许多理由,力主要退你这两篇稿。我就签发了。他们的苦衷,我想你在农场也待过这么多年,想必能谅解……在垦区搞文学,不能比内地。这一点你应当有体会。"我迟疑了一小忽儿,最后还是点了点头。表示我能理解。也能谅解。编辑部大部分同志原先都跟我一样,最早都是业余作者,在农场基层谋食。有的可能还是直接在大田班组干活的,也有的可能因为肚子里存过一点墨水,在连部当个文教、会计、子女校教员那一类的业务人员。但不管怎样,当年住的都是土块房,喝的都是渠道或涝坝水。只要农忙起来,谁都要下大田参加抢收抢种。拾棉花、掰玉米棒子更得两头见星星,三顿饭都得在田间地头吃。而且那忽儿不少连队还不通电。十天才轮休一回。半个月才能见一回邮递员。一个月场部电影放映员带着一部小型的柴油发电机能来放一部看过多少遍的老片子已经算是不错的了。写作完全靠牺牲睡眠时间在深夜或凌晨进行。光亮只能从空墨水瓶改制的煤油灯上索取。好不容易写出几篇像样的东西,被编辑部看上,调到白杨河过上城市生活……(那时的白杨河市,全市只有一条公交线。一盏红绿灯。但那毕竟也是"城市"啊。)他们当然特别珍惜能给他们这种生活的岗位。自己在写作中一般都不敢越雷池一步。作为编辑,如果在外来稿中发现有比他们更能写、写得更好的新手，他们的内心必然会起些波澜，生出异样的不安，心情也会渐渐变得"复杂"起来，不希望被新手顶替……

当年我在连队抢砍土墁修毛渠、光着膀子打土块时，看到不远处公路上向着白杨河市驰去的长途班车，夜晚远远地望着高地上从那个炼油厂工区里发出的星辰云海般的灯光，我不也有过同样的遐想和冲动吗？忍不住要怀念黄浦江畔外滩那一片的灯火。我怎么会不理解他们呢？怎么会埋怨他们呢？

再说了，跟谁计较不如跟自己计较。当你被人拦得住的时候，只能怪自己还不够强大。

再说了，此处不养爷，自有养爷处嘛。中国那么大，何必跟这些同志计较呢？关键是你自己一定得干。不问得失成败地干下去。关键是一定要跟自己过不去。而不是在埋怨他人中沦丧。还是那句老话：无论你在哪儿，首先都得面对你自己。（满注：这才是男人说的话。好男人。跟这样的男人过一辈子，咋过都值了。看来我满菊妹没找错人。嘻嘻。）

……等老但收拾完碗盏，我觉得他该跟我说说特训营开课的事了。因为邀请函上说的开课日子就在明天。而且明确给我安排的是开课第一课。"开课的事……"他犹豫着，好像有点难以启齿似的。"但老师，有话您直说。是不是改日子了？还是改课程了？""是这么回事……"又犹豫了一忽儿，他说，"这件事本来马部长要亲自跟您谈的。后来……马部长把这差使交给刘处长。刘处又推到我这儿了……""什么事，让各位首长这么为难？"我笑道，"如果你们觉得让我来讲课不合适，没关系……""不是不是，不是这意思。您千万别误会。只是……"又吭哧了一忽儿，我才搞明白是怎么回事了。原来今天上午马部长因为别的什么事，跟他东北林业局的一个老战友打电话，顺口说到他正忙着为垦区的业余作者办特训营，争取年内能出几部拿得出手、交得了差的好作品。对方也顺口问了声，办文学特训营？新鲜。都请了哪些大家给你们讲课？马部长就报了一串名字。报到我的名字后，对方"呀"了一声，说道："你们也请了他呀？"马部长一听就敏感上了，忙问："你们也请过他？咋样？""是啊。请啦。这个谢平虽然算不上什么大家，这两年也就是有一两部作品迎合了一部分读者口味，但火了一把，好歹算个新秀吧。在一帮业余作者中间还有点影响。他拟的讲课题目瞧着也有点意思。《作为曾经的业余作者，我想告诉你们……》。没想到他就不知道天高地厚，不按规矩来了。他跟我们系统里的那些业余作者大讲特讲业余作者要写出真正的文学作品必须……你听着，他说的是必须……必须跳出本单位、本系统、本行业，要用历史的眼光，从人类发展的角度，挖掘人性的善恶，不能……他强调了这个不能，说不能局限在只为本单位、本系统写好人好事，只为本行业服务……你听听，说的什么屁话嘛！我们为他掏了飞机票钱，好吃好喝好住地伺候着，最后还给了一笔劳务费，他反而煽动我们的业余作者别去写我们系统的好人好事，别为我们这个系统服务，把我们那些业余作者的思想一下都搞乱了……"马部长打完这个电话立即让老但查一查，我给这个特训营报备的讲课题目。一查，也是《作为曾经的业余作者，我想告诉你们……》。部长有点恍惚了……老但的意思是，马部长想看一下我的讲稿。如果讲稿里也有这么一段，希望我务必删去它。

"现在都几点了？明天一早就要开课。马部长他还来得及审我这讲稿吗？一两万字哩。"我问。

"他当然不会亲自审了。"

"谁审？"

"我。先说吧，你讲稿里有没有这样一段？"

"有。"

"能不能删？"

"……"我看看他。保持沉默。

"……"他也看看我。保持沉默。

一切尽在不言中。

后来达成的"协议"是：我先考虑着。到底删不删。啥时候想通了愿意删了，啥时候去讲。这第一课嘛，就先让别人讲。

也好。

就这么定了……

公元某某年七月某某日

上午七点搬离迎宾馆，搬到独立师驻白杨河市办事处招待所。准备回独立师去看看老朋友老熟人。临走前我给老但打了个电话，告诉他，我做了个非常痛苦的决定，不删这一段。虽然在中国文学界，我绝对算不上什么大家，但我也不能对这些业余作者说违心话。因为我自己就是从"业余作者"这片"高粱地"里走出来的。我从没否定过写"好人好事"。我也写过一些"好人好事"。从来也没写过好人好事而后悔过。因为我们这个时代、我们这个民族、我们这些人民确实有许多好人做了许多了不起的好事值得用文字记录下来。我只是说要跳出行业圈子，站在更高的角度来看待和处理题材。否则，我们写的永远只是黑板报的表扬稿。文学可以是黑板报上的"表扬稿"——如果写得真实动人。但总不能满足于、停留在表扬稿的水平上。这有错吗？

老但不作声。

接下来我就说了下面这句话，我去独立师看老朋友了。来白杨河的飞机票钱我会退给他的。

独立师驻市办事处还在天山大厦后头，垦区党委大楼侧面的一条小巷里。离白杨河农大不远。直觉已"面目全非"——原先最好的那幢二层小楼已成旧楼。被师商业处四大公司包了去做经销部。新起一幢四层楼房。一踏进院门，我就感到这才是真回垦区了，跟前两天住在迎宾馆的感觉截然不同。晚饭在办事处食堂吃的杠子馍，已是真真正正的农场口味了。而且马上见到了几个熟人。红星二场的人。一个是当年我在农场亲手组建起来的演出队队员。应该是姓田，吹笛子的。（满注：当年有啥"演出队"？都叫"毛泽东思想宣传队"。请更正。）一个是轮窑上的老工人。一个在场部商店站柜台的女同志。巧的是昨天晚上垦区电视台又播了我的中篇电视剧《三叶草》。他们几个全看了。真是一谈起来特别投机。投缘。因此也初步了解到这两年独立师和红星二场的一些情况。尤其是红星二场变化特别大。全吃细粮了。小麦亩产能到四五百公斤。真叫我吃惊。想当年，百分之九十八的粗粮。那百分之二的白面，在大田里干活的我们还不一定能吃到嘴里。一是要留着做病号饭。再一个就是得留着给上头来检查工作的领导擀面条、包饺子。法定一个月发我们四张白面票。也就是说一个月只能吃到四个白面馍。那也不一定吃到自己嘴里——留着当最珍贵的礼物送给处对象中的女方。（满注：这么说不公平。难道女生就没拿白面票送给过你们男生？你说实话，那时在红山矿上，你少吃过我省给你的白面馍吗？！另外，这个细节，你在哪一部作品里——好像是在《高地 高地》里早就用过了。

再写进日记,老在那儿炒冷饭,你自己不嫌啰嗦?!)(谢注:这些事印象太深。一不留神它自己就往外冒。挡都挡不住。请满领导谅解。)(满注:谁是你领导?讨厌!)

昨天还漏记了一档事。和老但谈完,回到迎宾馆收拾东西,准备搬到独立师驻市办事处去住。见到垦区文联办公室主任老黄。深更半夜他在宾馆大堂里等我好几个小时。老黄原先在农大师范班教小说写作。自己也写过一些不错的短篇。散文也写得蛮有味道。婚外谈过一场师生恋,挨了处分,调到文联当一般性文员。干了两年。刚提起来当了办公室主任。他拿了五本《高地 高地》来让我签名。又说想专门找个时间对我做一次专访,发在《垦区文学》的"文艺之窗"栏目里。他很诚恳地希望我"为垦区文学的发展做点促进工作"。他说:"你应该能了解,在垦区基层有一大批有文学天赋,又有生活积累,更有创作愿望的年轻人,就是缺乏合适的土壤、气候,更缺一些有机和无机'肥料',当然自身也缺一点思想高度和文字技巧,缺一点知识储备,这些好苗一时长不起来。也有可能就这么永远窝着了……而正是这样一批年轻人,这些年一直生活奋斗挣扎在改革开放第一线,他们最有本钱(最有切身体会)来讲这个中国故事。现在的问题是怎么创造条件让他们讲好这个故事,而不只是一般性地发发号召、提提口号。但是……"他没"但是"下去。(我知道他想说的是,现如今谁还把这些散落在生活这个海洋深处的年轻人当一回事?着眼点完全聚焦在"大佬""大咖""大款""大腕"身上去了。但是……)说完这一番话,只见他怔怔地看着我,嘴唇开始微微颤动。少见的真诚。真实。真把底层的人和事还当个事的人,今天还多吗?往往嘴上说的是百姓的事没小事。但在实际生活中,我们看到的往往是"只有领导吩咐的事才不是小事"。难道不是这样吗?

而我……这一两年更多的在想我和我这个小家……在他面前，我有点惭愧了。

公元某某年某月某某日

去独立师的班车七点三十分从办事处门前的巷子里出发。经北门，出红石口，一直向西北驶去。我知道这才是真正踏上了"回我心中那个垦区"的最后一程路。车里有一位是师农科所的女化验员，原来是红星三场演出队的，后来到新华书店卖书。她好像还认识我。因为有一回书店进了一套《汉书》。没人买。她托电影放映队的人找我，觉得我有可能买下这套书。但那一套书十四元啊。现在看十四元，几乎不算个钱。但当时我们这些农工一个月才拿三十来块钱啊。当时我二话没说，拿下了这套书。可能就给她留下了"深刻印象"。还有去垦区总医院陪丈夫治病回农场的。有赶回现役部队销假的解放军战士。（独立师周边驻有一个现役团。还有一个雷达站。）有去周边几个县乡的采购员。司机一路停车。给自己和同事家买菜。（独立师的菜价比沿途的贵。）坐在我边上的是农大两个应届女毕业生。学生物的。家在红星四场。黑色秀琅架眼镜。披肩长发。湖绿色尼龙短袖衫。猪皮尖头皮鞋。年龄均在二十上下。农场子女都已经大学毕业了。衣着打扮也完全城市化了。她们告诉我，目前连队职工的构成已大变。有的连队一多半都是近年来中学毕业回农场就业的职工子弟。还有一些就是农忙时招呼来打临工的"候鸟"。为数也不少。

到乌集海吃午饭。（这里当然没海。但可能在亿万年前有过一片海。从地名看，也可想见，大西北"沧海桑田"变迁曾是如何的剧烈。）是一家汉人开的餐馆。沿街搭了个大棚。大师傅在大棚底下掂锅炒菜炒面。只要见客车来了，便只供应价格昂贵的不收粮票的炒面。(谢注：这时，北京早就取消了粮票。)只卖大盘的，不卖小盘的。我只得吃了一份九角钱的炒面。连一口开水也没喝上。车过三炮台大坡，车子供不上油，几次都在坡上只哼哼地磨蹭，一直到离师部六公里处，不知道为什么还停了几十分钟。(说是水箱里的水开锅了，得晾晾。)到师部已是下午四五点。先把那位女售票员连同她沿途买的两筐豆角、西红柿送回家，再把部分乘客送到长途客运站，这才开往它常规的终点站——独立师百货大楼门前。而这个原先总是空阔的百货大楼门前广场，现在居然也小摊小贩比比皆是了。瓜果摊、凉粉摊、专门从口里来做生意的裁缝摊……还有卖甜凉水的、修钟表的、卖羊肉包子的、大声放着录音机的、打扮入时穿着粉红色薄丝上衣的女孩……真不知此地为何地、今日为何日了……

陌生。

陌生，有什么不好？假如过了多少年，那个地方那些人依然是你熟悉的原样，只不过是旧了些老了些，死了一些又生了一些而已，你就舒服了踏实了？不是吧。我安慰自己。

陌生了好。来，就是寻找陌生的嘛。

忽然想起，昨晚和老但"协议"成功后，他突然叹了一口气说，谢平，你有今天，真出乎我们所有人的预料。当时都以为你小子就此完蛋个屁了。我插了一句，当时无数的人都这么认为，有的还当面这么对我和我们这一代人下过这样的"判决"。他沉默了一忽儿，郑重地补充道，但是，你也别得意。要认真汲取应该汲取的教训。假如又得意轻浮起来，你能过了这一回，下一回就不一定了。我马上谦和地表态：明白。明白。我哪能就这样让自己轻浮呢？我也没资格轻浮呀。然后他长出一口气道，你知道我这一生让自己最得意的是什么吗？一是，在首长身边工作这么多年，没出过什么大事。

再一个就是，经历这么多次运动，没挨过一次整。当时我真想问他一句，难道没挨过整也是一件值得炫耀的事？当然，我没问出口。老但毕竟比我大了十岁。他们那一代人也真是不容易，唉……

晚上住独立师二招。

少文的好朋友李爱华夫妇来看望。李当年是独立师师部八一中学学生。父亲早年参军，随彭老总解放大西北，后奉命就地解甲归田，是白手起家建农场的元老之一。少文当过她物理课老师。她高中毕业那年回农场劳动。风风火火，特别能干，当过垦区著名的铁姑娘排排长。在黄沟水利工地上，曾三天三夜"不下火线"。现在是独立师劳动局副局长。她老公是师标准计量所的技术员。一个正派、老实的大学毕业生。黑矮。壮实。憨厚。夫妇俩死活要拉我去他们家吃晚饭。院子好宽大。不断有人上门来求她办事。她都应付自如。她对我说，现在她该有的都有了。该办的也都办了。值得留恋的已经过去。现实中确实还有不足之处，但其中一些却是她这一级的干部无法改变的，能改变的那些却又"不足挂齿"。"俗话说，参谋不带长，放屁也不响。但像我这样带了个长的，又能怎样？当了这两年副局长，得到一个重要的经验就是怎么干都行，就是不能和上上下下闹僵了。你说呢，谢大作家？你还想革命吗？"我笑笑。没接她的话茬。因为……用她的话说，不能也不想和她"闹僵"了……因为我并不赞成这种以"不闹僵"明哲保身为首义的人生哲学。因为时时刻刻明哲保身，势必事事处处浑浑噩噩。但她这个当年的铁姑娘排排长终究还是取了这种保身哲学做自己为人的圭臬，总有她一路走来遭遇许多的难处和心中的隐痛为依据。我们无法得知这些难处何以为难。心中的隐痛又是怎样一个痛法。只是看人挑担腰不疼。去跟人较什么劲儿呢？更何况，我自己难道就不是经常地在

"明哲保身"吗？

《红楼梦》里说，大有大的难处……曹先生是只着眼于大户人家了。其实谁都活得不容易。应该说各有各的难处才确切。

聊过一阵，她带我去看她原先的同班同学马占福。小马也是我当年的忘年交。他现在是红星二场场部子女校语文老师。马家显然和爱华家大不一样，住的是一个半地窝子。倒也相当宽敞。（满注：你得说清楚了。没去过垦区的人闹不明白啥叫半地窝子。这个半地窝子就是一半在地下，窗户以上那部分才露出地面的"房子"。）妻子也是他当年的同班同学，也在场部子女校教学。屋里有点暗，没看得太清楚她的长相，直觉是个文静秀气的女老师。我们说话，她很少插话。跟小马约好，找个时间去看仲利。仲是他们当年红卫兵组织的头头。打派仗时，抓了对方组织的一个头头，在他主持下搞逼供信，伤人颈椎，不治而亡。"文革"后清查"三种人"，被判了十年。刚出狱不久。

公元某某年某月某某日
连续三天晚饭后都大雨倾盆。

上午去马占福家。他们把仅有的两只产蛋母鸡中的一只杀了来招待我。吃午饭时他们的女儿小讷死活不愿吃鸡肉，哭丧着脸说："杀了我的鸡，你们不像话。"还说"只剩一只了，它不好活了。咋办？"下午被小马带到仲利家。是个长条状的平顶工房。房是他出狱后，他当年那些"同学（战友）"集资替他盖的。这个"仲记综合修理门市部"，也是他们凑钱给办的。据说修机动车的技术是他在狱中跟一个重刑犯学来的。说好是让我来参加他婚礼。但进他家时，他还在替人修摩托车。过了一忽儿，他才关了门市部。洗去手上的机油。和我说了一忽儿话。突然一阵鞭炮声响。拥进二三十人，（谢注：他当年的同学和"战友"。）拱卫着一个十八九岁、头戴着一朵红色纸花、穿一身花布衣裤的四川女孩。那肯定就是新娘了。（谢注：新娘的叔叔是退伍后来垦区务农的四川兵。听少文说过，他在武装值班连当指导员时，他那个连里就有不少这样的退伍四川兵。他说那些退伍兵老家都在川西北极穷困的大山沟里。他们特别能吃苦。特别能打仗能干活儿。在垦区落户后，一般待上两三年就会把家人从川西北的大山里接到这一马平川的垦区来了。这位年轻的新娘也是这样来的。）新娘子挺腼腆。高高个儿留个中分头的仲利却一副无所谓的样子。正如爱华介绍时说的那样："好奇怪，坐了九年牢（谢注：判了十年，获减刑，第九年释放）他身上居然还留着不少学生气。"后来我跟他谈过一次话。着重问他今后准备干什么。他只说了一句话："我要创造我自己今后的生活。"真的还带着学生腔。我问："你要创造什么样的生活？"他说："你问了一个我暂时没法回答的问题。劳改队里有一个难友，当年是政法学院毕业的，当过刑警。他告诉我，人总是在变化中。比如，人每长十岁，你看他的足迹上的重心一定会有移动。二十至三十岁重心在一二指之间。每过十岁向外移一个指。整个社会也一样在变化。所以你刑满释放后，不能拿以前对人、对社会的认知来做自己今后行为的依据。你得深入去接触变化后的现实，仔细探探水的深浅和流向再做决定。他说他政法学院的一个老师在课堂上给我们这些年轻的小警察讲过贝根·费希特的一句话……""贝根·费希特是哪根葱？"我问。"好像是意大利的一个什么法学家吧，"他答道，"这个费希特说，人不是什么先决条件创造出来的，而是在建立某种制度的过程中被创造出来的。""也可以说人就是制度的产物。"我补充。"对对对，谢老师您这么一说，就更明确了。""我算什么老师。一个高中生而已。不过我知道马克思有一句话比这个费啥玩意儿说得更简明更准确。马克思说，人就是社会关系的总和。在变化了的社会和社会关系中，人是不能不变的。""……"他定定地看了我一眼，然后问，"马克思的这句话在哪本书里能找到？"我真不好意思，一时半会儿还真说不清原话的出处。便只能告诉他等我回去查到了再告诉他。他立即很有礼貌地谢了我。（谢注：社会上流传的一种说法是进了监狱去坐牢，等于免费进了黑道学习班。在那儿朝夕跟着一批坏人，耳濡目染，如果进去时只是个小坏蛋，出来时肚子里一定装进了更多的坏水，可能也就成个大恶人了。这样的人，有没有？有。但要说全都这样，真不是。这就像另一种偏见，总认为含着金钥匙出生，在那种高干、大老板之家长大的孩子，一定是骄横颟顸、为所欲为和无所不为的。其实也不然。确有那样觉得老子天下第一就因此轻薄肤浅、胡作非为的了，但也有被极严格、严格到极过分的约束和教导而长成特别拘谨规矩，从不敢越雷池一步的老实孩子的。关键是看他所成长的那个环境〔社会〕给这些孩子脑子里装进了什么。是给他一个远方，还只是眼前。改用汪诗人那首著名的诗来说就是：能够让他选择远方，他就会风雨兼程。既然目标定了那地平线，他给世界的只能是背影。不管未来是平坦还是泥泞，只要他依此走下去，一切都会在掌握之中。）

和仲的谈话持续了两个来小时。最后他"坦白"了，他说他将来也想写小说。我很不以为然地问他为什么。他嘿嘿一笑道，老谢，你我相差没几岁嘛，其实是同一代人。而且经历相近。都天堂地狱轮番待过。你能通过写小说打翻身仗，我想我也能。过去谁也没想到过文学也是我们这些农场子弟的一条生路。一条通向外面世界的路。现在看到你，大家信了。这是另一条活路。你知道不，现在独立师想走文学路的年轻人翻了好几倍。期待自己家的孩子走文学路的家长也多了许多。为什么？就是因为看到你这么个榜样了呀。活生生一个榜样——谢平能凭着写小说写流行歌词写到北京去了，为什么我们就得老老实实待在这旮旯里？！我不知道垦区领导对你这么个"活榜样"到底是喜欢呢，还是恨得牙齿直痒痒？我赶紧笑道，看来我得赶紧撤了。别在这儿瞎捣乱了。他笑道，别啊。独立师新任政委的秘书是我当年在八一中学时的同班同学。刚才他也来了。看到你，他还挺激动，悄悄地告诉我，你写过一本小说叫《省委书记》，还是《州委书记》，还是《县委书记》？对不？那位新上任的师政委一直把它放在自己的床头，工作中遇到什么问题，晚上回去还会翻翻你那本小说，从那里找应对的思路。说着，他举起酒杯，真诚地说道，老谢，我的谢老师啊，以后在写作上你得帮帮我啊！

这一晚上，我和他都喝高了。连带马占福。我们仨喝到后来，跟跟跄跄走到院子里，在如水一般的月色中，冲着远处的南山吼了又吼。应该惊起过一大群白乌鸦。

日记（三）

（每一代人都有安放灵魂的地方。我们呢？）

公元某某年八月某日

继续闷热。晚饭后一场雷暴雨，驱赶了一切不适。

听着零落的檐滴声，真有点想念小满和小别根了。（满注：多少天了，才想起俺娘俩啊？哼，白眼狼一个！）真是"乡水泛乡愁，一浪涌来心已近；长亭萦长梦，几回归去情犹新"。

一早起就有好几位老熟人来找。傅某某。沈某某。财务科的杨大胡子。砖厂的温厂长。一位去红星二场干个体发起来的"炮厂"厂长。(谢注：炮仗厂。)这位炮厂厂长讲话的口气和精神状态，给我留下极深的印象。"现在他们不能像过去那样统死人了吧！中央政策变了，他们统不住了。""这一套政策会不会又变回去？你在北京大道小道多，听到啥没有？""不给落户口又咋了？不就是计划内的那二十八斤粮嘛。不要说一个月两个月，就是三年五载不给又能怎样？现在只要有钱，啥都好办，都能买到办到！"

钱啊钱……请告诉我，你在正掀起的这场淘金狂潮中，将会怎样改变每一个中国人的精神面貌和终极命运呢？

今天的日程本来是要去酒厂。红星二场酒厂出的头曲酒前两年紧俏，来提货的卡车在厂区里得绕好几个弯，排长队等候。但这一年多突然不行了。说是厂里人心散了。质量下滑得厉害。销量也直线下降。想去看看。看以后能不能当个素材弄个有分量的中篇小说或长篇电视剧出来。上场部宣传科借用电话，跟俞厂长约一下见面时间。却被财务科的出纳方惠大姐拽住了。她是场部车队卡车司机大刘的老婆。那年我搬家，就是大刘开车送我去白杨河火车站的。大刘是车队最老实的人。前年他患心脏病。胸闷。喘不上气。因为场里活儿多，一直没得空去查，也不知道自己得的是心脏病。那年年前，他正难受着，车队队长和调度来派活儿，说是去白杨河拉一车年货。连着派了三个人，因为加班费没谈拢，都不愿去。老刘去了。到白杨河住下，第二天一早去装货时已经不对劲儿了。脸色难看。嘴唇发紫。车开到红山嘴，往林带里一歪，人扑倒在方向盘上，一口气就没了。让方惠特别想不通的是，场部没给老刘按因工死亡算，只是"比照因工死亡来处理"，除给老刘儿子补了点赡养费——按老刘工资的百分之四十计算。到底是一月工资的百分之四十，还是一年的，还是他儿子到十八岁前法定生活费总数的百分之四十，我没问清。再也没人来过问和照顾她母子了。而老刘刚死那忽儿，车队队长拍着胸脯对她保证，以后，但凡车队人人有份儿的福利，肯定跑不了她家的。以后要有指标了，也一定让他儿子上车。事实上这一年入冬前队里给所有人家里拉烤火煤，她去求了好多次才勉强给她家拉了半车。她大儿子十五岁，正在上高中。她怕再等几年，更没人替她安排儿子的工作了。当年就让儿子退学顶岗去了车队。但一等三年，也没让她儿子上车。老刘活着时，家里要啥有啥。等于自己家里存了辆车。现在人一走，要啥都没人应。实在不习惯。再三去求车队，让儿子上车。说了多次，求了多次，只差没给队长下跪了。队长说："指标倒是有一个，但协理员的儿子要上车，你说我咋办？"（谢注：协理员，主管场部后勤——包括车队、招待所、食堂等那一大摊工作的领导。营职干部。）她让儿子去求求队长。但儿子人倔，反而跟队长吵了一架。闹掰了。她觉得我跟团领导一定能说得上话，让我去跟团领导递个话，直接给车队下个调令，让她儿子去学开车。再一个，让我去问问，老刘的情况能不能算"因工死亡"。这件事当时是群工科处理的。而群工科的科长是我当年组建的那个演出队领唱的王莉。她现在跟王莉的关系也不好。两人吵过。见面都不说话。

下午到酒厂。没见到两位厂长——前任的牛厂长和现任的俞厂长。却见到老丁——上海团校的同期学员。我们坐一个车皮来垦区。现在在酒厂当采购员。胖得不行，身上但凡能往外鼓的地方都鼓了起来，像个皮球了。脸色黄黑发亮。上嘴唇稀稀拉拉长着几根胡子。他家里只有几件从上海旧货商店淘来的旧家具。除了几本上海文艺社出的畅销小册子《故事会》，再没别的书了。没有收音机。没有电视机。也没有高压锅和洗衣机。他说高压锅危险。那玩意儿万一爆炸了，一家一当全交待给它了，就没法收拾了。至于洗衣机，衣服被子脏了用手搓，用棒捶，都不一定弄得干净，放在机器里来回滚那么几下就干净了？瞎胡闹嘛。妻子是无锡农村的。埋怨他一年四季总有十个月在外出差。家里的钱全让他跑光了。老丁告诉我，他很长时间没动笔了，现在连一封信都写不下来。有几次看到酒厂领导班子各带一帮人搞内斗，很生气，想给《人民日报》写信，写着写着，自己都觉得说不清楚就撕掉了。至于酒厂垮掉的原因，他说完全不怪酒厂的职工。前两年酒好卖。不少人找酒厂领导批条子低价提货，再高价转卖。那时候酒厂的酒紧俏。只要能拿到领导的批条，就等于拿到银行存折了。但想拿到这批条就得给领导送。我问，送啥。他说，送啥的都有。这还用我细说？你不比我清楚？难道北京上海就没这种事？他那个无锡的老婆插嘴说，最实惠的就是送女人呗。老丁怼她一句，没证据别瞎嘚嘚。让你看到了？啧！"唉，后来就闹腾开了。"老丁长叹一声。"怎么闹腾？"我问。"领导之间就争那个批条权呗。争到后来，厂子里分两大派。牛派。俞派。互相揭发。四处散黑信。整个厂子人心惶惶，酒的质量一天不如一天，还咋搞生产？还谈得上什么销量？我们销售科的人跑断腿，也没用。"

当晚住场部招待所。晚饭是在财务科老杨家吃的。我当年跟他不是特熟。但他一定要我去。去了才知道，他还邀了好几位家长，想一起来听个"秘诀"——他们认为写作是有秘诀的。只要"捅破这层窗户纸"，掌握了这个写作的秘诀，他们的孩子就能写出名扬天下的文学作品，就能出人头地。请我去，就是要我替他们的孩子

"捅破那层窗户纸"。我只好苦笑了。因为我哪有这样的秘诀啊。我自己都没"名扬天下",还能教导他们的孩子去"名扬天下"?!再说我从来也不信啥"小说作法十五讲""电视剧破圈三十六招"之类的东西。饭桌上倒是喝了不少老杨"珍藏"的酒厂老窖原浆酒。随口胡侃了一通。回到招待所,有点累,刚想躺一会儿消消乏,又有人来了。是酒厂的俞厂长。(我猜是老丁跟他透露了些啥。)先是客气了一番。然后掏出两千元"现大洋"和一份书面材料——《独立师红星头曲酒兴衰原委之我见》,"拜托"我方便时,代为转交给师和垦区总部领导。我说,您这么个名企的领导,要见垦区和师领导,递份材料,还不是小菜一碟的事,还需要转手我去呈交?我能不能见到他们还难说。再说,就算见了,我一个受过刑事处分的"上海鸭子"(谢注:来农场支边的上海知青互相用上海话叽里哇啦地交谈时,语速快,一句追一句,农场老职工听起来觉得像鸭叫,就戏称上海知青为"上海鸭子"),他们会鸟我?他说,您就别客气,别谦虚了。您已经不是过去那个谢平了。您今天来垦区,他们还能不接见您?材料经您手递上去,分量就不一样了嘛。拜托拜托。一定拜托。我只能说,那就看造化吧。真有那样的机会见着领导,材料我可以替你递。但钱是坚决不能收。他忙说,谢老师,您这样就太见外了。我说,在钱的问题上,必须"见外"。本来你来我往挺干净的一档事,一沾钱,就不好说了。所以,您别害我。我也不想害您。咱们光办事,不说钱的事。您说呢?他犹豫了一下,说了声,"好吧。那就不为难您了。"收回钱去,又再三说,"材料的事,务必拜托您老兄代为向上递一下(音hà)。这不光牵扯我俞某人个人的前途,还涉及酒厂的前途。拜托拜托。"(谢注:当时,农场一般职工月工资也就三四十元。这位俞兄为递一份材料,一出手就拿两千大洋来让我为他蹚路开道，也算得上是行家里手中的狠角色了。）

不收钱，我睡得安稳。虽然我不是"领导干部"，可以不必如此谨慎忌讳。但我起码得让我自己看得起自己。当今文人虽已可以不必自怜自惜于"清贫"二字之中。但保留下一个"清"字，又何忧不能纵横天下去面对日月山河？

公元某某年八月某某日

大早起去招待所新盖的公共厕所方便了回来，见有人背靠着墙，蹲在我房间门外的走廊里看报。初看有点眼熟。未及细看那人已经冲了过来，抓起我的手，好一阵摇，连声说："你老弟回垦区多长时间了，连声招呼都不跟我打一个。你也太那个了吧！"

哦，是秦振东。当年复旦城市规划专业的大学生。在校时被打成中右，未及毕业就主动申请要求来大西北"锻炼"、"改造"。在连队里劳动了好多年，也帮忙写写画画。是个全能型的才子。当年我组建毛泽东思想宣传队排演全本《红灯记》。让他兼任导演和乐队总监。获平反后，他实现人生三级跳。先是调到场部基建科当技术员。第二年就当了科长。前年调到独立师城市规划局当了副局长。最近听说又要升迁，去某自治州当城市规划局局长。这老小子只比我大两三岁。这一大早的，居然蹲在我房门前看报等我。哈哈。

少不了一通畅谈。

他肝不太好。中午不想让他喝酒。他偏要喝。说机会难得。勉强让他喝了两小盅。大呼不过瘾。他大为感慨地谈起垦区这个半军事化生产体制的优劣和利弊。谈这一段时间以来，他和独立师一位领导发生的几次"冲突"。一次是为修路。是修双行道还是单行道。一次是要不要建一个青年公园。再一次是所修的新城道路让不让重型卡车通行。还有一次事关修水库的问题。"最让我无法理解也不能容忍的是,他把上面拨下来的一笔整修农田水利的基金挪用了去为几位复职后的老领导扩建住宅。我质疑了他一下。他就受不了了。当着众人的面,指着我鼻子说:"秦振东,你张眼瞧瞧,窗外这些基础设施、那么些条田林带沟渠,哪一样不是老领导们当年一滴汗摔八瓣干出来的?他们一生吃那么多苦,前些年'文革'中又遭那么些罪,花点钱为他们整修一下住房,又怎么了?你还有一点阶级感情吗?你要这样,告诉你,我就和你对着干了。以后,我绝对不会再考虑你了。""不考虑你,是啥意思?"我问。"这不很明白吗?再也不考虑提拔使用我了。""那我怎么听说你有可能会提到自治州城市规划建设局去当主管领导了?这传说是真的吗?""谁知道真假。但垦区总部和省委组织部都派人来考察过我。也找我谈过话,征求过我个人的意见……""那就是板上钉钉的事了?""也难说……人事问题,敏感得很啊。也复杂得很。如果他一定要干预,还是有办法的。垦区这种上下左右盘根错节复杂的互动关系,你还没一点体会吗?"他说罢苦笑笑。(谢注:不久,他还是调去了州府,任了那个城市规划局局长。)

晚饭是在振东家吃的。晚饭桌上,他说了不少"师内趣事"。比如,一个贪官家里只有女儿,特别想要一个儿子来传宗接代。就找了个小三为他生了个儿子。他捞钱主要是为这个私生子准备一笔将来出国留学所需的费用。也可谓用心良苦。但这个儿子其实是小三跟别人乱搞时留的种。后来他捞钱事发,被双规。纪检干部都不忍心告诉他这个私生子不是他亲生的。怕他精神崩溃。还有一个女贪官特别能干,也愿意干。买房子时要求开发商给她打折。打到对折了,剩下的那部分她都不舍得付现钱,还打欠条。还有个小贪官是某农业连队的连长。别看这个官芝麻绿豆大，权可不小。尤其在职工承包土地后，每每到秋耕春种时节，机力和水的调派，谁家先用、谁家后用、用多用少，这点权力就成了奇货可居的强大的寻租手段。几年下来，这位连长的黑账上进款居然高达好几十万。这位连长同志有个怪癖，收贿款都喜欢凑整数入账。有一天收到一千九百四十元贿款。晚上结账，死活逼他老婆从她小金库里拿出六十元，让他凑个整数入账他才安心。

说到这里，振东带着一点酒意指指自己的脑袋，又一次苦笑道："这些干部这里面还会怎么变，你这个既写小说又写电视剧的认真想过没有？这种精神演变，光靠几个纪检干部，能管得住吗？怎么办？！"他问我。我语塞。

回到招待所，文学讲习班一位学员来找。昨天我讲完课，他拿他一篇微型小说让我提意见。我就把这篇小稿子带回招待所了。这时突然来敲门，请求我别把让我看稿的事告诉讲习班的主持人老某。（谢注：老某，师宣传科主管新闻报道、群众文化工作的副科长。）因为跟他同室的那几个学员知道他这篇稿子没给老某过目就先给了我，根据他们对老某此人的了解，都觉得他会记恨的。"谢老师讲完课拍拍屁股就回口里了。你让老某记恨上了，以后你还想往外发稿吗？"（谢注：那时候基层业余作者往外发稿，有个规矩，必须要有师政治部宣传科盖章认可，证明此作者政治上没问题才行。）

我立即把稿子退还给了他。还安慰了他几句，向他保证一定为他保密。

底层的年轻人想干出点名堂，往往特别难。自身的不够成熟和各种条件的简陋，固然是重要原因，但缺少诚心替他们开门铺路的人，想必也是他们难以进入高级殿堂的重要因素。所以，对于他们，靠天靠地，重要的还是要靠这四个字——百折不挠。唉……百折不挠啊百折不挠，谈何容易哦……

公元某某年八月某某日

接李爽信。让我代他去红星二场"考察"一个姓曾的退伍老兵。但没说明为什么要考察这个退伍老兵。更没说明着重考察他哪一方面的问题。这档事不太好办。但爽兄的事，再不好办，也得办。

日记（四）

时代转轨必定要拿一两代人的生命历程做代价。这就是时代（历史）进步的社会成本。残酷吗？也许历来如此？

人生最终的价值在于觉醒和思考的能力，而不只在于生存。（亚里士多德）

把所有人都变成政治动物已经被证明会很可怕。但如果把所有人都变成经济动物，这片"丛林"又会上演一出什么样的大戏？

公元某某年八月某某日

不知不觉回垦区一月有余。该走了。深夜望着窗外寂静的月色，一幕幕往日的激奋和波折又重现眼前。不免生出些许青春不再的感慨。又有点青春我恋的不舍。众多当年的知青战友远离了这个曾闪烁过也埋葬了他们青春理想的地方，却依然高喊"青春无悔。青春永在。青春万岁"。并非偶然。更不是一种故意为之的矫情。但最近听说有一些知青返城后，重新过上了"好日子"，却一个劲儿地在嘲笑挖苦否定"青春无悔"这个说法。也真是让人抚膺感喟。只能说这世界真的是"林子大了什么鸟都会有"。

早上起来，发现门外放着两个大西瓜。纯种的保加利亚小红籽儿。还有一提兜无核白葡萄。应该都是刚从地里和棚架上摘下来的。没留条。当然也无法查寻是哪位好心人送的。这就是农场人。他（她）想对你好，彻彻底底。

学习班昨晚已经举行了结业典礼。按说我今天就可以走了。但还在犹豫。犹豫什么？留恋什么？自己也说不清。（满注：舍不得老情人呗。敢说没有？！）（谢注：真没有。当年就算有贼心，也没那贼胆。但那个年代，在我们这部分人中间，真真儿的，连贼心都没有。把男女之间这个"作风问题"看得太重太重。）快到午饭跟前，老某突然来邀我去他家"小酌"。大出我意外。这一个来月，来找我的人太多。但他会来约我，还是约了去他家，更要"小酌"，确实让我感到有一种去鸿门赴宴之意味。据说当初在要不要请我来讲课这个问题上，他是竭力反对的。（他原先也是写小说的。还写一点报告文学。）前段日子，我和垦区宣传部文化处举办的那个特训营为讲课内容产生了点分歧后，他更是到处张扬"不该再请我到独立师来讲课"。至于后来因为什么没拦得住我，我就不清楚了。（谢注：后来才弄明白，是师党委主要领导坚持要请我。）我到独立师后，不能说他故意跟我"保持距离"，但确实始终做出一副不冷不热的姿态。凡是我讲课，他到场做个开场白，就一定会找个借口立即离席，从来不会听我讲下去。每次都这样。他那样做，是想表示他根本就不屑于听我的课，还是告诉学员们他有更重要的公务在身，就不得而知了。

邀请了，当然该去。他不义。我不能不仁。但在心里还是有个疙瘩：他这是干吗呢？又在唱哪一出戏？如果说得罪人，当初在垦区我的确得罪过不少人，也为此付出了不算小的代价。但真的，我从来没得罪过他。因为在那些年里我跟他压根儿就没有过任何交集。甚至可以说双方都互不认识，他犯得着这么"涮"我，处处"别我马腿"吗？

毫无疑问，今天这一"酌"肯定有背景。有"内幕"。

果不其然，在他家落座十分钟后我就弄明白为什么会有这么一次"突兀之邀"了——今天上午，新任师政委的秘书给他打了个电话，说修为民政委想问一下，谢老师什么时候走，能不能请他多留一天。他本想抽时间来听谢老师课的。了解一下当下国内文学界的情况。但这几天一直在参加垦区党委常委扩大会，回来后又忙于传达落实这次扩大会精神，实在抽不出时间去听课。他想知道，在谢老师走以前，能不能请谢老师吃个便饭，聊聊。秘书还告诉老某，修政委一再叮嘱，如果谢老师日程紧张，没时间多留一天，也不要勉强。但一定让小车队安排个专车送。直接送到白杨河机场。

原来如此。

连修政委都要请我"吃个便饭"，他一个宣教科副科长不赶紧表示一下（音hà）弥补一下（音hà），万一今后……

其实，他真多虑了。我和他还能有什么"今后"？还会有什么"万一"？再说，我怎么会无聊到会去修政委跟前三长两短地搬弄他这点上不了桌面的是非？再怎么样，我也不能让修政委瞧不起我呀。

公元某某年八月某某日

真的想不到，和这位修政委"聊聊"，竟然会有这么大的收获。很值得详细记一下。

为了等这次"召见"，在招待所整整待了一个白天。哪儿都没敢去。（老某的态度继续大为改善。在招待所整整陪了我一天。有他陪着，让我真的有一种猫抓心的感觉。）到下午七点多钟还没等到"召见"通知，我以为这次所谓的召见要泡汤了——这也没什么可埋怨的。从老某嘴里隐隐约约听说，如何贯彻落实垦区党委这次扩大会精神，独立师党委内部意见并不统一。当个一把手，并不像人们想象的那样，想干啥就能干啥。特别是初来乍到的，又是个年轻的接班人，在站稳脚跟前，还是有许多关节要打通的。大约等到晚上八点四十分，修政委亲自打电话来表示歉意。"要不，您先休息吧。咱们以后有机会的话再找时间……"他说。我当然表示："不急。您那儿是大事。我这儿反正闲着也是闲着，多等一会儿没事。"到十点左右，门外车响。两道强光扫过窗户。老某忙迎了出去。是这位年轻的政委。让我又一次想不到的是，他，全垦区最大一个农业师的一把手，统管着近二十万干部、职工，几百万亩耕地，竟然那么年轻。可能是长得少相的缘故？看上去仿佛刚过三十。大胆探问了一下。他挥了挥手笑道："哪里哦，也快四十了。"啊，"也快四十了"——其实比我还小两岁。得知我还没吃晚饭，他"哎呀呀呀"地一连声自责，立即让老某通知机关小食堂准备两个人的晚饭。送到房间里来。我刚想婉拒，他又一次挥了挥手说道："我也还没吃嘛。客气啥？"并问老某："小食堂里还有值班的主厨吗？"老某忙答："有。肯定有。领导没撤。他们一定会留人。"政委又叮嘱："谢老师是上海人。菜别整咸了辣了。"老某得令，刚要出门，政委又告诉他："一会儿饭整得了，让小食堂的人送过来就行了。你回吧。"一听政委没有那个意思让他也陪着吃，老某略显有点尴尬和失落。他当然懂，修政委这是要跟我单独说忽儿话，便忙又笑着应了声："好的。"便快快地去小食堂传令去了。

　　菜品果然整得精致。后来听说，当天晚上在小食堂值班的主厨姓康，也是个上海支边青年。但他不像我和少文、李爽那一拨，说好到垦区就得下连队去劳动（锻炼）。他比我们早一年。是师干训班特招的。经培训后他们应该是分到各团（场）一级机关部门当业务干部。这位老兄祖籍扬州。（谢注：上海开埠百十年，居民中除极少数是本地"原住民"。大多数都是半道来沪上谋生的江浙粤人。其中大致分三大帮：也即苏北帮——扬州来的就属这一帮。宁波帮和广东帮。广东帮最有钱。最穷的是苏北帮。苏北帮中的扬州人多在上海干"三把刀"的活儿，即剃头刀、修脚刀和菜刀——即当厨师。）康主厨爷爷当年被人带到上海，跟先期到上海讨生活的扬州老乡当学徒，学的就是厨艺。后传到他父亲手上，成了沪上一位淮扬菜名厨。再后来他也爱上了厨艺；到垦区后，独立师领导发现他家传这方面特长，就一直被留在师机关小食堂干着。据说，林辅生政委当政时，还把他送回上海，在锦江饭店"进修"了半年多。后在师部成了家。娶了师针织厂的女工——一个实实在在的农场二代。

菜上齐后，修政委把康大厨叫来跟我见了面。他给康主厨也倒了杯酒，笑道："老乡见老乡，两眼泪汪汪。我陪你俩干一杯吧！"这个年轻的政委情商真够高的。

他和我一直聊到天亮。在向我简单了解了一下北京和全国文学界的情况后，我很快就弄明白他今晚找我"聊聊"的真实意图了——"您能不能抽出点时间来好好写写我们独立师，我们有个了不起的人物，大伙都叫他鸡场老汉。"

嘿，他以为我不知道此老汉哩！向他说明情况后他很意外："原来您认识他啊！"

"岂止认识。熟。熟到不能再熟的地步。当年吃过他不少鸡蛋。"我笑道。

"您可能不知道，他可是我义父。"

我一愣。

……修政委的生父是国民党原驻该省警备司令部军械处的一个尉级军官。彭老总率我军一野解放大西北。国民党驻西北部队的总司令陶峙岳将军听了毛主席和彭老总的劝，率部起义。他生父随即也成了"解放军"。那时鸡场老汉常庚是我军枪械修理所的一个技术员。专门修检从国民党军人手中缴获来的那些"毛瑟枪"，这就和修父有所接触了。后来一野二兵团奉毛主席令，就地解甲屯垦。修政委的父亲和常庚大叔分到同一个连队，到白杨河一带开荒建农场。那时他俩都很年轻。比修政委父亲要年轻五六岁的常庚大叔在连部当文化教员。修父便随队在大漠戈壁红柳丛中开荒挖渠。打土块盖房修路。两人有个共同爱好：吹口琴。谈时事。不可免地成了好朋友。不久，一群起义的旧军人哗变，在杀害了他们连队的政治指导员后，夺枪逃跑。妄图出境。常庚大叔和修父所在开荒部队奉命拦截。平叛。修父不幸中弹。临咽气前，向常庚大叔托孤。"兄弟，我只求你一件事，一定认了我的儿子，把他当你亲生的。我修某人死当瞑目……"大叔点头。修父仍不放心，急喘着大叫一声："向我保证。发誓。让他姓你的姓。""我保证……""发誓！""发誓……""让他姓你的姓！""让他姓……姓我的姓……"修父立刻挣扎着要起身向常庚磕头致谢。但那时他已经没有气力起身了……

后来，这位常大叔没践诺。没让修政委改姓。只是改了他的名，从修耀祖改为修为民。让他别忘了自己是谁的儿子。同时也让他牢牢记住从今往后应该、也必须要走的人生之路。

"要说大叔后来被下放，一级级地往下放，一直放到红星二场场部后头那个沙枣林里喂鸡，除了其他各种原因，多少跟收养我还有点关系。我亲耳听到组织上派人劝他把我送福利院，他就是不肯。他第一个夫人在师机关保卫科当助理员。那是个特别要讲政治的部门。可以说她基本上就是因为我这件事跟他离婚的……回想起来，谢老师啊，在我这一生中，大叔他真的……真的比我生身父亲还重要，还要亲啊……"说到这里，政委同志的眼圈红润了。"如果说，我仅仅因为他比我生身父亲还要亲这一点，今天才来动员您来写写他，我就不配当这个政委……"

说到这里，他停顿了。不说了。他垂下头，沉默了好大一忽儿，低低地但却坚定地说了声："您一定要看到，我们现在真的、真的特别需要像大叔那样的共产党人……特别特别需要……"

我注意到他这时说的是"共产党人"而不是"共产党员"。虽然二者的所指是一样的，但其中的能指恐怕还是有点区别的。究竟有什么区别，我说不清。但肯定有区别。你想啊，在一些特别严肃重大的场合，涉及一些特别严肃庄重的话题时，我们往往会自觉不自觉地用"共产党人"来代替"共产党员"。为什么？我说不清。能说清的是，在政治内涵和指向上，这两个称谓肯定是没有任何差异的。也不允许有任何差异。也许差异只在于"共产党人"指的是一个群体。是复数。而"共产党员"只表示单数，指的是个体。

是这样吗？

可能。

而且在这里，他特地用到了"共产党人"这个复数称谓，是不是在强调当代需要一大批像大叔那样的共产党员把改革开放事业进行到底，同时又不脱离了建党时所抱有的那个初衷？

是这样吗？

可能。

垦区多年来是个独立核算、吃大锅饭、计划经济的典型。从政治上说，它始终是稳定边疆的一股不可或缺的强大力量，但从经济运作上来说，它从五十年代起，几乎年年亏损。一直靠国家财政补贴维持着。这也是垦区党内一部分明智人士久久为之焦虑和愧疚的。全国全面改革开放后，垦区这种常年吃国家财政，靠国家输血的局面当然不能继续下去了。要不要改、怎么改的问题就严重地浮出水面。对此，在任何一个会议上，你不会听到任何反对的声音。一致异口同声地说要改。但在水面之下，反对、质疑的声音就常起常落了。原因很简单，要改革，势必会触动一些既得利益者。但不触动既得集团的利益，就不能成就"改革"，也无法成就这次"新长征"。有人说，国家需要我们来稳定边陲。它不会撤我们这根输血管的。但作为拥有二百多万人的一个国有政经集团，如此长年累月靠输血过日子，垦区还要我们这批共产党员干啥？垦区水面之下存在着要改革还是不要改革的斗争。在这里，我又用上"斗争"这个概念，也许不那么准确。眼下，上面不少文件已经不用"斗争"这个说法了。但谢老师，您在农场生活过，应该容易理解我用"斗争"这个说法的必要性吧？而已经靠输血过了几十年稳当日子，一下要改变……要扯断风筝线，撤去这根输血管……要自主强大起来……谈何容易……有"保姆"哄着，有"爹妈"供着的日子毕竟好过……

修政委说到这里，有人敲门。是康大厨。他为我们送来一道饭后甜点——桂花醪糟汤圆。典型的江南小吃。修政委笑笑说："行了。老康，辛苦你了，早点休息去吧。"

端起醪糟碗，这位年轻的政委却好长一忽儿既没动碗中那把青花瓷汤勺，也没吭声，似乎在重拾刚才被打断的思路。

我等着他继续说"鸡场老汉"，他的那位常大叔的"故事"。

但他突然跑题了。

"谢老师，您认识红星四场的小李吗？"

"哪个小李？红星四场当年从河南来了一大批李氏族人。老老少少，男男女女，拉来十好几车哩。"

"小李嘛！'文革'期间您还认识四场多少姓李的？只此一个嘛。"

看来，这位年轻的师政委"情报工作"做得不错。细细摸过我的底。为今晚的"随便聊聊"做足了功课。

红星四场李氏族人我的确只认识这么一位，而且我一直称他"小李"。李志国。"文革"期间师部八一中学的学生。因为喜欢摄影，常借口要留下他们学校那些"保皇派"的"丑恶嘴脸"及"反革命罪证"，上我们"革命总部"来借那架上海出的海鸥牌相机。有一回他趁我们总部没人，私自把相机拿去用了。被"总部"那些老少爷们（当时的称谓是"战斗队员"）发现，要把他当小偷扭送师抓革命促生产指挥部，被我制止，并担保了下来。从此以后，他常围着我转。不能说"鞍前马后"，也肯定百呼百应。招之即来。来之能"战"。直至我被押送去了红山煤矿。很少再有过去的"战友"来看我。他一年总会来看我两三回。给我带点砖茶。奶疙瘩。（谢注：草原牧民酷爱的一种奶制食品。）这孩子脑子极其管用，这两年他把自己"经营"得相当不错，一度当上达瓦克乡的乡长。乡党委书记。当时整个卡拉库里县没人敢动人民公社，更没人敢砸社会主义集体经济铁饭碗。不少干部转不过弯来，都在观望。他思想上转得快，第一个在他乡的地面上解散了人民公社,分田到了户,承包到了人。当时我还直替他担心,托人带信给他说,你小子胆够肥的,真砸社会主义铁饭碗啊。他回话,谢老师,是啥主义咱不管,也不归我们这一号的管。当年您"谆谆教导"过我,任何时候听毛主席、党中央的,准没错。现在毛主席不在了。党中央还在啊。还是那句老话,听党中央的管保没错。他还让带话的人捎我两瓶当时极紧俏的红星头曲。还附了这么一句话,如果谢老师现在依然还不喝酒,也别随便糟践了这两瓶酒。他说,这酒是最早的那批原酿。现在就是有首长批条也拿不到了。在他们乡里,你给谁一瓶这样的红星头曲,你让他替你干啥他都愿意——当然除了杀人放火抢银行。没几年,他当上了卡拉库里的常务副县长。我去看过他一回。他主持下改建的卡拉库里中央大街,好气派,用他们县里人的话来说,"简直了,都能起降波音七三七了。"他亲自开着一辆皇冠到国道路口来迎我,后面还跟着一辆四驱丰田越野。越野车里有他的秘书,还有县政府文化局、群文馆的两位领导。一路开进中央大街,他滔滔不绝给我介绍卡拉库里这两年的变化。然后把我带进一家新落成的雅茗茶座。两进的大院。我们去的当然是包间。装潢得古色古香。隐蔽的小音箱里柔柔地播放着江南名曲《梅花三弄》。一个剪着小平头的中年汉子早在那儿候着了。志国指着他介绍道:"这是我好兄弟。雅茗的老板。"我抬头一看,这老板我熟啊。上海知青。郭万福。当年没考上高中,一直在家待业。父母都是国营菜市场卖鱼鲜的。当时我还做过他的动员工作。动员他报名到垦区来"战天斗地"。在他下决心报名的那天晚上,我俩几乎"热泪盈眶"地谈了整整一个晚上。最后他还说:谢平大哥,你说的这些,我都记住了。到了那边,再苦再累我都听你的。你要是当官了,千万别忘了我万福。继续多帮助我……早听说他已经成了上海知青中的首富。在白杨河市和省城都有投资在建的五星级宾馆。而且特别有远见地从以色列引进一整套垦区非常需要的滴灌技术和设备。对解决垦区的水荒问题和沿用了几十年的大水漫灌这种非常原始非常落后的田间管理方式做了大贡献。他见了我仍然十分热情。我刚说了句："万福，你不错啊，该改个名字叫郭首富了……"他忙拉着我的手说："啥首富后富的。我就是在李县长的扶携下做点小买卖，混口饭吃。"这时，从我身后传来脆脆的说话声："也是该着我们这一拨人走好运罢了。李县长，长远不见了。听说您又要高升了。高升，就不要我们了？"我回头一看，只见走进来一位三十岁上下的女子。身材挺拔苗条。五官周正精致。举止落落大方。只是与众不同地穿一身靛蓝色苎麻纺中式衫裤。仿佛一具精致的天青瓷造像从纱幕后突现。李志国忙笑着给我介绍，这是雅茗的老板娘。"县长，您又说颠倒了。她是老板。我是老板娘。"郭万福笑着更正。

既然是老板或老板娘，在她修长的手指上我却没看到通常都能看到的一两枚十足金的或镶金包玉的戒指。手腕上也没见到应有的水头十足的老坑玻璃种帝王绿翡翠镯子。指甲和嘴唇也都还保留了本色。更没重新文过眉。这不仅让我意外，多少又让我生出些许敬意。只是她脸色有点发黄。脸面稍有点虚胖。唇色也略有些发暗。后来才知道，她因肾病服用类固醇一类的药，致使人虚胖。"干啥都太用心太讲究啦。店面的装潢设计施工、店员的招聘培训、店里家具和软装饰的挑选悬挂摆放、茶源的挑选品鉴……没有一样她不亲力亲为亲自过问，亲自上手监办……"

"是。我就干一件事，出钱……"郭万福应承。

老板娘撇嘴一笑，不再接万福的话茬，只是问："怎么还没给李县长和客人上茶呢?"

"你不来,这茶怎么上?县长现在只喝你亲手泡的茶。"郭万福笑。

老板娘随即从身后的一架高大的玻璃柜里取出一套专门定制的汝窑茶具。这一套茶具足有二十多头。说它是专门定制,它每一头的身上都烧上了使用者——这位李县长的大名——李志国。当老板娘给我端来用这套茶具中的一只茶盅盛着的茶水时,我笑着打趣:"这一盅茶我可没资格喝。您瞧,它是标明了专给这位县长同志喝的嘛!"

反应极灵的志国立马指着万福说:"你看看,疏忽了吧。赶紧给谢老师定制一套他专用的茶具!也烧上我们谢老师的大名。"

我忙起身阻止:"别别别。我是开玩笑的。别当真……"

老板娘马上应道:"是我的错。我疏忽了。谢老师大名是……谢平?哪个平?和平的平?我马上给瓷厂打电话,让他们定制。马上定制。要汝窑开片的,还是柴窑钧瓷的?"

后来我才知道,这位老板娘是天津人。浙大中文系毕业。当年还是小有名气的"校园诗人"。写过类似这样的诗句:"我——二十岁的面孔两千年的心脏","我们每一根血管,都是长江黄河的支流……"毕业后在杭州旅游局实习。郭万福陪李县长去杭州度假,游西湖,结识了她。一来二去——李县长告诉他:相信我的眼力,你娶她没错。准是个干才。好当家的。我要没成家,一准娶了她。果不其然。他没推荐错……需要补充一句的,这位校园诗人手上没戴金套玉,却戴着个正经从古墓中出土的扳指,手腕上戴的是西藏天珠串。挺有一股老天津的味儿。

让我们回到修政委这儿。

那天这位独立师年轻的党委书记修为民突然跟我提及我这位"文革"期间的忘年交——小李,我多少还是有点"诧异"和疑惑的。他找我不是特意要跟我说说常庚大叔的吗。干吗要绕到"小李"这头来了呢?这二位,常和李,一老一少,在生活中工作上从来也没发生过交集,难道他俩之间还有什么瓜葛?

我疑惑。瞅瞅他。

他放下手里那碗醪糟汤圆,问:"您见到您那位忘年交时,感觉他这些年来有什么变化,这变化中有什么不正常的东西吗?"

"没……没有啊……"我吞吞吐吐。

"没有?他们说作家都特别敏感……"

"那也不一定。"我轻轻咬破了一枚桂花芝麻汤圆,啜着里边又甜又黏又香的芝麻汁,笑道。

"哈哈。"他仰头一笑。然后轻轻地摇了摇头,否定了我的回答,再问,"真没感觉出点啥?"

我沉默了。我倒不是替当年这位"忘年交"避讳。那天在雅茗也不能说完全没一点感觉。小李和郭万福夫妇之间的关系确实有那么一点点"异样"。但仅凭这点"异样"又能说明啥呢?是的,一个区区县级官员为了接一个朋友,至于要带上秘书、县政府的其他官员,启动两辆进口车,亲自上国道口去迎?怎么就学会摆这样的谱?形成这种风气了?上人家茶馆喝点茶,歇个脚,也寻常。但非得老板和老板娘亲自烫壶洗茶沏泡伺候?也许这一切都不是您要求他们做的。但人家这么做了,您……您就那么舒舒服服地"笑纳"了?当然,话又得说回来,当官也可以交个商界的朋友。据最近的官宣,发展和提振地方经济,百分之七十得靠民营老板——这是官方统计数字。朋友往来，以茶敬友，又何尝不可？就算老板或老板娘亲自为政府官员沏个茶，接个车，在今天的中国早已算不上什么大事。但是……但是在这种表面上看起来没什么奥秘、只不过稍嫌有些过分亲密的关系背后，还会有些什么，我真说不上来。也不能瞎说。

但修政委接下来的一句话，真"吓"着我了。

"您这位忘年交朋友今年年初就被双规了。案子中涉及违法的部分已经移交司法处理。"

我一愣。

他看出我的不解和疑惑了。他说："您这位李志国的事是在地方任职期间出的。他的问题也归地方上的纪检委处理。（谢注：垦区和地方统归省委领导。但又分成两个各自相对独立的系统。互不隶属。）案子还在查处过程中。我们也不便过问。外界只是疯传了一些绯闻，说他和雅茗的老板娘之间还有一腿，有过一个私生子。"

"……"我再一次无语了。小李竟然和雅茗这位风雅的"老板娘"有一腿？（谢注：当时我是绝对不信这些绯闻的。像万福这么聪明到精明、头脑绝对拎得清的人，夫人背叛，他会一点没觉察，一点不知情，知情后又怎么可能"听之任之"，继续这样谈笑风生地与自己夫人的滥交者来往？！）当年，他和黄林大是我们街道团委两个重点动员对象。黄林大没听我们的。他是听了的。那天，他那个多少有点口吃的老爸几次上阁楼来干扰我们。不想让我们谈下去。后来，我俩干脆躲到静安寺十字路口，靠在人行道边的铁栏杆上继续聊。深夜小雨蒙蒙，都没消减了我俩的谈兴。他老爸想让他就这样留在上海，将来顶岗接他的班，去菜市场卖鱼鲜，或者继续在里弄生产组里做新式煤球炉和蜂窝煤饼。他老爸的意思是，在上海住

111

滚地龙（谢注：解放前上海贫民窟里一种用竹竿和苇席搭起来的简陋住房），天天吃咸菜过泡饭，也比到外地去住楼房吃鱼吃肉强。他最后跟我说了这样一句话："你不用跟我讲那么多革命大道理。如果有一天我真想通了，真被你们噱去报名了，跟你讲一句老实话，绝对不是你们那套大道理起的作用。我只不过不想让我老阿爹一直操纵我的生活。我想活出我自己的宽度和长度来。"那天我还问过他：刚才你靠在铁栏杆上，半天没说话，到底在想啥？他沉吟了一下说，我看着眼面前来来往往的人，想：在中国，更多的人都被埋没在底层，浮到水面上来的只是少数。或极少数。难道像我们家这样被埋没的一定比浮上来的那些人差吗？为什么他们浮上去了，我们却仍然沉在海底？你光跟我讲大道理，想过这个原因吗？我反问他，你说这是什么原因？他呵呵一笑，没头没脑地大声说了一句，"这是一根失落的地平线啊"……

……记忆中，他那时皮肤挺白。留着中分头。白衬衫的胸前小口袋里总插着支银灰色钢笔。笔套还是插拔式的。土黄色的卡其布西裤虽然不见挺括的两条裤线，但也总是干干净净。真不像在里弄生产组干活的人。但到雅茗再见到他，头剃成平顶的了。腮帮子圆鼓起了。肉也厚实了。脸面上油光光的。一件中式的白老布褂子。纽扣也换成了中式布扣。穿双黑布老头鞋。一副白布袜。大拇哥上同样戴着一枚和田玉的扳指。这扳指因为是从古墓里出土的，带有明显的黄沁色的老皮。而他的皮肤应该是早已晒成棕褐的了。整个人给我的印象也是"是山不见山，是水不显水"。笑不闻声。甚至在他眼神深处你都再也捉摸不到当年他说"我想活出我自己的宽度和长度来""这是一根失落的地平线啊"时总会显示出的那种灵光。一切都稳住了，埋起了。任何时候你问他这一向在干啥？他总拿清代名医王清任的一句话来应付你："我？嗨，还能干个啥，也就开个小药铺，学着糊弄人呗。"其实他早就成了垦区几位主要领导的座上客。频频亮相各种集会。也许正是他这种内含的稳劲儿，干事的狠劲儿，他才拿得住那位浙大毕业的女高才生（仲丽苹）。而且我始终都不信，在他眼皮子底下，这个仲丽苹会和志国搞那种"绯闻"和"私生子"一类的把戏。完全不至于嘛。也完全用不着嘛。从定案后公布的材料看，凿实印证了我的感觉——关于她和志国的这些绯闻纯属无聊网民虚妄和低俗爱好所致——不过志国确实有他不正当男女关系问题。还是窝边草。他办公室的一个中年女文员。在他身边为他工作了好些年的一个女文员。还有一些别的事，比如通过那个女文员在万福投资建宾馆、建滴灌设备厂时，从基建费用中抽逃资金去上海另立户头等等，他和郭万福们确实有"勾搭"。事还不小。还相当严重。到底怎么中了套触碰了一根又一根高压线的，那就是后话了。

"李志国和郭万福很可惜。不管怎么说，他俩都是从我们独立师出去的能人。轰轰烈烈干过一番事。说他们是什么呢？半度人？"

修政委说。

我又一惊："您怎么知道这个'半度人'？"

"哈哈，若要人不知，除非己莫为嘛。这有什么可奇怪的？您说的这个'半度人'，是否专指发生了某种变化的人？"修为民问。我告诉他："我也说不清楚。"

"您作品里写了那么些人物，好像从来也没写过这种半度人。为什么？"

"……"我不知道怎么回答他。大概是因为自己还没看透和想透，笔力也不够，担心写不准他们？也怕得罪许多朋友，以为我在笔下影射挖苦讽刺他们？

"还有一种人，很应该写写他们。但至今为止被你们这些作家有意无意地……或者说得客气一点是在不经意中忽略了……"

"哦？哪一种人被我们忽略了？"

"这种人明知自己在当前这种激烈转型转轨的震荡中，已经无法跟上这个一日千里的新时代，必将被淘汰，却仍然竭尽一切努力在推进社会的转型转轨……仍一往无前地干着……"

"有这样的傻蛋吗？"

"有。"

"谁？"

"常庚大叔。"

"您的意思说……大叔他也面临着被淘汰的生存危机？！"

"是的。"

"怎么可能吗？这几年他几乎两年一个台阶、三年两个台阶地从特别遭罪的那么一个鸡场老汉快速提升到副厅、正局，都快要到副部的领导岗位上了。说他将要被淘汰，我真不知道您此话从何说起。"

"你啊你啊，谢大作家，只知其一，不知其二啊……更不知其三哦……"修政委他居然苦笑了。

……

日记整理到这儿，戛然而止。

李爽还想再看下去，往后翻翻，都是空白页。没得看了。他给谢平打电话，心有不甘地问："这就完了？你那个半度人到底是个啥玩意儿？没说清楚啊。你这不是故弄玄虚，吊人胃口嘛。"

后来，他俩约了见面。谢平告诉李爽："这本来就是为以后写小说准备的素材。写小说不比你们做新闻报道，恨不得在标题上就把主旨点明了才好。小说不行啊，啥都说明白了就不是小说了。你看鲁迅怎么说《红楼梦》？经学家在那里看见《易》，道学家看到的是淫，才子看见缠绵，革命家看见排满……最后谁也说不清谁看得最准……"

"别跟我瞎转（音zhuǎi）！你不是鲁迅。我们这些读你们小说的人也不是上赶着来猜谜的。现在时兴的那些朦胧诗、现代派三无小说已经够让我们大众读者昏头涨脑的了，你再用朦胧诗的笔法写不明不白的小说，存心想弄死我们啊？你以为往自己鼻子里插上两根大葱，你就真成现代派的那头'大象'了？×！"李爽说着，拿起那本日记就要向谢平身上砸去。

谢平忙边躲边笑着嚷嚷："别别别，我还要靠这些素材弄部小说去争取茅奖哩。你没听说，拿一个茅奖，过去给三千大洋，现在已经奔三十万去了。作者回到省里闹不好还能弄个政协委员、人大代表和省作协头头当当……"

闹了一忽儿，两人刚消停下来。谢平口袋里的那个翻盖手机响了，是外地一家电视台综艺栏目的编导约时间要专访他。

"你小子现在真是闲不着。"李爽揶揄。

"那是。你以为他们是真关心文学事业？扯！现在电视台就靠这一类扯淡的节目打卡提升收视率哩。有收视率，才有人来打广告。有广告费收入，才能维持电视台的运作。电视台能运作，才有可能去宣传中央的方针政策，向主管部门交差。一环紧扣着一环哩。可以说是生死攸关！所以，年轻人爱看啥，他们就做啥。年轻人爱看谁，他们就去找谁。他们是电视节目的主打客户群。追随着年轻人的口味前进，这就是今天我们许多电视台的经营之道。从追二三十岁的，到追十八九岁的。将来还会去迎合十五六岁孩子的口味了。我们这一号的，眼下凑凑合合还有人来找你做个专访去录个节目。再过几天，就成了'落脚货'（上海俚语：淘汰货）啦。后浪刚涮着你的脚后跟，你这前浪扑通一下就拍在沙滩上了。"

李爽感叹："也是。前些日子去外地出差，在机场上看到一大群——几十上百个十来岁的年轻人，一手举着名号牌，一手捧着鲜花，还有拿着傻瓜相机、录像机的，焦急地等在出站口接人。我问他们接什么人。他们指着牌子上写着的一位歌星的名字，极其诧异地瞟我一眼说道：'他！你不知道？'就没兴趣再搭理我了。不一会儿，那位歌星出现。他们简直可以说是疯了似的冲上去，甚至有哭着喊着的，有的兴奋得简直快要晕过去了……"

"又一代人。"

"他们算不算你说的'半度人'？"

"那可没法说。他们毕竟还太年轻，以后的变化，或者说分化谁能说得准？"

"……"李爽也就没再问下去。后来又嘲讽似的说道："听说这些赶来接机的娃娃中有相当一部分是让人用钱雇来的。"

于是，这件事就这样撂下了。本来嘛，它也不能算是一件什么了不得的事，弄清弄不清，既影响不了谁提级转正，也影响不了谁结婚离婚。大致上也不会影响GDP的升降。撂下就撂下呗。但没承想，过后发生在李爽家的一档事，凿实让李爽又想起了这个"半度人"……

事情是这样的：几天后，李爽应全家人的要求紧急回了一趟上海。说是他小姨"出事"了。说准确一点，是他那个小姨父出事了。李爽的这个小姨父在李家地位特别崇高。全家人都高看他一头的原因，还不只是他曾是留苏的副博士、全国著名造船专家、工程院院士。在造船这一门行业中做出过特殊的贡献，享有很高的威望。他对李爽一家老小的照顾帮助，也是无人可及的。简单举个例子，他在国外监造我国订购的船舶，按国家规定，这期间——整整两年，在国外的生活费由国家负担。国内单位发的那份工资照领。而那时，李爽休学在家治疗肺结核。李爽的二哥没考上大学，也待学在家。（后来复学又考了一回，考上了。）父亲原先在厂子里当总工办副主任，这时期因为国家遭遇三年自然灾害，加上其他因素，经济滑坡严重，厂子精减人员，也被停薪留职了。而李爽得的这个肺结核病原就是个"富贵病"，治疗中需要大量营养支撑。治疗的特效药当时国内还不能生产，有经济条件的就花高价从香港购买。全家的生活真的是"屋漏偏遭连阴雨，衣薄却遇大雪天"。万难之际，小姨把小姨父国内的那份工资全数拿出来支撑李爽一家。也正因为这样，李爽的结核病得以痊愈。后来，李爽去垦区支边所有的行装都是小姨掏钱给置办的……不幸的是一年多前，这么好的一个小姨父却在每年一次的体检中查出癌症晚期。那天李爽接到二哥从上海打来的电话，就是告诉他，小姨父不行了，几次从昏迷中醒来，都断断续续地对身边的家人说他想最后见见李爽——这么些年，他一直很关注这个当年有志气、响应号召、万里迢迢去"建设边疆保卫边疆"的外甥。得此恶讯，极为震惊的李爽立即请了假飞回上海。不幸的是，最后还是没能见小姨父一面。小姨父的丧事办得极为隆重，中央和市委，以及有关部委一些领导都送了花圈。也算是不幸中能告慰小姨父的了。但后来发生的事却让李爽一家人都始料不及了。小姨父夫妇俩最为遗憾的是一生无后。小姨父这一走，小姨毕竟也是六七十的人了。不久前膝盖又受了伤，行动多有不便。家里人合计，无论如何得替她请个住家保姆照顾她。可她断然拒绝。而且怎么劝都不行。就是不要。还着急忙慌地要给自己那个膝盖置换人工关节。家里人告诉她，您都这么把年纪了，能不动外科手术尽量不动的好。爹妈给的那点"零配件"不管怎么样，但凡还能用，都比那人工的玩意儿强。更何况好几个老大夫都说她膝盖上的那个伤痛是可以通过保守疗法来治疗的。但"**任凭谁说破大天去都不行**"。多年来，小姨给家人和单位同事的感觉一向是性格温顺，特别通情达理。这次如此固执任性，让所有人都大跌眼镜。给大家的感觉，好像是小姨父走了，一夜之间她完全变了个人似的。特别是，她说出她拒绝接受由住家保姆来照顾她的理由更让大家匪夷所思，不仅是"匪夷所思"，简直把大家惊着了。她说："你们的小姨父走了，我好不容易得到了解放，你们让我自己好好过几年，行不行啊！"小姨父去世，怎么会让她产生"**解放了**"的感觉？！多年来，在所有人看来，小姨父和小姨举案齐眉，琴瑟相和，患难与共，事业成就卓著，是一对几乎没有瑕疵的**模范夫妻**。也是大家心中向往的"**绝配伴侣**"。小姨大学毕业后，即分配到小姨父工作的那个研究所，多年后，也评上了高级工程师。作为院士夫人，小姨她更是享受了一般女子很难享受到的荣光和福利待遇。只举一个小小的例子，比如早晚交通高峰或突然遭遇雨雪天时，上海市内往往很难打到出租车。总是让那些急于上下班出行的人非常为难。假如航班是定在这个时间段的，那就得提前两三个小时出门，才能保证不会误机。但在她却不难。因为上海市为了保证院士家人出行方便，给他们都发放了一张交通保障卡。需要时——无论什么时候、什么情况下，也不管市面上的出租车业务有多么繁忙紧张，只要给出租车公司打个电话，报上此卡的号码，出租车公司一定会按时按点派车来接送。公司总会备着一些车辆为持卡人服务，绝不会误事。再比如这些年一般人都重视起来的体检。常规的做法，人们自行去医院花一两个小时做体检。而他们做体检，都是专车专人来接。接到专门的疗养院里住下，花两至三天时间，"几对一"地（由几个大夫专门负责）对这一个"国宝级的专家"和他们的夫人或先生做体检。如此等等，不一而足。现在小姨父刚去世，她怎会产生"解放了"的感觉？这里到底有什么隐情？

等办妥了小姨父的后事，家人委托李爽"认真找小姨谈谈"。他们都觉得，李爽做了驻京站记者，又担任着驻京站的"领导"，一定能更好地完成这个任务。冲着小姨父和小姨向来对自己的关心和关爱，他也想说服小姨接受家人对她的关心和关爱。李爽本来想在外滩找个特别高档的地方，比如外白渡桥桥头那个著名的上海饭店（那儿离解放前那个英国和苏联驻沪领事馆都不远），再比如更著名的和平饭店（不少国家首脑访华来上海都会在此下榻）。但小姨一口回绝了。她觉得还是去她家更好些。"到我家来看看。你还没来过吧？""上她家去看看？她家我去的次数简直不要太多哦。怎么会说我没去过她家。什么意思？"小姨父在世时，单位按院士待遇，给他们分过两次房。先是在富民路上离著名的东湖宾馆不远一条新式里弄里分了一套顶楼带大阳台、煤（气）卫（生间）俱全的两居室。后来又在一个毗邻街心花园的新建小区里给他们补分了一套一梯两户、三室两厅两卫、南北贯通的公寓房。

但那天按小姨给的地址，找到小姨所在的那条弄堂时，李爽意外——宽敞洁净的弄堂里,一幢幢分明都是一幢两户的法式双层别墅。并不是他熟知的小姨和小姨父原来的那个家。难不成这些日子她住到朋友家来了?看着小姨气色还可以。应该是已经度过了丧夫最初的那个哀痛期,亲自到弄堂口接李爽。上了别墅二楼,客厅宽大。一整套藤编的软垫休闲沙发身后高高耸起三盏乳白色立地无影灯。没等李爽坐稳,她就把他打小就喜欢的几种上海小吃,如盐金枣、炒白果、椒盐烧饼、老大房鲜肉月饼和麻酥糖端了上来。看到李爽对这住地一脸的疑惑和不解,她解释道,她换房了。小姨父癌转移恶变住院,从大夫嘴里她得知他这一回不可能再活着出院了,她就去房屋中介处把原先的两套房挂牌出卖,再加上几笔到期的定期存款,置换了这么个两户合住,但从不同的门出入、互不干扰的"独幢叠拼法式别墅"。"侬看这样住着,是不是要比过去宽松惬意些?"她说。李爽知道在住房问题上,小姨和小姨父曾闹过一点"小矛盾"。小姨一直盼着自己能有个把不同生活空间区分开来的"宅子"。比如书房归书房、客厅归客厅。主卧、客卧、阳光房、衣帽间等也都能分在不同的区间里,不再一室兼用或多用。以前条件不允许,只能凑合。她一直希望能"宽宽松松、像模像样地过上几年"。当时她跟小姨父说过这件事。立即遭小姨父批驳。小姨父觉得组织给他们已经补配了那么多房间,相当不错了。"组织上给我们补配住房,是要鼓励我们好好工作。我们不能得寸进尺。得陇望蜀。只在优化自己的生活上下功夫。"拿到补配的新房后,他觉得这么宽敞的三室套房里只用来生活,太过分了,执意要从单位里搬一张办公桌放到客厅里。把客厅变成"居家办公用房"。就这个问题,两人有过争论。最后,小姨还是无奈地服从了小姨父。多少年来她习惯了服从,一直到小姨父去世……

待李爽坐定，小姨开宗明义，直接点破李爽的来意："他们请你来是做说客的吧？全家人是不是都在怀疑我这么多年一直隐瞒了什么？怀疑我和小姨父的真实关系……"小姨说着，微微偏过头去看了一眼身后那面墙。那面米黄色的墙上挂着一个大镜框。在镜框里待着的正是小姨父。还是当年穿军装时拍下的。戴副眼镜。刚开始有一点发福的他。很帅气。镜框下的条案上有个长方形的玻璃匣子。匣子里陈设着一具我军早期的潜艇模型。模型身上标着一枚鲜红的八一军徽。小姨的眼眶微微地湿润了。她轻轻地叹了口气道："我不怪你们会这么想这么看待我。说到底……说到底……"她略略地停顿了一忽儿，似乎在寻找一个更合适的词来准确地表达她这时要说的那个意思。"说到底……你们……无论是你，还是我姐我姐夫，还是家里的其他什么人，你们并不了解我和小姨父。虽然……我们一起生活了这么几十年……"

"我们不了解您？"李爽放下手里的咖啡杯，反问。

"不承认？先不说这个了解不了解我的问题。我问你，你们了解你们自己吗？了解一个真实的自己吗？"

李爽刚想反驳。小姨没让他往下说。

"你们不是想让我解释，为什么那么好的一个小姨父去世了，跟他一起和和美美生活了这么些年的我居然会产生'终于解放'了的感觉。几乎所有的人都要我解释清楚这问题。可以。不过你得先答应我一个条件，不管我今天跟你说了什么，做出什么样的解释，你都不能怀疑你姨父的人品，更不能怀疑他这么多年来对我们李家，尤其是对你这个外甥的情感，不能稍稍减弱对你这位姨父的感恩之心。要接受这么个说法：这么些年来我和你小姨父之间发生的所有的这些事情，无关乎他人品和道德。你能做到这一点吗？"

"这……当……当然……"李爽有点"蒙圈"。

"请正面回答。"小姨一本正经地要求。

"当然……当然能做到。"

> 李爽和小姨之间这场谈话整整进行了三个多小时。后来天色渐渐转阴。弄堂里一直有人在拉着大提琴。琴声舒缓、低沉、柔美，而且还忧郁。小姨告诉李爽，隔壁住着一对母女。母亲是"海归"。女儿是个艺考生。每天这时候都会练习这首著名的《神秘园》。一拉就是好几个小时。有时无轨电车恰好从弄堂口当当当地驶过，好像专程来接她似的。

"我们从头说起。"

小姨告诉李爽，她最早心仪的对象并不是小姨父，而是一个刚从英国留学回来的男孩。她最后之所以选择了小姨父，有她自己的因素——小姨父的确很优秀。中年以后他发胖了。早年帅气的他穿上军装，也不次于八一厂的著名演员王心刚。这里当然也有家庭的因素。"你外婆外公竭力主张我找留苏回来的高才生。"那是那个年代多数人的看法。说到这里她打开两罐德国啤酒，把其中一罐递给李爽。李爽看见，在小姨身后那个原先存放小姨父工作资料、参考书籍的玻璃柜里，那些资料和书籍已经统统不见了，放上了一听听、一瓶瓶、一罐罐各种各样的酒。光那些装酒的瓶子——玻璃的、陶瓷的、金属的、长颈的、圆肚的、常规的、异形的、硬木盒包装、竹篾包装……中国的、外国的，都能让李爽"叹为观止"。它们应该是小姨父留下的。从世界各地搜罗来的。原先都关在壁柜里。现在都"敞开"了。原先不知道小姨能喝酒。现在知道了。难道是因为小姨父走后的孤独才让她爱上了酒，还是因为那种家人没法理解的"解放"感让她开始"恣意妄为"地钟情于这些"烈性饮料"了？

不知道。

"……留苏在当时很重要。苏联当时是我们的老大哥。送到苏联去培养的，一定是最可靠最优秀的青年。再一个原因让全家人都力促我选择你小姨父，是小姨父的出身。他父亲母亲都是革干——革命干部。而那一位留英的因为家庭成分比较高，不适宜待在我们这个担负军工生产任务的保密单位，不久就被调往外地船厂去了。而你也知道，那时候家里特别需要我留在上海帮着阿爸姆妈照顾年幼的你们和年老的外公外婆。所以后来一段相当长的时间里我一直认为自己当年的选择特别'英明'。但有讽刺意味的是，许多年后我才知道，小姨父家的成分也不低。是山东聊城地方上一个大户人家。所谓'大户人家'，拿后来曾流行一时的阶级分析法说，就是大地主。他爷爷有很多土地。很多佃户。很多钱。我公公被他有钱的父亲送到上海求学。上海开埠后，历来都是各种思潮的荟萃之地。他有幸从中接受了马列主义，又在我地下党组织的教育和影响下投身革命。我婆婆当年才十六七岁，是老地主家的丫鬟。用现在的话来说，老地主派她到上海去陪读。同样幸运的是，她被我公公带进了革命洪流。后来又成了你小姨父的母亲。（小姨的公公后来成了西北某省冶金厅厅长。婆婆在该省某有色金属公司人事局任组织科长。）"

……小姨和小姨父结婚后，随着整个国家形势的好转，李家的日子也进入了一个黄金期……小姨父成了所里科研的主力、业务上的顶梁柱，为国家新型号船舶制造做出了突出贡献。进入改革开放时期，被评上了院士。小姨不仅年轻时就是这个科研所女同胞中的"颜值担当"，她一张身穿军装，佩戴中尉军衔的彩色照还连续好几个季度都上了该所先进青年榜的榜单。业务上也是该所最早几位被评上高工的。因此，多年来在所有人眼里，她和小姨父的结合就是一对天造地设的"绝配"……

"《红楼梦》里说，大有大的难处。依我看，还应该再加一句：'绝配'更有绝配的痛苦。这是局外人完全没法体会的……"

……后来发生的一系列事连小姨自己也预料不到。先是她不孕。检查下来，确是她的原因。按说婚后不孕，无后，对于高级知识分子或特别恩爱的夫妇并不是一个什么无法迈过去的坎儿。更何况她认为自己的公公婆婆又都是受党长期教育的老干部。老同志。小姨父本身又在组织，受组织教育这么些年，再怎么说也不会太在意这个"意外"。但她错了。她忽视了一件事，小姨父祖籍山东聊城。从祖父起，三代单传。也就是说，如果小姨父无后，他家这一支就绝后了。对绝后这档事，公公和小姨父本人虽然不能说一点都不在意，但他俩的胸怀和格局毕竟在那儿哩，还是能让他俩理性地接受这个结果。但婆婆就不一样了。本来小姨觉得婆婆毕竟也是早年参加革命的人事局组织科长。在单位里，属下出现家庭矛盾她也曾不厌其烦地用各种大道理去做双方的调和工作。她觉得，婆婆应该能理解她的不孕实属无奈。要说迷信，便是天意。怪不得任何人。更何况小姨自己已经十分内疚。痛苦。她觉得同为女人，参加革命多年的婆婆会同情她的。甚至会帮她去安慰公公和丈夫。"事后我才发现，我看人太平面了。生活中的人不是皮影戏里的人物，薄薄一片。婆婆的确成长为我党的一个组织科长了。但她还是我爱人的母亲。是她老公的妻子。我更没看到的是，她受老家风俗的影响之深已深入骨髓——在她老家，绝后是一件比天还大的伤心事。另外，她曾不止一次告诉我，当年受命离开老家去上海陪读，她的公公、那位老地主十分郑重地跟她交代过：你去了上海，就不再是我们家一个丫鬟了。你会成为少爷的女人。一个女人好与不好，称职还是不称职，最重要的一点就是看她能不能帮自己的男人把这个家撑起来。后来无论谁给她灌输了怎样的理论和教义，她都忘不了公公的这个托付。所以一旦得知，由于儿媳不孕，这个三代单传的家将在她'主政'期间绝后了，她的确跟'五雷轰顶'一样。她几乎毫不犹豫地要儿子'休妻再娶'。必须让这个家的香火得以延续。她给儿子下令：'不管她（指李爽的小姨）提出什么条件都答应她。咱家不能到你这儿就绝后。绝后啊，这一支就没了！我活着回老家，没脸见乡亲。死了我更没脸去见你爷爷。'"

"有小姨父给您顶着，您怕啥？"李爽对小姨说。

"是的，一开始你小姨父没把这档事太当一回事。但他是个孝子。山东农村重孝。经不住他娘一次次地哭诉，他左右为难了。他为难，我就像天要塌了……"

"您当面求过小姨父的母亲吗？"

"岂止是去求过。那时我跟疯了一样，不顾一切飞到西北，跪在她面前'请罪''哭求'……"说到这里，小姨定定地看住李爽。即便事情已经过去了这么些年，此刻她眼眶里仍涌满了愧疚又冤屈的泪水。在小姨父和公公一起努力劝说下，婆婆勉强收回了"必须离婚"的指令。由于姨父一家这么宽容了她，小姨特地请了长假，在公公婆婆家差不多待了小半年，伺候二老，以示"负荆"。和公公婆婆相处的这一段时间，给小姨留下了极为深刻的，甚至还可以说是尖刻的印象。公公为人宽厚。婆婆上过私塾。虽然被公公带到了革命队伍中，受到党的教育和革命斗争生活的锤炼，但没有改变她十分强硬又极有主张的个性，更没改变她早已化在骨髓里的那种小户人家的小女子伺候大户人家少爷、老爷的习俗。一早，不等公公起床，她会亲自把洗漱用具准备齐全，端到卧室。煮好参汤，晾到合适的温度送到洗漱完毕的公公手头。有一天，小姨主动给公公煮参汤，端过去还挨了婆婆一通训斥。因为送过去的时候，参汤还比较烫，揭开汤盅盖子，热气冒出。婆婆训斥，这热气就是参气。它冒走了，就把参汤中的精华带走了，"还让老爷子喝个啥？连这么点物理和药理知识都没有，你这个高级工程师职称是怎么弄来的？"有一天家里洗了一大盆衣服。小姨抢着去晾好后，婆婆走过来瞥了一眼便训斥："晾内衣裤都应该把贴身穿的那一面翻到外面，让阳光中的紫外线对它们进行自然消毒。这点常识，你妈没有教过你？"话里话外总带着一股对这个无法生育，造成他们家绝后的儿媳的怨恨。歧视。

　　快要回上海的前一天，小姨看到婆婆在后院一个清空了的大陶缸里焚烧什么。气味很不好闻。这个陶缸平日用来养水浮莲。水浮莲娴静地漂在水面上，开着浅紫色小花，是公公最喜欢的一种绿植。平日里很少也没时间料理家务的婆婆今天在那儿忙活啥呢？她走近一看，发现婆婆在焚烧名贵的云南火腿。她惊呆了。这次来，她才知道公公平日里喜欢喝一口火腿冬瓜汤。买一整只云南火腿怎么也得好几百元。而十年以上的火腿，价格就更惊人了。一眼看去，陶缸里焚烧着的火腿至少有五六只。她一下蒙了。她猜，这些火腿应该都是别人送的。这些下属知道厅长的这一点"小爱好"。送个火腿，即便要查党纪党风也算不上个大事。这边呢，不收也不好。收多了，吃不了，时间一长，婆婆总是把已经走油变味儿的那些个悄悄地烧了。小姨鼓起勇气问婆婆，吃不了，为什么不可以转送给别人呢？烧了多可惜啊。婆婆呵斥："火腿从我们家转送出去在群众中会给你公公造成什么影响，你想过没有？你入党也不是一天两天了，怎么连这点政治头脑都没有？再说火腿存放时间一长，也是会发霉的。发了霉的东西怎么可以送给群众吃？你有一点公德心没有？！"于是，过一段时间婆婆准会又销毁一批。（包括其他可食用的"礼品"。比如中秋节前后公公家里那些包装极为精致的月饼礼盒几乎可以堆满整个衣帽间……）

当然，烧火腿的事，婆婆是不会告诉公公的。这样的小事也不该去烦扰他。包括收火腿的事，婆婆也是瞒着公公的。不该让公公知道的事，婆婆知道怎么瞒起来。这都是为了让公公有更多的时间和精力去工作。婆婆伺候公公的精细、到位，让小姨惊叹，也让她深一步认识到在这个家庭里，在两位老共产党员的某些生活细节中，仍然沿袭着以前山东聊城农村里那种大户人家的家风和传统……

"后来我觉出，小姨父家的这种家风无形中也被你小姨父继承了下来……"

"此话怎讲？他究竟继承了什么？"

小姨没有马上回答李爽的这个追问，沉默了一会儿，她苦笑着说了三个字："家长制。老式封建家庭的家长制。"

……在很长一段时间里,小姨都把小姨父体现在她和他共同生活中的这种家长制习性误认为"一心只是为了工作,想不到别的"。"他处理家庭这些'小事'不过就是有点大大咧咧、心无旁骛罢了。"小姨父确实也是个一心只为工作着想的好同志。前边提到组织上补配给他一套大三居新房。他一定要把客厅改装成居家时的办公用房。"家里就你我两个人,我俩已经有富民路上那处小套,现在如果把这么一套大三居只当生活住房,实在是太奢侈太不应该了。一定得改装一间做居家时的办公用房。"这就是典型的一个案例。当然他也有他特别"固执傲慢"的一面。"文革"期间,单位里某些人把留过苏的他当苏修间谍来查。后来查不到间谍问题,也查不到在政治思想和科技路线上有什么"追随苏修"的问题。于是很快就把他从审查中解脱了出来。你把他解脱了。他可不干了。他从小一帆风顺。人又聪明肯学。想要什么有什么。想干什么就能干成什么。啥时候受过这样的"冤枉气"?你查不出我问题来了。不查我了?又想让老子替你干活了?是不是?他任性的牛脾气一下杠了上来。老子还不伺候你了哩。马上递了份辞职报告,不等报告批下来就带着小姨去了父亲那儿。早就盼着儿子能带着儿媳过来和二老一起生活的婆婆,立即在省冶金厅辖下的一个科研所里替他俩安置妥了。一个去研制西北地方亟需的民用取暖锅炉。一个去资料室管技术档案。工资和级别照旧。厅长夫人兼公司人事部组织科长发了话,绝对一路绿灯。一切只待他俩去报到了。这可把小姨急坏了。一来是,她走了,上海那一大家咋办?关键是年老体衰的父母和迹近老年的姐姐姐夫咋办?外甥李爽还在垦区农场"苦熬"着哩,也需要她去谋划解脱。再一个更重要:小姨父搞了这么多年远洋大型舰船内燃机研制难道就这样撂下了?后几十年他能忍受这种"英雄无用武之地"

的日子，以鼓捣小型家用取暖锅炉了此一生？党和国家花那么多钱、那么大的气力培养他这么个"国宝级专家"，一切都付之"西流"了？犹豫。迟疑。忐忑。绝望。反复犹豫。反复迟疑……在一个夜晚，趁小姨父陪着他父亲去观看传统梆子折子戏演出，这幢精致的小楼里只剩下她婆媳二人时，她鼓起十二万分的勇气敲开了婆婆的房门。当她诉说完了所有的理由，请求婆婆放小姨父回上海科研所，婆婆一句话就把她的嘴堵住了："你又只顾你上海的爹妈和姐姐姐夫了？你男人的死活、你公婆的养老生息，在你看来都无关紧要？对不？媳妇啊，你要我说你什么好？你心里始终只有你们李家。你从来就没替我们这边想过。你让我们家绝了后，仍无一点愧疚之心。说到底你始终也没想成为我们家的人。对不？！"一时间小姨不知道再怎么跟婆婆辩解，哆嗦着喊了声："妈……不是这样的……不是……"婆婆立刻制止了她："别再跟我狡辩了。要回上海，可以。办了离婚手续你自己回。我给你买飞机票！"一听婆婆再次甩出她早就想甩出的这个离婚"硬锤"，多年的委屈辛酸全涌了上来。跟着眼眶一热，泪水便控制不住地涌出。嘴唇战栗着，一时间竟然不知说什么才好，猛地大喊了一声："那好……那好……那我就死给你看……"说着，一头撞向那个极为宽大的虎足硬木两头沉四屉桌桌角。但等婆婆从惊骇中清醒，一边大喊："来人啊……快来人啊……"小姨早已满脸满身都被鲜血染红，瘫倒在虎足跟前了。婆婆此刻还在一旁一边跺着脚，一边慌乱地吼道："你这女子……你这女子……是在吓唬谁呢？你这是在吓唬谁呢？"

　　……后来不知道是因为小姨父的任性发作后终于被自己的理性稀释，还是公公得空了解了这一切"突发事件"的前因后果，果断出面做了决定，小姨父夫妇还是回到了上海，回到了原单位。原单位当然不会轻易放走小姨父这样的业务尖子。从来也没允许过他辞职。可以肯定地说，没有这一回返，后来的这些年里，小姨父绝不可能做出那么多重要的科研成果，成为业界的魁首之一，在后来的改革开放年代里又被评上工程院院士，因此走上了他人生的巅峰。那么，能说他们家后来这一切一切盛况的来临是小姨当时这"拼死一撞"促成的吗？当然也不能这么说。实际上也没人公开这么说。小姨自己更是不会这么认为。她只说她当时脑海里没想别的，也来不及想。唯一的动机就是要带小姨父回上海。他一个搞远洋大型船舶制造的人窝在一个没有海的地方，岂不成"流落平阳之虎"了？……小姨带伤回到上海后，对小姨父反而更加百依百顺，更加以小姨父为中心在画着自己人生这个不怎么太圆的圆圈，并一心一意地竭尽一切可能地把它画得让别人看起来更圆一些……不光是李爽全家，也包括左右隔壁邻居，也包括单位领导和同事、所有亲朋好友，都觉得回到上海的小姨她活得更加稳定。更感适意……

"居然如此，为什么你小姨父刚走，小姨她就会产生那种解放了的感觉呢？"多年后，谢平、向少文和李爽在一个多雨的冬夜，聚集在金沙江畔一个古老的傣族寨子里，（那时候向少文在一个市里挂职。代理市委书记。）在一个被烟火熏黑了的小木屋里，面对着一个火盆，盘腿席地而坐，喝着当地特有的那种炒米茶，向少文和谢平不约而同地问出了这么一个同样的问题。当时火盆里的火光闪闪忽忽映照着这三个已然不再年轻的男人脸。

这个问题确实也曾让李爽和他一家人困惑了好长时间。"小姨她无私无我。心中只有家人。为了上海这一大家子，大学毕业时她放弃留京工作。为了自己上海这个家，她放弃自己最初心仪的那个留英工程师。为了让单位同事觉得她绝对配得上姨父这个留苏的高才生,她在单位里勤恳专心,让干啥就干啥。在自己的小家,她'心甘情愿'地以小姨父为中心来改变自己……但所有人几乎都没觉察出她心中始终还是有个'我'。甚至她自己都意识不到自己还会有这么个'我'。她下意识地依然喜欢年轻时喜欢看的苏联电影和十九世纪的俄罗斯小说。你让她讲俄罗斯的油画,只要一提及'列宾',她马上就会异常激动。会把'马蒂斯''毕加索''凡·高'……还有那个声称一辈子只爱自己妻子但却又严重阳痿的'达利'等现代派绘画巨匠批得'体无完肤'……那时小姨父已有蛮多的出国考察机会。即便组织上允许他带'夫人'去考察,他也不带。他说他要替单位里省些项目经费。小姨从来不跟他计较。小姨父从国外回来,向她讲些国外风情。国外美食。她会倾心地听。从来不提一声让小姨父找机会带她去国外走一走。不。她不会提。不会让小姨父为难。她会把小姨父赞赏的那些西餐西点名称记下来。然后去单位的资料(情报)室找剪报资料。家里谁也想不到的是,她随即会悄悄按剪报资料上提示的地址去上海几家著名的老牌西餐馆,比如红房子、天鹅阁、德大西菜社……照单一一点来品尝。那时,经常有人给小姨父送些时鲜的珍馐名品。比如深秋的阳澄湖大闸蟹,一送就是十几二十只。小姨父爱吃。烫一壶绍兴黄酒。剥两头紫皮大蒜。蘸着切得细细的姜丝和陈年老醋,每顿能吃十几只半斤重的大闸蟹。剩个一两只,才是小姨的。小姨同样从不计较小姨父这种确似'目中无她'的态度。而让家人同样想不到的是,随后她也会去大马路上找一家装潢雅致的老饭店,要两三只满膏满黄的雄蟹,同样要了一小壶黄酒。慢慢'独酌'。咀嚼……特别让家人惊奇的是,在上海出生又在上海长大的她和全家人一样,从来都不喜欢吃大蒜、闻不得生大蒜的气味，随小姨父一起生活后，居然也'喜欢'上了大蒜。但凡吃包子和饺子时，没有一碟白玉般的蒜瓣佐餐，好像就再也难以咽下那些极美味的蟹黄包和三鲜饺了……"

"在所有人眼里看起来她过得很顺心惬意……"谢平插话。

"是的。那个时候，上海很少有人一家有两套住房。享受专家级的特殊体检。最早拥有私家电话……各种风光、各种优待……应该说，有一个阶段，小姨自己也觉得她活得无比惬意。每每见了我们她就劝我们赶快和国际接轨……"

谢平多少带着一点挖苦意味地笑道："她以为她获得的这些就是和国际接轨的结果。这也是改革开放初期中国一些知识分子和白领经常挂在嘴边的一句话。国际接轨啊赶快和国际接轨。你小姨倒也蛮会赶时髦的嘛。"

向少文补正："这不是啥赶时髦的问题，是一种因时代而使然的社会现象，就像有一个时期在北京知识分子中掀起那一股'走向未来'丛书热一样，是一种因时代变迁而产生的思想饥渴，由这种饥渴引发的一种集体寻找新思维、新生活的热潮……"

"戈尔巴乔夫式的'新思维'？"谢平反应快，立即怼了一句。

"老谢，你这样说是不是有点太过分了？怎么可以做这种类比？"向少文批驳，"你从哪里看出我们这种寻找会重蹈苏联的覆辙，最终会引发类似的政治危机？怎么可能嘛！改革开放起始，小平同志就向全党全国全军强调了要坚持四项基本原则。他好像还强调过，这四项基本原则一百年不变。李爽你说呢？"

李爽没作声。他不太想掺和近年来向少文和谢平之间经常会发生的那种过于政治化的争论。在驻京记者站干了几年，他已经看淡了这一种朋友间的政治性争论。他把这种争论称作"无用功"。是热血过剩的年轻娃儿们和不省事的"门客"间的"清谈"而已。他太清楚，一切民间的争论都无济于事。最后管用的只是上级的决策和拍板。

"我觉得你小姨的这种情绪上的'反转'可能和当时理论界，特别是大学里一些中青年教员拼命宣扬萨特的理论有关？"向少文猜测道。

"她一个工程专业人员，会看萨特的书？"谢平怀疑。

"哎，谁说搞工程的人就不读萨特的书？你这太有门户之见了。那一阵，萨特的言论乌泱泱铺天盖地而来。'我不存在，则一切都不存在'，'人除了你自己那样以外，什么都不是'，'自我价值首先是人的存在、露面、在场……'对从小就在相对封闭的社会环境中长大，又一直被要求听话、顺从，并把听话顺从当作自己做人最高准则之一的一代中青年知识分子确实极具'诱惑力''冲击力''破坏力'和'再造力'。确实激活了这群人的自我意识。特别是萨特主张的'自由选择'，宣扬'人如果不能按照个人意志作出这种自由选择，人就不能算是真正的存在'，就更具爆破性……"

"如果说小姨她是因为接受了萨特的这些观念才产生了行为上的反转，她为什么还会看不惯毕加索和凡·高呢？"谢平笑问。

"这就是我们的现状嘛。到目前为止，我们说到底还只能算是一种混元的或者说是二元存在体。新旧混杂在我们身上和生活中。我们到目前为止还只能算是你说的那种'半度人'。也所以有人会说'我们这代人一切的幸和不幸都缘于我们总是处在新旧两个时代交替的漩涡中'。"

这时，李爽才插上话，说了一句："今天，我们坐在这么一个再也不能更古老更原始的小木屋里，探讨着当代中国人现代化、国际化问题，这是不是也可以看作是'当下混元'的一种浓缩版景况？"

……说到这里，这三位有点扯远了。（过一忽儿我们再来解释这三位怎么会千里跋涉来到这金沙江畔"隔空论道"。）

现在还是让我们回到李爽的小姨这儿来。

其实，李爽的小姨远没像大伙想的那么复杂。小姨父去世的那一年，她也六十出头了。在悲痛的同时，她脱口而出的那句所谓的"我好不容易解放了"，无非是在表达自己终于可以松一口气。终于不是为父母公公婆婆、为兄弟姐妹、为单位领导、为年度计划年终总结而活了。可以**为自己**活几年了。可以由着自己的性子去想去的地方转上一转。（可怜见的，在院士身边生活了这么多年，她一直没有出过国啊。）现在终于可以和"国际接轨"，最起码可以上国外去转转了。看一眼红场。在哥萨克挥刀纵马奔驰的草原上，在"静静的顿河"边走一走。再在巴黎的街边咖啡座里消遣一个有阳光漫射的下午。站在埃菲尔铁塔下远望巴士底监狱貌似的威严。当然，美国也一定是要去看一下的。然后去伦敦和牛津大学的那个校园……如果可以的话还有尼罗河、金字塔……因此她必须把那个该死的膝关节弄灵活了、弄坚实了。然后把缺损了的牙全补上。这样才嚼得出从西班牙火腿上精心切下的那薄薄一片所蕴含的全部美味。她拒绝家人为她雇住家保姆，只为享受从未享受过的"一个人的天下"。她整理小姨父的工作日志。（好几十本。）想找到这几十年小姨父内心存有的一个秘密（她认为他心里一定有这样一个秘密）：他为什么总是这样有意无意地"无视"她的存在。从第一本翻到最后一本。日志里没有一句话提及她。全是船。船。船。内燃机。内燃机。内燃机。她几近愤怒了。最后一本有笔迹的那一页是在病床上写的。但那一页只有数字,没有文字。一行行一串串数字被手画的一朵朵梅花围了起来。这让小姨的心一抽抽。一震。好像被针扎了一下。她忽然记起,病危中的小姨父曾把她单独叫到病床前,酷似"漫不经心"却又郑重其事地对她说过这样一句话:"将来我对你要说的最重要的话会用一圈梅花围住。这些话,你不能给任何人看到。这只是给你一个人的。"梅花是小姨最喜欢的花。这还是她和小姨父谈对象时很少说过的温情话中的一例。后来再没机会对他说过。难不成他还真记住了?可能吗?办完小姨父丧事的第二天,小姨父的秘书带着一个律师来了,当面交给小姨一个密封的信封。信封里有十多张银行定期存单。而那些被梅花围起的数字便是这些存单的存单号和取款密码。当晚小姨把存款数加了一下,总数为五百五十五万五千元整。小姨又想起,小姨父曾说过,他这一生的幸运数字是五。他二十五岁留苏。三十五岁结婚。娶了你这个上海宁。(这一刻他故意用上海方言说'上海人'这三个字。)"四十五岁作为总设计师做出第一艘欧美绝对不肯卖给我们的特大型军用舰船。被评为院士时是五十五岁。去世时入党五十年……他在家乡捐了十五所希望小学。他这一生给小姨说的温情话不超过五句……最后给她留了五百五十五万五千元人民币……

……在我们现实生活中,还有谁会像我小姨小姨父这样精准地度过他们一生的?谁?李爽问。

小姨父走后两年,小姨总算把出国旅游要做的各项准备工作都做齐了。甚至还去置换了人工膝盖。文了眉。植了发,有效压低了额头上那根已显得太高了的发际线。并买妥了去俄罗斯的机票。(准备从俄罗斯回来就接着去法国。)动身的前一天,用小姨父那张预订出租车的院士卡订好了去虹桥机场的车。第二天一早,出租车准时到她家楼下。等了多半个小时，不见小姨下楼。司机师傅觉得有点不对头。又等了一会儿，仍不见小姨下楼。他觉得这位从来十分准时下楼的"院士夫人"肯定出事了，忙约了物业值班主管和保安一起上楼，才发现小姨因突发脑溢血倒在两个大行李箱前。手机已经掏了出来，却无力再拨出求救信号。也因她不肯用保姆，家里除了她自己，再没有第二个人了。无人把她及时送医，错过了最佳抢救的黄金时间。后来虽保住了命，却留下了极严重的后遗症。卧床一年多，又加上极度郁闷沮丧懊悔，免疫力急剧衰退，致使肺部感染，全身器官衰竭而去世。去世前，李爽和二哥问她还有什么要交代的。已不能发声说话的她颤抖不已地写下了三个字："要……合……葬……"

是的，她要和小姨父合葬。

法国诗人吕凯特说过："生命不可能有两次，但许多人连一次都不善于度过。"

那次在金沙江畔多雨的冬夜，那个古老的傣族寨子中，在那个被烟火熏黑了的小木屋里，面对那一个同样古老的火盆，向、谢、李三位盘腿席地而坐，听完了李爽的讲述，三人沉默了好大一忽儿。火盆里的火光闪闪忽忽映照在这三个已然不再年轻的男人脸上。向少文后来回答李爽的那个追问："在我们现实生活中，还有谁会像我小姨小姨父这样精准地度过他们一生的？谁？"向少文回答了。他说："实事求是地说，像你小姨父和小姨那样的，在我们的现实中只是个例。极少数……"

"真的只是个例和极少数吗？"李爽反问。

"当然是个例和极少数啊!你看在人群中能当上院士的有几个?院士中又有几位在去世时能享受到中央和市委领导送花圈的荣耀?又有几位院士夫人会像你小姨那样守寡后坚决拒绝家人替她请住家保姆来照顾的?然后又因孤独无助在发病时没人及时送她就医抢救而遭不测?不会很多吧?那些事之所以会发生在你小姨身上,是有一些偶然因素促成的,不一定必然会发生在其他人身上。你说是不是?"

"你这么说,倒也有一定的道理。其实我和我小姨也探讨过这个问题……"

"在她发病后?"

"是的。她卧床不起后,我多次回上海去看过她。那一段时间里她变化很大,变得暴躁。多疑。不耐烦。即使接受了我们的劝,让住家保姆进了她家门,但总在挑保姆的毛病,怀疑保姆手脚不干净……小姨有整箱整箱的旧衣服,有的只穿过一两回。她怀疑保姆偷偷地拿出去给乡下的亲戚了。"

"她有这种变化也是可以理解的嘛。"向少文为了照顾李爽的情绪,没使用"变态"一词来形容李爽小姨的现状,"你想啊,她倒在自己期待了多少年的新生活即将开始的前夕,在那种懊恼、绝望的煎熬下,她发生什么样的变化都是可以理解的。"

"问题是她……她变得……变得我们都不认识她了。一个一向柔顺温和的知识妇女怎么会变得那么厉害,简直成了另一个人。"

"不是另一个人。还是她,小姨。只不过是她的另一面。只不过长期以来我们只看到她温柔顺从的一面。或者也可以这样说,长期以来她只呈现了人们需要她呈现的那一面。但她毕竟不是皮影戏中的人物,只有那薄薄的一面。还有一种可能,长期以来,连她自己都不一定知道还有另一个'她'、另外一个'自己''隐藏'在她自己身上……"

"别说得那么恐怖。"

"也许我们身上就存在着不为我们自己觉察的另一个'自己'。或者为了某种社会需要，我们有意识地隐藏了'另一个'自己，平时所呈现的只是别人需要的、社会要求的那个'自己'。用谢平的话来说，就是：我们和你小姨长时间以来就是在那种'半度人'的状态下生活着……你说是不是这样？"

李爽沉吟了一忽儿，告诉向少文，他曾和小姨当面讨论过这个"半度人"问题。

"哦？她怎么说？"谢平忙问。

"她……"

"她怎么样？"

"那个时候她已经不暴躁了，变得淡漠。不自信。大家心里都挺不好受的，很怕她抑郁了，常轮流来陪她说说话。有一回我无意中提到这个半度人，她的情绪突然激烈起来，瞪大了眼叫喊：'你觉得我是半度人？什么意思？'一边挣扎着想坐起，继续喊着：'你这不是在污辱我吗？在污辱我们这一代人！'"

李爽忙不迭地解释，道歉。小姨却再不搭理他了。那一天，整个儿闹了一个不欢而散。

他们那天在金沙江畔的聚会，是被向少文手机上一个来电打断的。他俆本来还想在这个遥远、偏僻、寒冷，但真真正正不受任何干扰的大山深处再待两天，想让自己所有的思绪彻彻底底地都归零。清出一处空白好让自己再去周旋。这时向少文接到了那个电话。是独立师党委办公室的罗秘书打来的,让他尽快结束这次"休假",赶回独立师。当时向少文就觉得这个电话来得有点"怪异",也有点"蹊跷",让他"有点不舒服"。经中央党校培训后,这时的向少文被派到地方上去挂职,正在卡拉库里市任市委书记。临时组织关系也已转到地方上。这次出来也是向市委要的假。(同时也向市和省委有关部门报备。)要让他"尽快返回"的指令最起码也该由市里发出。怎么会是独立师呢?即使是"独立师",要让他这么个师政治部副主任返回,怎么也应该是政治部的主要领导出面来说句话,怎么那么轻率地让个秘书来通知一下了事?而且还不说原因。只说师党委决定。

有点别扭。有点异样。

当着谢平和李爽的面,向少文神情未改。只在自己心里涌起一阵不大不小的疑虑。訇然而起一道波澜。

于是,向少文直接回了独立师。
李爽则回了北京。谢平回上海,
随身仍带着小满的那个骨灰盒。

半年前,谢平在上海郊区买了一套二手房。小妹珍奇笑他,加拿大不去,现成的外国别墅不住,偏要自己苦兮兮这些年弄个螺蛳壳大小的二手房,何苦来呢?(那忽儿,谢家早已换了大妹去加拿大接受遗产。)

谢平对小妹和所有亲戚熟人的不解、质疑,甚至嘲讽没做任何回应。小满生病前也问过他:这么好的一档事,现如今但凡是个人,都不会不应下来,且不说还有那么一大笔遗产等着你,光是去外国逛一圈，也馋人啊。再说还有人替你掏路费。你当时干吗不应下来？谢平瞥她一眼，说道："那不是因为有你吗？""真的假的？"小满不信。等了一忽儿，见谢平还是没回答，突然上前抱住谢平，在他耳边说了句悄悄话："你要自个儿去了加拿大，就不会有我和现在这个家了，就不会有小别根了。你是怕这个吧？真的吗？"谢平从她怀抱里挣脱，说道："也许吧。""啥也许！你就是怕这个。那年在戈壁滩上的帐篷里，你把我要了的那一回，完事后，你是不是觉得挺对不住我的？你还记得不，当时低着头，吭哧吭哧半天才说了这么一句话，你说你这一辈子都会对我负责。一定会对得起我这个满菊妹的。老谢，要不我们再生一个吧。给小别根生个小妹妹。好吗？多一个娃也就多一副碗筷。我爸我妈都生了八九个。不也都活过来了吗？"当时谢平答应让她"再生一个"。后来确实也生了。还真是个丫头。可惜是个早产儿。民间说"七成八不成"。她偏偏是八个月的早产儿。夭折了。后来小满病倒，或多或少跟这个老二夭折有点关系。再后来……后来……她就跟这个老二一起走了……

前边好像说过，小满走后很长一段时间，谢平依然能听到她在门外逡巡，那断断续续的脚步声就像深夜怯怯的敲门声，有时又像空谷中从老树上滴落的雨声。

……那一夜，谢平永远不会忘记。医院太平间门外的小院子里特别黑。路灯也特别暗。风飕飕的。谢平搂着小别根坐在院子里那把唯一的椅子上。一动不动。小别根只是在问："妈妈呢？"谢平忍住哽咽告诉他："妈妈累了。她想在这儿多睡一忽儿。""她为什么不跟我们回家睡？""家里太闹了……""我以后不闹了。你让妈妈跟我们回家吧。那屋里没生火（他指太平间），好冷好冷的。""……"谢平终于忍不住哽咽起来。

  天亮前，往太平间送遗体的渐渐多了起来。（好像有这么个规律，天亮前后和季节交替时刻，去世的人会比平时多。）回到春草院，谢平木木地歇了会儿，忽然觉得该做点什么，便不由自主地起身去插上制氧机的电源，打开制氧开关，制氧机轰轰地响起来，他告诉小别根："一忽儿妈妈回来还要吸氧的。你别闹。"去拿酒精棉球给输气管消毒时，他忽然惊觉，小满她今生今世再也用不着这台制氧机了……这时意外接到一针姐的电话。一针姐只说她最近心情有点差，想来看看小满和小别根。谢平发了一忽儿愣，赶紧控制住自己的情绪，马上应了下来。一针姐还特地问了一声："小满的住院手续都办妥了吧？这一两天能上大医院住着治疗了吧？"谢平只应了声："是的……这一两天就能去住院治疗了……"说完话，都忘了挂电话，就那么呆呆地拿着电话又坐了好大一忽儿。看看自己爬到床上已经睡着了的小别根。又看看还在嗡嗡运转着的制氧机。脑子里一团乱麻。想起昨天小满还在担心中午煮了一锅面糊糊疙瘩汤。明天她去住院，一时半会儿回不了家，锅里剩那么些没法处理。而现在，她一个人静静地躺在那边的太平间里了……"她怎么就这样走了呢？"谢平抬起头四下里瞅瞅。小别根还在睡。制氧机还在运转。小满的那件旧棉猴还在床前的那把椅背上搭着。当晚120来时，一通慌乱张皇，都忘了替小满裹上点儿。她会着凉吗？"她……她咋就这么走了呢？"脑子里只剩这句话。谢平把那件棉猴抱在怀里，看看睡得正香的小别根。儿子越长越像小满。圆圆脸。尖下巴。大眼睛。嘴小小的。额头宽宽的。喜欢画画。画一个大头娃娃，说，这是我的"丑爸爸"。"她……她咋就这么走了呢？"忽然一阵酸涩疼痛张皇涌了上来。心好像被什么东西粘连住了。憋气。重重的。抽泣。他用棉猴捂住自己被泪水打湿了的脸。棉猴上尽是小满的气味儿……三个人的日子刚好过了点，还说要给她买一套真正上档次的润肤用品。还说北京建国门那儿有一幢跟上海国际饭店一样高的咖啡色大楼，大楼对面的马路边有一家新开业的大商场，好像叫赛特什么的，比上海的第一百货公司还要洋气。他已经答应带她母子俩去那儿转一转。给小别根买一辆可以遥控的玩具小汽车。给小满买一颗用银链子串着的红宝石坠子。"那种商场里的东西一定邪贵吧？"小满迟迟疑疑地说道。"嗨，这你就别操心啦。我不是跟你说过了吗？这个月还有两笔不大不小的稿费要到账。"可是……可是……她咋就这么走了呢？

　　……那天本已经定了，第二天一大早李爽开车来送小满去住院。当晚谢平忙到深夜，为小满住院做各种准备。小别根也没闲着，上蹿下跳跟着凑热闹。到下半夜，小赤佬叫肚皮饿了，非要吃牛肉面。不肯吃剩下的面疙瘩糊糊汤。谢平吼了他两句，让小满拦住。她挣扎起身去厨房煮面。冰箱里凑巧还有孙涛他们给留下的西红柿。一块卤熟的牛肉。谢平继续在房间里收拾住院期间要用的衣物。没多大一忽儿，突然听到从厨房里传出轰的一声响。紧接着小别根一声惊叫，跌跌撞撞地冲了过来，磕磕巴巴地告诉谢平："妈……妈妈……"谢平知道大事不好，立即冲进厨房。这时小满已经倒在地上，双手捂着胸口，完全透不过气来了。谢平赶紧把那台制氧机抱到厨房里，给小满接上输氧管后又给120打电话，但等急救车来，再送到医院急诊室，已经没救了……

……小满走后，谢平曾按小满说过的地址，去河南找过她的家人。谢平找到那个县。那个乡。那个村。也找到她提及过的那棵大槐树。但问遍了四邻八舍，都说这里从没有姓满的人家。更没有过一个叫满菊妹的妮儿。乡里人让他上其他村子去找找。他们告诉他，这地方几乎每个村子里都有大槐树。树龄上百年的都不稀罕。看着那棵大槐树，他想，也许小满只是想告诉他，她就是大槐树的女儿。至于她究竟是哪个村子哪棵大槐树的闺女并不重要。是大槐树派她去红山煤矿跟他结缘，是它下令让她替他生下小别根。现在又收回了她。深夜，坐在大槐树下，他满头大汗。突然间有一群白乌鸦落在大槐树上。一声不吭地看着他。后来其中有一只想飞下来，想落到他肩头上，却怎么也落不下来。只能在他头顶上扑腾。很挣扎。很无奈。又飞了起来。这样再一再二。甚至再三。想落又落不下来。最后只好飞走了。恋恋不舍。一飞九回头。待它快要融入夜幕深处时，远方突然爆出一声枪响。他看到它剧烈地抖动。两只翅膀倾斜了。继续颤抖。整个身子好像在往下坠落。他惊起。睁开眼。才觉出，这只是南柯一梦。但身在大槐树下却是真的。衬衣全被惊汗湿透也是真的……难道那只白乌鸦挣扎着又再度飞了起来，向着浩渺的深空飞去，也是真的？冥冥中是小满托它来向他隐示什么的？是小满在告诉他，我满菊妹没死，我不会死！我们一家还要在一起飞？！

还要飞吗？这几年谢平一直在这样问自己。

小满走后，谢平把小别根送回上海，交由父亲和小妹谢珍奇代为扶养。他自己在几个一二线，甚至三四线城市之间来回奔波谋生。

"小满走了，孩子也不在身边了。你应该腾出手来写一点自己真正想写的东西了。"这是向少文的意思。"你们知道现在一线城市像点样的私立幼儿园每月每个孩子的托费、伙食费、服装费和其他的杂费……拢共加起来得多少？北京、上海最贵的那种贵族幼儿园一个学期的花费就得一二十万。课余补一节钢琴课就得好几百。你们说，在这种局面下，我这个做爹的还能有多少'自己'供我自己'使用'？"谢平解释。李爽接着劝导，但他刚说了句"最近我刚读了阿德勒的一本书挺有启发……"就被谢平打断了："行了，别再跟我扯这些虚头巴脑的东西了！""你听我说完嘛！"李爽也有点起急上火了，"我们知道你有孩子，生活负担重。单是要活下去，都比我和少文困难。但生存固然重要，人总不能只为着生存而生存。这个基本观念问题……应该说当年在上海静安公园里，我们早就解决了。"

"你们解决了。我没有。没有！"谢平断然。

"后来我们在独立师红星二场的西苇湖边上也谈过……"

"别跟我提当年。我现在就是个小市民。市侩。只看眼前。"谢平突然喊叫了这么一声，把李爽和向少文都惊到了。

"谢平！你这么说就没意思了。"李爽也提高了音量。想压压谢平。让他再度平静下来。这一回却没能堵得住谢平的嘴。"李爽，你眼下也可以说是在卖文为生，说说你的'自己'又在哪里？"谢平立即回怼了李爽一句。

"我的自己在我自己手中掌握着啊……"李爽稍稍犹豫了一下，答道。他这一瞬间的犹豫让谢平抓个正着。谢平冷笑了："好啊，好啊，你要真掌握了自己，那刚才犹豫个啥？你直接冲着天地喊哪，**我，李爽，我的'自己'我掌握！**"

李爽真要喊，被向少文制止了："都老大不小的了，还玩这一套，有意思吗？"

于是，谢平和李爽都不作声了。

事后，待谢平走后，向少文和李爽都傻不楞登地发了好半天的呆。最后向少文问李爽："你说，小满一走，谢平他……他咋就变得这样了呢？"

其实，谢平变成"这样"，跟小满走没走，完全不搭界。向少文和李爽有所不知，谢平一年多前曾来过一次北京。而正是那一次来京前后的某些经历和遭遇，催生了他眼前的种种变化。人们常说，人的变化往往是，也总是在潜移默化中发生的。变化者自身往往是，也总是难以觉察自身的这种变化——即便这种变化在旁观者看来是那样的剧烈和明显，他自己却有可能毫无感觉。但谢平偏偏不是。三十多年来他发生过两次巨变，每一次他都清清楚楚地感觉到了自己的要变。不得不变。不变不行了。甚至每一次这样的预感来临时，都像当年在桑那高地的骆驼圈子，在独立师，在红山煤矿时那样，觉得自己就像神话中传说的那个年轻人，无意中吞下了一颗珠子，浑身上下都仿佛着了火一样，灼热。口渴。渴到嘴唇焦裂、舌面干硬。于是他喝干了自己家里那一大缸水。喝干了家门前那口池塘。又喝干了村东头的那条大河。止不住地向不远处的大海跑去。一边跑一边发觉自己在变。手变成了爪子。头上长出了硬角。浑身上下长满一层层黑色的鳞片。眼中还在冒着火光。他想冲天吼叫。母亲追了出来，拼命拉住他的一只手，大声喊着，儿子啊，你快回头。快回头！现在回头还来得及。但他知道自己已经没法回头了。一切的一切已经来不及了。心里的灼热驱使他不断向大海奔去。最后扑向大海时，他变成了一条巨龙，只有被母亲拉过的那只手还保留住人的那一点模样……

　　……他学过辩证法。相信世界万物一切的一切都在变动中。变是绝对的。他绝对相信辩证法的那句名言：人永远不可能第二次踏进同一条河中。但学过辩证法，并不等于对必然到来的变化就能做出准确的预判，能做好足够的思想准备。最大的麻烦是这变的前景往往不是自己能控制得了的。

　　一年多前，他突然接到应奋的电话。很意外。也很激动。这种激动连小满都看出来了。当天吃罢晚饭，小满一边收拾碗筷，一边故意带着点醋劲儿地呲儿他："老情人来电话了。哼！招架不住了。是不是啊？""对对对，老情人来电话了。招架不住了。咋的了？不许我激动一下？还哼哼哩。来，再哼一个我听听！我就爱听我们家小菊妹哼哼。"他也故意。"是呀，文学启蒙者。政治领路人。还是啥……你说过的……对了，灵魂导师。了不滴（得）啊。接到她的电话，比喝了半斤老白干还带劲儿！""对对对。文学启蒙者。政治领路人。灵魂导师。接到她的电话，比喝了半斤老白干还带劲儿！哼。继续哼哼。继续！"说罢，抱起小满扑倒在床上，后来又翻过身来趴在小满身上，使劲儿胳肢她。看她都快要笑岔气了才歇手，然后告诉她："应奋姐让我去北京哩。"

　　"让你去北京？做梦呢！"

　　"真的。"谢平再三强调，"真的！真的！她把我的小说推荐给行家看。他们看了以后说，有修改的基础。改得好，甚至还有出版的可能。"

　　"……"小满这才一愣，用力推开仍然趴在她身上的谢平，腾地一下坐起，随手收拾一下凌乱了的鬓发，用十二万分的认真和二十四万分的期待打量了一眼谢平,忐忑地问:"真的?"

"真的。"

但这一次见应奋,却让谢平失望了。他见到的应奋就不是(或者可以说,几乎已经不是)他期望中的那个"应奋姐"了。她经历了一系列的变故。她结过婚——这个……可以接受。又离过婚——她……怎么也会离婚?但……也可接受……"文革"中他们家被占用的那个独幢别墅又还回来了。当然,还回来的还远不止那幢别墅。正因为这"还回来",发生了一起不大不小的分家风波。这次分家是她那个才二十来岁的小弟坚持的。闹到父亲气急,重病复发。不治身亡。分完家的当天,小弟就强硬要求家人把他们的东西从已经分给他的那两个房间里搬出,还在通往这两个房间的楼道口装上了铁门,和全家隔离起来。应家的不幸却成就了谢平的"幸运"。应家分好家,应奋从分给她弟弟的那两个房间里整理她过去存放的东西,准备全数撤出,居然翻出当年谢平在红山煤矿时写的那部小说稿。是写在学生练习本上的,写在各种各样的公文信笺和零散纸片上的,还有一些是写在香烟盒背面的。应奋随便翻了翻。原以为这种多年前写的东西一定再引不起她兴趣了——毕竟这些年小说创作无论在内容指向、叙事方式,还是语言风格诸多方面都发生了颠覆性的变化,(最让谢平惊掉下巴的是,某些新进作家居然改用"玩文学"的心态在做创作,迅速跟进各种新潮流、新手法,变换着他们文学城堡上插起的那面大旗。这让视文学为"神坛前一盏圣灯"的谢平真的……真正的觉得自己赶不上趟了……)而谢平当年就不是个成熟的小说写手,她料定现在再读谢平那时写的东西不会让她产生什么"代入感"。不料居然被"代入",还被"沉浸"。吸引。就

147

这样看了下去。她赶紧让二哥和自己的几位闺蜜也看了看,请他们帮着做一个判断。他们中间有一两位文学内行居然还给出这样的评价:"这部稿子首先能让我们这种人看得下去,就很不容易了。它生活气息比较浓。有那么一两个人物还比较鲜活。这就具备了修改的基础。可以让这个业余作者再试着改一改。就看他能不能改得好了。"应奋随即就恳求其中一位朋友,向他供职于北京一家大出版社的编辑同行推荐此稿。她建议谢平在带着稿子去北京见这位编辑老师前,到上海来一趟,听听她这几位朋友和闺蜜的建议和意见。"再说我们也有好长时间没见了。侬来一趟,我请侬到和平饭店八楼去坐坐。吃一道蟹粉豆腐羹。肯定鲜得来打侬泥(耳)光都不放。"

去上海,见应奋姐,谢平自是"求之不得"。说实话,这么多年,他自己也不知道为什么,每次只要见到应奋,有时甚至只要提到"应奋",他都会莫名地激动。甚至冲动。感受她笑容中的暖意。谈吐中的温馨。迫不及待地要迎上前去握住她那双柔软的手,闻到她散发出来的那种清香⋯⋯她轻声细语却又绵绵不绝地"教导",有时又笑得那么无拘无束,站立不稳,只得弯下腰,让那一头黑发飘散开柔柔地拂落在脸颊上⋯⋯

他去过应奋姐另一个家。坐落在兰心大戏院附近那座棕褐色花岗岩大楼里的家。客厅大得可以安置两张台球桌和一个吧台。也去过政府刚归还给她家的那幢坐落在解放前法租界里的别墅。当时别墅里让他记忆深刻的就是那座静静地竖立在花园一角的她祖父的青铜塑像。那个手拄"斯迪克"(拐杖),嘴叼大烟斗的"英伦式中国绅士"。当时铜像的肩上洒落了一些枯黄的叶片。燕尾服的胸襟上还沾着几处鸟屎。这回应奋姐让他直接上别墅里来找她。他找到那扇重新油漆过了的大门,找到那个他也曾按过的乳头状的门铃。过了好一忽儿，才听到一阵脚步声窸窸窣窣擦着地面艰难地移动了过来。他屏住气。心跳却怎么也绷不住地加速。然后大门上一个小窗咔嗒一声打开。一位足有六十多岁、满脸皱纹、满头银发的老妇人出现在窗口里。显然不是应奋姐。他咽下一口唾沫。平静下自己。

"倷（你）寻啥人？"老妇人警觉地打量了谢平一眼，用纯熟的带有宁波腔的上海话问道。

"我……我寻应奋姐。"谢平立即改用上海话搭腔。他现在用上海话跟人对话反而有点不自信。也显得有点拗口。

"倷是伊啥人？"

"嗯……我是伊学生子。"

"学生子？伊呒没（me）在学堂里教过书。而要真是伊的学生子，学生子哪能会叫老师'阿姐'？"继续盘问。

"嗯……"没等谢平想出合适的理由来圆场，一阵急促的脚步声已经赶了过来，接着整扇大门就打开了。

应奋姐出场。

"黄妈，这是我朋友。侬去忙侬的。"她快人快语，立即打发了黄妈，把谢平迎进门里。

一秒……两秒……三秒……

谢平张了张嘴，却没出声。

又是几秒。

"哪能（怎么）了？勿认得了？怪腔！"应奋上前轻轻刮了谢平一下鼻子。

"应奋姐……侬好……"谢平仿佛被惊醒了似的忙招呼。

"侬好、侬好，木头木脑的，只会讲这两个字了？"应奋笑睟。

"……"谢平当时愣怔在那扇绿漆大木门前的甬道上，完全是因为……因为出现在自己面前的这位中年女子,让他完全找不到当年那个"应奋姐"的印象了。换一句话说,这一瞬间他几乎认不出他这位"应奋姐"了。因为胖了?还是虚肿了?当然,他并没有期待能再一次看到依然穿件洗白了的军便服、依然剪着齐耳短发、脸上依然带着那种单纯而明亮的笑容、手里依然会拿着一本高尔基的《在人间》或屠格涅夫的《父与子》的应奋姐……他知道她和他、和所有的中国人一样,在这些年里会发生某种变化,最起码,时间的刻蚀是任谁也没法推拒和躲避的。

有人说过:岁月何曾饶过谁?!

但是……但是什么?

但是……但是,要是在上海任何一条马路上,他和眼前这位中年女子擦肩而过的话,他一定会与一直神往着的"应奋姐"失之交臂。

完全认不得了呀!!!

……那天谢平在应奋那里一直待到晚上九十点钟。他想早点走。但又起不了身。双腿很沉重。心里很难过。应奋姐难道必须穿那样一件过于宽大又加厚的褐色驼绒夹棉外衣。款式老旧就不去说了,非得把自己穿成像一个街道养老院里的一位"老妇人"?下身很随意地穿了一条冬天家居时常穿的厚格子花呢睡裤。裤管一直拖到脚背。脚上一双深棕色毛呢拖鞋,鞋面上则绣着一圈精致小巧却又死气沉沉的紫罗兰花。二楼专门有一间房装修成麻将室。正在那里搓着麻将的几位闺蜜反倒穿得相当时尚。米白色的开司米衫。灰色的澳洲羊绒衫。或小翻领的白衬衫外面套一件男式紧身法兰绒背心……这几位清一色四十岁左右的女子看得出都是家境优越的全职太太。麻将室里一套昂贵的英国B&O音响正在播放蔡琴的慢歌:"忘不了、忘不了,忘不了你的错,忘不了你的好。忘不了雨中的散步,也忘不了风里的拥抱,忘不了、忘不了……"

忘不了。是的。忘不了……

后来应奋把谢平带到三楼小书房。二楼的牌桌还没有散。这几位薄施粉黛的闺友先前从应奋嘴里就听说过这么一个"谢平",也知道她曾经和这位"小朋友"交往过,便自觉纷纷起身离去。给他俩腾时间和空间。出门前又纷纷暗自打量了谢平一眼。眼神中既充满了好奇,又内含着许多的不解和一丝丝不屑。因为这时候出现在她们眼前的这个"谢平",在她们看来,无论从衣着、肤色、发型,还是拘谨木讷的神情来权衡,她们无法相信应奋真的会和这么一个土气十足的"小朋友"交往过。要知道应奋在她们中间无论家境、颜值、学识,包括个人的气质都是"顶格"的一位。从前和这种"小朋友"交往交往还讲得过去。现在还要交往,算是啥名堂?她们狐疑。

……应奋把欲言又止的她们礼送到大门口。其中一位终于还是忍不住说了:"伊(他)真的就是侬从前讲过的那个'小朋友'谢平?""是呀。哪能(怎么)了?"应奋抱起双臂,做出一副若无其事的样子微笑着反问。"呒没(me)啥……呒没(me)啥……不过就是随便问一声么。哎,对不起了,我已经在白玫瑰(附近新开的一家美容美发厅)预约好了要去做头发。店里厢几位小师傅的生活(技术)真不比淮海路南京路上那几爿名店的老师傅'忒板'(差劲儿)。价钿(价钱)也讲得过去。听说真有客人从松江奉贤开车过来寻他们做头发。侬(你)不妨去试试看。好了好了,真要走了。再不走就来不及了。下趟再约哦。三缺一不要忘记叫我哦!拜拜。"

女友们开上各自的私家车走了。应奋转身锁上大木门。又上车库旁边的狗舍里把两条看家护院的马犬放了出来。再告诉黄妈，晚上煮四只大闸蟹，烫一壶石库门老酒，再添两道时鲜小炒，大概七点钟左右和冰箱里还剩的小半瓶黄泥螺一起端到小书房里来。然后又打了几个电话，取消了几个早先的邀约，这才回到小书房里，对谢平说了声："让侬久等了。坐呀。到我这儿还客气啥？！我这里不卖站票。"应奋有些疲乏地笑道。一直站在那儿等候应奋的谢平这才略有些拘谨地坐了下来。一忽儿，黄妈端过来一杯茶是给谢平的。一杯咖啡是给应奋的。黄妈是应奋家里用了几十年的老保姆。可以说伺候了她们一家三代人。一辈子没嫁人。一生奉献给了应家。"文革"期间她也没"逃走"，坚守在应家。接过那杯刚煮出来的黑咖啡时，应奋解释："这一向真是越来越勿来三（不行）了，夜里不吃杯浓咖啡反而睡不着了。不晓得是啥毛病搅的。""还不是侬自己惯出来的毛病。"黄妈在一旁笑嗔，那口气活像在嗔责自己的女儿一样。然后嘟嘟囔囔地又数落了几句。走了。

……黄妈走了。谢平在应奋面前低着头却依旧沉默着，一时间居然不知道该说些什么才好。他的沉默，完全是黄妈走后，由应奋说的一句话引起。当时黄妈一走，应奋起身去关上小书房的门，说了这样一句话："谢平啊，听说侬这一阶段把自己经营得不错啊。"

经营？我怎么经营了？她怎么会觉得我是在经营自己？谢平一愣。

后来在金沙江畔的那个夜晚，他和向少文、李爽也提到过这件事。有一年谢平回上海。一帮回沪探亲的"老知青"聚会。也约了当年团区委几位曾下沉到街道来动员他们去大西北支边的干部一起来聚聚。其中一位"大姐"(现在头发早已花白)看到谢平也是这么说:"谢平啊,侬这两年把自己经营得不错啊。发表了不少东西。"话里不带一点揶揄和嘲讽。是真心地夸奖。赞赏。谢平说完此事,向少文和李爽的反应让他意外。"说你把自己经营得不错,又怎么了?"李爽一边答道,一边把一个嫩玉米棒子放到火盆边烤起。不一会儿这简陋的小木屋里便充溢着一股烤玉米的香气。

"你们的意思是,说到底,我们这么多年其实和商人一样,只不过是在经营自己而已。用自己的劳作在换取利益?"

"难道不是吗?你写《十二月啊十二月》换来了你渴望的名气和大笔酬金。文艺界不少人现在不是也在提倡玩文学、玩艺术吗?说你在'经营自己',总比说你在游戏人生、玩文学还要高档一点吧?"

"可我当时写《十二月啊十二月》还真不是为了换取什么名利。再说,当年我们去大西北种地难道也是为了换取什么?真要换取什么,我们为什么不可以赖在上海?为什么要走那么远,到戈壁滩上去找苦吃?真是疯了?一个个都在作死啊?!别人说我们'经营',想想,勉强还想得通。因为现在整个社会就是在经营嘛。提倡经营嘛。利益交换嘛。但当年的团干部,慷慨激昂地教育我们要全心全意去改造中国,去改变中国的团干部,现在也认为我们是在'经营自己',你们认为这种对行为价值判断上的变化很正常?"

"侬只要把他们嘴里说的那个'经营'单纯地只看作是一种运作方式,不包含动机和目的。就可以了嘛。"向少文提议道。

"……"谢平张了张嘴,却没出声。他知道,一时半忽儿这个问题争论不清，就放弃了争论。

……那年，应奋的朋友把谢平推荐给北京一位著名评论家。谢平满怀希望和感激之情去了北京。但在北京待了几个月，就待不下去了。那位"著名评论家"刚从国外考察回来。刚在某大报上以一个整版的篇幅发表了一篇考察记。该文借古论今，纵横千年。夹叙夹议，大开大阖。所叙之处皆有文采，所议之点更是入木三分。顿时在文坛上声名鹊起。谢平得知自己的稿子竟然有幸送他手里指点品评，上门前说是"诚惶诚恐"都不足以描述他的心情。这位著名的评论家事先可能听到过几位看过稿子的同行的评价，故而拿起谢平这部沉甸甸的稿子，掂了两下，对谢平说了这么一番话："其实一个人一生只要有这样一部作品足矣。"这样的评价出自这样一位评论家口中，让谢平激动到心都要跳出喉咙口。但那位文坛老手接着又告诉谢平，"不过，在当下的中国……光靠作品的质量要出名有难度……这几年国内每年出版的长篇小说不下几百上千部……"

"几百上千？"不知文坛底细的谢平大吃一惊。况且他一直以来写这部小说，真的没有想到过要"出名"。也不敢往那儿想啊。

"对啊。几百上千部。往后还会更多。书出版后没人推荐，没人为你写评论，就很可能会被埋没。自生自灭了。更不要说去参评，争夺什么奖项……这里的情况蛮复杂……"话听到这里，谢平暗自倒吸一口凉气。太想请他细细赐教。这位"大评论家"则主动提出："你还在这个圈子之外，不明底细。今天没时间了。以后有机会，咱俩找个地方，喝点小酒，再细聊。"

几天后，谢平果真在北京朝内小街一个小胡同口的一家小饭店里约请了这位评论家。这家小饭店门面窄小。店堂里只放着三四张旧桌子。谢平考虑到今天是请他来"细聊"的，以后还要劳他大驾往外推荐自己的这部稿子，虽说只有两个人就餐，他还是下决心点了两荤两素四个热炒，外加两个凉菜。又要了一瓶红星二锅头。出乎他意外的是，那位评论家落座后，一改上一回的热情，只象征性地动了几下筷子，连一盅酒都没喝完就找了个借口走了。关于稿子的事，更是一字没提。让谢平纳闷得不行不行的。后来谢平生生又等了差不多快半年，依然没等来什么下文。再过了一个多星期，那位把他推荐给这位评论家的朋友来找谢平，把他那部稿子还给了他。但没带来任何意见。谢平问这位朋友，到底发生了什么事。又问，这位大评论家到底看了这部稿子没有？那位朋友反问他："你问我，我还要问你哩。"

谢平一愣："咋了？"

"咋了？谢平啊谢平，你到底是真傻还是装傻？到底是真抠门，不舍得花那一顿饭的钱，还是不明事理？人家说找个地方喝点小酒，你就真去找那么个鸡毛小店了？真拿一小瓶二锅头去糊弄人家这么个评论界大腕了？人家凭什么费心费力花大把时间看你这部稿子，你还想着人家为你写评论？你知道正经评论一部长篇小说，要花多大工夫？人家就缺你这二两二锅头了？"

谢平又一次呆住了。只能在心中苦笑。文学殿堂难道不该是神圣的？他们整天嚷嚷着要搞"纯"文学。搞纯文学的人之间的交往难道不也该是行进在"圣洁"的轨道上的吗？何以会在意"小店的逼仄"和"二锅头的廉价"？难道进文学圈也一定要像当年青洪帮似的，拿着高价贡品，拜码头进圈子上山头？

他问自己，我是真越活越不明白了，还是越活越痴呆了？甚至于真的是傻萌到跟不上这个时代了？（后来回上海他跟小妹谢珍奇说起这档事。连小妹都笑他:"阿哥啊,侬真木啊,一点行情都勿晓得?现在是市场经济。啥地方还有'纯粹'到不讲利益交换的地方?侬真是木到不能再木的地步了!")

但这时他已经在北京小旅馆里耗完了他带来的最后几元钱。不得不、也必须离开北京了。

带着那部小说稿离开北京前的那天,他已经没钱住店了。只有到北京站过夜。候车。再加上在此前他还遭遇了另一档事。(这档事其实谢平反复说过多次,在很多人面前都反复地说。反复诉说的程度可比祥林嫂了。但可以谅解的是,这样的事当时对他的冲击和刺激实在太大了。几乎颠覆了他对当下现实的基本态度和基本评价。)那一夜北京站候车大厅里虽然是有暖气的,但他还是感到他的心是冰凉的。准确点说,是悲凉的。

说到"那一档事",其实发生在上海。在等待那位"文学大腕"久久不回复,他熬不住,回了一次上海。小满和小别根在上海。暂时"寄住"在珍奇家。有一天他带着小别根在上海市少年宫后门外的马路上闲逛——上初中时,他参加过少年宫的文学兴趣小组。那是一段对他来说极难忘又是最美好的时光。再没那么巧的事,居然遇到了文学小组时的一位"女同学"。该女同学的父亲是上海文学界的一位大家。巨匠。因为这个关系,他们这些普通组员对她都会"高看一眼"。后来各奔东西。他去种地。她上了大学中文系。但互相之间曾有过的记忆还是深刻的。后来"文革"来了,她父亲的遭遇自然不会好。也必然会牵连到她和她的男友——她男友是她大学的同班同学,研究戏剧文学的。工人家庭出身。有一段时间为躲避上海那场比任何地方都凶猛的政治风暴,她得知谢平在遥远的大西北那场"大革命"中风头甚盛,就带着新婚的他跑到独立师找到谢平。谢平安置了他俩。在当时那个条件下，谢平虽不能说给了他俩什么好吃好住，但也算是让她二位在一个地窝子里暖暖和和、平平安安地过了几个月。待上海形势稍为平静了一点，他俩要返回上海时，谢平还派车把他俩送到白杨河市火车站。（虽然只是一辆拉百货的卡车，这在当时的谢平，已经是尽了他最大的力了。）这么多年过去了，沧桑巨变。谁会想得到还能在少年时代这个童话般梦幻似的场所附近再见？两人都有些激动。简单交谈中，她了解到（也从文学组其他同学那里曾听说过一些）他的"坎坷"和最近在写作上的努力，她随手从手包里拿出一张请柬，告诉他，过几天上海电影制片厂要举办一个笔会，邀请了一批刚冒尖的中青年作者来参加。笔会有一项非常吸引与会者的活动，观摩外国经典影片。那时候这样的影片只能在内部放映。控制还比较严格。这对谢平来说自然是极难得的学习机会。这么多年，除了朝鲜那部《卖花姑娘》和南斯拉夫的《瓦尔特保卫萨拉热窝》，还有就是《列宁在一九一八》，他再也没看过其他的外国电影！"我手头上正好多了一张请柬。你拿去开开眼界。"她说。

那天，他提前到了电影厂。大放映间门外已经聚集了不少上海文艺界的人士。不少都是一般人平时轻易看不到的明星和文艺界名人。谢平明白自己既非文艺界中人，更非电影界中人，处在这样一个人群中多少有点拘谨。偏偏跟上一回一样，在一瞥之间，他又看到了一个熟人，就是那位女同学的丈夫。研究生毕业后，本该"哪里来回哪里"的他，凭着新婚妻子和老岳父的关系，在上海一个著名文化公司谋得了一个高级文学编辑的职位。据说还写成了一个武侠片的剧本。那天也作为活动的组织者之一来到现场。谢平见到他，第一感觉是大松了一口气——仿佛孤雁独狼终于找到了伴的感觉。

他疾步上前招呼。但万万想不到，那个当年不远万里去戈壁荒漠找他避难的同龄人见到他，不仅做出一副十分诧异的模样，在上上下下打量了他一眼后，接着说了这样一句话："你怎么来了？你来干啥？"

谢平一下蒙住了，甚至惊呆了——我……我怎么就不能来？我……我是"下贱的祥林嫂"？就不能触碰一下你们家的"祭坛"？再看对方的眼神，那里果然不仅有满满的不屑，还有几分鄙视。不等谢平跟他做解释，对方愤愤地转身走了。谢平估计他是去找观影活动的其他组织者去了。要去追问他们，为什么会把谢平这样的人放了进来。谢平看到他跟那几位组织者低声在说着什么。应该是向他们介绍（揭发？）谢平的前史。不一会儿，他的妻子，也就是给谢平这张请柬的女同学也走了过去。他和她发生了一些争执。这时正好入场铃响了。争执不了了之。一直到最后，也没再见有其他人来"驱赶"谢平。那天放了两部著名的外国经典影片。一部是《公民凯恩》。另一部是《罗马假日》。有人专门坐在放映机旁给做同声口译。但那天谢平却看不进去。他一直在问自己，我怎么就成了"祥林嫂"？如果说这位同龄人的鄙视还带有那个时代遗留的政治色彩，那么勾起他蜗居在北京某小旅馆时遭遇的另一档事，就有另一种感受了。前面说过，当时久等评论家的答复不得，他身上能供他寄住旅馆——即使是极为廉价的小旅馆的人民币也已所剩无几。旅馆老板在跟他闲聊时得知他的窘境，看他人还算"老实"，就把他介绍到同一条胡同里的一位曲艺界大腕家临时烧几天锅炉——大腕住的是四合院。单独靠自家院子里的一个小锅炉供暖。这几天，替他烧锅炉的临工老家出了点儿事，请假了。托小旅馆老板替他踅摸个人来烧几天锅炉。四合院里一天都停不得暖啊。小老板就把谢平介绍过去了。这完全是档好事。谢平有了收入，能继续在北京待下去等答复。老板也不用担心谢平欠他房钱了。而大腕的四合院里则可以照旧温暖如春。可谓一举三得。皆大欢喜。一周后，大腕按口头合同所约定的，让谢平休了一天假。谢平便兴致勃勃地去看刚开盘的新楼——当然不是为"购买"而去看楼盘。他没那么"不知天高地厚"。无非就是去看看，过过眼瘾。"聪明"的他总是挑最高档的楼盘去看。这样的售楼处里一定垂挂着巨大的水晶吊灯。四处会洋溢着名贵的香水气味。端庄的售楼小姐纷纷化着淡妆，穿着深色的短裙套装。青春靓丽。袅袅娜娜。巧舌如簧。极目看去，都是一道道炫人心窍的风景线。更吸引他的便是那些免费供应的西式小点心和咖啡茶水。时鲜水果精心切成薄片放在精美的小碟子里，插上了一根根牙签。这样"巡游"个一两小时，能极大地调剂冲刷去窝在小旅馆里积攒的憋屈和单调。还可吃个半饱。有一回，在一个非常高档的独幢别墅区售楼处——那里的一幢别墅时价三四千万。偏偏遇到了大腕的夫人——那位相声大师的夫人。夫人以前跟大师一样出身自北京小胡同。她比大师的文化底子还要厚实一点，在一个中专类的艺校里学过声乐。后来改行去邮局做行政杂务。大师走上曲艺表演的高峰，她随之也成了这个曲艺团的乐队主管。夫人一转身在那辉煌的售楼处大厅里看到他——烧锅炉的年轻临时工，可以说是"吓了一大跳"。直白地给了他同样的一句话："你怎么来了？你来干啥？"这时，谢平下意识地回想起在那个提倡读原著的"革命年代"里，他读过的那些马恩列斯毛的著作，好像都告诉过他，在劳动者当家做主的社会（国家）里，他作为一个"普通劳动者"，只要依法合规，是有权利出现在任何一个公众场合的。但，他能在这么个时刻，跟这位夫人详尽去探讨这些著作深刻而广博的思想含义吗？他还没迂腐和傻倔到那么个程度。在向夫人（雇他烧锅炉的老板娘）象征性地鞠了一个躬后，便"乖乖地"离去了。"等我走出售楼处那个金碧辉煌的大厅，我站住了。真的想哭。什么叫'你怎么也来了'？什么叫'你来干啥'？为什么我这样的穷人就不能来？连看看都不行吗？现如今的中国，为什么一个'老板娘'已经产生这么个想法，她的雇工是不能和她同时出现在一个高等场合的？在她的思想中，她已经开始划分了人的高等和低级。她内心已经在规定什么地方是只许他们进的。什么地方是我们这样的穷人不能进、也不会进来的。再细看所有的首长讲话和党媒没有一个是支持这种言行的。更别说倡导这种言行，但它偏偏暗中开始流行起来。"但谢平还是相信，这种言行不会真正大规模流行开。不会在中国占了"统治地位"。"祥林嫂"别哭。"祥林嫂"自己要争气。"祥林嫂"要自信啊……

……

那天在北京站候车大厅，钟响十一下。大厅里响起广播声，催促去大西北白杨河市的旅客可以检票上车了。列车即将启程。谢平不知道这一次离京，什么时候才有机会再来。排着队一边向检票口走去，一边回想自己的前半生，那一刻心潮起伏，百转千回，只花了几分钟时间就写出了《十二月啊十二月》这首歌词。真的是在悲愤和激奋中一挥而就。无声吼出。

写这首歌的时候，他真的不是在"经营"。苍天在上可作证。

在和向少文、李爽再次探讨"经营"和"进圈子拜码头上山头"这两件事时，他说："在北京站的那几分钟里我谋划了吗？我在经营吗？我只是想对天吼那么一声，对地跺那么一脚，冲着所有人嚷那么一声，让自己真正痛快一回，活那么一回！在红山写那部小说时，我根本不知道自己在写小说。我只是想把要说的话说出来。万一巷道冒顶了，瓦斯爆炸了，我得留下自己想说的话，告诉后来的人，我们这一代人是怎么活过来的。能活下来的哥儿们姐儿们是怎么成了'幸存者'的。他们为什么一定要活着。"李爽说："你不进圈子，不去套近乎，谁闲得没事干了会来帮你扶你推你捧你？你不知道想进任何一个圈子都要拜码头敬山头这个规矩？""知道。""那你为什么不去拜不去敬？""我想我这一求，一跪，一拜，一敬，一叩首，搞的还是'纯'文学吗？""纯文学？这世界上有过纯而又纯只剩下'文学'而再无别的'心机'的文学吗？老谢啊，世道在变，人得应变而生，顺变而活。这么个放之四海皆准的基本原理，你怎么始终没明白过来。我看当初应该再罚你在红山煤矿挖五年煤才对！"李爽忿忿。

谢平没再跟他俩嚷嚷了。他知道向少文和李爽大小都是当官的人了。当官，是要应势而变，顺变而为的。是要在世道的经营中谋治。但有两点他想不通，向少文在那一夜始终没吭声。没跟他做任何驳论。只是听着他和李爽饻饻。不作声。为什么？（后来他才知道，那个时候，向少文他已经出了点儿事了。而且是老大不小、相当严重的事。但这是后话了。）再一点，应奋至今还只是一个普通民众嘛。她怎么一开口也"经营"来"经营"去了呢？那个穿一身褪了色的旧军服，眼眶湿润地为他背诵革命者牛虻被杀害的前夜，写下的最后那句话"我如果将死去，我会娶黑夜为新娘……"的"应奋姐"，又上哪儿去了？

那一夜，谢平在金沙江畔的一块大石头上呆坐了好长好长时间。那一夜，风，很冷。夜，很沉。

后来谢平才知道，这些年应奋在那幢大别墅里过得也并不悠闲，最起码她离过不止一次婚

谢平和沪上十万知青去了大西北农场后，上海街道里平静了两年。在貌似平静的时日里，应奋是有一些失落的。于是她抗住全家人的反对，和那位青年牧师结了婚。她需要他那份内心的纯净。他手指的细长温软。喜欢他讲述吾主救世度人无所不能时的虔诚和淡定，喜欢他在引用《圣经·约伯记》第二十九节中那句话"那时他的灯照在我头上，我靠着他的光走过黑暗"时，眼神中闪烁的那种执信的光芒。但婚后深入交往，让她觉察出两人之间存在着某种婚前交往中未能觉出，但本应觉出的"隔"。青年牧师总感到她摆脱不了"世事的羁绊"，活得不够纯净。劝她要"放下"。但应奋从来不信什么"放下"这类的教条。"奋，你知道吗，你这种对世事的沉湎，让我活得不踏实。""我怎么让你活得不踏实了？我无非关注一下外头社会上的事，就有那么严重，就会让你活得不踏实？"在应奋一再追问下，青年牧师不无尴尬地说了这么一句话："你有事没事地老往大西北跑。心有旁骛地……""哦，你是在吃这一口醋啊？""我不是在吃醋。也不屑于吃这种在上海待不下去、只好到蛮荒之地去种地的人的醋。我只是想提醒你，你我都是有家室的人了。在圣主面前，有责任维护这个家的纯洁。维护这份情感的圣洁。那年你去了西北农场回来，就让我心神不定，可以看得出你特别怀念你过去那段轰轰烈烈的生活，怀念那一帮头脑简单、起哄随大流的年轻人……""我怀念？真可笑！"应奋把自己的几本日记本扔到他面前,"看吧。看看我是怎么'怀念'的。"而这位青年牧师却一本正经地盯着她说:"应奋女士,我没跟你开玩笑。更不想取笑谁。我是认真的。你去农场,单独和他相处了那么些天,作为你的夫君难道我就不能问一问?不该问一问?""嘿嘿……嘿嘿……"应奋无语了。过了好大一忽儿,她才说道:"首先我要向你承认,我现如今确确实实还经常会想起那一帮当年的小伙伴。但我要纠正你一点的是,他们中绝大部分人不是在上海待不下去,没法活了,非得去大西北谋一口饭吃才离开大上海的。他们也绝对不是头脑简单起哄随大流的年轻人。你这么说,太可笑了……""有什么可笑的?"他厉声。"那么……按你的意思,我,出轨了?"应奋说着大笑起来。她真的觉得太可笑了。他却吼叫起来:"别笑。我是认真的。请你尊重我。在天主面前。"

她不笑了。

她忽然觉得面前这个"夫君"其实只是个"**枕边陌生人**"。但毕竟还是个"丈夫"。她得遵守相关的"婚姻约定",当他想离开她家这幢大别墅(那时"文革"还没开始。大别墅里还没有"冲进"别的住户),他说他住在这里精神压力太大想搬出去。她服从了。跟他一起搬了出去。他在天主堂附近一个石库门弄堂里租了个西厢房。她也去了。他频频掐算与她行房的安全期和危险期。因为他家里人告诉他,只有让她怀上你的孩子,才能让她死心塌地跟着你。你这场婚姻才"真正算得上敲定下来了"。她随他去算。他翻看她的信件。甚至……甚至不时查看她底裤上的斑迹……她开始感到恶心。并郑重地警告过他。希望他能像尊重爱护天主一样尊重她的人格。因为她是和天主一样应该得到尊重和爱护的 —— **如果你真正爱我**。后来他发展到径直去向她那些闺友调查她的"行踪"。有的闺友为此当面责骂过他。他痛苦地辩解:"爱,就该爱得彻底。我的一举一动无愧于天主。我的动机里没有任何私心。耶稣基督作证。"

再后来,她知道,得离开他了……离开那个西厢房。(西厢房的正墙上挂着一个用石膏浇注成的耶稣受难五彩雕像。)她想回自家那幢大别墅去了……

应奋的第二次婚姻同样不如意。如果说,第一场婚姻不管怎样,还是自己的选择,那么这再一次的婚姻中便掺杂了过多的利益关系。也就是说,是"经营"的结果——跟她家这幢大别墅有关。"文革"风暴中,上海地面上不少家的私人别墅都因各种各样的原因或被"充公",或被加进住户而变成"群居房"。应奋的祖父一向以来都是市政协委员。市里重点统战保护对象。在"文革"前几次大的政治运动中都没怎么受到正面冲击。这一次房管局革委会的人找他谈话了。告诉他,你们应家按"市革委会"新规定,只能从两处房产——大别墅和那幢花岗岩公寓大楼里的那套七居室中保留一处。谈话进行得还算客气。最后还提了个建议:"我建议你们留公寓楼里的那套房,把别墅交出去。"找他们谈话的是进驻市房管局工宣队的一个年轻领导。据说是从某钢厂电炉车间炉前工里选拔出来的。三十岁刚出点头。长得还算白净。谈话是应奋去的。(已届耄耋之年的祖父刚心梗抢救过来,当时还在医院里躺着。)祖父听完应奋的传达,多少有些意外。意外的不是要他交房产。这一点,他早有预料。让他意外的是,这位工宣队的年轻领导在传达了"市房管局革委会"的决定后,居然还提出了他"个人的建议"。经验告诉祖父,这一类政治性谈话,在传达完了上级的决定后,传达者绝对不会再多说一句,更不会轻易流露传达者本人对这个决定的态度。更不会傻乎乎地对下一步的抉择提出他个人的建议。所以,祖父再三问应奋:"这位工宣队的头头说了原因没有,为什么要我们交别墅留大楼里的房?""没有。""你仔细再想想,也许他没明说,但做过什么暗示。""没有。""这就奇怪了。一般他们不会这样做啊。他们做事的那一套,我还是比较了解的。"

过了几天,应奋去华山医院为祖父取完药出来,无意中在医院大厅里看到了那个年轻的工宣队长。应奋本想躲着他的。没想到,他却主动迎了上来。简单寒暄过后,对方突然逼近一步,几乎是贴着应奋的耳边,低声说了一句:"能借步跟你说几句话吗?"应奋先是一愣,以为对方要做什么越轨举动,本能地往后倒退了一步,然后才命令自己镇静下来,慌慌地答应:"可以呀……可以呀……要说啥?"

年轻的工宣队长左右观察了一下,确证没有熟人注意到他,便立即把应奋带到医院后头一处背静地,说出了一些让应奋既吃惊又感动的话。他先声明:"一会儿我说的话,你不能告诉任何人。能保证做到这一点吗?"应奋仍然是本能地回答:"能……能……""假如你说话不算话,你要明白,对你对我后果都会十分严重。""知道知道……我不是个碎嘴子女人……您放心……"即便获得应奋这样的保证,他还是犹豫了一阵,才下决心把谈话进行下去。在得知应家祖父还是要保住大别墅,交出花岗岩大楼里的那几间房,他显得很不高兴:"你们真是不听话!简直……简直太自以为是了嘛。要这个样子,你们最后会一间房子都保不住!""为什么?"应奋睁大眼睛问。脸上流露出的那种委屈和疑惑,活脱脱像一个无辜的天真少女。(这是这位年轻的工宣队长后来向应奋追述她当时神情时用的语汇。)年轻的工宣队长当即把应奋往更背静的地方带了带,再一次压低声音说道:"你们想过没有,假使……你听清楚了,我说的是'假使'上头有人看中你们家这幢大别墅,他要这幢别墅,到时候,你们劏(tang)得牢哦?(挡得住吗?)如果劏(tang)勿牢,到那时候,公寓大楼里的七间房已经交出去了,大别墅又没保住。'革委会'随便在郊区哪个城乡接合部拨几间工房给你们。你们到底去还是勿去?不去也得去啊。要不,真的去睡大马路?解放初,侬阿爷把淮海路上一家那么赚得动的(有大钱可赚的)饭店都交了公,现在又何在乎这一幢别墅呢?交出别墅,一方面,保住了市中心区花岗岩大楼里的房子,另一方面政治上在新领导那里也得了分。这笔账怎么就算不过来了呢?侬阿爷年纪大了,拎勿清。你们这些年纪轻轻头脑灵光的人也拎勿清?回去好好劝劝你家阿爷。不要以为自己过去一直是市里重点保护的统战对象。现在情况不一样了。老市委都砸烂了。新来的夯头(大人物)要收你们家这幢别墅还不是一句话的事?!"最后又压低了声音再次强调,"回去不要跟任何人说今天我见过你了。记牢我这句话:今天我没见过你,也没有跟你说过啥房子的事。"然后侧转过身快快地走了。

……后来,还是应了那么一句老话:姜还是老的辣。听了应奋汇报,阿爷居然交代她,如果下一次这位工宣队长还来寻侬,侬一定寻一家像样的大饭店,"好好叫"(很好地)请他吃一顿"便饭"。假使他答应吃侬这顿饭。那么,阿拉屋里厢(我们家)这幢别墅有一大半希望可以保牢了。"为什么?"应奋问。阿爷叫她不要打破砂锅璺(问)到底。照他吩咐的去做就是了。(后来才知道,当时阿爷从内部得到风声,知道这位工宣队长有可能在房管系统领导班子改组时,作为运动中涌现出来的优秀年轻接班人被结合到区房管局领导班子中担任"革委会"副主任一职,也就是后来的"副局长"。)"哦,侬原来是想用我去通关啊,搞这种人事关系,去保侬这幢别墅?侬门槛勿要太精哦!手段勿要太那个!"应奋不高兴了。"那个啥?!我保这幢别墅为来为去还是为了啥?还不是为了你们。我还能活几年?再讲了,我只是叫侬去跟他交往一下。能不能交往下去,哪能(怎么)交往下去,还是侬自己做主。这个年轻人对我们家的事这么上心,看来还是有点啥意思的。侬讲对哦?""啥意思?""侬跟他交往下去就清楚了嘛。"

这位即将上位的年轻副主任那天真的跟应奋去了中苏友好大厦后面铜仁路路口一家咖啡店。这家咖啡店,"文革"前就有。运动高潮时,反封资修和西方生活方式,关门了。最近刚恢复营业。应奋之所以没有按阿爷的想法,带他去大饭店"好好叫"吃一顿,是觉得真按阿爷的想法,到大饭店大鱼大肉地点上一桌菜,既显得"俗气",也有点"太露骨"了。还不如喝点咖啡,先"清清爽爽"交往上,探探口风。看看虚实。

就在这次"咖啡店会晤"中,这位工宣队长告诉她,他叫赵斌:"真正讲起来,我不好算生产一线的工人。是厂技校的教员,教语文的老师。不过,也可以算是工人阶级队伍中的一员吧。"说着,这位钢厂技校年轻的语文老师低声背诵了朱自清的《背影》:"我与父亲不见已二年余了。我最不能忘记的是他的背影。那年冬天,祖母死了。父亲的差使也交卸了。我从北京到徐州,打算跟着父亲奔丧回家……"听到这里,应奋突然感到他很像一个熟人……而且很像很像……那眼神深处蕴藏着的那种真挚和热烈。还有那声音。真的很像很像。但像谁呢?一时间又想不真切。但她心里居然生起了一点暖意——在离开了那位多少有一点偏执和狭隘的青年牧师以后,她心里冷冽寂寞，甚至还可以说麻木了许久……那天回到自家大门口，她终于想了起来，哦，他像……**像谢平**。为什么会觉得他像谢平呢？自己为什么突然又想起了谢平呢？为什么？她在大门口发了好大一会儿的愣。后来她和这位工宣队长之间的来往就多了起来。他常常过来找她"借书"。这一点既让她感到意外。**也觉得和谢平有点相像**。在应家的书房里，这位刚上位的副主任很随便地坐在那张日式矮腿硬木靠背椅上，专心地听应奋给他讲别林斯基的《文学的幻想》，讲涅克拉索夫的《大门前的沉思》，讲车尔尼雪夫斯基的《怎么办？》，当然也一定会给他讲高尔基的《在人间》。顺便也会讲讲狄更斯。特别是在讲完高尔基的《在人间》，一定要给这位年轻的副主任再讲讲麦尔维尔，讲讲这位在现实主义风格中融入强烈浪漫情调的美国作家的代表作《白鲸》。记忆中，她也曾经给谢平这样讲过。当时，谢平不爱看英美小说。她劝谢平一定要去看一看麦尔维尔的这本《白鲸》。你会喜欢这个叫麦尔维尔的美国作家和他这本《白鲸》的。你们俩的内心有某种相似的东西……

应奋从来不承认自己如此"热心"接待这位年轻的副主任只是为了保存和寻找她记忆中的那个"谢平"。当时应家人——包括她祖父，当然也包括她二哥，都在力促应奋和赵斌来往。他们这么做，就像当年李爽的家人都力促李爽的小姨和留苏的小姨父交往，而不是同那位留英的同事交往一样。是有某种"经营"意识和目的在里面的。至于最后应奋竟然"傻"到真的和赵斌结为夫妻，这又大大出乎他们的意料。"没人让你真的嫁给他啊！"这是她二哥的原话。

但她嫁了。

她嫁他也有很现实的原因。她觉得自己快四十了。身体仍然不太好。这么些年来，活得有点累。她需要一个有力的肩膀。一个温暖宽厚的胸膛做依靠的"港湾"。何况他还愿意听她继续讲屠格涅夫的《父与子》。讲陀思妥耶夫斯基的《卡拉玛佐夫兄弟》……而且，他还为应家保住了那幢大别墅——只不过附加了一个条件：允许往大别墅里搬进两户普通人家。"反正大别墅里有那么多间房，你们一家也用不完。搬进两家老工人，这样我对上对下都好交代。你们也应该为我考虑考虑嘛。我总归要一碗水摆摆平的嘛。"年轻的"革委会"副主任当时考虑问题也很现实。也很"周全"。并很"政治"。

　　当然，还有一个重要的原因，她和当时许许多多的中国人一样，都认为中国就此会一直、一直地"革委会"下去了……

　　但是，几年后，他俩还是离婚了。原因既简单也复杂。

　　打倒"四人帮"后全国——首先是在上海这个"四人帮"的根据地里，开展了清理整顿。年轻的副主任（这时已经明确为副局长了）在接受审查最后搞清问题后被清出了房管局那个再次更新了的领导班子，又回了钢厂。从此一蹶不振。"你们应家人用不着我这个'下只角'里的赤佬模子了，可以把我当一只破套鞋那样甩掉了。"他时不时地这样自轻自贱地对应奋说。

　　"请你不要这样想……没有人把你当破套鞋。更没有人想甩你。也请你自己振作起来，正确对待已经发生的这一切……""哈哈。到底是大户人家有文化水平。甩掉一只破套鞋时，还会对这只破套鞋说一声'请'。哈哈。有水平。确实有水平。"

　　应奋脸色青白了。她没跟他争辩下去。当时她已经怀上赵斌的孩子了……这一次谈话后，她偷偷地去做了人流手术……这也成了他俩关系最后破裂的一个起爆点。

在此以前还发生过这么一档事。赵斌住进大别墅后，未跟应奋一家人商量就把自己的父母从曹家浜一个棚户区的板壁房里搬到大别墅里来了。后来，赵斌的父母又隔三岔五地请过去棚户区里的老邻居来别墅里做客。这就让应家人更受不了了。赵斌的家人甚至未经祖父同意就擅自打开这幢法式洋房别墅里每一个房间让这些老邻居"参观"。而千不该万不该的是，擅自打开了其中一间。这个房间是应奋祖母的卧室。祖母去世后，这间卧室里一切陈设一直保持着祖母生前的模样。祖父轻易不让任何人进出。他不许任何人去打扰她。他自己也只有在祖母生日那天，进去献上一个花篮。祭日那一天，进去点几支香。再供上祖母生前爱吃的几道菜。水果。然后会在那里静静地陪祖母待上一整天。得知有人擅自进去"参观"，祖父暴怒了，老泪纵横了，冲到那一对亲家面前吼道："你们……你们……能不能给我留一点点面子啊？"赵斌的父母和那些老邻居都愣了："大家不就是进房间看了看，又没动里面任何东西。侬嘎激动做啥啦？！不让看，我们不看就是啰。我们走就是啰，有啥了不起的啦！"赵斌的父母也挺有骨气，当天就收拾收拾东西搬回了棚户区。赵家五口人在那间十二平方米大、油毛毡铺顶的板壁棚屋里整整住了三十多年。

那天，赵斌和应奋狠狠吵了一架。应奋结结巴巴地说："你……你……你们……无论如何事先也该跟我们打个招呼嘛……特别是你……你有文化，当过老师，应该能理解我阿爷对我阿娘那种……那种深情……"

"什么情？！啊？什么情？！"赵斌一下跳了起来，指着应奋的鼻子吼道，"你没有看到他完全像训斥两个下三滥的佣人雇工那样训斥我父母。纯粹是地主资本家的一副嘴脸嘛！纯粹是当代刘文彩嘛！完全真相毕露。原形毕露嘛！我老早就看出来了，你应奋一家人一直熬不过我父母住在你们眼皮子底下。老早就想把我们赶走了……根本看不起我们这种'下只角'里的工人家庭！"

"你这完全是一种自卑心态在作怪。莫名其妙。现在自卑的应该是我们，不应该是你们。"应奋无力地辩白。

以女婿身份搬进大别墅后的这些年，赵斌一直是文质彬彬的。他知道应奋的阿爷出身也挺苦的，但在上海十里洋场摸爬滚打几十年，和各种有身份有地位的人交道打得太多了。"阅人无数"。也深谙"行笃行之术，长莫长于博谋之道"。而应奋的父亲，虽然生性懦弱，总归也是在英国留学好多年，谈吐举止洋味十足的文人。赵斌不想让应家人瞧不起他。处处小心谨慎。暗中也在模仿学习应家的各种生活方式。尽可能地减去自己身上那点"小弄堂习气"和"棚户区味道"，平日里确实也温文尔雅，举止有度。所以这突然间的爆发，让应奋"惊心动魄"。"你这不是实话。我参过军，曾经也是个革命军人。以我曾经的七年军龄担保，我们家没有人想着要赶走你赵家人。更没有人看不起工人家庭……要看不起，我会嫁给你吗？"应奋说着，眼泪都快急出来了。那个时候，仅仅"看不起工人阶级"这一条罪状确实就会让全社会所有人不齿。"你要不相信，我现在就可以去曹家浜把你爸爸妈妈请回来。"

接下来，仍处在极度冲动中的赵斌说了一句最刺激应奋的话："好啦。好啦。不要再装腔作势啦。要不是我赵斌当了房管局副局长，要不是为了你们应家这幢大别墅，你应奋会嫁给我这个钢厂里的臭工人赵斌当老婆？会看得起我赵家人？哼，想都勿要想啦！"

这句话真把应奋惹火了。她一下拍案而起，涨红了脸说道："好吧，你居然这样看待我应奋和我们这个婚姻，把话都讲到这个地步了，我们马上去办离婚手续。我也请你这位副局长马上把这幢大别墅收走。告诉你赵斌，没有你这个副局长，没有这幢大别墅，我应奋一家人照样活得下去。你赵副局长要有本事，再去公安局叫人来把我这一窝势利的地主资本家刘文彩、黄世仁统统捉进去！去呀，去叫人来捉呀！"

当然，赵斌并没有、也不会派人来收走大别墅。更不会去离婚。气话毕竟只是气话，就像中国万千对夫妇千百年来共同经历过的"白天床下吵架，晚上床上相好"那样，两个人的关系还是渐趋平静了。可是，烟消了，云却没散。接下来的这日子过起来就总有点疙疙瘩瘩。勉强中带着许多的尴尬。最后，他俩分房睡了。好在，应家大别墅里房间多的是……

一直到形势剧变。"四人帮"倒台。赵斌被审查。审查结束后，他沉闷了相当一段日子。分析了形势。他认为，与其让人"赶出"这大宅门，不如自己主动走的爽快，也有点面子。于是他敲开应奋的房门主动提出了离婚。应奋刚想说些什么，赵斌没让她说下去。转身走了。他知道应奋会说什么。但她说什么都没用。"**形势明摆在那里哩**。"而且有一天从厂里做完中班回来（审查结束，连厂技校教员的职务也被免了。被放到电炉车间真去当了炉前工），他听到应家全家人在楼上小客厅里窸窸窣窣议论他和应奋的这场婚姻。都在劝应奋离婚。都认为这样拖下去双方都痛苦。长痛不如短痛。其实这时应奋又一次怀孕了。然后她又一次去做了流产手术……

办完离婚手续。应奋告诉赵斌，祖父考虑到他俩夫妻一场，又知道赵斌在当房管局副局长期间为他自己那个棚户区的家在东湖电影院附近的一条新式里弄里搞了一套七十多平方米的洋房。洋房里，地板、阳台、煤气灶、抽水马桶卫生间样样齐全。装修好了，只是还没来得及买家具。赵斌虽然政治上犯了错误，不过，总的来说，为人还算可以。决定把他俩结婚时祖父为他俩置办的那一整套价值五万多的缅甸红木家具全部送给赵斌。对此，赵斌想了想，没拒绝，只说了句："好吧。请转告老人家，谢谢他的好心。"并答应第二天派车来拉家具。第二天一早，应奋让人把这十几件红木家具统统搬到院子里。赵斌在钢厂的弟兄们也替他搞到了一辆运废钢料的重型卡车。下车后，赵斌背着一个钢厂发的帆布工具袋，绕着那些家具走了一圈，问应奋："这些都是我的了？你肯定？"应奋告诉他："是的。阿爷说，请侬不要嫌弃这点旧家具。你先将就着用。以后有啥需要，再讲。"他笑笑，说了声："谢谢应老板。我没叫错吧？现在都兴叫'老板'了。既然全部是我的了，那兄弟我就不客气了。"说着，从帆布工具袋里抽出一把斧头，虎起脸，紧咬住牙关，冲过去朝这十几件红木家具一通乱砍乱劈。车上也下来几个年轻人帮他一起砍。但等听到应奋连喘带吼地叫喊："侬这是做啥啦？做啥啦？做啥啦……好几万块钞票呐……"但等应家几位兄弟姐妹冲下楼来时，那些红木家具全被砍残了——当时的五万块人民币，可真是一笔巨款啊，就这样被砍成了木渣渣……赵斌这才走到应奋面前对她说："听说侬又打胎了。我真要谢谢侬把事情做得这么彻底……"说到这里，他突然瞪大了双眼，青白起脸，大喊一声，"你们真会把事体做绝了啊！我真要谢谢侬应家全家了！"喊完，收拾起斧头，带上那帮小兄弟上车走了。

　　……

> 那天应奋讲完她这段经历，天色已晚。谢平惊讶她讲述时的平静，平静到好像只是在讲一场与她无关大碍的秋凉和春寒

"小朋友，听完这个你无法想象的故事，感觉如何？"应奋脸上带着一点因体虚而引发的潮红，静静地问。

谢平只是看着她，没说别的话。只说了一句："这里没有'小朋友'。你问谁呢？"

"哈哈。我们的谢平已经不承认自己是小朋友了。好。好。"这时，她兴奋起来，喝了一口浓黑的咖啡说道，"好啊好啊。不是小朋友了。非小朋友的谢平先生，说说，这几年你活得怎么样？"应奋问。

"我还能咋样，就是这样呗。"谢平故作夸张地张开双臂。表示自己的"一切"都在这儿了。您自己看嘛。起码的，这会儿还在喘气哩。

然后应奋就谈到谢平他那部小说稿的事。然后谢平就去了北京。遭遇了后来的那一点窝心事……

……

后来有人说，那些年谢平身心大变，就是因为他连着遭遇了这一类事故所致。硬要这么归结，也不能说它全无道理。但因此就像小满责备的那样，说他"优柔寡断"到了撑不起来的地步，还是有点"爱之深，责之切"了，也可以说"只知其一，不知其二"了。时代的大变迁必然会让一些人挣扎着重新寻找定位。而那一种总能跟

随潮流，顷刻间又"勇立新潮头"的人毕竟还是少数或极少数。谢平他肯定还做不到"纵迟纵暮，不怅秋水苍凉"般豁达和明慧，所以，个人境遇中的那些"秋水苍凉"多多少少还是会在他心中布上一层虽不厚但也并不薄的"阴影"是可以理解和宽谅的。

当时小满病情突然发生变化，他必须赶回卡拉库里，带她去北京就医。临离开上海前，他又去看望应奋。

"我以为你不会再来了。"应奋说。

"怎么会……"谢平嘴上否定应奋的这个判断，但实际上他确实犹豫过，要不要再去看望应奋。他确实不想再一次看到一向被自己敬重的——甚至说成是"思念的"也不为过的那个应奋姐，正在变成张爱玲笔下的那种"带着浓重没落气息、尖刻且又自贱的富家妇人"。他想竭力保留住当年那个应奋姐的印象。就像亚瑟千方百计地要在心里留住琼玛的形象一样……

"不会装假就不要装，小朋友。"应奋啐嗤。

"……"谢平低下头去了。过了一忽儿，红着脸，心虚地"反拨"："请您不要再叫我'小朋友'了。再说……再说我怎么会不想来看您呢？"

"你看你，开始跟我'您'啊'您'的了。"

"……"

在这以后，两位客客气气地说点闲话，再没触碰类似的"敏感话题"。天色渐暗。房间里便逐渐阴冷下来。黄妈过来给应奋送了个热水袋让她焐手。又把窗帘拉上。再给谢平端来一小杯加了柠檬的热红茶，外加两小块巧克力奶泡。（算是下午茶？）再打开应奋身旁书桌上的台灯。谢平这才注意到，台灯罩子上的图案却是些大小不等的几何图形。或正方。或长方。也有三角和梯形。大小不等。布局也不对称。颜色更是有猩红、金黄和纯黑。酷像出自非洲艺术家手下的作品。浓烈，原始，似乎零乱，却也有趣。而紧接着，窗外便黑得不成样子了……

刚回到卡拉库里，谢平
就收到应奋的一封长信

　　谢平，亲爱的小朋友，我想我该给你写这样一封信了。那天你走后，上海下起了小雨。在滴滴答答的雨声中，我几乎犹豫了整整一夜，犹豫到底要不要给你写这封信。即便在此刻，信已写完，我仍然不知道自己该不该寄出。文学史上好像不止一位作家做过这样的事，他（她）们把一堆"情意绵绵"却又（故意？）没寄出的信，汇集成册出版，赚取一堆怀春少女少男廉价的眼泪，同时也借此索取一笔真金白银的稿费。而我之所以给你写了这封信，最后又下决心寄出，倒不是要避免人们也把我列入这样的作家之列——我压根儿就不是什么"作家"。我写这封信，只为了向你传递一句话，谢平，亲爱的小朋友，你错了。你不仅误判了你这个应奋姐，你也误判了这个时代。

　　先别"狡辩"——姐啊，那天我没说你啥啊，更没说这个时代啥啊，你从何得出我"误判了时代和你"这样一个"严重"的结论？

　　是的，那天你是没说啥。但你的神情告诉我，你误判了。而且拒绝接受现在的这个"应奋姐"。同时你也误判了当下这个时代。我不知道怎样才能向你清晰地表述当时从你眼底看到那一丝不屑和轻蔑时的心情。（请不要否认你"不屑"了，也轻蔑了。退一万步说，即便这种不屑和轻蔑是下意识地发生的，你也的的确确"不屑"了，"轻蔑"了。）那天你走后，我听着从窗前那两棵高大的罗汉松枝叶间传出的细碎的雨声，呆站了许久许久。我呆站只是为了平息由于你的不屑和轻蔑在我心头所造成的锐疼。这种锐疼类似被啮齿类动物的尖牙啃咬过的一般。而在以往，我是喜欢这种细雨天的。只要有细雨降临，听着那逐渐布满整个天宇的淅沥声，我总会在心里描绘一种诗情画意，勾起一种怀念。怀念当初纯真而无任何城府的青涩岁月（比如说最初和你相识的那些个时日），怀念曾有过的恬静和散漫、从容和豁达、持久的含蓄和极为谦和的广阔、不露声色的执着和轰轰烈烈，或静悄悄的精进博取……渗透这些渐近又渐远的生活感觉，总让我觉得它是在冥冥中演绎着一种人生态度。昭现世间一种生存景象。不必疾风暴雨。也无须电闪雷鸣。貌似与世无争，却坚定地守望着、润泽着"麦田的未来"。

你不是有个笔名就叫"麦田"吗？（看到这里，谢平一惊——她怎么会知道我有这么个笔名？谁又到她跟前去叨叨过我了？！）

而麦田，那是一幅怎样恬静而又充满希望的景象啊！

但，你真的是在憧憬那样的"麦田"吗？还是因为这些年身上布满累累伤痕的缘故，在给自己制造一个麦田的幻象，借此掩蔽了那个真实的多少有些颓丧的自己而已？

亲爱的小朋友，难道你真的看不到，这些年来绝对不是只有你一个人"伤痕累累"。有些人自己"伤痕累累"之后还有意无意地在别人身上制造伤痕。个别人甚至还觉得不刻意地在别人身上制造伤痕，就活得不痛快似的。这也是我们共同经历过的。我们为什么不可以把"伤痕累累"当成又一所"我的大学"。在这所新的"大学"里我们要学会的难道不正是"**不必疾风暴雨。也无须电闪雷鸣。貌似与世无争，却坚定地守望着、润泽着'麦田的未来'**"吗？

我知道你一定又在笑话我这一番的"小资情调"了。

亲爱的小朋友，让我们暂且先不去管它是什么情调吧。在伤痕累累之后，能够让不同的人都按他们自己的意愿去生活，去挣扎，去闪烁，去摇摆，去歌唱，直至死去……只要他们没有违法乱纪，这岂不是一件让多数人向往而又乐此不疲、赏心悦目之事？为此，应奋姐为什么不能穿一件她母亲留下来的衣服？她想穿它，因为那天正是她母亲的生日。应奋姐又为什么不可以在自己的家中接待几位通家之好的女友，按她们的喜好，陪她们打几圈麻将？亲爱的小朋友，你明白我的意思吗？我们不应该是他人棋盘上的棋子。我们也不要把他人造作成我们棋盘上的棋子。我们在迎接新生活，**要习惯在不习惯中生活。容纳貌似无法容纳的容纳**。有一年我遵医嘱，陪病中的祖父去苏格兰小住了些时日。在崎岖的迪里尼什半岛最远端的内斯特角上看到一座灯塔。它建于一九〇九年。八十年后实现自动化，再不需人看管。再不用人们给它配备管理员。从此以后，它孤独而高傲地坚守在辽阔的小明奇海峡边，眺望远方，守护来来往往的船只。我记得有位哲人说过这样的话："世界是荒谬的。人生是痛苦的。对于过去我无能为力。但我永远可以改变未来。"你同意他这种说法吗？我认为，他这句话说得还是挺有道理的。但只说对了一半。因为只要未来是可以改变的，那么这个世界就不会是荒谬的。即便已经开始荒谬，也不会永远荒谬下去。你看，一个在世界哲学史上享有如此崇高地位的哲人，也有只说对了一半的时候。我们又何必在遭受种种坎坷之后，自轻自贱而浪掷自己的一生？

　　为此，谢平，我亲爱的小朋友，我们能不能仍然像当年一样，坚信这一点，对于过去，我们无能为力。但我们永远可以改变未来。

　　……

这封信后来"一不留神"让小满看到了。让所有人想不到的是——当然，首先是让谢平预料不到的是，小满看完了信，居然和谢平一样，沉默了，眼圈发红了，好大一忽儿才憋出这么一句话："应奋姐还真是个好姐姐……"

"啥叫'还真是个好姐姐'。她本来就是个好姐姐嘛。"

"那你干吗还'不屑'她，'轻蔑'她？"

"我要不轻蔑了她、不屑了她，有些人心里不是老过不去吗。"

小满脸一下红了，立即啐责："又来劲儿了，蹬鼻子上脸了，是吧？找骂呢？滚，滚一边去！"

那一晚上，睡到半夜，小满突然坐起，把谢平吓一大跳。她两眼发直，怔怔地说了一句："应奋姐她也够可怜的。"又倒下睡着了。她到底是在说梦话，还是醒着为这个"上海的姐姐"发愁，谢平就没去细追究。但接下来的几个小时，直至天明，他都没有睡着。他在想一个老问题中的新问题：应奋姐她到底算不算一个"半度人"？最终也没想出个所以然来，在天色微明时分，他还是睡着了……

> 现在我们再回过头来说说向、
> 李、谢这哥仨怎么会躲到金沙
> 江畔如此遥远而偏僻的地方
> 来谋划他们后半世的人生的

既然是"谋划",就不会只是"晤谈"。更不能是"聊闲天"。以中国之大,胜地之多,这仨哥儿们偏偏来到这个仍可算是"穷乡僻壤"的金沙江畔谋划如此大事,应该也不会是心血来潮的偶然之举。那次他给小妹珍奇送小别根去。小满去世后,珍奇给他打过一个电话,问他:"小满不在了,你准备怎么安置小别根?自己带?你行吗?"他迟疑了好大一会儿才答道:"我还没怎么想好……"他当然知道,小妹珍奇这时候打这个电话来,是有意要帮他解决小别根的问题。小妹和黄林大结婚后,一直没怀上孩子。四处求医,听了隔壁弄堂里的好婆(宁波土话,意即外婆)建议,他俩甚至专程去舟山普陀寺和南海观音跟前烧过香,磕过头,最终也没求来应有的关照。她曾多次半开玩笑半认真地向谢平和小满提议:"你俩再生一个吧。把小别根过继给我和大大算了。"把小别根(暂时)交给小妹照顾,可以放一百个心。但前不久,黄林大出事了。卷进了一档部队退役卡车的走私大案里。这案子的麻烦和掣肘之处还在于,和北京方面一些大人物的"公子哥儿"牵连上了。检察院在批捕时特别谨慎,再一再二地退回公安方面,让他们补充侦查。坐实"证据链"。至今黄林大还被拘在看守所里,在等最后结果。就这短短几十天,珍奇就整整瘦了十来斤。在这么个节骨眼儿上,他怎么好意思再有劳她替自己带小别根呢?但小妹坚持要他把小别根送过去。"这是一举两得的好事。我现在整个人都空了。天天夜里被噩梦惊醒。你把小别根交给我,最起码能让我白天还有个寄托。晚上也有个抓挠。你呢,也面临重整人生的关键时刻,需要全力以赴,不能让这么个五六岁的孩子黏住手脚。你要是相信我这个阿妹,就把小别根交给我。要是不相信嘛……"谢平忙截断珍奇的话头:"你这算啥话?我不相信你小阿妹还相信啥人?""好。那就这样敲定了。你赶快把小别根给我送过来。我晓得你现在不缺钞票。但这趟路费还是要算在我账上的。亲兄妹明算账嘛。"

……这一次,谢平在上海没待几天。只办了两件事。给小满换了个轻便坚固的骨灰盒。又找他父亲当年在造船厂的工友(下岗的八级钳工)帮忙,做了个金属盒套。这是小满临终前,他承诺给小满的。"今后不管我谢平混到哪里,一定随身带着你满菊妹。这样子,万一我做错啥事情,你夜里可以就近托梦提醒我、纠正我,就像这些年你在我身边时做的那样……"当时小满听了,止不住泪水滴答,却不高兴地斥责:"不说恁丧气的话。你是希望我早点走还是咋的?我还要看着小别根找女朋友哩!"说着,又喘得不行了。小别根赶紧把那台家用制氧机推了过来。另一件事是想去给应奋送一盒用他的歌词作曲演唱而灌制的音带。但这件事没办成。那天,他已经走到应家大门前了。犹豫再三,最后还是没敲门。没敲门,倒也不是因为某种成见,只是觉得小满刚走,自己就来找应奋,小满肯定会不高兴,还是不进门不见面的好,就写了张便条,用根橡皮筋把便条和盒带捆在一起,塞到应家大门外那个欧式铜铸信箱里就走了。便条上只写了这样一句话:

不便打扰。谨呈近年拙作数首,请惠正。

顺致非革命的敬礼　某"小朋友"于即日。

回到北京，重回春草院，料理了小满的后事中剩余的一点琐事，待把院子归置干净，细心捡拾了小满留下的任何一点痕迹，小憩了一日，正想关门落锁返回卡拉库里，一群粉丝找上门来。"在崇文门附近一家烤鸭店设便宴想会会您。人不会太多。我们有所控制。请务必赏光。"那就"赏光"呗。反正现如今又成"光棍一条"了。在哪儿待着不是待着？！为此他还特地改签了返程机票。那天，粉丝们在烤鸭店订了个不大不小的包厢。让他度过了一个温暖而开心的下午。他这个粉丝群跟别的那些粉丝群有一点不一样的是，除了极个别的以外，绝大多数都不太年轻了。甚至都过了中年。有两位中年粉丝知道他在收集过去年代的图片，那天还给他带来了一份见面礼，是两本书。一本是民国坊间七作十八行的生活照片集。另一本是大西北访古实录。当他在那几位粉丝的簇拥下走进那家烤鸭店时，正好有一个上了年纪的食客提溜着一个烤鸭架往外走去，和他擦肩而过。烤鸭店里经常会有这样的客人，过来只为买一个鸭架拿回去熬汤喝。这不稀罕。稀罕的是，一瞥之下，谢平竟然觉得此人眼熟。一时间却又怎么也想不起来在哪个旮旯里见过。等会餐结束，再一次在这一群粉丝簇拥下往外走时，却见这位只买了一个鸭架的老年食客还在门厅候餐的一把椅子上等着他。他说他姓贾。这一下，谢平想起来了，贾树三呀，独立师的副师长贾树三。一位"曾因酒醉鞭名马，生怕情多累美人"而一生"坎坷跌宕却又终生不悔"的老领导。

"是谢平同志吧？我在您待过的独立师打过工……"老年食客忙起身自我介绍。

"哦，知道知道，贾副师长！您咋……"对方的谦恭，让谢平始料不及，赶紧躬身作揖相应。没等他把话说完，贾副师长赶紧笑道："免免免，免礼。早就没什么'副师长'了。只有老汉贾树三一枚而已。"

谢平忙握住贾副师长伸过来的那只多少已经有一些枯槁的手。为自己刚才一时没认出这位当年的老领导表示歉意。当年运动刚起时，根据中央的部署，为稳定西北地区的局势，中央军委从军委各总部调派了一大批现役军官对西北垦区各农业师实行军管，贾副师长就是其中的一员。（他曾主管军委总部下属的某文工团。）在他们主持下，垦区建立抓革命促生产三结合的新领导班子，停止了大鸣大放。等各个方面的秩序基本上了轨道，这些现役干部便相继撤回了北京。一部分人回原部队任职，大部分因年龄的关系或其他原因，或转业或离退休了。不管回原部队还是退伍转业的，按老规矩，基本上都会被提个一级半级，但老贾不仅没提级，还因"男女作风问题"从副师级连降了好几级。在独立师那会儿，他俩就基本没什么交往——也不可能有什么交往。想起来，还是"炮轰师党委"时，开批斗大会，批斗政委师长，这位来军管的贾副师长曾作为大会的主持人之一，见过一两面而已。贾某人回城后，他俩当然就更不可能有什么接触了。但曾经收到过这位贾领导的一封信。信里除了说些客气话，还附了几首他近年来写的歌词，"请谢老弟斧正。如老弟觉得还看得顺眼，能否借您大名，推荐给某位作曲家……"云云。事后让小满知道此事，一通狠呲儿："你不知道他是个老色鬼？当年把他下放到那么偏僻的一个配水点上改造，还把人家一个瘸腿的老婆娘搞了，让人家的男人追着打……你跟这种人缠乎个啥？好日子过腻了，是不是，又想啥呢？！"谢平没怎么为自己辩护，只回了一句:"是他找上门来的。又不是我缠乎的他……""不是你缠乎的,他咋能把信寄到你手上了?""……"谢平不吭声了。他没法跟小满解释清,这位"不是个好货"的前副师长到底是怎么弄到他家的地址(何况还是个临时住处的地址),又直接把信寄到了他谢平手上的。唉,既然说不清,不说也罢。这时的谢平早已不像当年的那个"毛头小伙子"或"革命闯将"了,不管遇到什么事,都非要跟人"分个黑白,整个一清二楚"。

其实谢平本可以不搭理这个"不是个好货"的前副师长。他一向也厌恶这种管不住自己下半身的人。那天之所以从他身边走过并认出他后,不但停下了脚,还主动向他伸出了手去,这和他在独立师那忽儿曾了解到这位前副师长另一些方面的情况有关。也和当时和他有过几次短暂的接触所留下的那点"深刻印象"有关。

这位前副师长玩过不少女人。这是真的。因此受到过极严厉的处分。这也是真的。按说——在一般人想来,他应该是面目可憎,为人猥琐的一个"脏"老头。但接触之下,却完全出乎谢平的想象。谢平第一次见到他,他已经从副师长位置上被撤下来了,但还没有搬出那幢师干楼。他的爱人(那时还不兴称太太或夫人)也还没离开他。谢平带着一群"革命小将"冲进小楼里时,小楼因已经被不少批"革命人士"捷足先登查抄过多少遍了,除了留下最低限度的生活用品,其他的都"一洗而空"。当时贾某人正在喝茶。衣着整齐干净。即便盖碗的碗盖和托盘都有了残缺,他还是要把盖碗放在那个釉下彩的小托盘上来"享用"这碗茶。谢平冲过去一巴掌打掉了他手里的盖碗。(就像砸了林政委家那把名贵的紫砂壶似的。)盖碗立即飞了出去。茶水洒了他一头一脸。也许已经习惯了这种"待遇",他很平静。抹去脸上的茶叶末子,冲着谢平略略弯下腰,居然还笑了一下，戴上帽子，垂下双臂，准备随时被带往批斗现场。出门时还不忘从地上捡起那个已经破了一多半的盖碗，交给在一旁瑟瑟发抖的妻子，低声嘱咐："先收着。小心，别刺了手。"在隔离室审了他几回，发现这家伙博学、多闻、敏感（当然还"多情"），阅历丰富，很会处理各种矛盾，但在许多关键时刻，却又非常软弱……比如他不敢和妻子断然离婚，又改不了自己这种对异性的"强烈的特殊爱好"……他有很强的适应能力。在隔离室几天，就很习惯那种被隔离、被监视、被严格限制的生活，绝不会触犯为他制定的相关纪律。并把自己的个人生活在现有条件下料理得尽可能的"到位""舒适""干净"。但凡能讲究的地方，他一定讲究。后来发现，在被带离他家里的时候，他偷偷带上了小半块肥皂。他宁可少喝半杯水，也要把省下来的那半杯水——加上一点肥皂沫，去洗洗脸，洗洗手。谢平曾跟他深谈过。发现他虽然讲究生活的精细、到位，但内心却是"极狂野"的。也就是说在这个老家伙身上理性和感性是严重分裂的。平时少言寡语、头脑冷静，一旦遇上自己心仪的女人，就控制不了，情感就极其奔放了。他对这样一个"自己"也感到很痛苦。很无奈。（问题还在于，他对各种各样的女人都"心仪"。旁观者搞不清楚他到底喜欢哪种女人。有时甚至会觉得，只要是个女的，他都"心仪"。但怪异的是，他乱七八糟地搞了那么些女人，有时却还会"呈现出一种精神洁癖"。这让谢平真的万般诧异。实在无法理解。因此也信服了"人性复杂论"。）

但那天贾某人在烤鸭店候着谢平，可不是从什么粉丝那儿"挖到"的消息。更不是为了让谢平替他推荐个作曲家助他重返文艺圈。这一回老贾来找谢平，另有使命。为此老贾同志才一直没急着离开烤鸭店，在狭长的候餐门厅里耐住性子一直等了两个多小时，一直等到包厢里那场热闹非凡的粉丝聚会结束，谢平再度被簇拥着走出烤鸭店那个带有一个歇山式门檐的红油漆描金彩绘大门，才挤进那帮粉丝中间给谢平塞了一张小纸条，当然也只来得及说了声："方便的话，找个时间上我家里小坐会儿。有要事跟您商量。我那口子也是您的拥趸。嘿嘿。"都没容得谢平答话，那群兼作"保镖"的粉丝便赶紧推开这个"不知趣的老头儿"，"保护"着谢平向一辆半新不旧的桑塔纳车走去了。

那张小纸条上只写了两行字。一行是老贾同志家的地址。在地址的后头则赘了这么一句话："请务必赏光！有要事！！！"

这位退了休、受过处分又降了级的前副师长能有什么"要事"要找我？我一个玩流行歌的家伙还能无怨无悔地替他办什么事？

谢平疑惑。

谢平所能想到的无非是贾某人退下后一定活得比较艰难。但他还是想不到，回到北京的这位前副师长竟然住得如此简陋，以至寒酸。地段不错。离日坛公园使馆区不远。绝对是闹中取静的好去处。却是一幢旧大楼。而且还不是住在楼里。是住在了这幢旧楼的地下车库里。还不是住在地下车库某一间储藏室或空房间里。而是住在地下车库入口下行车道第一个拐弯处上方紧挨着天花板搭出的一个"简易阁楼"里。贾树三早就在车库入口处"迎候"着了。下行道并不宽敞。身后不断有轿车亮着远光灯进库。他俩必须赶紧侧转身子贴墙站，以让过那些入库来的车辆。等走上通往"阁楼"的那段铁扶梯时，谢平还迟疑地打量了老贾一眼，好像在问："您……真的住这儿？"

"阁楼"确实是紧挨着进车道的顶棚搭建的。截出一个二十来平方米的空间。向着来车方向的那一面墙，下半截用空心砖砌起。为了透光，上半截改用五毫米厚的玻璃装成。可能那时候厂子里还做不了那么大面积的整块玻璃，应该是用两大块或三大块粘接起来的。"阁楼"下方便是进车车道。在他们整个谈话过程中，不断有车驶进。也不时听到司机为避免下行时车速失控，车头擦碰车道壁而猛踩点刹时发出的刺耳声。

"这间陋屋还是她的。我是被她收留在这儿的。"老贾笑着指指正在一旁为他俩煮咖啡的新夫人说道。新夫人长得还挺端正。是他喜欢的那种丰满型的。肤色白皙。"结构又比较匀称"。玻璃墙面被一整块已然有点发黄的白色挑花帘子遮着。屋子里自然堆满了两位各自的物件。东西虽多，但堆放有序。屋内功能区划分明晰，足显女主人是个有心计但又不怎么计较小节的豁达人。"婶，您别忙……"谢平谦让。"叫姐。至于你叫他什么，叫叔，叫爷，叫大哥，随便。"四十来岁的新夫人瞟了老贾一眼笑道。这一笑，让谢平增添许多好感。放松许多。随手去端起咖啡杯，才发现杯子绝对是很讲究的英国原装进口的烫金釉下彩骨瓷咖啡具。杯底（盘底）都烧上了一枚英国贵族的"族徽"。谢平当然识别不了这到底是英国哪一门贵族的"族徽"。只知这应该是名贵的玩意儿。但又不知为什么，小巧而同样精致的托盘上却有条细小的裂纹。甚至还有缺口。这裂纹和缺口让咖啡汁一浸染，生成一条固定的黑褐色的细纹，尤为显眼。这又让他想起当年林政委家被他砸飞了的那把紫砂壶。"这一套咖啡具非常昂贵。据说是按维多利亚时代白金汉宫女王专用茶具仿制的。按说我们是买不起的。当时她在那个商场英国咖啡具和德国餐具专卖柜台当售货员。正好库房里有这么一套玩意儿作残次品处理。老板只开了个人情价贱卖了。我们咬咬牙就收了。纳兰性德说得好,'人生只似风前絮,欢也零星,悲也零星',只要喜欢,又何在乎残次不残次?"老贾看出谢平的不解之惑,便随口解释。新夫人接上去却啐道:"你就别转(zhuǎi)了。先告诉谢平兄弟,一忽儿别慌着走。留下吃个便饭。姐手糙,不会做他们南方菜。难得聚这么一回,顺便喝几盅,乐和乐和……""喝几盅。对,喝几盅。乐和乐和。"老贾随口应和道。

谢平留下了。

这一顿晚饭,谢平和老贾,还有那个"姐",整喝掉一瓶半52°五粮液。(老贾先从柜子深处掏出瓶茅台。谢平倒也直率,立马声称自己不爱喝酱香型的。老贾这才又掏出那瓶浓香型的五粮液。)"姐"自己几乎喝掉了多半瓶,然后收拾收拾,拉上另一道帘子,晕晕乎乎地在帘子后头那单人铺上倒头"醒酒"去了。老贾也醺醺然地眯着眼问谢平:"咱俩还……还聊不聊了?"谢平笑道:"老领导,您真是喝多了。咱俩还没开聊哩。啥叫'还聊不聊'?您不是说有**要事**吗?要事呢?在哪儿呢?"老贾大着舌头忙应声道:"对对对。咱还没说那要……要事哩。我……我是怕你酒后顶不住。让你缓口气。你……你应该也不年轻了吧?你们这一拨上海知青也该有三十好几、小四十了吧?"对此,谢平只点了点头。没作声。他不想岔开话头。只等着这位当年的老领导赶紧说"要事"。这时,那位贾夫人好像突然想起了什么,一下从床上蹶起,给二位沏了壶酽茶,然后又晃悠着回帘子后头躺下接续醒她的酒去了。

随后,这一老一"少"一直聊到了天明时分。嗑掉了小半斤五香葵花子。喝掉了两三暖壶茶水。老贾去了五六趟公共厕所(自然的,必须得上下爬五六回那又窄又陡的铁扶梯),见谢平只去方便了一两回,还笑着打趣:"小……小老弟,看来你……你还是年轻啊。肾壮。肾真的壮！"

其实谢平并不怎么急于想知道老贾嘴里的那个"要事"到底是个啥。他料想这位早已退出社会生活舞台中心的老领导如今已说不出什么真有分量且能"震惊"了他的"要事"。即便有，也只能是些民间风传的"小道"。这两年各种各样的小道消息满天飞。有些"小道"传得真够邪乎的，好像他们都亲自参加过政治局会议似的。此时他真感兴趣的反倒是这位"曾因酒醉鞭名马，生怕情多累美人"而"坎坷"一生都在所不惜的老领导，居然在回城不太长的时间里，又"弄上了"这么个"姐"。这个"姐"虽说是在大商场专卖柜台里营生的，看起来还有点"中年肥"，倒也眉清目秀，体态也算匀称，是个识文断字且又通情达理的爽快人。这从她把这间陋屋收拾得虽不算窗明几净，但确实井井有条这一点上也略见分晓。正面的粉墙上挂着一副行楷对联。这副对子应该是从江南某个名园的楹联上抄来的。上联是"山水掩风流，问何人扫石摊书，久坐虚亭空魏晋"，下联为"烟霞传鹤唳，疑千载拂琴惊月，尚留清响满林泉"。对面墙上挂着的一个物件就更有点奇僻了，竟然是一根比大拇指还要粗了几分，足有三四米长、成半圆形弯曲的葡萄枯藤。谢平站在这根弯曲的葡萄藤跟前顿时显出惊叹和意外。（他看它总觉得眼熟。）贾副师长立即告诉他："有人说，你永远不会见到一首诗会比一棵树更美妙。同理，一根枯藤所显示给我们的人生况味永远会比一百本社会政治学教科书所包含的还要深奥和微妙。你认为呢，小老弟？"听了老贾这样的解释，谢平真的太意外了。"**有人说，你永远不会见到一首诗会比一棵树更美妙**"这句话谢平在红山煤矿服刑时曾看到过。当时他奉命整理那间简陋的图书室。在一堆零乱而破损的书里发现六七本用黄表纸手工装订起来，包着蓝布封面的小开本日记。谢平最早被这些日记吸引的，还不是这句话和日记的内容，而是日记本上那一笔清秀流畅的钢笔字。有人告诉他这些日记本是从一个劳改人员手里没收来的。这个劳改员原先是新华社一个记者。一九五七年被戴了"右派"帽。因为不服，又被判了刑。在红山挖过三年煤。摘帽后回北京了。更让谢平意想不到的是，当谢平怀着十分恭敬的心情去找这个长相白净高瘦，下巴颏尖削光滑无一点毛须的前记者请教一些问题时，他不说别的。只让谢平好好"听矿上管教"。然后给他讲了个母鸡和鸡窝的寓言故事。他告诉谢平，任何时候任何情况下，母鸡都不能把鸡窝惹翻了。别看你顺当时有人围着你夸你，那么地抬举你，那是因为他们需要你生的蛋。一旦你生不了蛋了，或生下的蛋不合他们的意愿，他们就会离你远去。甚至贬斥你。"而只有'鸡窝'才是你永远的最后的归宿。所以……"说到这里，他不说了，只是意味深长地看着谢平，整个人平静得就像是在无风的大海上空缓缓游荡的一只纸鸢，或像从一艘沉船的船长室里漂浮出来的一个旧皮箱。即便在他三年整的劳改日记中也看不到一句埋怨和哀伤的话。谢平是在这本日记的第三册里读到关于树和诗这句话的。后来他才知道这句话出自美国十九世纪末二十世纪初著名诗人乔依斯·基默一首著名的诗《树》。原诗这样写道："我想我永远不会看到一首诗会比一棵树更美妙。一棵树，她饥渴的唇压在大地流淌着甘甜乳汁的胸膛上；一棵树终日仰望苍天，高举着枝繁叶茂的胳臂，默默祈祷着……而诗是像我这样的傻瓜所做的，但树只能由上帝来创造。"这样的诗句出现在一个新华社前记者的笔下，无论这位记者当时处在何种境遇中，又出于何种动机引用它，摘录它，都不足为奇。但从这位因男女关系问题而屡遭惩戒的贾某人嘴中脱口而出，不能不让谢平感到"巨大"的意外和诧异了。甚至有那么一点震惊。多年来那种非黑即白分类式人文教育多多少少在谢平的潜意识中制造了一种机械的线性思维方式。坏的只能是坏的。好的一切都好。在红山煤矿的那些年他深入接触了那么多"坏人"。在戈壁滩上独自放羊的那五六年，让他有时间静下心来对曾经接触过的"坏人"逐一进行一番过滤，包括那些法定被认为是"好人"的人，他才开始醒悟，"人"，绝对不像他过去想象的那么"简单"。任何一个人——除了极少数那种极端类型的，都不能用"非黑即白"来论定。而人在黑与白之间往往是可以相互濡染转换的，会无形中发生一种可控或不可控的**变移**。或**变异**。或**飘移**。特别当你我都还处在不完善不完美的"半度人"阶段时……

后来谢平专门找了个时间和贾副师长深入讨论过"女人问题"，这位前副师长说出的一番话就更让他吃惊了。这位前副师长对他说："在我眼里可以说没有一个女人是丑女人。这是我一贯坚持的看法。别傻呆呆地看着我呀。这话不是我说的。你看过陀思妥耶夫斯基的《卡拉玛佐夫兄弟》吗？"谢平点点头。老贾立即弓起腰，伸出一根曾被烟油熏黄过的食指，一边用指甲尖在茶几的玻璃桌面上咚咚地点戳几下，一边赞许道："不错。你真还看过一些书。这句话就是这位陀兄说的。在同一本书里他还说过，照我一贯的看法，在任何一个女人身上都能发现妙不可言的东西。这是你在别的女人那儿找不到的。（对于女人）只是要善于发现，这是关键。"当看到谢平脸上同时呈现惊诧和怀疑两种神情时，他再度弯下腰，从椅腿旁抄起一个旧手提包，再从包里掏出一本硬面笔记本，翻开其中一页，看了一眼后，仿佛要证明这些"金句""名言"不是他贾某人捏造和虚构的，得意地告诉谢平："这两句话都出自他那本《卡拉玛佐夫兄弟》的一百八十四页。"

后来这个老家伙继续引用不少名家名言来证实他这方面的经验和体会，让谢平一次又一次"惊倒"在他的"旁征博引"面前。比如："女人在上床前往往会困惑和犹豫，但男人却在完事后感到烦恼和迷惘。"（日本情爱小说《一片云》）再比如："爱固然要深，但时机也很重要。"（同上）再比如："跟一个女人做爱和跟一个女人睡觉是两种截然不同，甚至相反的感情。爱情不是通过做爱的欲望——那可以说是对无数女人都可能产生的欲求体现，而是通过和她共眠的欲望——这只能是对某一个女人的欲求而体现出来的。"（米兰·昆德拉《不能承受的生命之轻》）也有没出处的"金句"，比如："在情欲方面如果你想在任何方面都不留下遗憾，那就活得太累了。所以，在这方面你永远不要去追一匹马，更不要对着正在闪电打雷的天空吼叫。要履行这样的原则：能夹到碗里的都是好菜。"又比如："要经常掐掐自己的大腿。让自己保持清醒。否则……我昨天的教训就会变成你今日悔恨的泪花。此花不会久开哦。"等等。等等。这也让谢平明白过来，这老家伙之所以能"俘获"那么多女人，不纯粹因为他会"纠缠"。对于那些不满自己生活现状的、一时间找不到答案和路径的女子，在和他交往中，还是可以发现这家伙有相当"魅力"的。在讨论中，老家伙问过谢平："在这方面你有什么可赐教的？"谢平忙摆摆手连声说："我？赐教？没有。没有。""在你夫人去世以后呢，也没有？"谢平黯然了，说道："她走后，我就是……就是……会经常的，在半夜里听到她的脚步声……"谢平以为老家伙听他这么一说，会嘲讽他两句，没想到老家伙居然愣住了，呆了一忽儿，长长地低沉地"哦"了一声后便不再作声了。过了好大一忽儿，他垂下头去低声说道："难得……真的很难得……你一定很瞧不起我这种人吧？"谢平忙安慰他道："这倒也没有。或者说准确一点，曾经确实……有这么一点点……但这两年我明白过来，人性其实是复杂的、多元的……或者说可能是多维度的……"

"而我……'我是自由的，那就是我迷失的原因'。这不是我的话，是卡夫卡的……"老家伙苦笑道。然后他去给谢平煮了杯咖啡，又说了下面这一大段话："这些年几乎所有的人都在变。都在重新寻找自己人生的新坐标点。新方位角。给自己后半生的行动输入新的战斗诸元……战斗诸元，懂吗？这是一个军事术语。哦，你好像没当过兵，一时半会儿不容易给你解释清楚这种军事术语。总而言之，统而言之，这种变化，有的刚开始。有的接近完成。不过大多数还在过程中……"

"您也有这种感觉？"谢平忙说。

"是啊。怎么了，难不成你也有这种感觉？我把这一类还在变的过程中、一时半会儿还没找到自己确切生存定位的人称之为……称之为……"老头儿一时半会儿没找到确切的词来定义。谢平不动声色地替他圆上了："可以称之为'半度人'。"

"半度人？！"老家伙惊叫了，"这个好。这个好。半度人。'英雄所见略同'。所见略同！"

过了一忽儿，谢平见谈话气氛还算好，索性撂下那个什么"要事"，试探着向老贾打听他和这位"新夫人"的恋爱故事。

"名人也爱八卦？"老贾嗒然一笑，然后打量了谢平一眼道，看到谢平确实很想知道他这方面的"故事"，便简单说了说他和这位新夫人结合的过程。同时也倾诉了自己的"心语"。告诉谢平他这几十年一路走过来，其实自己也很痛苦。光离婚就离了好几回。大大小小的处分，如果再算上正式和非正式的训诫谈话，可以说是"无数次"。老战友都替他"惋惜"。"你要没这毛病,怎么的,凭你写的那些歌编的那些舞、组织的那些大型晚会在社会上造成的影响,早就该评上文职三级了。"军内的文职三级,待遇地位等同少将。"我也觉得自己是有病。犯上了跟毒瘾一样的'性瘾'。""你看我都付出这么大的代价了,也这么一把年纪了,回京后,第一次看到时尚少妇和少女,挎个小巧的新式双肩背,穿件长及脚背的乳白色风衣和宽口裤,长发披肩的快步从我身旁走过,我绝对还会心跳加速,浑身冒汗。有一回在天坛公园第一次听到一个女孩在夕阳下用二胡演奏《夜深沉》,见到另一个少女在春寒料峭中穿着牛仔超短裤,露着修长的大腿在街边等出租车,我仍会不由自主地在她们身后待上好大一会儿……一次又一次……我都会有各种异常的心理表现……但……唯独没有出现过你那样的体验,那就是所爱之人离开自己以后,半夜还能听到她的脚步声……我知道,我喜欢过的那些女人,离开我以后她们不会再来找我……"

"你心里还有她们吗?"

"……"他低下了头。

"你跟她交往……怎么取得她信任的?"谢平颔首指指布帘那边的"新夫人"。

"你指小潘?"

谢平点点头。

"刚才我不是告诉过你了吗,一开始她也是信不过我的。第一次约她吃饭,我就把自己丑陋的事都向她坦白了。以表明自己下了死决心不再犯病。她说,你是想让我相信一个烟鬼酒鬼赌棍吸毒者发的那种要戒烟戒酒戒赌戒毒的誓?我说我不抽烟不常喝酒,从来不上牌桌，更不碰毒品。她说，但你是个色鬼。谁能信一个色鬼戒色的鬼话？我告诉她，我已经死了。对你没有欲望。这不是我的话。是尼可尔森·贝格，一个著名作家说的话。她冷笑笑，说，你别拿什么森什么格的话来糊弄我。你没欲望来找我干啥？然后，她低下头。不再说什么了。两人就这样有点尴尬地静坐了一忽儿，她叫来服务员，撂下两张一百元大钞结账，先起身走了。"

……第二天，老家伙又去了她工作的那商场。她仍在那个侧厅里。她一眼就看到了他，但没搭理他。他在那里转悠了好大一会儿，转到她柜台前，在她手上买了一套很贵的德国餐具和两个匈牙利玩具毛毛熊。她照章办事，开了票带他去付了款，没做任何表示。第三天，他又去了，买了一套更贵的德国餐具和一条土耳其地毯。第四天他还去。她仍然没搭理他。他仍然在她手上买了一套最贵的德国餐具和一个几乎有真人般大小的俄罗斯套娃。她不动声色地摆动着袅袅的腰肢带他去结账。走到一个拐角背静处的自动扶梯口，她站定。转过身来冷冽地问："你准备开餐馆还是开旅店？""……"他不说话。"你这么花钱犯得着吗？告诉你，我离过两次婚。""我犯不犯得着，我说了算。至于你怎么想，是你的事。""嘿，老先生不光脸皮厚，胆儿还挺壮。"继续挖苦。"我以一个老军人的名义……""你还有脸提'老军人'？'老军人'仨字是你该提的吗？"她立即打断了他的话。他一下子傻愣在那儿了，脸憋得通红。好大一会儿说不出话。然后，一下逼到她跟前。吼叫："我是老军人怎么了？怎么了？""你疯了？吼啥吼！""我问你，我是老军人又怎么了？是的，我不光彩，我犯过错误。你可以骂我羞辱我甚至打我，可我是老军人，又，怎，么，了！！"他一字一顿地吼叫，然后掏出那两百元大钞，扔在她身上，说了声：

"收回你的臭钱。那顿饭只当我喂狗了。"然后，有好些日子再没出现在她面前。又过了好些日子，商场因为经营不善，无法和一些新开业的更时尚的大商场竞争，只得歇业清理整顿。门前贴出醒目的告示。她当然也被清退了。那天，地下车库老板偷偷告诉她，城管联合辖区派出所一忽儿要来清理地下车库里的非法租户。她租用的那个"阁楼"是违建房。让她出去躲几个小时。这段时间她还没找到新工作——毕竟也四十出头了，又没有大学学历，很难再跟那些小年轻争岗位。于是在外头晃悠了几小时，不知不觉地又晃到了仍然还歇着业关着门的商场门前。看到商场门外高高的台阶上，那张歇业告示下边坐着一个人，手里牵着一条土狗。瞧着有点眼熟。走过去一看，果不其然，是他。人家说是有意在这儿等她。她一撇嘴，冷笑，问："在蒙谁呢？！"他说："蒙我自己。"她笑了，觉得这老家伙还有点幽默感。叹了口气跟他道歉："那天我说话有点冲。对不住您。其实我也当过兵。在野战步六师师部医院当过护士。那天真不是存心要污辱您这位'老军人'……就是觉得，穿过军装的，就不该……""穿过军装的也是个人嘛。也会做错事。"他回了这么一句。后来他告诉她："我在这儿等你好几天了。我觉得你会来。"她不信，反问："真的假的？"他说："你当然不会为我而来。但你会来看看这个商场。你舍不得它……"这一句话说到她心上了。眼圈红了。他接着掏出那两张百元大钞说："找个地方咱俩把这两百元花了吧。也算用它画个句号。咱俩好聚好散。"她答应了。因为当天带着那条土狗不便进餐馆，约了明天还是这个地点这个时间见。这样又开始了交往。

"后来的三个月里，我连她手都没摸过一下。后来她着急了。问我，老头，你是真没欲望了，还是跟我在玩什么新套路，这么耗着先？""什么叫'耗着先'？不是该说'先耗着'吗？""土了吧，老先生，现如今年轻人中流行这说法。您哪，学着点吧先。别假一本正了。"她笑了。她喜欢把"一本正经"省略成"一本正"，把"你糊涂了"，说成"你糊涂涂了"，把"今天我可开心啦"说成"今儿个我太开心啦啦啦啦啦啦"，诸如此类的"口语变法"，让老家伙诧异之余，又觉新奇和心动，跟着又年轻了一把……

老家伙说到这里，布帘子后头有动静了。睡眼惺忪的小潘夫人折起身嘟嘟囔囔地问："老贾，您又跟人在编排我啥呢？"布帘前这二人赶紧收声。那位小潘夫人没等到答复，哼哼两声又倒头睡去。又过了一小忽儿，老贾突然折起半个身子，放低了声量告诉谢平："最近我听一个很有学问的老战友谈起这个男女问题，他说了一句法国哲学家说的话，让我挺有启发的。"

"啥话？"谢平问。

"让我想想，应该没记错了。他说：'我们是那样地满怀这一迫切的希望，不仅在寻找性的真相，而且是在向性讨教我们自己的真实。'这个法国哲学家叫福柯。你知道这个福柯吗？"见谢平摇了摇头，他显见得有些失望。过了一忽儿，便叹道："我现在只求过些年万一走在小潘她头里了，她每年都能在我祭日那天到我墓前烧支高香……假如万一不幸她走在了我头里，也能像你那位小满姑娘那样，深更半夜时给我一阵脚步声，让我知道，她没瞧不起我，没后悔跟我过了这几年，她又来看我了……"

谢平嗒然。不知道这么说下去，老家伙还会说出什么动情和伤心的话，便赶紧恢复了正常神情，做出一种满不在乎状淡然道："你不是说有要事相告的吗？赶紧吧。咱们言归正传。"

> 而口口声声说有要事相告
> 的这位前副师长，那天却
> 连夜把谢平他拉去了承德

原来老家伙在承德还有个家。但这个家不是他老家。他老家在唐山。当年他退役，本想跟其他老战友一样，定居北京。但组织上安排他回老家。头些日子仅凭那点退休金，日子过得虽不宽裕，但也说不上拮据。让他不舒服的是，老家人多数都知道他那点不怎么光彩的历史。虽然当面还是"副师长"长"副师长"短地叫着，但这叫声里礼貌和客气的成分远多于尊重和敬爱，肯定还带着敬而远之和揶揄的味道。对此，他心里明白。多少也有点压抑。后来，一位当年曾一起在军委总部文工团共事的老战友（当时还是他的部下）退伍转业回承德当了群文馆馆长，知道他处境困窘，就把他拽到承德，让他帮着在群文馆办班培训乡镇基层文艺骨干。环境一变，人事一新，业务又回归自己擅长的，人的精神面貌也随之一新，很快打开工作局面。白天在群文馆上班，晚上总有家长带着娃娃来求他教唱教乐理和乐器。还有那些一心要参加艺考的年轻人也会来拜师求助。收入陡涨。心情越来越舒畅。最后居然下决心在这个大清皇上避暑胜地买房定居了下来。承德离北京也就二百来里地。随时都可以抽个空去那儿会会老战友。也就是趁着这点方便，在北京结识了小潘女士。那天夜里他亲自开车带着谢平去承德的那辆崭新的白色丰田越野就是前不久为她添置的"代步工具"。

……很长一段时间小潘女士都不知道老头在承德还有这么一份"固定资产"。老贾没告诉她。他不想用这来在小潘面前提高"身价",不想借此以增加她对他的"依附和认可度"。他本可以这么做。无论怎样,小潘女士当前在北京住的还只是地下车库里的一处违建房,而他在承德的这份"固定资产"实实在在是一幢别墅——虽然是法院拍卖的一幢廉价旧别墅,面积也只有二百来平方米,不带院子。位置也不好。坐落在城郊一个忙碌的十字路口,附近还有一个嘈杂的集市。但毕竟这是幢"独门独户的别墅"。关起大门是可以做到"躲进小楼成一统,管他冬夏与春秋"的。他只想用自己身上原本具有的、后来完全被自己所糟践腌臜了的、现在又下决心要让它恢复光彩的那种老男人的"魅力"争取到小潘女士的认可。

这一回,他好努力好辛苦哦……

这一路,可想而知,谢平一直处在惊疑意外和诧异中。数次几乎都要"被惊掉(或被吓掉)下巴"。(在完全没有路灯的京承老省道上,老头把车开得飞快,一度接近一百二十迈。道两旁的老杨树在雪亮刺眼的远光灯"扫射""砍伐"下,一排排齐刷刷地急速向后"倒去"。遇到道坑,这车就一蹦多高,几乎都要向路边的排水沟冲去。)一路上谢平都在追问,为什么一定要把他拉到承德才能跟他说这"要事"。老头故弄玄虚,只说到了您自然就知道了。车到贾宅,小楼前已经停着四五辆车了。有夏利。有桑塔纳和皇冠。甚至还有一辆油黑精亮的大奥迪。

老头将车熄火。狂奔了一路的他,这时却偏偏不急于下车了。他稳住底盘,转身告诉谢平两条:一条,一忽儿,您在我家见着谁都别吃惊。再一条,不管他们谁跟您说了个啥,要求您做个啥,不管您愿意还是不愿意,先不要起急。有我哩,谁也不能卖了您。更不能挖坑埋了您。听懂了没有?再说了,不管最后谈到什么份儿上,反正有一顿大餐在等着我俩。这顿大餐是他们掏的钱。他们回去有人替他们报账。所以无论如何，咱们也得吃了这顿大餐再说。不吃白不吃。吃了可不白吃。说着，他坏笑了一下。

谢平听傻了。怎么还来这两条？到底是什么样的人在屋里等着我谢平？迟疑了一忽儿，他指着车窗外大门前那些车问老头："您是指他们？"

老头反问："难道还有别人吗？"

"您……这是让我来赴鸿门宴了？"谢平问。嘿嘿一笑。尽量以此掩饰住自己陡然而起的紧张。

老头一笑："鸿门宴？你谢平还没重要到那个程度哩。"

"到底发生啥事了？"谢平定定神，追问。

"具体什么事，他们没跟我说。"

"那您怎么会对我说有要事呢？把我往这儿蒙。"

"我这也是估计。要不是有特别的事，这几位也不能一起来找您……"

"这几位？哪几位？"

"你先别管是哪几位……"

"嗨，瞧您说的。请我吃席见客，怎么也得让我知道跟我一起吃席的是哪路来客。"

"谢平……"

"咋了？还有什么要求？说吧。"

"这些来客，大部分你可能都认识……"

"哦？好啊。熟客！"

"如果他们提出要你办啥事，你又不能替他们办，那也先别一口拒绝了。或者用现在小年轻们的说法是别拒绝先了。你不是还有两个哥儿们吗？（指向少文和李爽。）你可以往他俩头上推，就说要回去跟那二位商量后再定。退后一步可能海阔天空。"

老头把话说到这份儿上，谢平暗自一愣了。看来这里还真有点什么名堂。

眼前这幢旧别墅是真够旧的了。但明显重新装修过了的。它早先是一个中年发达起来的国画家私建的。当时这一片周围都还是个林地。不远处有个军方后勤仓库。他图这儿清静。能产生艺术联想。搞个私人沙龙舞会之类的活动也方便。后来城市发展。地产生意蓬勃起来。这片林地逐渐被一些新建居民小区包围、侵蚀。军方的仓库也奉命搬走了。原先清静的小别墅变成嘈杂生活区中的孤岛。楼顶上那个做风向标用的铁公鸡鸡冠上的那点红漆也掉完了，鸡身上也生了锈斑。画家就以"割肉价"把它转让给了一个咖啡馆老板。那时候在二三线城市，人们刚过了喝大碗茶的时代，就想吸引他们来喝咖啡，的确有点超前。即便店铺里挂上不少呈现美国西部开发时的大幅黑白旧照片。挂着当时毛瑟枪的仿制品和大檐牛仔帽的真品。挂着好莱坞众多男女明星的大头照。播放黑人歌星带浓重布鲁斯风格的原始唱片……最后还是再次转让了，让人用它开了家美容美发店。新老板明白一点"经营"之道，要赚钱就得迎合需要。楼下做上三路生意——美容美发，楼上做下三路生意——洗脚按摩带特殊项目。一度生意火爆。但免不了被查封，还"连累"了那个经常来免费享受"特殊项目"的片儿警被脱了警服、摘了警衔。新老板接手。重新装修。把它变成了优雅的音乐沙龙。茶座。倒也吸引了不少文化品位较高的客户。它最后被查封是因为周边大专院校和大中商行内有些中青年知识分子（据说还有一两个机关干部）借这块宝地开派对。聚会。玩着玩着就玩起了"换妻"游戏……这案子在社会上还真引发了一点波澜。所谓波澜，说直白了就是社会上有人支持同情这帮换老婆的货。公检法联合"插手"此案时，有个从美国留学回来的博士、著名性学专家还对公检法的干预提出质疑，为这一帮玩嗨了的中青年知识分子帮腔喊冤，说只要是成年人，是自愿的，就应该有这点自由。但他们还是忘了古训："见利而不苟得，人之杰也"，"橛橛梗梗，所以立功。孜孜淑淑，所以保终"。（坚持最初的信念，精益求精，方能建功立业，善始善终。见《素书》）为此上，这幢小别墅最后还是被司法拍卖了。那几位把老婆老公换来换去玩的"知识分子""公务员"还是被刑拘了……最后这幢小别墅之所以只能廉价拍卖，是因为当地人都认定它风水不好。克主。要拍卖，只能廉价了。

后来谢平曾就这个"换妻"问题征询过老贾的看法。老贾反问："你会开车吗？"

"会啊。那忽儿在红山煤矿我什么车没使过？从手推矿车到三十五吨的黄河牌重载！"谢平答。

"如果把车上的刹车片拆了，你觉得会有什么后果？"老头反问。不等谢平回答，他又以开玩笑的口气继续说道，"我这一生就因为忘了时不时地给自己踩一脚刹车，没有经常在腿上狠狠掐一把给自己提个醒，才沦落到今天跟你这样的小屁孩子平起平坐的地步。要不然……要不然啊要不然……"在说了几遍"要不然"后，他拍拍谢平，收起了那貌似玩笑的神情，晃着脑袋，长叹了一声。

> 这时从小别墅里匆匆走出一位细俏且又丰满的少妇，因为门槛下灯光昏暗，直待她走到车跟前，谢平才看清居然是那位小潘女士

她怎么先到了呢？他和老贾动身时，她分明还在帘子后头"醒酒"着哩。她啥时动身的？没等谢平闹明白这笔"糊涂账"，小潘女士（潘静）已经开口了："咋走了恁长时间？还以为你们在路上出啥事了哩。"一边问着，一边急促上前拉开车门，把二位让下车。

"他们都到了吗？"老贾只问。

"来了几位。不知道是不是都到了。"潘静担心老贾长时间开车腿脚僵硬了，便上前搀扶。老贾没让她扶，只问："夜宵备妥了吗？"

"按您吩咐，让城南聚合居到点儿送五份千层葱油饼，五碗红油抄手。二十串羊肉串。二十串羊腰子。您说谢平兄弟是上海人，可能不吃辣。还要免腥。我让他们另外又送一份夹心榴梿糕和一份醪糟鸡蛋……"

谢平笑道："姐，我这个上海小赤佬在大西北待了那么些年，早就没蒜没辣没油腥难成餐了。您知道我最爱喝的面条是啥吗？说出来要腥死您，羊奶煮面条。"谢平一边跟这位小潘姐打趣，一边心里在犯嘀咕："到底是些什么人在等着我，摆这么大个阵势。"在往屋里走去时，顺便打听："姐，您咋来了呢？自己开车来的？酒后开车可不是个事儿啊！"

她笑着只答："放心吧，姐惜命着哩。找了个朋友开车。我得赶

过来为你们打前站嘛。您要觉着榴梿醪糟不过瘾，姐再替您补一份有辣有蒜又有油腥的？"

"别别别。我没那么大个谱，非什么不吃。早就学会逮啥吃啥，吃啥都能吃饱吃痛快。"

"谢平，想吃啥尽管说。小潘今天能伺候着您这么个名人，也是她三生有幸。"老贾补充道。

"我？名人？您老客气了。"谢平赶紧应道。

就这样，三位一边说着，一边已然踏进了这幢小别墅的门厅。

多少年后谢平回忆，那天夜晚打死他也不会相信当晚在那个完全陌生的承德地面上，那幢不大点儿的旧别墅里候着他的居然会是独立师前一把手、几年前曾进入过垦区总部党委常委班子、担任过垦区副政委一职的林辅生和当年从北京来西北主持垦区支左工作、后来担任过垦区总部临时党委一把手的康政委。还有一位是垦区最早一任司令员的孙女、曾和钟绍灵联手主持过垦区总部办公厅工作的白小燕女士。还有两位，一男一女，男的四十五六。女的不到三十。这二位谢平有点眼熟，就是想不起来在哪儿见过，可能是那几位老领导的随行人员吧。一共五位。所以潘姐今晚点了五份夜宵。那……她自己和贾副师长就不吃了？可能另有安排吧……谢平一边暗自嘀咕，心里便再度有点凌乱起来——这些垦区的"老领导"又来找我，为什么？而且刚才在车上，贾副师长特别提醒我，一忽儿"如果他们提出要你办啥事，你又不能替他们办，那也先别一口拒绝了。你不是还有两个哥儿们吗？你可以往他俩头上推，就说要回去跟那二位商量后再定。"

好像真有什么大事……

啥事儿？

跟法院……跟"改判"有关？

想到这里，谢平心里又一阵乱乎。

前边我们提到过，谢平的妹夫黄林大因为卷进一档走私一百七十多辆部队退役卡车的大案被刑拘了。只要稍稍了解一点近年来中国国情的人就会知道，像黄林大那样和部队八竿子搭不上一点关系、即便把他黄家祖宗八辈儿全抖搂出来也找不见一个能和部队挂得上钩的人，别说走私退役卡车，就是想走私个退役螺钉螺帽，也不可能。何况是一百七十多辆卡车！部队后勤大库房的门是任谁都进得了，任谁都能从那里弄出一百七十多辆退役卡车到市场上倒卖的？这一百七十多辆大卡车在公路上排起队，乌泱泱得好几公里长啊。就凭一个黄林大？可能吗？真要做这样的大案，最起码也得"团伙作案"。而且还得有内线。

这个"团伙"中，除了黄林大，还有谁？

中央和中央军委这两年正下大力气纠正军队办企业、做生意之风。这也是军委纪检部门目前下大力气要查清这起走私倒卖退役卡车案来龙去脉的原因。也是谢平急于想知道的"为什么"。他曾给小妹珍奇打过电话。珍奇抽泣着直说她也不明白，林大这些年"老老实实""一门心思"在做他的文物生意，从来都不和政界军界发生任何关系。（是啊，这些退役卡车再怎么老旧，也算不上是"文物"啊。黄林大这么个"老实巴交"的古董商人怎么会去插手这笔生意呢？怪哉。怪哉。）再说，当前人人都知道中央下大决心在纠正军队经商之风。他黄林大再缺心眼，也不能闭着眼睛愣往枪口上撞啊？！这不明摆着是活腻了么！再说一个，不管这事有多重大，就算妹夫黄林大一时财迷心窍卷进了这个退役卡车案中，它怎么又跟谢平扯上了呢？就因为黄林大是他"妹夫"？这也太扯了吧？！而那几位老领导退居二三线都多年了，他们干吗要来掺和这么一档事？还有那个行为轨迹一向有点二五不着六的白小燕……

一个又一个疑窦顿时像八月十五汹涌澎湃的钱塘江大潮一般，訇訇然涌上谢平心头。

忽然间，他想起几年前
曾接到过这样一个电话

那时他刚刑满。队上正在给他办刑满释放手续。那天管教把他叫到队长办公室。队长指着桌上那部老式摇把电话机告诉他："有人从上海打电话来找你。你接一下（音hà）。"谢平愣了一下。那忽儿劳改队的管理还没达到那么人性化的程度，是绝对不可能让服刑人员使用电话机的。更不可能让他们接个什么电话。即便家里死了人，着火挨水淹，也只是通知到管教和队长，再由他们转告本人。后来经过司法改革，提倡对服刑人员依法实行人性化管理。每隔一段时间，在管教人员的监督下，他们可以和直系亲属通一次话。那也只是那些认罪服改、表现突出、拿到一定积分的服刑人员才能获得的一种奖励。这时的谢平虽说服刑期满，但还没拿到刑满释放证，从程序上来讲，他依然还没有恢复公民权利。他当然不敢去触碰电话机。还以为管教和队长在耍他。甚至以为他们想坑害他，故意让他去打电话，然后以严重违纪为由，延长他刑期……看到谢平呆在那里，队长嗔责："没听我说？想啥呢？"

那天的电话是一个陌生人打来的。在确认了来接电话的人真是谢平后,对方问:"你有个亲戚叫黄林大?"在得到谢平肯定性的回答后,他向谢平查询黄林大的人品德行。多年后,谢平才知道当时打电话找谢平了解黄林大为人的这个人就是后来和黄林大一起在走私部队退役卡车这档事情中"犯案"的那个"团伙"中的一个人。也就是当年带着一帮哥儿们姐儿们到上海谋求发展的那个某部队副司令员家的孩子。人称"大高个儿"的。应奋二哥在部队服役时的战友。得风气之先,知道中央已经下决心要盘活经济,允许适度地(当时还只是"适度")让搞一些私营的、后来称之为民营的企业。他便准备在上海盘下一家西餐馆,一家粤菜馆,攒足劲儿后,再去房地产市场试水。那时我军整个儿都在精简整编,某部有一批卡车退役。他们觉得获取"第一桶金"的机会来了。当时中国经济刚进入高速发展区间。卡车绝对是最紧俏的抢手货之一。拿到这批退役卡车当然也需要付出一宓的代价,(所谓的"手续费""公关费"?)但一旦把它们转到民用市场卖出,别说得太邪乎,利润怎么也得往百分之好几百上翻倍吧。现在让"大高个儿"他们发愁的是,在盘下那两家餐馆的同时,还要凑齐这笔说起来不能算太多的"手续费""公关费",真有点捉襟见肘。在应奋家一次闲聊中,应奋的二哥应全无意中提及"可以去找找黄林大"。应奋不解:"你怎么会觉得这个黄林大能拿得出这笔钱?他家过去不是一直和谢平住在下只角同一条弄堂里的吗?那条弄堂里的住户顶多也不过是个小业主……""嘿,你可勿要这么说。这两年,隔天不见,老虫(老鼠)变老虎的事情还少见了?那天帮阿爷整理他收藏下来的那些字画,有一个任伯年的山水卷轴,他让我们拿到福州路上古董店里去鉴定一下真假,顺便估估价。你忘了?我们一起去过一家叫'疏鬈楼'的古董店。店堂中央还挂着一副曾国藩的对子,侬老感兴趣的。

上联我记得写的是'养活一团春意思',下联好像是'撑起两根穷骨头'。三开间的店面相当气派……""侬肯定记错了。那天我肯定没跟侬一道去福州路。勿晓得侬带了哪个小姑娘去那边轧马路去了。"应奋笑嗔。应全提到的这家门脸相当气派的"疏鬓楼",确是黄林大开的。能在寸金寸土的福州路上开这么大一家店,当然不会是"囊中羞涩"之人。再稍稍一打听,黄林大还是谢平的妹夫。他们觉得生意人——不管是做什么生意的,不是唯利是图,也是有利必图。再加上有熟人——谢平搭桥,这件事绝对有把握了。那一忽儿,谁也没想到最后会闹出一个那样的结局……

那天晚上在那幢小别墅里听几位大佬神聊,听了许久,谢平也没闹明白这一行人来找他到底是为了什么。所有人都像久违了的老朋友似的是"专程到承德"来见个面,相互问候问候的。(这更让谢平纳闷了。这些退休的部级领导干部相互要问候,扯得上他这么个曾经的"刑满释放分子"?)只有林辅生详细询问了谢平近年来的生活情况。对小满的去世表示了惊诧和关切。也夸了他"这些年还在努力经营自己。听说经营得还不错。真不容易"。(又是"经营"。好烦喏!)鼓励他"好好努力。继续经营好自己的生活"。林政委看出谢平对那一男一女相对比较年轻的两个客人有些陌生,就笑了,指着那个少妇告诉谢平:"她是圆圆。当年还专程去红山矿上看过你。你怎么会把她给忘了呢?"这的确让谢平愧疚。林圆圆,林政委的侄女。"文革"期间还是个中学生。学校停课闹革命,她从北京到她这位林叔家住过一阵。身材十分挺拔的她经常穿一身天蓝色或米色的连衫裙,拿一本《牛虻》,"高傲"地徜徉在西苇湖边,让谢平那帮上海男知青心动不已。那位先生肯定就是她的老公了。比她大了十来岁的老公原先也是退转军官,"改开"后一直在北京做消防器材生意。内行人都知道,消防器材生意这个大门一般人进不去。进去了,旱涝保收,就能发大财。

起先谢平以为等吃了夜宵他们会跟他谈那档"正事"。没想吃过夜宵,白主任陪着两位老领导就起身告辞了。理由是老领导身体欠安,得去休息了。只是在谢平去送行时,白主任在车门旁带着点歉意地悄悄对谢平说了这样一段话:"对不起,我得陪两位老首长先走了。两位老首长来看你,太不容易了。我相信你会懂得这里的分量。有些情况,一忽儿让圆圆和老门跟你细说。我相信你会明白,他俩说的不只是代表他们个人。更多的我就不说了。今后有什么事需要我帮忙的,你开口。再咋说,我们都是垦区人。对不?"

后来谢平才弄明白,倒卖退役卡车一事成了大案。他们此行的目的就是想让谢平做做黄林大的工作,把这档事一个人扛起来。不要"牵扯到其他人"。让退居二三线的老首长出面,只是想让谢平觉得此事"非同小可"。但他们也知道,让黄林大不去牵扯其他涉案者—— 也就是要他包庇保护"其他涉案人"是违法的。这样的话不宜让两位老首长来说—— 老首长也不一定肯说。让圆圆和她老公门某人来说,一方面还是因为圆圆和谢平有过一段至诚的交往,交往中双方留下过不错的印象。另一方面也因为卷进这案子的也有圆圆和门先生的至亲,她的一个堂哥和他的一个表弟都曾在这案子里挣了不少钱。他俩向谢平表示,只要你妹夫愿意把这档事扛起来,以后的事怎么都好说。包括你本人你的孩子或者哪位直系亲属想落户北京,将来都好弄。谢平问,怎么个好弄法?老门—— 一家有公安背景、专营消防器材进出口业务的公司CEO看了一眼林圆圆答道:"你谢平想怎么弄都可以。"林圆圆点了点头,表示认可。谢平犹豫了一下问："我能再问一下（音 hà）吗？康、林两位老首长的孩子有卷进这个案子的吗？""这倒没有。"老门回答得非常干脆，"但有几个年轻孩子卷进这案子，他们的家长……""别那么夸张。也就一两个吧。"林圆圆纠正道。老门同志立即补充道："有一两个年轻孩子的家长，级别要远高于康、林两位首长。""还能高到什么程度？康、林已经是正部级了。""这您就别细问了。"林圆圆忙截住谢平这话头。怕老门说着说着又说走嘴。影响不好。谢平接茬儿改口道："对不起，我能这样理解吗？今天康、林两位首长是受了这一两位级别比他俩还要高得多的家长委托，来做我工作的？""您怎么可以得出这么个结论？两位老首长今天晚间关于案子说过什么了吗？他俩有一句提到那些家长了吗？说到过那些家长的态度了吗？没有啊。他俩啥也没说啊。首长来，就是看望你的。关于这一点，他俩从进门之初就说得很清楚嘛。你我全程在场。都可以作证的嘛。""是滴是滴……我们全程都在场。他俩啥也没说。就是来看望我这个跟他俩八竿子打不着的平头百姓的……"谢平诡异地笑笑。甚至笑得有点"虚伪"。最后，不管老门和圆圆怎么劝说开导，谢平还是用贾副师长教他的方法回答了他俩：既没应承也没拒绝。关于能不能去做黄林大的工作这一点，只推说他要回去再想想，找人商量商量后再定。也没说要找谁商量。他本能地觉得，这是个重案。大案。在这节骨眼儿上，能少牵扯一个人进来就尽量少扯一个，最好是完全不牵扯到其他人。毕竟他也是个被判过刑坐过牢的人，切身体会过凡事涉及刑事，是什么滋味。而眼前这档事，是正当刑事管辖范畴内的。这才真叫是"非同寻常"啊。

但那一晚上，林圆圆却和他谈了很长时间。说了不少心里话。

那是在那位门先生见谢平软硬不吃、油盐不进地始终不肯改变"既不应承也不拒绝"的态度,带林圆圆走了之后。(他俩晚上住承德驻军的军部招待所。)小潘姐则在这幢别墅里专为谢平预留了一间小客房。她都带谢平去那客房里歇息了,圆圆她独自叫了辆出租车又来"私会"谢平。

上得楼来。林圆圆把两盒北京特产茯苓饼交给小潘,关照道:"这茯苓给老人吃是最好的,利水去湿,健脾和胃,安心养神。老北京人都信这个。"

老贾在一旁打趣:"听到没有,潘静同志,这是特地给你爹妈用的。"

小潘笑嗔:"老贾同志,您以为您还年轻?这是圆圆姐孝敬您这位老人家的!我替您谢谢圆圆姐了。"

由于林圆圆声明她又折转来是专程找谢平"再聊聊的"。老贾、小潘便知趣地上楼去窝着了。把楼下那客厅全让给了谢平和林圆圆。

"咱们开门见山?"林圆圆带着一种不容人抗拒和怀疑的微笑给即将开始的谈话定调。俨然一副说一不二的女高管模样。本来对这场谈话并不抱什么兴趣和期望的谢平,这一下反倒有兴趣了——他倒要看看这位多年前曾给他留下过相当美好印象的"女中学生"一个清纯、忧郁、时而内敛时而又会流露一点清傲气的"女中学生"(当年跟着一批首都红卫兵"杀"到垦区来"煽风点火"的"女中学生"),后来住在西苇湖那幢她那位"林叔"专门为她安排的砖砌平房里,常常孤寂地用英语唱起那首曼妙动听、柔柔伤感的美国著名的男生四重唱《离家五百里》:"上帝啊,我已离家五百里。五百里啊五百里……上帝啊,我已离家五百里。我衣衫褴褛,我身无分文……"现如今,在成为"当代大都市上层贵妇"的这些年里,到底发生了多大的变化。

"我不明白你为什么不答应去帮他们做做你那位妹夫的工作？"她端起一杯茶，往椅背上一靠，一点都不含蓄地责问起来。

"我说我不去做工作了吗？"

"你也没说去做。"

"总得容我考虑考虑……"

"托词。别用江湖上这种低级托词来调侃愚弄我们的智商。谢平，在我印象中，你应该是个聪明人……"

"谢谢。"

"谢谢？你还要跟我玩江湖上的那种客套？告诉你，今晚我不可能在你这儿待太长时间。也不想让他们知道你最后答应去做你妹夫的工作是我来斡旋和施压的结果。这对你和你的妹夫都没什么好处。你应该不会认为康、林这样级别的两位老首长今天出现在承德这么一幢破旧的小别墅里，真的只是为了来看望你谢平、来跟你寒暄扯淡的吧？"

"我也没那么幼稚。"

"我想你也不会认为随便什么人都能搬动这样两位老首长走这么一趟的吧？你肯定也不会认为这么个大案，如果没有一定的背景，你就是再给老门十个脑袋，刚才他也不敢说这样的话，也不敢对你做这样的承诺：只要你妹夫愿意把这档事扛起来，你谢家以后的事怎么都好弄。"说到这里她突然停下了，定定地看着谢平。好像是故意留出一点时间让谢平来仔细品味品味她说的这句话的含义和分量。

此时无声。可以用到古人那句被无数人几乎已经用滥了的名句"此时无声胜有声。此刻不言赛有言"。

谢平当然懂得林圆圆的用意：她在暗示卷进这个案子里的几个年轻人——其中一两位，他们的家长，他们的父亲或爷爷职位要"远"高于康、林两位首长。搬动康、林来承德给谢平施加"压力"，不一定是这几位"父亲"或"爷爷"的旨意，更多的情况下，往往是他们身边的一些什么人或"假传圣旨"，或"越俎代庖"操办的。如果谢平和黄林大真的不知趣、不知好歹，或软硬不吃，或吃打不吃哄，或敬酒不吃只吃罚酒……谁也说不准他们明里暗里会拿出什么手段来报复谢平和黄林大……

难道这在中国已然成为"常规"和"常识"了？

谢平不信。

对于这个后果，谢平和向少文、李爽仨在金沙江畔那个四面透风的老木屋里认真合计过。那忽儿，雨还没停。几只硕大的不知名的怪鸟扑扑腾腾地从屋后那一片高山岳桦林里飞出，扇起一阵呼啦啦的响声。

"你自己怎么想？"向少文问谢平。

"大不了，再上红山煤矿待两年。"谢平答道。

"这个……不至于吧……我们这个党、我们这个国家怎么说还是严格贯彻法治的。是镇得住歪风邪气的。"李爽一边说，一边看看向少文，好像是在征求向少文的看法。

这时，向少文突然问了一句："那个林圆圆这么关心这个案子，难道说她家有谁也卷进这案子里去了？"

"她说她堂哥卷进去了。后来我问了一下老贾……"

"哪个老贾？"

"还有哪个老贾。独立师的那个贾副师长。"

"你怎么会跟他扯巴上了？"

"他来找的我。他跟林圆圆一家挺熟。他和林圆圆的爹妈当时是一起被派到垦区来支左的战友。他告诉我林圆圆没有堂哥，卷进这个案子去的是她亲哥哥。"

"难怪了。"向少文感慨。

"谢平，那忽儿我们这帮小兄弟都对林圆圆挺有好感。但林圆圆好像只对你情有独钟。你跟我们说句实话，后来你要不是被弄到红山去了，又在那儿看上了人家小满，你有没有可能跟这位圆圆小姐……"

"别天马行空乱点鸳鸯谱。"谢平一语截住了李爽的胡思乱想。

"我说一句客观的话，"向少文接茬儿分析道，"林圆圆那时对谢平的好感有时代局限性。那种冲动可能只表示一个刚进入青春期的女孩对革命狂潮中一个激进分子一时的崇拜和向往。随着革命狂潮的退去，这种冲动自然也就退场，去追赶另一种'狂潮'也就是经济狂潮中的激进分子了。跟着时代狂潮转移而移情别恋，这也是人类社会中一部分人的一种人性特征。没什么可责备的。我倒觉得谢平当初要是不离开上海，和应奋倒是有这种继续发展下去的可能……他俩在价值观和兴趣爱好上有相当的共性。由共性转为共情……"

"好一个'共性和共情'。然后呢？"谢平声色不动地问。

"然后……很可惜你离开了上海。"

"那你们还扯什么性和情？说正经的！"

"哎呀，谢平你也别这样，一说到应奋你就激动。"

"我激动个屁！人家现在一身贵妇气。一婚再婚。都打过两次胎了……"

"老谢，你这么说就差点劲儿了。现代人看重的是爱。只要有爱，还在乎对方结过几次婚、流过几次产、双方年龄差多少？"

"好了好了。咱们回到正题上来吧。"向少文打断了李爽的话，对谢平说道，"你跟我们说过，林圆圆她爹妈是军委总部机关二级部里一个小语种翻译，当年顶了天无非也就是个校级军官。到现在也该早退役了吧。一个退役校级军官的闺女，怎么就能那么牛×，敢找人替她哥顶包？"

"她爷爷了不得。"

"她爷爷干啥的？"

"应该是比康、林二位……比你爸还要高出一头的领导干部……"

"别扯我爸。说她爷爷，具体是管哪一个口的？"

"具体管哪个口的，她嘴紧，从来没透露过……那天她倒是跟我诉过一阵苦。说'文革'期间，她爷爷被中央专案审查后，她跟着她爹妈是跑到垦区来了，但她这个哥哥在北京，还去老家四川流浪了好一阵。吃了不少苦，也结交了一些三教九流的朋友。这些朋友不少人改开后各找门路下了海，有的大发了，有的呛了水，有的眼青鼻肿地栽了大跟斗。她哥哥就属于跟错人，经济上赔了的这一拨。赔了，想找补。按林圆圆的说法，有人就给他们出了这么个馊点子，就想在倒卖退役卡车上找补。没承想中央开始纠风，撞枪口上了，又栽了一回。这一回严重，政治上栽了。还跟刑事搅合上了。栽大发了。这档事，她们家的人到现在都不敢告诉她爷爷。卷进案子的好几个孩子差不多都是这状况。朋友们想着，眼下整个国家都正常了，大路通天了，人人都奔光明前程了。偏偏这几个倒霉孩子陷进这么个坑里，所以都挺同情的。都不希望他们因此被废了一生。想着能帮他们一把就帮一把……"

"他们家的孩子在'文革'期间遭了罪，现如今他们即使犯了罪，也不能废了他们的一生，那就该找平民家的孩子为他们来顶包？这个平民家的孩子的一生就可以废，该着废？这是哪家的规矩，哪朝的理论？是中央的路线方针？"李爽愤愤。

向少文冲李爽做了个"请冷静"的手势，没让他再"愤愤"下去。只问："黄林大呢，他什么态度？"

谢平从身后他那个旧的黑色双肩背里掏出个空白信封。再从信封里掏出一片纸。纸上只写着五个字。"你们别掺和"，也没落款。

李爽马上问："黄林大从看守所里递出来的？"

按规定，人被刑拘关押在看守所，在法院正式判决前是绝对不能见律师以外的任何人的，更别说往外递什么纸条，通啥消息。怕的就是嫌疑人里外串供，搞攻守同盟，妨碍司法公正。这个黄林大现在居然把纸条递了出来，后来听说他还没用"银子"打点，说明在看管他的人中间，还是有同情他、为他抱不平的。这当然是违法行为。甚至可以说是严重的违法行为。极其错误的不法行为。但也可以这么说，千百年来，这样一种以违法来对抗不公的错误行为一直在人世间私底下偷偷摸摸地发生着。甚至还可以说"大火烧不尽，有雨它就生"。那么我们这些旁观者应该怎么来定义、怎样去看待这种行为？难道跺着脚说一声它是"社会不公的逆反应、人世间悲剧的变种""是同样应杜绝的不法行为"就足以得到宽慰了？不是吧？！

……

"林圆圆他们后来又找过你没有？"向少文再问。

"没有。"谢平答。

"你去投诉他们了没有？"向少文又问。

"没有……"

"你完全可以去投诉。或者我们一起去找找《人民日报》和新华社记者，弄一个内参，参他们一把。"李爽又愤愤。

"李爽！你别再给谢平出这一号馊点子了行不行？！你好歹在驻京记者站都干了这么些时间，怎么还那么幼稚？！"向少文都有点急。谢平笑着劝他："老哥，你着哪门子急？放心吧，谢平我早已不是当年那个'谢平'了。不会再跟个无头苍蝇似的那么莽撞了。更不是谁一句半句的就能把我激得起来的。不是啦，两位哥哥！要不，我干吗还找你俩来帮我拿主意？！"谢平的话音刚落地，向少文口袋里的手机响了。一部挺新款的翻盖摩托罗拉。向少文看了一下来电号码，忙说了声："我出去接个电话。"接完电话回屋，虽然竭力做出一副啥事也没有的样子，但多少还是显出了些不安。谢平和李爽想打听，又不便开口，只等着，看看向少文他自己能不能主动透露点信息。

向少文稍稍平定一下心绪，"欲盖弥彰"地说了声："没事。没事。我们说我们的。继续。"谢平和李爽却没接他的话茬儿，继续"执着"地看着他，等他透露。但他只拿起火钳子拨弄了一下火盆里的柴火，还是啥也没说。"不把我们当兄弟？"谢平怼了他一句。向少文想了想，说了这么一句话："你妹夫黄林大从看守所递给你的那张纸条上写了句什么话，'你们别掺和'？"谢平点点头答道："是的。"向少文说道："对，那你就别掺和。这也是我现在要对你们说的。至于我的事，你们更别掺和，也掺和不了。""看来事还不小。到底啥事吗。"李爽追了一句。谢平也跟着问了一声："是独立师那边的事？"向少文只能哭笑不得了："还要我说几遍？我的事，你们别掺和，也掺和不了。明白不？！"

于是哥仨匆匆结束了金沙江畔这场晤谈，第二天一早就各奔东西

但在当晚剩余的时间里，这哥仨还是讨论了另一个重要问题，也是这哥仨不远万里上金沙江畔十万大山丛中来"会晤"的重要原因之一：要认真探讨一下已年过三十的他仨，走过了人生青葱岁月的他仨，经历了人生这条险途上许多大坑和泥潭的他仨，今后该怎么活、怎么生存和怎么发展。就像他们当年十八九岁时，生着肺结核，在街道里待学待业，还去静安公园一隅的茶亭里"挥斥方遒"地探讨"我们这一代人何去何从"那样。

"要谈就得开诚布公。有啥说啥。彻彻底底。别掖着藏着。怎么打算的就怎么说。"向少文提出要求。

"你龟孙子有点事对我俩都瞒得紧……"李爽不服气。小声絮叨。

向少文不高兴了，真摆出"师政治部副主任"的架子来了。"真想掺和，是吗？非逼我把话说绝说难听了？就你俩，掺和得了独立师政治部的事吗？独立师政治部的事是你俩掺和得了的吗？啊？非逼我把话说成这样，你俩才舒服了、痛快了，有意思吗？"

李爽不吭气了。

谢平却说："×！少文你也别动不动就扛出你那个什么政治部的大旗来吓唬我们。不就是个地市级单位的政治部嘛……"

"我愿意扛吗？这不是……"

"行了行了。废话少说。接着讨论。先讨论谁的？"

"你。先说你谢平的。眼前很现实的一档事，你妹夫黄林

218

大……"

"这事没啥可讨论的了。他已经说得很清楚了，让我们别掺和。"

"我和李爽无所谓。你也不掺和，真不去做工作，真就这么随他去了？你考虑过后果吗？他们都把康、林两位老首长搬到你跟前来了……你真不替他们办这事，他们能饶得了你吗？"

"我想康、林两位首长其实是不知道内情的。如果知道，他二老肯定不会出来掺和。"

"但把他俩搬出来，足以说明那一帮人是膀大腰圆的，是下了大决心要让你说动黄林大去顶包。"

"……"谢平不作声了。

"我们现在只是问你做好思想准备没有，你不去为他们做工作，万一他们恨上你，会不会动用他们手里的各种关系来报复你……他们手里绝对有各种资源可用……"

谢平低下头，呵呵苦笑一下："我不是已经说过了吗，顶了天，无非也就是再把我送到红山去挖几年煤。反正小满走了，再去一回红山，说不定在那儿还能傍上个更年轻更耐看的'小满'……"

"没人跟你开这种无聊玩笑！"

"……"谢平一下收敛起脸上那种带苦味的讪笑，闷了好大一忽儿，拿起铁火钳拨弄了一下柴火，向火盆里扔进去两块拳头大的柴火疙瘩，溅出许多火星子在黝暗的木屋里飘散。然后用游移不定的语气说了这么一句话："难道……中国人现在眼里都只有'权'和'利'这俩字了？为了一己一家之利，都会置法律、社会、集体和国家前途于不顾？"

"谢平，没人说现在所有的中国人都这样了，但最起码是越来多的人在往这个方向挤。这是事实不？你难道没听说过有这么个数据？眼下揪出来的贪官，无论从数量上还是级别上都远超解放后任何一个时期。即使是揪出了那么多蜕化变质分子，据说也只占存量的百分之十二点五，也就是说还有八分之七窝在我们身边，盘踞在我们头顶上着哩。"

"你这数据是哪儿来的？"

"境外一个电视频道……"

"境外的谣言你也信？"

"这个电视频道虽说是境外的。但在这档节目里披露这些数据的人却是在国内一个高级司法机关挂过职，在反腐部门工作过，目前还在国内一个高级咨询机构工作的人。他说毛估估，现有贪官的存量应该有两百万。就拿这起退役卡车案来说，你们想一想，要从部队后勤部门弄出一百七十多辆退役卡车，谈何容易。这哪是黄林大那样几个年轻人就办得成的事？后边还有谁？他们想让黄林大去顶包，到底想庇护谁？！"

"那……少文您的意思是，我应该替他们去做黄林大的工作？"

"我只是想知道你谢平自己的真实想法。"

"真实想法？真实想法……想知道吗？那我就告诉你们，路死路埋，沟倒沟填，老子就这样了！"谢平一边说，一边往起蹦。

"干吗？干吗？和谁起范儿呢？"谢平突然一蹦多高，让向少文和李爽着实吓一跳。这两年，在他俩的印象中谢平早已变成这么一个人：有时他去看他们，坐半天，也不说几句话。临走了，问他需要点什么，他只会迟迟疑疑地说一声："你们要有不用了的公费药，过期的，给我一点……"似乎谢平早就不会，也不该"一蹦多高"了。

那二位还在发愣时，谢平已经坐了下来，说："我不知道你们还会回想当年我们离开上海时的一些场景不？也许你们忙于当下手头的'大事'，再不屑于回想当年了。但我会经常想起它们。在挖煤和放羊的间隙。在白天和黑夜交替的那一刻。在日出东方时我必须赶着羊群向地平线走去，当越过我头顶的浪涛不断向我扑来……我回想得最多的一个场面是那天我们离开上海。团市委号召我们在火车启动的一瞬间，面对站台上乌泱泱一大片哭着喊着追着火车送行的爸爸妈妈爷爷奶奶弟弟妹妹和其他亲朋好友，不要流泪，更不要哭叫，要笑着高唱苏联卫国战争时期，红军战士奔赴前线告别母亲的一首歌：'再见吧妈妈，别难过莫悲伤，祝福我们一路平安吧……'那一刻，我们做到了。我们含笑。我们高唱。但等火车开出站台，完全看不到亲人们的身影，听不到他们的呼叫声后，车厢里突然爆发出一片哭声，不少女生都哭倒在座位上。几位中队干部忙前忙后安慰大伙儿。我们三个偷偷跑到车厢接头处，把脑袋死死顶在车厢壁上，紧咬住牙关，不让眼泪流出来。那时候您二位已经是预备党员了。我因为还不到十八岁，离开上海前没入上党。有件事我一直没告诉你们，当时街道党委书记单独找我谈过话。他的意思是我可以只帮着街道做动员工作。自己不必报名。街道想把我留在上海。等大队伍走了后，让我进入街道机关编制，成为街道团委的正式工作人员。因为街道团委也需要一批'有革命志向'的年轻人。但我后来还是报名走了。我觉得自己帮着街道拼命动员别的青年'奔赴大西北'，自己却悄悄留下了。这不仅是一种'假革命行为'，简直就是一种'背叛行为'。后来的很多时候我总是在想，自己当时这么'幼稚'，这么'狂热'，这么'纯粹'，值吗？你们现在回过头去看，这么干值吗？"

向少文瞥了李爽一眼，然后对谢平嘿嘿一笑道："哦，他们也找你谈过话啊。"

原来街道党委那位头有点秃，个子瘦瘦矮矮，嘴特别大，嘴唇特别厚，说话有板有眼，底气特别足，带点苏北腔调的书记当时也分别跟向、李二位说过同样的话。私底下试探过他俩的态度。

"说良心话，我后悔过。"李爽说得直率，"你一点都没后悔过？"他问谢平。

"没有。"

"哈哈。没有……"李爽就像听到一个特别不可信的承诺似的，仰头讪笑了两声。向少文则冷静，问谢平："为什么？"

谢平告诉他俩："我不是说我始终没后悔过。他们把我送到红山，我一度想绝食来着。那时我真有点后悔。后来我找过那个新华社记者……"

"新华社记者？"

"我告诉过你们，在红山时期我认识了一位同时在那儿服刑的新华社记者。他大概比我们大个八九岁。平时绝对不说话。班组不学习时就闷头干活。开会自我反省时，他埋头做记录，也不说话。在一起两三年，就没听他说过几句话。那天我去找他了。把我的怨愤向他倾诉了一下。他没跟我说什么大道理，只是给我讲了一个故事。他说在红军长征时，有一个革命同志是戴着手铐走完这两万五千里的。也就是说，红军开始长征时，组织上对他某些问题的审查还没有结束，长征开始后，革命形势那么危急，也不可能继续审查他。就让他戴着手铐跟着大部队走。在一次又一次激烈的血腥混战过程里，他完全有机会开溜。在别人看来，他也有'充足的理由'脱离这个队伍。但他没有溜。没有离开。一直戴着手铐跟着这支队伍走完了这两万五千里，走到了延安。而在这段时间里，数万革命战士牺牲了，倒在了枪林弹雨中，倒在艰难漫长的征途上。也有不少人脱离了这个队伍，溜了，当了叛徒。但他始终没有溜，没有。最后这位记者大哥说了这么一段话：'我没亲眼见过这位戴着手铐走完长征路的老同志，也没听他亲口说过他为什么要这么做。又是怎么做到的。我是这样想的，人一生有许多事情是别人要求你去做的。大多数人就是这样活完自己一生的。直到死都是按着别人的要求在活着。别人要求的，有对的，也有错的。我想，这位老革命是按自己的追求活着的。别人让不让我实现这种追求，我也要追求到底。他的追求就是跟着这支队伍把革命进行到底。即便戴着手铐，我也要跟着这支队伍把革命进行到底，走完长征路。这确实不是人人做得到的。更不是人人向往的。他做到了。历史证明，他的选择是正确的。'当时谢平问过他："您是不是也像他一样，即便被判了刑……"没等谢平把话说完，他慌慌地但却是决绝地截断了谢平的话头："怎么可以拿我跟他比？你这是在胡说哩。"一年多后，他突然得到通知，让他离开红山。当时矿上所有的服刑人员都在猜测调离他的原因。根据经验，服刑人员"突然被调离"有两种可能。一，发现了新案情，要给他加刑。也发生过重判死刑，立即执行的。二，案情搞清了，减刑或无罪释放。他属于后者。拿当时处理他那一类人员的术语来说，他被摘帽了。据说他回到了北京。

这位记者大哥临走时，送给谢平一本书。列宁的《国家与革命》

书已经被翻看得很旧了。在送给谢平前，他把他在书上做的所有眉批都涂掉了，并且再三关照谢平："书是给你个人的。你千万别把它归到队里那个小图书室架子上去。"谢平问："为什么不能归到小图书室架子上去？""你不想要？""要要要……不过，你把你那些眉批都涂掉了，太可惜了。""读原著就是让你去体会原作者的意思和意图。别去管别人的评价和态度。过去、现在和将来都会有人打着原著的旗号宣扬自己的私货，所以……""可是……""你到底想不想要？要是不想要这本书，我就收回了。""要要要……"

这是这位记者大哥唯一一次不仅说得那么多，而且态度还特别鲜明又强硬。后来谢平在书里找到一张纸条。这张纸条是那位记者大哥故意留下的，还是他无意落在书里的，就不得而知了。纸条上写了一句话："我把荆棘当作铺满鲜花的原野，人间便再没有什么能将我折磨。（张贤亮）"那时候谢平还没读过张贤亮写的书。更不知道这位"张贤亮"究竟是何许人。是哪根大葱哪头蒜。

谢平说完这些，李爽感慨："看来你在红山那几年没白过，还是结识了一些有用的人。"

谢平说："说出来恐怕你们都会不相信，那几年，它让我开始觉得很有必要去重新学习如何和人相处，重新认识和发现'人的真相'。尤其是对生活在最底层的那些人，我真的要重新看过。我举个例子，在卡拉库里小镇上我接触过一个天赋极高的人，什么陌生的知识和新技能，他一学就会。一弄就懂。绝对是个奇葩。也许正因为这样，他从来没想过要'经营'自己，更没想到要接近镇政府机构里的那些干部，给自己争取到走出这个偏僻小镇的机会。所以，他从来没有走出过这个小镇。小镇一公里以外，有一个油泵站。油泵站里有七八个年轻人，负责给刚开采出来的原油加压加温，再通过输油管把这些原油源源不断地输送到下一个、再下一个油泵站，最后输送到几百公里外的炼油厂去。那个'奇葩'人在这个世界上最羡慕的就是那些在油泵站里工作的年轻人。原因简单又很'古怪'——他羡慕他们有统一的工作服穿。有统一的作息时间……镇上有个村。村外有个基本弃用的部队营房。营房后边有个将军墓。营房里有两三个留守人员。将军墓旁有两个守墓人。全村的人都羡慕这几个人——因为他们有固定工资……"

"马克思、恩格斯早就说过,人就是社会关系的总和。无一例外。"向少文补充。

"你们说,他们心里也会有一个执着追求的目标吗?"李爽感慨。

"有。就是要活着。很原始、很本能的目标。"向少文答道。

"这种原始的、本能的、潜意识的生活目的能称之为追求吗?"

"也许潜意识的生存欲望更顽强。"

"我们呢?我们心里还有一个非常执着的、显意识的追求吗?一定要怎样、一定不能怎样?"李爽再问。

这时,三个人都沉默了。过了一忽儿,向少文突然说:"我在党校学习时,一个来自南方的学员说过这么一档事,说他们专员公署一个年轻秘书失踪多年,后来在他们一个湿地保护区灌木丛林深处一个破旧的车厢里找到了他的尸体……"

"破旧车厢?"谢平忍不住地轻轻噱了一声。这让他想起当年钟绍灵最后一段时间在吐瓦克丛林中居住的也是一个旧车厢。不同的是,钟绍灵的那个旧车厢认真装潢打点过。车厢的窗户上挂着的布帘子都是用紫红色的金丝绒做的。垂着鹅黄色的缨子。地板是用菲律宾红木铺成。长条桌上放着俄罗斯大铜炊……还有那把精致的象牙柄镀铬小手枪……

"……勘查结果，排除了他杀的可能。说是自杀吧，也没找到应该有的遗书。也找不到他如此避世厌世的任何原因……"

"大学毕业的？七七、七八届的？"李爽问。

"七七、七八届的一般不会干这种事。"

"为什么？"

"你想啊，七七、七八届的一般比我们只小个几岁，进大学校门前都有过相当坎坷的社会经历。他们比较珍惜晚到的正常生活……"

"如果出了大学校门后又遭遇了某种非正常生活呢？"

"他们抗压抗非正常遭遇的能力也比较强，轻易不会放弃当下获得的这种生活。"

"这位年轻秘书什么家庭背景？"

"很普通的一个小户家庭。父亲是个老实巴交的税务人员。时不时爱喝点小酒。母亲有点强势，是个中学教导主任。父母都很爱这孩子。对他要求也很严格。他工作的地区政府机关里也没出过什么惊天动地的坏事让他看透了人生。所以，所有人都不明白他为什么要躲进那个湿地保护区去。"

"会不会背上了什么高利债务？"

"高利贷这玩意儿是这一两年才出现的，他那忽儿还没这名堂。他本人烟酒不沾。"

"确认不是他杀？"

"如果连他杀、自杀还是自然死亡都闹不清的话，当地公安就都该歇菜了。"

"现在的年轻一代，让我们真的不好理解。如果既不是他杀也不是自然死亡，应该是抑郁症患者。精神压力太大啊。只能这么解释了，还能做别的什么解释？变化啊。"

"我们自己就能理解这些年来发生在我们自己身上的变化了？"

"既然话说到这里了，李爽，说说你和一针姐的事。前不久你不是回红星二场又去找过一针姐吗？"

"我那点屁事，就别往桌面上端了吧。"

"李爽，你这就有点说不过去了吧。少文官大，他觉得我们没那个资格掺和他的事尚可理解，你他妈的……"

"谢平，你这么说就没意思了。老把我们之间的事往官大官小这一层上扯……"向少文不高兴了。

"行啦！你老兄经常会露出这种高我们一等的'意识'。只不过你自己已经习以为常，感觉不到罢了。现在，再加上李爽你他妈的又假模假式地不让你的事'拿上我们之间的这个桌面'。话里话外，咱们三个人好像只有我谢平不是个玩意儿，你们可以随便让我把我的事往桌面上拿，随意来掺和我的事。你们想干啥呢？把我当啥了？！"

一通发泄。排炮似的。

于是，李爽沉默了一小忽儿，说了声："好吧好吧，没人把你谢平当冤大头……"便讲起了前不久他去独立师红星二场"看望"一针姐期间发生的事。他那个从未见过的闺女已经有一岁多了……而让他最为震惊的是那个从他手中"夺走"一针姐的退伍老兵曾凡希居然已经死了。是被人打死的。

"被人打死的？"向少文和李爽差一点都惊掉了下巴。

曾凡希包下红星二场东戈壁大碱包上那片地，注册成立了"茂源恒农商公司"。把手下那三十来号人收拾得特别服帖顺溜后，便下决心赌那么一把,把手头上的全部资金都押上,种了一千来亩长绒棉,当年盈利。第二年又扩种了一千亩。赶上国际市场上棉花涨价,狠赚了一把。听说卡拉库里(吐瓦克)县、乡两级政府急于招商引资,以极优惠的价格(几乎是"白菜萝卜"价)出租土地。只有一个要求,得就地建厂或建店。而且还答应如果建厂办店资金有缺口,他们镇上替租户做担保,去银行做政策性低息贷款。他跟身边那位"助理"一商量,这样的条件还不干就真傻帽了!跟乡政府签了二十年合同,当真在租下的地面上先建起一个有二十来个房间的"快捷"旅店。随后又建了十来间简易平房——出租给在周边乡镇打短工谋生的人住用。在这么个偏僻乡镇,进行如此"大笔"投资,一时间肯定会招来巨大非议。可谓众说纷纭。说他"财迷心窍"。"聪明一世,糊涂一时"。最后非闹一个"偷鸡不着蚀把米"的下场。到时候就不光会赔了夫人又折兵,恐怕连自己的底裤都得赔了进去。想死都找不着上吊的绳。但老曾心里有底。他的底数来自他身边这个助理。这个助理当年是红星二场团部生产科的一个畜牧参谋。独立师中专农校毕业。现年三十来岁。老曾当年去团部纠缠团长政委,让他们允许他带人去东戈壁拓荒时结识的。说不上来为什么,两人真是"一见如故"。"一拍即合"。互相瞧着就是顺眼。这个畜牧参谋如此年轻,却已经有六个孩子。按说家庭负担特别沉重。但他从不怨恨。还特别疼爱这六个娃娃。逢年过节,从他主管的团部屠宰场走个后门,搞十几个别人不要的羊蹄子羊头和一大包羊杂回家炖一炖,照样把老婆娃娃哄得开开心心,乐乐和和,满嘴流油的。他自视不高,谁找他办事,都不敢拒绝。也不会拒绝。仿佛天性喜欢跑腿去替一些人办事。老曾在跟他接触中发现他其实很聪明。不仅精通畜牧方面的业务,而且触类旁通,知识面相当广。他能把领导安排给他的工作做到极致,把"贯彻执行"做到极致,又不出格。让领导吃惊(惊喜),自己也从中获得极大的乐趣。用他自己的话来说,天意有别,我就是替人跑腿的命。就是有六个娃娃的命。听命。心顺。咋活都成。他对自己的告诫就是办好手头的事,捏住落在自己头上的那个"命"。别让自己再去想别的。昨天已经过去。明天谁能预测?重要的是今天。而今天的今天就是"手头上那些要办的事"。恰恰是这些看起来似乎不咋的不起眼的"鸡零狗碎的事",一件件一桩桩累积起来就成就了自己的明天。老曾因此看出这是个"蔫有大主意、大局观的家伙"。就是他力主老曾去租下那些地,盖那些房。他的理由既简单又实在:当年独立师的政委林辅生调垦区总部当副政委了,入了垦区总部的常委班子。但他也快到退休年龄了。他一定会在自己退居二三线前的最后这段时间里,排除一切阻力,把自己一心要建的那个北高地铁路建成了。给自己的政治生涯画上一个漂漂亮亮的句号。留下一座人生丰碑。认真当官的人谁都想为自己留下这么一块踹不倒、砸不烂、永不褪色的金字"业绩丰碑"。林辅生在独立师当政委时有过一个五年纲要,洋洋数万言,撮其要害,就是这条铁路。而纳入五年纲要,在期限内要干成的,还只是其中的"半条"。也就是说,五年里指定要修建起来的是计划中那条铁路中的半条。这半条铁路以独立师师部为起点,向西北开进。直插北高地群山。那里有新发现的铝矾土矿和页岩油矿。还有原先就有的、为它还专门组建了一七五三连的那个铀矿。(后来以该连为基础,扩建了个副团职单位一零五矿指挥部。)还有一大群这两年私开私挖的小煤窑。铝矾土矿可以提炼铝。油页岩打碎加热后可得页岩油。页岩油加氢裂解精制后可获汽油。煤油。柴油。石蜡。石焦油等多种化工产品。炼油过程中还能得到各种副产品:硫酸铵可作肥料。酚类和吡啶可用来生产合成纤维。塑料。染料。药物。生产过程中排出的气体，就像天然气一样，可用来发电、取暖和运输。留下的页岩灰渣，还可制砖、制水泥，制陶瓷纤维、陶粒等高级建筑用材……在房地产市场日渐看好看涨的今后二三十年，中央强调要抓实业。它断定会是个对路的"大财神爷"。至于那个铀矿有了这条铁路，今后的发展前景更是不可同日而语。小煤窑必须关停并转。时机成熟，搞个年产几百上千万吨的大煤窑。这样一来，独立师辖区内的这个北高地区域便可从最偏远、最贫困、最寒冷的地方变成依然是最偏远但绝不偏僻、更不贫困、也不会让人们感到寒冷的工副业生产基地——要知道，历年来，独立师的经济收入可怜兮兮地一是靠卖棉花，再就是靠一些基础很薄弱的工副业，比如榨个棉花籽油啊，做点酱油醋啊，搞个棉纺厂针织厂搞点内衣、内裤、床单、枕套、毛巾之类的产出。现在要是有了这样一个朝阳产业基地，独立师的前程、他这"城堡"——林辅生一直没遗忘了他父亲那种过于"浪漫小资"的设想，要把他主政的独立师建成一个边陲最富有的城堡——中的居民的日子将会是如何的"灿烂辉煌"，就不言而喻了。甚至都可以说是"难以估量"。而这还只是"半条"的功效。如果后续再把这"半条"铁路向东延伸到白杨河市，和通往北京的铁路连接上。向西再延伸个二三百公里，探伸出"国门"，远望欧洲。和国际通道接上轨。一条完整的七彩天路，便真真正正地连接了"诗和远方"。造就出一个"天堂胜境"。对二十来万独立师人和二百来万白杨河垦区人，说什么"梦话"就都不会只是一种浪漫的幻觉了。走活垦区这盘棋也完全"指日可待"。当然，这并非易事。北高地群山险峻。谷深滩急。岩层破碎。地质和气候情况多变。以及在高寒冻土带上筑路必然会遭遇的种种技术难题和方方面面的考验，远不是独立师一己之力就能克服并胜任得了的。它所需要人力和财力的投入，也远远超出当年"组织实施一场（或几场）开挖排灌渠大会战"所需的，更不是"连轴转几个晚上不睡觉"就能拿得下的。这个《纲要》这个计划因此也曾被搁下过。但今天他林某人成了垦区总部的主要领导，可举整个垦区的力量来做这档事了。而且属于他能办大事的时间也已经不多。他当然要下重锤砸这块生铁疙瘩。最重要的是这条铁路按规划是一定要从吐瓦克镇地面上通过的。到时候，吐瓦克地面上一定会热闹起来。住旅店和租房的人会络绎不绝。后来的事实也果真如此。一两年间，老曾又扩建了二十来间"工租房"。这边的收入大大超过了那边种棉花的收入。日子刚过红火了。镇上有人坐不住了。撺掇镇领导去收回租给老曾的土地。可是老曾手里捏着盖着大红官印的合同文书哩。合约期二十年哩。他觉得法律和公理都站在他一边，怎么愿意轻易撒手？这一撒手跑了的不只是那点经济收入，而是他曾凡希和那些跟随他、把自己身家性命全都托付给了他的职工们的前程和命运。镇领导找他谈了多次。他都不松口。后来查卫生的、查户口的、查消防的、查税收的、查黄赌毒的、查嫖娼卖淫的……不断来敲门。不断让他"限时停业整改"。后来在一个冬日的深夜，终于在老曾的旅店里"查到"一对"狗男女"在"苟且交合""卖淫嫖娼"，旅店马上被封了。然后镇上借口镇政府建公用设施，下文件要征用老曾租下的这块地，限时限刻拆迁。他们趁老曾去县上找领导说理时，带人强拆，还抓走了阻止他们强拆的那个"畜牧参谋"。老曾闻讯赶回，见旅店已经被拆得七零八落，一时火冒三丈。带了六七个人找强拆队的头头要人。这一下正中了他们的"埋伏"。院子里早就准备了一大帮人拿着棍棒，以"老曾上门寻衅闹事"为由狠狠收拾了老曾。

他们原先以为天高皇帝远，收拾了老曾和那个"畜牧参谋"，茂源恒剩下些个小"喽啰"怎么都好弄了。没想老曾伤重不治。那个"畜牧参谋"被打残。事情便闹大了。镇政府派人做一针姐的工作。"现在事情出了，双方都有责任。但现在行凶者跑了。一时半会儿也找不见他们的行踪。你一个孤儿寡母的，在这儿耗着也不是个事。公安方面已经立案，一定会查清事实，惩办凶手。镇里也一定会替你主持公道，目前已经说动一家公司来收购茂源恒在镇上的那些资产。并由他们垫款负责给伤者治伤。给死者抚恤。你就带着娃娃，带着那家公司的收购款，暂且回口里老家消消停停地等候公安方面的消息……"

"一针姐答应了吗？"向少文和谢平问。

"以我过去对她的了解，我以为她会答应。"李爽说道。

"她答应了？"

"不。她没答应。她说我就在这儿等消息。我还能上哪儿去？我男人在这儿活着，这里是我的家。男人死了，他的坟在这儿，这儿还是我的家！镇上劝她先把老曾火化了。死者为大。入土为安。其他事情你要相信我们会一件一件地来解决。她冲着镇上那些领导吼了一声'我，孙桂琴信……信……信……信过你们的啊……还要我咋信你们啊……'便满脸泪水地抱起孩子，跑出了镇政府大门。但她没回老家。先去把老曾的遗体送到县殡仪馆冷冻了起来。然后回到被拆零碎了的旅店。那个收购老曾资产的公司正派了挖掘机推土机在收拾残局。她从大碱包上找来几十个员工把他们全赶走。自己带着孩子找了个破房间住上，'等候消息'。也许是因为发生了命案，也许是恰逢中央发了红头文件，严禁各地强拆强迁，又再三强调要在法律的框架里维护私有财产的合法性，省上和垦区总部派出了联合督查组来监督促查这个案子。半年后，凶手大部分抓到了。法院也判决了。租地合同继续生效。镇政府中涉案的个别领导受到了处分。老曾的遗体火化了。一针姐还不走。"

"她还等什么？等民事赔偿结果？"

"案子一进入法庭审理阶段，她就声明过，她不要什么民事赔偿，只要严惩凶手。"

"不要赔偿，她傻呀！"

"她不这么想。她说，要了民事赔偿，有可能让那些凶手得到一定程度的轻判。她现在啥都不想，只想严办了这些凶手。她说只有严办了这种人，我们这些小老百姓才能在这块地面上安分地活下去……"

"她是个明白人。"谢平赞叹。

"难不成她还想在叶瓦克待下去？她不怕镇上那帮人过一段时间还会使坏来找她的碴儿？"向少文问，"你没认真地大力地劝劝她？"

"怎么会不认真不大力地劝吗？我都把话说到这个份儿上了：我说，你不走，我当然不能硬拽你走。但孩子我得带走。你自己权衡吧。"

"她咋说？"

"她一下站了起来，拍着桌子吼了声'你要带走娃，我就死给你看！'"

"是吗？"谢平和向少文面面相觑了。他俩完全想不到一针姐会"变得那么厉害了"。她过去不这样啊。在他们的印象中，一针姐宽厚大方，办事周到细致，待人体贴温和，是个当护士长、当管家的最佳人选。她在北京那段日子里，记者站的同志们和她接触下来，都觉得她凡事都听李爽的，已经完全把自己托付给李爽，融化在李爽身上了，已经放下一切身架就这样安安心心地跟着李爽过下去了。这让一直还没正式恋爱过的向少文挺羡慕的，当面对李爽说过，你小子行，找了个合适的。谈对象这才是正路子。别的啥都是假招子，能活到一块儿去的，才是有夫妻相的。正因为如此，当李爽告诉他俩，她"丢下李爽"要跟一个退伍老兵回红星农场时，他俩心理上产生的那种震动绝不次于李爽本人。

"你……你就这样让她留在吐瓦克了？"谢平问。

"我还能怎样？我也没想到她会变成这样……"

而李爽随后告诉他俩的事就更让他俩震惊了。那天晚上李爽住在吐瓦克镇唯一的一家招待所里，正没抓没挠地愁着，想不出好办法去劝动一针姐。大约到子夜时分，有人敲门。敲门的是那个"畜牧参谋"。"畜牧参谋"被那帮人打伤后就一直瘸着一条腿。还没丢得开拐杖。此时身后还带着两个粗汉。每人手里操一根白蜡木短棍。真把李爽吓了个一激灵。问清来由，原来是一针姐让他们来"请"李爽的。李爽一开始还犹豫。忐忑。他没见过这位"畜牧参谋"。猜想会不会是镇上那帮人冒名来挟持他，以他为"人质"威胁一针姐，达到他们驱赶一针姐的目的。后来"畜牧参谋"拿出一针姐的一张纸条，他才赶紧换了鞋跟他们走了。纸条上只写了这五个字："跟他走。是我。"初看到这五个字时，李爽还是愣了一下的。因为这行文的口气语调不像一针姐平时的口气。但再看，他认得，确是一针姐亲笔。

"畜牧参谋"一行人把李爽带到茂源恒旅店的"废墟"上——残碎的部分已清理了。清出的空场上运来了一些建材。好像是要重新修复旅店。在原先的餐厅里，聚集着二三十个男人和女人。好像是在开大会。又像是进行什么悼念活动。因为正面的大墙上挂着一幅放大了的老曾黑白照片。左右两厢挂着一副挽联:"枕戈达旦解甲归田怀一颗红心气何壮 驱风旷岁千亩万顷留未酬之志心怎甘"。后来一针姐告诉李爽,这副挽联的"作者"就是那位"畜牧参谋"。李爽赞叹:"他这'捅牛屁股的'还真有两下子!"("捅牛屁股的"是农场大老粗们对搞畜牧业的人的哂称。)一针姐却淡然解释:"他一个中专生,哪有这两下子?他是按我说的意思编的。"

大会已到收尾阶段。最后一针姐讲了几句话。那意思就是,老曾走了。现在她要接茬把茂源恒干下去。"为了茂源恒我们家已经死了一个了。我们家还可以再死一个。就是死绝了,茂源恒也得干下去。老曾咽气前交代我说,这个茂源恒不是我曾家一户人的。是你们大家伙的。是大家伙一起住地窝子喝涝坝水啃窝窝头干出来的。必须得干下去。你们信得过我孙桂琴,就留下来跟我干。信不过我孙桂琴的,可以走。我立马计会计给你们把账结清了,绝不亏欠你们一分钱。这也是老曾咽气前再三叮嘱我的。对要走的伙计,我只求你们一桩事,有朝一日,你们要听到我孙桂琴也死在这老碱包上了,要还能念叨我们这些年的这份情,求你们冲着西北边为我俩的孤魂磕个响头。我在这里提前替老曾、替我自己谢谢你们各位了。"说到这里,在场的那二三十位职工都已经泣不成声了。但这时一针姐却红着眼圈吼了一声:"哭啥呢?我孙桂琴还没死哩!来,咱们唱个歌……"她犹豫了一小忽儿。从来不唱歌的她,一时间可能想不起来该唱什么歌。就这样待了一两分钟。有人站起叫了一声:"唱军歌!"这是老曾在世时经常带着大伙唱的歌。没等一针姐回过神,那个老伙计起了头,大伙就五音不全八声参差地唱了起来:"向前向前向前,我们的队伍向太阳,脚踏着祖国的大地,背负着民族的希望,我们是一支不可战胜的力量……"

"这时候我回过头去看了她一眼,"李爽继续说道,"把我吓了一大跳。发现一针姐没跟着唱。由于绷紧了脸上全部的肌肉,整个人都变形了。她双手攥着拳,下意识地跟着歌子的节拍用力晃动。还努起了嘴唇。两眼放着光——整个这形象这神态让我想起了另一个人——'曾凡希'。曾凡希忘我时激奋时就是这样。也就是说,她突然间下意识地变成了'曾凡希'。也可以这么说,死了的曾凡希附身了。显灵了。一两分钟后,在场的所有人都发现了一针姐的这个'变化'。歌声突然停止了。全场鸦雀无声。所有人都呆住了。大伙瞧见一个活生生的女版'曾凡希'。而她自己还不明白自己的变异。不明白大伙为什么突然不唱了。歌声为什么消失了。她木木地环视着大伙。寻求答案。过了一忽儿,一针姐突然瘫坐了下去,完全失控似的号啕大哭起来……"

"我曾经特别欣赏这么一句话:我在昨天吞吃我的巨浪中看到了你的眼泪。和吼叫。"

"后来你再没跟一针姐提回北京的事了?"向少文问。

"你说我还能提吗?就是提了,会管用吗?"李爽苦笑笑。

"你没想过留下来帮一针姐一把,把茂源恒重新捯起来?"谢平问。

"当时有一瞬间,我真产生过这样的冲动……"

"不可能吧,你……"谢平挖苦道。

"是的……不可能了……已经不可能了……我们都不可能了。我们都不是当年那个李爽、谢平和向少文了。"李爽说着深深叹了一口气。

这时，附近乡镇小旅店里的一位傣族大妈送来他们预订的晚饭。六七样傣族菜肴。满满一钵子黄色的糯米饭。一甑米酒。他们真饿了。酸香带辣味的傣族饭菜，让这个逼仄的木棚房子顿时暖和起来，也仿佛明亮了。吃完饭，谢平又从背包里翻出两听罐装进口啤酒。掏出一盒五十小袋装的蓝山速溶咖啡粉。一包椒盐花生。一小袋五香牛肉干。还有一个精致的烙花菲律宾木匣。木匣里装着几支雪茄。向少文取了啤酒。李爽和谢平各自冲了杯咖啡。静下心来接续听李爽说当初一针姐为什么会带着身孕离开北京、离开他而跟着那个退伍老兵曾凡希走了的"故事"。说清楚这位"一针姐"到底是一个什么样的角色。

李爽悠悠地点着一支雪茄。

"……其实我和这位一针姐孙桂琴一直也没去登记办过证……"

"那她怎么愿意怀你的孩子？"

"所以啊……"

"所以什么？"

"所以，不能简单地用'温良谦和'或'百依百顺'这些字眼来概括她这个人。"

"你的意思是她只是表面上看起来温良宽厚谦和？"

"那倒也不是。我们往往自以为很懂什么是人。根据概念给一部分人下这样的定义，再给另一部分人下另一种定义。其实狗屁不通。一针姐的确是个'温良宽厚谦和'的女子。她也真心愿意对你百依百顺。但这并不是她的全部。而我们往往认为这就是她的全部。当生活告诉她一味地温良谦和宽厚百依百顺注定是要受人欺负时，她反拨的烈度和可能会使用的反拨方式也是我们难以想象、难以预料，甚至是难以接受的。"

相当长一个时间段里一针姐庆幸自己认识了李爽。庆幸自己和他们这一批上海支边知青有过如此深入的交往。她告诉李爽，当年——她八岁时跟自己的叔父婶子从河南上蔡坐闷罐子车似的绿皮慢车到独立师时——这慢车当时还到不了垦区。从半路的下车点到独立师这一段将近四五百公里路程，他们一家是坐在运百货的解放牌敞篷卡车车厢顶上"冻"过来的。顶着绝对能冻死人的白毛风，全家裹在一床棉被里。唯一的一双黑棉胶鞋穿在叔叔脚上。她如果不是被婶子拥在怀里，冻到独立师师部，可能就可以直接送北高地上那片著名的墓地里去了。几十年来那个墓地里埋葬着数以千百计为开拓这个垦区而死去的英烈。他们每个人的生命终点只得到了一块用木板做成的墓碑。年久月长，原先写在木板上的姓名早已被风吹雨打消褪去。这千百块无字墓碑屹立在风雪高地上，一直延伸到起伏不平的地平线上，蔚为壮观。为这块大地构筑起一道极为悲壮的风景线。谢平不止一次到这个墓碑的丛林里瞻仰，寻找。也是在这儿他一次又一次产生了"白乌鸦"的幻觉。一阵白毛风过，他觉得每一块无字木板墓碑上都站着一只白乌鸦。它们集体凝视天空。继续一声不吭。

"在你们来以前，我们这些农场的女孩都不知道女人还要戴胸罩。我们一些人来例假了，会到子女校找女老师要一些用过的黄表纸、旧布条将就。我们没见过大衣柜、五屉柜。你们女生穿着泳衣光着大腿跳进涝坝里游泳，其他那些老职工起哄嘲笑詈骂并驱赶那些女生。而我们这些女孩则躲在干苜蓿草堆后头看她们在涝坝里扑腾，羡慕得小心脏都快跳出喉咙口了。许多连队的第一所小学是你们办的。团部子女校第一批高中生也是你们这些'老高三生'教的。高中生教高中生，教出了农场第一批考上大学的学生……"

当年李爽带着一针姐从上海去北京，买的是卧铺票。一针姐几乎一夜没睡。她一忽儿瞧瞧正躺在下铺上玩"俄罗斯方块"的李爽，一忽儿又久久地看着黑黢黢的车窗外发呆。李爽问她在想什么。她自嘲般地笑笑，先是问："老李，你真带我去北京了？这趟车是去北京的吗？"然后又问，"到了北京我啥都不懂，老李，你以后不会扔掉我吧？你要扔掉我了，一定要给我指一条回农场的路。"

从啥时候起，这个总担心"老李会扔掉自己"的一针姐孙桂琴下决心要扔掉"老李"了呢？

李爽脑子里一片模糊。

……认真回想起来，一针姐发生如此大的变化，跟李爽这个驻京站所归属的那个省发生的一档大案有关。那天李爽正要吃午饭——前面提到过，一针姐在记者站里自办了一个小食堂。见天给大伙换个花样，改改口味，吃个"拉条子"（西北人最喜欢吃的一种面食）、羊肉胡萝卜丁抓饭或大盘鸡。那天吃的就是羊肉抓饭。一针姐做的抓饭，油亮油亮。胡萝卜丁切得细碎细碎。每一份饭上都放着一大根煮得特别软烂的羊肋条。经过一针姐改良，她会给每一份抓饭再配上一小碟番茄酱、一小碟香菜末、一小碟白玉粒似的蒜瓣或大葱段。由于小食堂的锅大小有限。每回只能做那么个量。所以每人只供应一份。所以每每吃抓饭时，那两个饭量最大的年轻实习记者一定吃不够，吃完了饭就会继续用馒头片擦着盘子底里所剩的那点羊油，一边故意嚷嚷："李嫂啊，您太折磨人啦……"

那天李爽得到通知，有客人来访。可能要在记者站用餐。可是抓饭已经做成。再做一锅根本来不及。商量结果，只能从李爽和一针姐这两份中匀出一份给那客人。又蒸了几根广式香肠切出一碟来摆上。再煎一盘油炸花生。开一瓶泸州老窖。估计客人饿坏了，也是有话要跟李爽说，两杯酒下肚，抓饭和香肠全吃完，便匆匆揣着没喝完的酒，端着还剩多半盘的油炸花生，吩咐一针姐再做两碗麻酱拌面，把李爽拉到他站长办公室去说"悄悄话"了。这客人一针姐见过。四十来岁吧。中高等个儿。皮肤黝黑。向来不讲究个人形象。属于常人说的那种不修边幅的成熟男人。今天就更甚了，头发和胡子都留到杂乱的程度了，也没去捯饬捯饬、归置归置。此人过去时不时会到记者站来坐坐。貌似有点神秘。来了就把李爽拉到小办公室去说忽儿话。说话时喜欢关上门。一般在这儿待的时间都不会太长。往往是来也匆匆。去也匆匆。但李爽对他却总是那么尊敬。她当然有所不知，这客人姓秦，是个有来头有故事的人。在市纪委任副书记兼某专案办的主任。全国纪检系统模范人物。成功地办过一些大案要案。有一些甚至都是中央和省纪委直接交办的。眼下正奉命抓一个大案。近两个月来一直带人在该省东北部大山深处一幢半新不旧的别墅里"双规"（在规定的时间、规定的地点交代问题）此案的一个关键人物。据说，已经打开了许久没打开得了的口子，拿到了重大口供和物证。今天又吃到了十分想吃而两个多月来一直没时间来吃的一针姐亲手做的、在北京很难吃得到如此地道的羊肉抓饭，本该高兴啊，却显得闷闷不乐。

"咋的了，老哥，蔫不拉唧的。不是说案子办得挺顺溜的吗？"

"顺溜？"他苦笑笑，"谁告诉你的？"

"那就是不顺溜啦？"这话，只在李爽心里冒了一下，没问出口。平日里，他和这位老兄交往，只聊文学和时事新闻。（这位纪委书记经常写一些、也化名发表一些小散文和随笔，比较欣赏李爽清新而有条理有节制的文笔。也爱结交一些这方面的朋友。）但绝不涉案。只要对方不主动提及他工作上的事，李爽绝不会主动去"捅他那扇窗"。李爽这点政治分寸感，让这位手里掌握着该省不少有头有脸人物隐私和机密情况的"吏部官员"极为赞赏。所以也能轻松坦荡地把李爽当作知己来交往。

后来才知道，就在秦书记他们已经拿到关键证据，整个案子即将要结案时，有人打电话给他，命令他撤案。不要再查下去了。究竟是谁下的这个撤案令，这位向来以耿直，豪爽，铁面无私敢碰硬，且以办案手段高明著称的全国纪检系统的模范人物再不肯多说一个字。沉默了。完完全全沉默了。过了一忽儿，李爽小心翼翼地问了一声："你看我能帮上什么忙吗？要不要动员一下社会舆论……"对方立即回应："扯啥淡？你想找死！"他说到"想找死"，并非虚妄之词。秦某人奉命接手这个大案前，市检察院防止职务犯罪部门查过这个案子。后来两名查案的检察官在办案过程中，途经一水库大坝，"莫名其妙"地车出故障，坠入水库，溺水而亡。事故原因至今不明。案子因此曾一度搁浅。本来这档事就会到此为止了——按李爽的脾性，他不会死乞白赖地非要去插手这个案子。在记者站干了这一阵之后已经明白被社会上称之为所谓的"无冕之王"的记者，其实是有极严格的"宣传纪律"约束的。手伸太长，报了不该报的，或者报的时候分寸掌握不好，后果还是挺严重的。过了一段时间记者站收到一篇外稿，说的是有人在省内著名的桂明湖畔强行驱赶了几百农户，以极低廉的价格占用了一两千亩耕地，建远东最大的高尔夫球场和设施最豪华的私人休闲会所。此事还涉及著名风景区桂明湖的环保问题。李爽想起秦书记跟他聊起过他手头办的案子跟"桂明湖事件"搭界，便带两个年轻记者去桂明湖畔待了一周，核实了一些细节，仅就桂明湖的环保问题写成一篇内参稿送审。正如预料的那样，稿子送上去便石沉大海。被压下了。李爽心里多少有些不舒服。但也无奈。此时他已经敏感到这档事可能不像表面上看起来那样只是个环保和占地问题那么简单。否则秦书记他们也不会被勒令"撤案"。但因此，他也就没再去过问了。不料那两个年轻记者心有不甘，对稿子做了些文字上的变动，化了一个笔名，联系到在外省一个地市级都市晚报当主编的前辈校友，在他们的报纸上发了出来。当时那两个"愣头青"还把它当成一件好事向李爽报告。李爽立即预感要出事。果不其然，稿子发出后反响强烈。几天之内便有十好几家文摘报、都市报、经济早报和晚报转发了这篇报道。事后知道，如果不是有关高层下了禁令，有一些省部级和超级大市市报的子报也都准备转发。让李爽始料未及的是，这件事最后竟酿成了一起"严重违反宣传纪律"的政治事故。两个年轻记者被停职反省。他本人先是"做了深刻检查"。紧接着相关部门把他的名字从准备提升职务（从代理副站长转为副站长）的公示名单里拿了下来。也就是说，如果没有这档事，市里已经准备去掉他那顶"代理"帽，正式任命他为驻京记者站副站长（站长仍然空缺）。后来才知道，如果不是市里那位主管新闻口的宣传部副部长在讨论如何处理他的部务会上替他说了几句好话，让他还留在记者站工作，"以观后效"，要按其他几位领导的意思，是要把他立即"清除"出驻京站的。"没有能力管好自己和手下的这几个人，怎么可以放在驻京站这么敏感的岗位上当领导？！"这件事给一针姐的震动更大，简直就是一个晴天霹雳。完全无法理解。她看过那篇稿子。它不就是揭发了一些"坏官"侵害百姓利益的丑事吗，咋就成了个"大错误"了？坏官干的坏事不该让它暴露在光天化日之下？让一针姐更意外、更无法接受的是李爽受处分后的变化。居然"有点一蹶不振"了。几天后，新任的代理副站长到任，他安然退出领导职务，完全不再去过问他曾热衷的喜欢的采访和报道方面的业务，在分配给他的内勤这一摊工作里"老老实实"待住了。唯一保持的，便是晚上七点必定要收看中央台的《新闻联播》。再有空余时间，就找人打麻将。三缺一凑搭子。有时输赢还不小。酒量烟瘾也变得越来越大。给一针姐的印象，他似乎挺"乐在其中"。不计其余。只是有一次，他看到一针姐独自在小屋里发呆，便踽踽走了过去，先是一声不吭陪她坐了一忽儿，直到麻将搭子们来电话催他，起身时拉起一针姐的手，轻轻叹道："放松。放松……别太在意这一切。人一生无非是'往事高低半枕梦，故人南北数行书'而已……面包会有的。牛奶也会有的。等着吧。"然后冲她扁了扁嘴，笑笑，走了。看着他的背影，背有点拱了，腰也没那么直挺了，一针姐觉得他好像一下老了十来岁似的……

有时一针姐替他抱怨几句，埋怨报社领导对他不公平。"中央几家大报和电视台、广播电台不也在报这一类消息吗？他们可以，为什么你李爽就不可以？不仅不可以，做了同样的事，还要受到这么严厉的处理。"李爽反过来训斥她："你不懂就给我闭嘴。别再给我添乱了！"她确实不知道这里的"名堂"——那些大报、电视台、广播电台披露谁揭发谁、披露什么事件揭发什么事件、什么时候披露、披露到什么程度，都是事先经过请示批准，总之是有上边指令的。而"李爽们"明知有关领导已经压下了这篇稿子，还要"偷着"往外捅，这，当然就不一样了。当然是严重违纪了。而这还在其次，

243

更紧要的是，桂明湖事件发生在该省，但涉案的远远超出了一省的范围。两名检察官的"被害"就说明了有人为了捂盖子已经"无所不用其极"了。而高层下令暂时不去惊动这些人，并非不查了。是避免"打草惊蛇"，别搂草跑了那只"更大的兔子"、那条"更毒的蛇"。这一些，打小就在农场基层长大的一针姐当然是不懂的，即便知道一点，一时半会儿也明白不了个中更深奥的蹊跷和更微妙的关节之处的。因此，每回挨李爽的啐，她都会有些无所措手足。不知道自己究竟说错了什么。又不敢多问。怕再说错话。只能站在一旁发呆。驻京站内勤这一摊的活儿本来就不多。现在干这活儿的又多了个李爽。只要李爽在干，她就不敢上前插手。也插不上手。就这样，渐渐地，一针姐觉得自己在记者站成了多余人。白吃干饭的。甚至是"一无是处"的人。于是一种自责、一个念头在她心里慢慢滋长：也许当初李爽就不该把她这么个"笨人"带到北京来的。慢慢地甚至产生了这样一种自卑：自己和这里的人压根儿就不是一路人。她孙桂琴不该不知天高地厚"觍着脸"屁颠屁颠地跟着上这儿来添乱的……

"如果在这时候她老爹没病倒，没发那封加急电报催她'火速'回独立师，回了独立师红星二场，她也没遇到那个叫曾凡希的退伍老兵，事情也许还不会发展成后来的这个模样……"李爽叹道。

……回到红星二场，她利用以往在卫生系统建立的一些人脉关系，很快就让老爹住进了一般人还不太容易住得进去的师部大医院。检查下来，老人家并无大碍。一针姐便把老爹托付给了以前在自己手下当过护士、后来考进白杨河医学院、毕业后在师部大医院住院部当见习大夫的一个"小丫头"，自己买妥了车票打算隔天就回北京——她心里着实放不下李爽。没想到当晚十一点二十分左右,有人敲门。应该说是"砸门"。几乎要把门砸破。全家人全力控制住那两条怒不可遏的藏獒,开门一看,就是那个曾凡希。还带着五六个人。曾凡希骑着一辆雅马哈摩托。那几个壮汉骑着五六匹高矮不一毛色多样的土种马。每人手里拿着一个高光手电,就像就是来打家劫舍似的,请一针姐去"救一个娃娃"。"开啥玩笑呢?甭管是救人救娃娃,救啥都应该去团部医院找人啊。"一针姐瞟了一眼这个在农场里名声并不太好的瘦高个儿退伍老兵推托道。"娃娃太小。高烧三四天已经抽抽了……""抽抽了,你们早干啥去了?这会儿不上团部医院去让大夫给输液退烧,上我这儿来吼啥吼?我已经没有在这儿的行医资格了!""我们去团部医院了。要输液。可是也得有人能把针头扎进娃娃的血管里去啊。""娃娃多大了?""一个月零几天。"一针姐立即不作声了。她当然知道给这么小的娃娃扎针输液的确不是每一个急诊大夫和护士都干得了的活儿。便问:"娃娃在哪儿?""在团部医院。"听说孩子已经送到团部医院了,她又犹豫了。她去北京前就在这个团部医院干了多年。(原先是卫生队。现在升格成"团部医院"了。)现在她再回去掺和,不是在打现任护士长和急诊室那些前同事的脸吗?这在同行中,是相当忌讳的事。她犹豫了一忽儿,最后说了声:"你……还是去找他们吧……"说着扭头便向屋里走去。刚走两步,曾凡希上前一把把她拖到一匹马跟前,斩钉截铁地说了两个字:"上马。"一针姐想辩解,没等她张嘴,就觉得自己双脚已经离地,整个人一下被一只铁钳似的大手扔上了马背……到了团部医院,急诊大夫告诉她,能不能用输液的办法给这么小的婴儿退烧,他们没把握。而且现在医界也不太主张病人,特别是婴幼儿,一发烧就用输液的办法退烧。她们正在商量用其他办法来给这娃娃退烧。这时候，老曾冲了进来，强硬要求由一针姐扎针给娃娃输液。面对这么个杠头，在场的几个大夫和护士都不敢吱声了。这时，一针姐急了，冲曾凡希吼了一声："你一个大外行，在这儿瞎嚷嚷个啥？"然后又对他身后那几个大汉说了声，"你们都可以走了。""……这液还没输上哩。"曾凡希还在怼杠。"是你们走，还是我走？"一针姐冲他挥了挥手。"可是……"曾凡希还要杠。"出去！"一针姐突然爆发，大吼一声，把在场所有的大夫护士都吓了一大跳。"你们要不出去，那我就出去！"一针姐继续对曾凡希吼叫。在场的人一下子都把心提到了嗓子眼儿，以为保不定那个"盲流生产队的杠头队长"会一把揪住比他整矮一个头的一针姐，把她扔到十几米开外的那条林带里。因为他们都知道，这个杠倔头到团部，连场长政委都怵他三分。但……出乎所有在场的人的预料，这个杠倔头愣愣地打量了一下一针姐，又打量了一眼全都屏息静气呆站起的那些大夫护士，带着那五六位大汉退出了急诊室。

……病儿退烧，已经是两天后的事了。一针姐两天两夜没离开急诊室。曾凡希和孩子的父亲（这时一针姐才明白，这娃娃是老曾手下一个退伍兵的娃。不是他的。）也在门外陪了两天两夜。最后一针姐离开医院的时候，曾凡希追了上来，把一些钱和一张卧铺车票递给一针姐，解释道："这是您原来那张车票的退票钱。这是给您补买的明天去北京的车票。下手晚了，只买到中铺。您凑合。耽搁了您两天的行程。不好意思。"一针姐一点没客气地接过钱和车票，只说了声："嗯。还算懂事。"一转身就走了。她本以为这档事到此就为止了。但上了火车，在卧铺车厢逼仄的中铺位置上躺下后，在车厢有节律的静静地晃动和磕碰声中，一种特别……很特别的、说不清道不明的感觉在心头蔓延。这是一种似乎已离去久远,似乎已被自己彻底排除(遗忘)了的人生况味又回来了,真可谓应和了古诗词中说的那个"千里万里,二月三月"的既空灵却又排遣不去的意味……

……说起这个,不得不提一下一针姐打小就自卑。一家人跟着舅舅到农场来谋生,家境贫困,母亲多病,长期卧床。父亲整天在大田里干活儿。她五六岁起就担负起料理家务,照顾母亲的重担。大老远地去戈壁滩上捡柴火。上涝坝里打水。做饭……大冬天的在自家门前的渠道里砸冰为弟妹洗尿布。手背冻裂。也曾活泼率性的她,在父亲的吼叫咆哮声中长大,便逐渐养成了看大人(后来看老师和领导,甚至看同事的)脸色行事说话的习惯。随便一句话说出来,她都会立即本能地抬起头看一眼对方。她看对方的脸色,不是在琢磨怎么对付对方,只是想知道自己刚说出来的这话是否冒犯了对方,会不会让对方不高兴……久而久之,这成了她的一个习惯。变成本能。另外,多年以来边疆农场这个准军事体制,即便在生产连队,每个人当天干啥活儿,也都由连长(或队长、大组长)来派。晚半晌到点儿则听班组长招呼才能收工。在卫生队也是如此,无非工种和所干的活儿的内容不同而已。她把这些久久养成的习惯,融合成本能,带到了北京。一开始李爽特别赏识她这种"温顺"中的"勤快"和"任劳任怨"。后来发现,她总是要等着派活儿。这让李爽纳闷:"记者站的内勤不就这点儿活儿吗?你有必要天天等着我来安排你?"她红红脸。后来尝试着主动干。但干一忽儿总会侧过身来看看李爽的"脸色"。也包含一种询问:"我这样……行吗?"李爽有时忍不住要数落她几句:"你一个挺聪明的人,手里的活儿也不错。站里的同事对你印象都挺好。干吗跟个童养媳似的，老要看'公公婆婆'的脸色说话做事？"她却一脸懵懂惶惑："我……我看了吗？"如果李爽告诉她："你确实看了！"她会疑惑。甚至自责。如果李爽告诉她："这里谁都不是'公公婆婆'。我们之间的关系是平等的。"她会反问："你……你不是我们的领导吗？"如果李爽再问她："桂琴，你跟我说实话，你是不是不喜欢在我身边？特别不适应这里的生活？"她会竭力否认。如果李爽不信她这种"否认"，她会很着急。急到不知怎么才能让李爽相信她说的是真心话。急到满脸涨得通红。眼眶里涌满泪水。

"……在北京的这一年多，她胖了。（她要减肥。但我不许。）我告诉她我喜欢她胖一点，这样，我搂着抱着才有感觉。她脸一红，低低呵斥一声：'流氓！'也就不减了。但她内心的那种不踏实和总还是要'看脸色'行事的习惯却仍然如影随形般地黏着她。"李爽说道。

但最让李爽想不到的是，在回京的路上，这时候躺在卧铺车厢里的一针姐，同样驱赶不走的是那个黑不溜秋的杠倔头的影子。她问自己：难道自己是在怀念那种强行把她"扔到"马背上去的感觉？难道自己至今还需要这种强制？就像小时候习惯了去顺从父亲的各种强制？她惊诧了。猛地坐起。脑袋一下磕到上铺的底板上。是的，那双大手，把她扔上马背的大手。跟父亲的大手一样。父亲当年就是这样，在她不听话的时候，会不顾她的哀求和惊哭，一把拖着已经倒在地上的她，把她拖进小黑屋里。然后呢？在黑暗中，她会强迫自己咽下呜咽抽泣声。因为她知道父亲不喜欢她哭出声音。

发出声音的哭泣会引来父亲更暴烈的训斥和殴打……但是……但是自己在那忽儿为什么会不顾一切地冲着曾凡希吼了，还真的镇住了他。自己有多长时间没冲着别人吼叫过了？快两年了？也许有二十年了吧？吼叫，痛快。被人扔上马背去救娃娃，痛快。惊恐中随马疾奔，也痛快。一起把那个婴儿抢救活了，更痛快……一起……自己有多长时间没这么痛快了？快两年了吧……有多长时间没人来求自己去救人了？快两年了吧……那种被人求着，而且是被人强硬地求着的感觉……一起去……后来她有点"害怕"了，那种想回到"这种痛快"中的感觉一天比一天强烈。觉得自己应该回到能让自己痛痛快快活一阵子的人中间去。他们在哪儿？谁能让自己痛快了？是那个黑黑的大个儿？跟他回农场？别呀……她不敢再想下去了……

……一针姐从红星农场回北京后，曾凡希有事没事都会打个电话给她。东一榔头西一棒子地有聊没聊地聊几句。她不傻。三十好几的人了嘛，啥不明白？当然觉出他"有所图"。便开始警惕。也烦过他。撂过他打来的电话。有那么一段时间，他收敛过。但后来还是打。有一回干脆直说："我就是想听听你的声音。你别躲我。"她脸一红，直怼："你真无聊！"啪地挂了他电话。后来他虽然减少了打电话的次数。每每打来，也不敢再说那种"无聊"的被她认作是"挑逗"的"流氓话"。也总有些正经内容交流。比如他又增加了多少员工。又多承包了几百亩什么样的地。在新增的员工中，居然不乏应届高中毕业生（没考上大学的本农场职工子女）。甚至还从口里招来两个农专毕业的大学生。等等。后来他告诉她，他想在这碱包上办个正规的卫生室。请她帮忙列个清单——一个"正规"的卫生室该置办哪些设备、哪些药品，怎么才能认准一个人是一个合格顶事儿的卫生员，而什么样的是"冒牌货"……说着说着他突然长叹了一口气说，他现在真的太难了。她问，欠账了？他说，不是钱的问题。去年种棉花正经挣了不少。给单身员工盖了几间集体宿舍。加上银行贷款，还添置了一台拖拉机、一套现代化的滴灌设备。说到这里，他又长叹，眼前真正的难处是碱包上这张"饼"越摊越大，还想在附近镇上买块地开个旅店。越来越觉得人手不够……没个合适的人帮着张罗管理这份家业……

"你不是刚招了工吗？"

"招了些人是不错，但缺的是里里外外都能替我管好这个'家'的人……"

说到这里，他没再往下说了。等着她接这话茬儿。前面说过，她不傻，当然能明白他这吞吞吐吐的话里含着的那层意思，但一时又不知道怎么去接这个话茬儿才好，想挂了他这电话吧，却第一次觉得难以把这个电话挂了去……

过后，他发出邀请，请她方便时到他碱包上转转。"你会看到一道不一样的风景线。是我们自己在戈壁滩上建起来的风景线。"还说，来回路费，他掏。还包食宿。再后来，他万里迢迢去北京找过她。再后来就发生了她向李爽提出分手的事。而这时，李爽已经从一些新老朋友和上海亲戚那儿筹集到了在北京买房的首付款。只等网签，落实了后续的银行贷款，就带她去民政局登记领证……对李爽的这个安排，这份心意，她是清楚明白的。一度也表示领情感激。但"突然"……突然，真的是很突然啊，她提出了分手。而且是要回独立师去。李爽一愣，然后就单刀直入地问："你……你……你外头有人了？""是的。"她回答。如此爽快，一点没含糊。一改过去惯于看人眼色的那个她在人生这么一个重大问题上居然如此爽快。李爽当即闷住。傻眼。

　　宋代罗大经的文言轶事小说《鹤林玉露》里曾讲过这样一个故事。初春时节，一个小尼姑离开寺院去寻春。因一无所获而深感沮丧。无奈归去。到家中，抬头一看，自家院子里的那棵梅树上花苞已然萌动，惊喜到原来春天就在眼前，便生发"**道在迩而求诸远，事在易而求之难**"之感慨，顺便又写了这样一首《悟道诗》："**尽日寻春不见春，芒鞋踏遍陇头云。归来笑拈梅花嗅，春在枝头已十分。**"李爽曾把这首诗推荐给不少比他年轻的纸媒同行。说它的好，就在于写透了人生一种永存的无预兆的恍然彻悟感。"难道不是吗？你苦苦寻找打开人生难题的钥匙而不得时，最大的意外和讽刺却是：其实门一直是开着的。或者说，那钥匙就在你裤腰带上挂着哩。"他向他们感慨："这十来年中国变化最大的不是我们连篇累牍地在报纸版面、电视节目和广播频道里张扬的那些'三高'现象（高科技产品。高速交通设施。高楼群），而是人。是人的变化。要不要听我给你们讲几个关于人的变化的故事？"自诩对人的变化观察最细、也颇有心得的李爽，此时此刻却被一针姐这一刻的"突变"雷蒙了。难道一针姐真是"突变"的吗？非也。实事求是地说，自打被李爽带到北京，一针姐从来没想过要离开这块宝地。不仅没想过要离开，而且总担心因自己的不合格不适宜会被"赶出"这块宝地。时不时地会做这样的梦，并会被梦惊醒。她会梦见自己被报社的同事和派出所户籍警指责："你孙桂琴有什么资格、有啥本事待在北京，居然还觍着脸来申报北京户口？"于是就有警车把她押往北京西客站遣送回农场。她跟李爽说过这个梦。李爽训斥她:"别无聊,还真把梦当回事了,你干吗?!闲了,把报架上的旧报纸整理整理。归置归置。"

"你啊,在处理和桂琴的关系时太简单粗暴了。"在金沙江畔的木棚棚里,向少文这样批评李爽。

"她被你带进京,本来就有点自卑。她在记者站里能活滋润了,一方面当然是因为这里是北京,再一个重要原因就是因为有你在做她精神支柱。你受处分后精神的变异、衰退,让桂琴姐内心和生活信心都受到极大冲击。我有个体会,中国这个男系社会,千百年来,不管是在显意识还是在潜意识层面上,女人总是以男人为自己的精神支柱。这个支柱如果是稳固的强有力的,这个家庭往往也是稳固的。反之就会离乱起伏……"

"谢平,你也太男权主义了吧?"李爽苦笑笑道。

"我只是说一个现象。不作任何价值评价。桂琴姐精神上在你那儿得不到支撑,她的整个'世界'就乱了。她慌了神了。这时曾凡希这个老兵向她伸出了手……这只手虽然粗糙,不似你那只细嫩,但却有力。而你又疏于对她进行抚慰开导……只知道给她讲大道理……有时连道理都不讲,直直地就呵斥,让她越发无所措手脚,觉得活在你身边自己就像个祥林嫂似的……"

……是的,从那以后,一针姐不作声了。真的再不问了。不敢问了。当然,最终促使一针姐下决心离开李爽的,还是那个退伍兵连长曾凡希。这里不再赘述这个过程。如果说一针姐一开始实实地没有不轨之想的,后来发生的一切基本上是被这个姓曾的家伙带了节奏，那"这个姓曾的家伙"绝对是"有所预谋"的。他甚至不惜工本借故到北京来试探她。后来又借一针姐因老父亲病重回农场探亲的机会，蓄意把她接到他那个"开发点"上"体验"了几天。一针姐在那儿确实"体验"到了一个不一样的男人。她看到他在碱包上平整出了十好几块上百亩大的条田，四周整整齐齐挖出了排碱沟，都栽上了细高的新疆杨。开发点连部大门前不锈钢的旗杆上飘着鲜红的国旗。连部正墙上一左一右各写着四个红漆斗方大字"军人气概""连队作风"。在那里，一切都由这个姓曾的说了算。早出操。晚点名。开饭前唱军歌。熄灯前吹号。一样不落。国旗旗杆两边还各立着一块告示牌。一块红色的告示牌上登录的是当天超额完成定额的员工的名字。另一块白色的告示牌上登录的则是没完成定额，或因其他违规行为当日受到处分罚款的人的名字。她看到他是怎么样地拍桌子砸板凳，像训孙子似的训斥那些受处分的员工的。又看他是怎么样套上两匹黑马和两匹枣红马，亲自赶着这样一辆大车，带上那些受嘉奖的员工的孩子，在铺满黑色砂砾和片石的戈壁滩上疯狂兜风，让那些屁大点儿的娃娃又惊又喜又害怕地大喊大叫。家长们则吓得都不敢喘气，把下巴都要吓掉了。晚上他又下令让食堂给这些家庭全员加菜。她在那儿还听说，建开发点的头两年，一直亏着钱，年底开不出工资，他把老家农村的宅基地和几间老屋抵押了，借遍了老战友和亲戚家的钱，又向银行贷了款，再搭上自己当年那点退伍金，才过的关。她还听说，一个上了点年纪的老盲流回老家给女儿办婚礼，超假三天，按规定是要扣工资，还要罚款的。他不仅没有扣他的工资，反而包了个红包给老员工，对他说"我不是资本家。更不是黄世仁。但你记住了，明年你闺女大了肚子，不管生男还是生女，都得让我来给他取名字"。他办食堂。那些从口里盲流来的员工都反对。他们不想让他管天管地还管着自己吃喝。他偏要管。他说，我供你住，给你活儿干，按月给你开资。按季发奖金。再管住你们吃喝，再把卫生室建在你们家门口，人心才能齐。你说你吃不惯大锅饭？可以啊，他就从员工家属里挑会做饭的下厨，为他们做带家乡味的菜品。一开始每餐每人收一点钱。有些盲流员工不自觉，以为我交钱了，可以随便糟蹋。吃不完就倒掉。后来索性就不收钱。他们反而不好意思倒了。仍有倒的。被他发现，他会从垃圾桶或田垄沟里剜出那些饭菜逼着那些人当众吃下，还让他们的孩子出来对着这些父亲背诵那篇千古名诗："锄禾日当午，汗滴禾下土……"他最后打动一针姐的是他这样的一句话。他说，上我这儿来吧，桂琴，我真的看上你了。一针姐说，你看上我啥了？"眼睛。"他说。一针姐说，我眼睛咋了？里面有糖？他说，你眼睛干净。一针姐扑哧一声笑了，反问，谁的眼睛整天都粘着眼屎球球的？不都挺干净的吗？"我说的是你眼神。你眼神像一汪清水，像娃娃的一样。""你的意思是说我幼稚？没头脑？""假如你认为自己幼稚，我喜欢的还就是你这种'幼稚'。""得了吧，别说好听的。你不就是要找个能随便让你糊弄，晚上又能陪你睡觉解闷的女人吗？"他突然苦笑了一下，沮丧地垂下脑袋，说道："你要这么想我，那就算了。"说着便背转身去踽踽地走了。弄得她不无尴尬。后来他向她解释："你说我想找个能随便让我糊弄的女人解解闷，也没错。我都快奔四张去的人了，还孤身一个，在戈壁滩上时常半夜醒来，没抓没挠的，就想着身边能有个软软乎乎的身子抱一抱搂一搂亲热亲热。没这点想法，我还是个男人吗？但不是随便哪个软乎乎的身子我都想抱的。那样，我不就是个儿马蛋子了？就是个儿马蛋子上母马，也是有讲究的。我看上你，首先你能帮我建一个像样的卫生室。我这个开发点离团部二三十公里。员工,特别是他们的娃娃和老婆,还有家里的老人,但凡有个急病,将来我就是趸上了夏利桑塔纳往团部送,这一路坑坑洼洼颠达过去,恐怕也不是都能救了他们的命的。今年春上就出过这么档事……所以我必须有我自己的卫生室。""当时死人了?""死了……""哦……""我在小果园后头建了个陵园。一忽儿带你去看看。""为一个人建一个陵园?""今后总还会有死去的。免不了的……""哦……""再一点,这个女子得能替我看好这个家。""替你看家?""不只是小家。是开发点这个'大家'。""你找我去替你管这百十号人的大家,这不抓瞎嘛!""今天是百十号人。明后年就得过二百。""二百,那不更抓瞎了?""我要你替我把这个关。因为你眼睛干净。看人看得准。""把关?看人?你诓我哄我玩哩?!你知道我北京那口子经常挂在他嘴边训我的是一句什么话吗?**你孙桂琴懂个屁!你不懂就别跟我瞎掺和!**""这是他。不是我。""行了行了。你不就是要找个能帮你建卫生室、管人的副手吗?我上团部组织科去替你找。""能帮我建卫生室,能帮我挑人管人,晚上还得我乐意搂着她睡觉的……""你流氓!"一针姐燥热起脸吼叫。曾凡希没再跟一针姐辩白。吃过晚饭,他带一针姐去看陵园。一针姐想着黑灯瞎火地不该跟他一个大男人,特别是张口闭口都在念叨想要搂个女人睡觉的独身大男人上那儿陵园去的。但鬼使神差,犹豫了一忽儿,还是跟他去了。陵园不大,有些简陋,被一圈齐腰高的铃铛刺做成的围栏整整齐齐地护着。陵园里预留着十来个穴位。因为被小果园里白色和浅粉色的苹果花衬着,整个陵园显得十分的肃穆宁静。在陵园里,老曾对一针姐说:"我说我需要你,绝没有半点诓你、玩你的意思。这些年大家都在搞钱。搞钱本来没什么错。但钻进钱眼里以后,人是会变的。包括我自己。我在连部墙上写上那八个大字就是要提醒自己别丢了在部队几年好不容易被训练被培养起来的那一套。但我现在天天跟钱打交道,跟各种各样的人打交道。被各种各样正在变化中的人打交道。我怕我自己会压不住台、控制不了自己……""我能帮你压住台控制你?笑话!""你内心干净……""我孙桂琴就不会变了?""只要你保持三年不变…… 帮我把三年的关……""三年后呢?你就可以换一个'干净的'搂着睡了?""三年后,我们两个就合成一个人了……""去你的!谁跟你合成一个人!再说要我替你把关,怎么把关?我一不会做生意。二不会跟那些人打交道。也不懂农业技术上那一套……""我不要你做生意,也不要你跟什么人打交道。更不要你做农活技术指导。部队一个首长跟我说过,一个内心干净的人眼神就会像一汪清水。他的内心就会是一块明镜。我只要你这块镜子在我身边留神看着,谁好谁坏谁忠谁奸,用你那干净的内心和清爽的眼神在我身边建一座安检站…… 现在我可以告诉你的是,在这三年里我还打算在这儿建一座汽修厂。建一座加油站。还要建一座路边餐厅和汽车旅馆,也就是美国佬嘴里的那个motel……""为什么?""你恐怕还不知道,这一年多,在卡拉库里北山那儿发现了一个挺大的天然沥青矿和铝矿。这里将来更可能成为通往矿区的交通枢纽…… 会有一条铁路从咱们这儿通过……""你倒是看得挺远啊。""民间有个高人说过这样两句话,不知你听说过没?眼睛看得到的地方叫视线,眼睛看不到的地方叫视野。胸口摸得到的地方叫胸围,胸口摸不到的地方叫胸怀……""你们这些男人说着说着又无聊了。什么胸围胸怀摸啊摸的。说正经的!""我是在说正经的,桂琴,回来吧,回来和我一起干。我看得出,你跟他们不是一路的人。那儿太复杂。这儿才是你正经扎得住根站得稳脚跟的地方。许你三五年为限……""三五年？啥意思？""我总结这些年许多前辈创业的经验，成与不成一般在三五年里就能见分晓。""三五年不成，你准备咋的……再一脚踹了我？""踹啥踹？到那个份儿上，我还能踹谁？我就上这儿来直接埋了我自个儿。"老曾说着指了指那个陵园。刚说罢，小果园外的沙包上突然起来一股黄色的旋风，扑棱棱，呼啦啦，刮得天昏地暗。把一针姐刮得直晃悠，眼看着就要被刮倒在地，老曾忙一把搂住她……黄风旋着旋着不一忽儿就旋了过去。但周边腾起的沙尘却依然没消停。在尘幕的笼罩下，老曾久久不松手。一针姐挣扎，让他松手。"你得答应我留下我再松手。"这"大男人"趁机要挟。"你先松手。"一针姐满脸涨得通红提条件。"先答应我。""先松手。""先答应我。""先松手呀，你这流氓！"两人于是僵持不下。老曾的手却越搂越紧，始终不肯松开……

"该着！"听完李爽的叙述
谢平没头没脑说了这两个字

"谁该着？"李爽问。

"你啊！还能有谁。"谢平向火盆里扔了块劈柴，应道。

"我怎么就该着了？"李爽不明白。

"行。你行。继续揣着个明白跟我们装糊涂。就这么装。装下去。"谢平冷嘲。

"我怎么装了……"李爽刚想反驳，被向少文拦住："行了行了。谢平的意思就是一针姐最后的出走，是因果效应的结果。并非偶然。这也是古人说的一句老话，叫：**万事万物皆空，因果不空。**"

谢平笑道："少文兄，您这么个忠诚的彻底的马克思主义者怎么也开始走佛门一路了？难得啊。"

李爽却说："照你们的意思……难不成是我造成了一针姐的离去？"

"是。但只是其中诸多原因之一。"

"还'诸多原因'哪……"李爽无奈，苦笑一下，看看向少文，又回过头去看看谢平，不说话了。又过了一忽儿，他长叹一口气又道："说实话，有时我挺羡慕你谢平当年的……你和小满那时候那么困难，但两个人始终不离不弃。我记得你俩结婚时布置新房……"

"×！我们那时有啥新房？"

"是的，拿现在的标准来看，从房子的物理形态来说，你们那天入住的'洞房'的确不能算合格的新房。但它毕竟是你和小满登记领证后第一夜入住的屋子，再破再旧也是你们的'洞房''婚房''新房'……我还记得你们布置这间新房，没有图钉来钉年画，只能用铃铛刺来钉。（苇湖湿地里长的一种带刺的灌木。）房子小，没法一下子容纳那么些来闹新房的朋友，只能让他们换拨轮流进房，进来一拨人，给每人点一棵廉价的烟，再给几颗黑糖，闹两下，出去再换一拨人进来闹……"

"苦难中的幸存者，一般都会把曾经的苦难当作精神财富来继承。"向少文做总结，然后问李爽，"你别光羡慕人家谢平和小满之间的不离不弃。从一针姐这档事中你得出什么教训没有？"

"唉，我真的没有想到，有这么一天，一针姐会瞧不上我。"

"兄弟，如果你认为桂琴姐的出走只是因为瞧不上，你就是拿羊拐骨当松木拐杖使了。你他妈的跟一个女人在一张床上睡了那么长时间，还是没弄懂什么是'女人'。你压根儿就没得到应有的教训。"

"你懂，你得到了，你来启蒙我一下……"

"我？我就免了。啥时候方便了，你还是到哪个村里找他们的妇联主任去请教一下（音hà）吧。"谢平调侃。

李爽撇着嘴，从地上捡起块土坷垃照直朝谢平砸了过去。

……再说说那天一大早李爽拉着那个新买的拉杆箱动身去机场准备和向少文、谢平会合。不料刚下楼，那拉杆箱莫名其妙地从他手里滑脱了三次。三次都是刚迈出半步去，啪的一声掉地上了。他心里别扭。觉得不是好兆头。都不打算去机场了。回到屋里，在沙发上呆坐了好大一忽儿。但又不能不走。开着那辆面包车，一路上，老下意识地注意红绿灯。如果红灯多了，他也会别扭。不舒服。下意识地以此来预料这次出门顺还是不顺。记忆中，自己从来没这么"迷信"过。记忆中，从什么时候起，开始相信这种"预兆"了呢？开始对自己不那么自信了呢？大概是从那一次受处分开始的吧？从前没这"瘾病"。那天他在外采访。市委宣传部办公室电话通知，让他立即赶回驻京办，说是宣传部主管新闻出版口的副部长要找他谈话。他请示，能不能等他把已经进行了一多半的采访进行完了再回。那位秘书说，我再重复一遍，部领导说的是要您立即赶回。部领导这么急着找他，是从未有过的事。联想到前不久自己手下那两个年轻实习记者"偷发"那篇稿子，他便有了不祥的预感。一路忐忑。偏偏每到一个路口遇到的全都是红灯。真是邪了，一二十个路口，个个都是红灯。这是从来没遇到过的。一开始还没当一回事，越走心里就越有点慌乱了。真要出事？果不其然，那次部领导找他就是向他宣布对他和那两个年轻记者的处理意见。也就是从那一回开始，只要开车外出，只要路上红灯一多，他就会不自觉地心虚起来。就会发毛。后来就落下了这"癔病"——每每出行，都会下意识地去观察一路的红绿灯。虽然也知道自己这种心态幼稚可笑，但每每只要连着几个路口都遇红灯，他就会对此行的结果产生些许的不安……

"怎么会不自信到这种程度？"向少文问。这时木棚棚外头的风大了起来。应该是从山谷间飘转过来的一股强风，扑打得木棚棚都有一点颤悠了。榫卯间也开始嘎吱嘎吱作响。

"我也想知道自己不自信的原因。"李爽一边说，一边去把那扇露缝的窗户上的插销插紧实了。"我们这一代人中间，有不少的人曾经都发生过这种变化。从年轻时的狂妄极度自信，到茫然和不自信，甚至很不自信……"回到座位上后，他接续说道。

"这应该和我们年龄大了，遇到不顺的事多了，命运的起伏太大有关。而这些起伏，一度又不归我们自己控制。有些人就相信一切命中有定。少文，你呢。是不是这样？说说你的看法。"谢平说着，把身子往后一靠，把两条腿远远地伸到火盆边。在红山的数年间，包括在戈壁荒原上放羊的那些日子留下这点病根——只要变天，气温骤降，膝盖和膝盖以下的各个关节，直至脚趾，都会酸疼，骨缝里就会直冒寒气。这时但凡就近能找到火，或别的什么热源，甚至找到个破毡片，烤烤或焐焐就会舒服些。

向少文没接谢平的话茬。

谢平又等了一忽儿，见向少文还是不作声，便折起身子，靠近向少文低声问道："老大，你那边是不是闹啥不痛快的了？"向少文这下反应很快，明显是要掩饰个什么。立即反问："我能有啥不痛快的？一个人吃饱，全家不饿。"

"你为什么就不会有不痛快的了？别说得你自己好像事事都那么称心如意得弥勒佛似的。最近我就有感觉，只要问到你的近况，你不是回避，就是王顾左右而言他。干吗呢？"

"过敏反应！"向少文反驳，"我们讨论什么问题，我不都是有啥说啥。而且言无不尽……"

"老大，这个嘛，我要说句公道话了。在谈及我和谢平的问题时，你确实既言无不尽，所言也鞭辟入里。不过嘛……"

"不过啥？快说。别阴阳怪气的。"向少文心虚了，故作不耐烦。

"不过嘛，就像谢平说的那样，在说到你自己的事情时，就一反往常了，不是故意言不及义，就是王顾左右而言他。或者就干脆不答。"

"哥儿们，迄今为止，只要我说出口的……我保证，我都在说实话……没一句诓言虚语。"向少文回应道。

"那些没说出口的呢？"谢平追问。

"……"向少文没马上回答。

"少文，你是不是真遇到点难题了？说说嘛。"李爽真诚地追问，"我们这次好不容易躲到这十万大山深处来，就是要说说心里话……"

"你们啊你们……"向少文嘿嘿一笑，想打个马虎眼糊弄过去。

"如果有政治纪律约束，不允许你告诉我们，那我们就不问了。"谢平正色了。索性捅破了那层"窗户纸"。

"……"这一下让向少文低下头去了。他又闷坐了一忽儿，说了实话："是的。有约束。不便多说。事情嘛，多多少少大大小小总会有一点的嘛。但一个人只要在做工作，怎么可能一帆风顺，事事如意？你们就别操我这个心了。"说到这里，他勉强笑了笑。他不笑则已，这样"笑一笑"，反而让谢平和李爽坐实了他最近遇到麻烦了。

但是，既然有"政治纪律约束"。说明他已经竖起了一块禁言铁牌了。他们还能怎样？难不成硬去撬他嘴，掏他心窝子？只能不问了。

一时间三个人都保持了静默。现场的气氛多少有点尴尬起来。而外面风停了。开始窸窸窣窣下起小雨来。雨洒在木棚子顶上，那声音一阵阵地细碎，似有若无。总有什么野物从屋后纵身越过。不远处有两只"黄犬"对吠，打破这一阵的静默。这倒让谢平想起他一向特别喜欢的一首无名乞丐的绝命诗："身世浑如水上鸥，又携竹杖过南州。饭囊傍晚盛残月，歌板临风唱晓秋。两脚踢翻尘世界，一肩挑尽古今愁。而今不食嗟来食，黄犬何须吠不休。"无名乞丐穷途末路之际任能豪情满怀地高唱："两脚踢翻尘世界，一肩挑尽古今愁"，真的是"常使我俯愧不休……愧不休……"

不知道过了多久，向少文开口了，说了这么一段话："……前不久我也回了一次上海。说起来，真不好意思，是一位老领导替我在上海找了个相亲对象……"

李爽笑了："老大，你还用得着相亲？您只要张张嘴点点头，随便拣啊。还费那么个牛劲儿去上海相。啧！"

向少文没笑。谢平也没笑。谢平没笑，是因为他知道向少文这个所谓的"相亲"里一定有个故事。他在等揭晓这个"故事"。向少文没笑，他知道自己即将要讲的这档子事，并不可笑。相反，他自己是曾被震撼了的。

"……那天的相亲，我只不过像煞有介事地去应付了一下。这位老领导是我老爸在上海工作时的老上级。不去不好。但他给介绍的是位上海公主。在读的研究生。父亲是华东地区退休副部级领导。怎么肯下嫁我这么个大西北垦区干苦活儿的……"

"你要是算'干苦活儿的',那我们算啥?戈壁滩上刨洞猫冬的旱獭?"李爽说。

"别打岔。听少文说下去。"谢平提醒。

"说是只要这门亲事成了,双方家长使点劲儿,把我调回北京或上海,房子和工作岗位都是现成的……"

"好啊。"

"好什么好!那样,以后的日子我还能过吗?事事时时不得都听那位公主的了?"

"人家毕竟还是个女研究生,不错嘛。"

"我要的是老婆!"

"女研究生怎么就不能当你老婆了?做老婆的非得方方面面都比你差你才舒坦?你真该换换这老脑筋了。"

谢平见李爽老打断向少文的讲述,实在耐不住了,狠狠叹了口气,啐了李爽一口道:"你真够烦的!"

"……"李爽闭上嘴了。

"……把那位女研究生打发过去后,觉得回去可以给老爸一个交代了,心情一轻松……"向少文继续讲道。这时,他大步走下楼,发现门外是上海有名的衡山路酒吧一条街。再信步走去。不远处便望见一道围墙。围墙里耸起一个威严的欧式屋顶。屋顶上竖起一个金光灿灿的十字架。他知道自己已经走到徐家汇天主堂近旁了。曾经在上海生活了那么多年的自己,虽然也早就耳闻过这座天主堂的大名。但那个年代他和他们中的很大一部分人受的教育都在使他们没那个兴趣去"光顾"它,更别说走进去"瞻仰"。"那天真是鬼使神差了，"向少文回忆道，"一阵低沉整齐吟唱声引我走进了那道围墙。我轻轻推开教堂门。我以为会有人阻止，最起码也会像许多地方的保安那样，有人查问我一下。但没有。我小心谨慎、蹑手蹑脚地走了进去。教堂里正在进行什么我说不上名堂的仪式。里面坐满了人。准确点说，是跪满了人。少说也有好几百。他们一个个合十仰望着台阶上那个圣像，虔诚地齐声唱着：'耶稣救救我！耶稣救救我！'一遍又一遍……一遍又一遍……说准确些，是一起合着节拍在直着嗓子吼。"说到这里，向少文突然停了下来，用征询的口气问谢平和李爽："这个细节是不是有人说起过……"

谢、李二位没作声。只等着向少文往下说。

"……从他们年龄性别衣着长相上看，再从眉目间呈现的气质和受教育程度看，他们有男有女，有穷有富，高矮不齐，老少不等，有精明之极，有憨厚'愚钝'，有在跨国公司操作亿万资金、家小都住在十万一平方米豪宅里的信徒，更有仍在上海下只角里弄里度过余生的残疾老妪……刚才我说我在门外听到这吟唱声是低沉的，实际上排除了那围墙的阻隔，直接走到他们身旁来听，才听出，他们不是在吟唱，而是在呼喊，甚至是在呐喊。声音之洪大，看得出这些祈求者是在发自肺腑地直抒胸臆。甚至可以说是不顾一切脸面地在祈求。身份地位、受教育程度、家庭境况等各方面的差异如此之大的一群人竟然会如此一致地表达着同一个祈求，祈求一个他们心目中的救世主'救救我'，当时不仅是把我惊着了，而且是切切实实地把我震着了……让我完完全全地呆着了……"

"也许对于他们来说，这只是宗教仪式中的一个规定动作。他们只不过是在机械地执行，并没有什么多深奥的意识层面上的东西。"李爽揣度。

"可他们确实是全心全意地在呐喊。在祈求。如果只是机械地在执行，敷衍，是可以看得出来的。但他们不是。"

"后来你想过没有，他们这呐喊中到底是什么震撼了你？仅仅是无所顾忌的呐喊？"谢平问。

"那天走出教堂，我耳边一直响着他们这祈求声。毫不夸张地说，那一刻我真的像梦游者一样恍然不觉地走着，脑子里想的也是你这个问题。比这更宏大的合唱场面我见过。人数更多，歌声更激越，旋律更美妙，声量更高昂的我也见过不少。也被震撼过。为什么那天会如此非比寻常地不仅震撼了我，还深深地感动了我……"

"感动？为什么？"李爽问。

"我说不清楚……"向少文感喟道，"也许……"

"也许什么？"

"也许……也许这些年我们这一代人身上确实丢掉了……缺少了一个什么东西。那天在那一群信徒的呐喊声中却让我感受到了这个我们丢掉的东西……"

"这不奇怪。十八世纪有个聪明人就说过：**人类自身恰恰是由创造那些制度的过程创造出来的。**时代变了，必然会丢掉一些过去时代的某些东西，新时代、新制度会在人的身上滋生一些新东西。"谢平补正道。

"这个'聪明人'不会又是那个'伟大的哲学家'谢平先生自己吧？"李爽笑着挖苦。

"这话是意大利人维柯说的。语见他那本著名的人文类著作《新科学》。"向少文解释。

"怎么样，打脸了吧？"谢平跟着赶紧揶揄了李爽一下，又说道，"你看老大，到底是经过中央党校培训，无论是知识储备和思想视野都非同寻常了。"

向少文却回了他一句:"你少来!你这是在夸你自己吧?"

李爽笑了:"哈哈,拍马没拍到地方,还给炝了一蹶子。把肉麻当有趣了吧!"

向少文对他俩做了个手势,让他俩别再相互调侃下去了:"……你们还记得,前不久我跟你们说过,现在对于我们这一代幸存者来说,已经到了必须认真总结人生前半截的利害得失,找到合适的定位,尽快去融入当代新生活的地步了……"

"对于您,难道还存在这样的问题吗?您不是融入的问题,而是引领……"谢平笑着揶揄。

"你狗日的,最近跟我说话老一口一个'您'啊'您'的,老想怼我。干吗呢?"

"没有没有……老大,您……你别多心……"

"说实话,在此前,我也认为,我向少文不存在这么个'重新融入'的问题。现在看来我过于乐观了,过高估计了我自己的政治把控能力。"向少文突然显得很内疚,有点沉重,而且垂下头去,说话的声音也低沉下来。他的这种低姿态、这样一种回答问题的方式着实让谢、李二位吃了一惊。因为在此前,只要谈到当下社会上出现的一些阴暗面和消极现象,他总是能给予正面的、积极的解释。立场尤其鲜明。态度也特别昂扬。大局意识也格外通透。今天他是怎么了?

"前一段时间谢平推荐我看一本美国小说《白鲸》……"

"啊……麦尔维尔的……特别棒的一部小说。您看了吗?"谢平马上问。

"小说里有这样一段话,'我们大家都不知怎的把脑袋碰得七碎八裂，非常可怕。极需要修补的了'……"向少文说道。看样子，他是认真读了的。

"别别别。我们这些人的脑袋就算碰得稀巴烂了，您不会。您受过特殊培训，脑袋结实。坚挺……"谢平笑道。没料想，不等谢平把话说完，向少文一下站了起来，脸涨得通红，狠狠瞪了谢平一眼，转身就向门外走去。弄得谢平和李爽一时间傻不楞登的，不知冒犯了他什么，只能面面相觑地发呆。好在向少文没冲出门去。只是把挡在他路上的那个小板凳一脚踢开后，背对着谢平、李爽，默默地生了一忽儿闷气，转过身来冲着谢平吼道："谢平，你他妈的要是再这样跟我阴一句阳一句地不说人话，我……我……我×你祖宗八代！"

"独立师政治部副主任"向少文同志竟然说出如此恶俗的粗话，太难得了。太罕见了。谢平和李爽意外之余，一时间竟然怎么也忍俊不禁，捧腹大笑起来。

多少年后，已然进入老年了的这三位再度说起金沙江畔这个夜晚发生的这个"趣事"时，向少文告诉他这两位老伙伴："你们有所不知，当时即将走马上任独立师副政委一职的我也正在自省中纠结，是否也成了谢平你说的那个'半度人'……""哈哈，那时候你也有过这样的自我判断？那你应该也看到过白乌鸦？"谢平立即笑着问。"白乌鸦？白乌鸦是什么东西？"向少文不明白了。"你别难为少文了。太完美的人是看不到白乌鸦的。"李爽笑道。"谁太完美？你们干吗老寒碜我挤对我？"向少文呵斥。谢平大笑后，仰天长叹一声："不完美。我们都不完美……都是半度人。谁寒碜谁哦，谁又有资格挤对谁哦……"

其实，那天快要离开金沙江畔那个傣族木棚棚时，向少文还是对这两位伙伴透露了那年对徐家汇教堂发生的那一幕产生的某些思考。但在透露前，他要求这两位伙伴对他的这点"思考""保密"，不往外扩散："特别是谢平……"

谢平立即抗议："为什么特别是我？"

向少文忙解释："李爽干新闻，受过那种内外有别的教育和约束，也有过相应的教训。你不一样，这两年混迹娱乐界。那儿是讲纯自我的地方，很有一点儿无法无天的味道……"

"成见！娱乐界怎么就无法无天了？谁允许过娱乐界纯自我了？李爽有过教训，我还坐过牢哩！这你怎么说？！"

后来，三人统一了认识——啥也不说了，照顾到向少文的特殊身份和职务所需，不管他今天说了什么，都一定不往外扩散。

那天向少文确实说了不少。他说："我以前也进过各式各样的教堂，但只是当作'景点'去'参观'，无非猎奇而已。看建筑，看装潢，看异俗。当文化遗存看。说得不敬一点，只当业余生活的一种点缀，空闲时间的一个消遣。走过看过无须错过而已。真没把它当一回事。为什么会这样？因为我们这一代人不信神。我们相信《国际歌》：从来就没有救世主，也不靠神仙皇帝。我们坚信改造旧世界，创造新世界仍然是我们这一代人生命的主旨。但那天徐家汇教堂里发生的那一幕之所以震撼了我、感动了我，甚至让我久久难忘，后来我把这个'原因'归结到这一点上——这一群人的心灵里还有一种寄托。不管他们所寄托的是什么，他们毕竟是有寄托。这么些年过去了，我们有吗？站在徐家汇教堂门外的人行道上，我问自己，我有吗?"

"你怎么会没有……"李爽突然又冒了这么一句。被向少文啐过一回的谢平想拦都没来得及拦。他担心向少文会像刚才那样对"揶揄挖苦"他的李爽爆一通。

这回,他却没有。只是看了看李爽,苦笑着说了一句:"……你这是想当然啊……好像我这样的人是一定会有坚定的精神寄托的……想当然啊,同志哥……"

向少文说得如此平静,反倒使李、谢二位有点意外,甚至"不知所措"。在相应到来的那一阵静默过去后,向少文问面前这两位兄弟:"说实话,您二位这几年心灵上有寄托吗?"

"当然有啊。"谢平爽快。

"小满?"向少文问。

"岂止。"

"还有小别根?"

"当然要算上他。"

"还有《十二月啊十二月》和你在北京贷款买的那套二手房?"

"……"谢平不作声了。

李爽抢先一步,转过身来问向少文:"你怎么会没有寄托?因为你没有'小满',没有'小别根',也没有贷款去买二手房。但你有'政治部副主任'和即将上任的副政委职位。这可以算是你的寄托啊。"

"这不能算啊,同志哥。"

"这都不能算?要怎样你才觉得自己有寄托?"

"这正是我走出徐家汇教堂后,一直在给我自己提的一个问题……我明明是不信神也不信教的,为什么会被他们这一声声的呼喊打动？难道是因为……因为我没有这样一种心灵寄托和精神祈求？"向少文的话音刚出口，李爽就跟他战上了："老大，你这么说，有点不大对头了吧……不符合你的身份和地位哦。"

"这有什么不对头的？很正常嘛。"谢平马上替向少文辩解，"今天就我们仨。又是在这大山深处。你让他把自己还原成一个普通人，和我们一起来真实地解剖一下这些年自己内心发生的真实变化。干吗非要逼他戴上'副主任''副政委'的面具来跟我们说教……至于吗？"

向少文听着那二位争论，只是不表态。也没常见的那种微笑。

"好吧好吧……老大，你自己说说当时真实的想法。反正我们都保证了，不管你说个啥，都不往外扩散。"李爽无奈。

向少文低下头去想了想，说道："其实我对我自己的那些内心活动也感到不可思议，感到有点出格。当时我也被自己惊着了。我惊讶于自己当时怎么会被惊到那个程度。居然完全呆在了那里。按说我是不会也不该被他们惊着的。但那天，我确确实实被惊着了。我在想，向少文你到底怎么了？你们大概不大好理解我怎么会被自己惊了。我这么说，你们就好理解了。比如，往前推个一二十年，遇见这样的场面，我会怎么做？大概会'大义凛然'地冲过去制止他们那么喊叫，那么去求着那个什么耶稣。更别说会被他们打动了。往前推个七八年呢，我可能不会去制止他们了，但心里仍然有道'防波堤'挡着，我的心不会因此被打动……但时至今日，我虽然仍是一个彻底的、坚定的无神论者——是的，这个立场我不会变，但是作为一个多年的政治工作者，我却被他们深深打动了……为什么？你们说为什么？"

"你说，为什么？"谢平问。

"……是啊，为什么呢？"向少文自问。回过头去又问李爽，"李爽，你说呢？"

"要我说，这也不是一档什么了不起的大事。想明白想不明白，又能怎么样？"李爽回答。

向少文苦笑了："我也这样想过。别去纠结了。算了。但，最后还是过不去。我向少文不是那样一个平白无故、随随便便就会被打动而又被惊着的人。这事要发生在像谢平那样一个多血质的人身上当然就是再正常不过的，也就好理解了……"

"挖苦我？说我是疯子？"

"没有没有……我想，那一群人总不会是来求耶稣给点吃饭钱的吧？不会。上海是全国这些年人均收入最高的城市。况且我说过，那群人里既有巨富者，更有活得很滋润的上层人士。当下的上海人会为了三五十元一顿饭钱跪在天主面前求救？这话说给鬼听鬼都不信。一种可能，我们曾分析过，它只是一种教仪，宗教活动的仪式。就像过去我们开大会到结束时，主持人总要领着大伙喊一阵口号一样。并没有什么特别的含义。但看得出不少人喊得还是挺真诚的。挺虔诚。是真心有所求的。我想还有一种可能就是麦尔维尔在《白鲸》里说的，**我们大家都不知怎的把脑袋碰得七碎八裂，非常可怕。极需要修补的了**。这些信徒是来求耶稣拯救自己那个在完全物化了的现实生活中碰碎了的脑袋，拯救自己那个因此空虚了的灵魂……"

"……"谢平和李爽相互打量了一眼，却没说什么。他俩对这样一位少文兄对这么个社会现象居然也会得出这样的结论，感到万分意外。愣愣了一忽儿后，没说出什么，可能是因为一时间说不出什么来。

探讨到这时，夜已深，饭凉了又热、热了又凉，折腾过好几个来回了。民宿那个中年老板都来请过他们几回了。那道特地应他仨所需、用土鸡炖出的腌笃鲜汤几乎都快要熬干了。于是他们决定留待明天继续"探讨"。但第二天一大早，向少文告诉他俩，凌晨时分，独立师方面又来电话催他。要求他尽快回独立师。探讨只能中断。他必须撤了。

　　向少文先撤了。直接回垦区了。分手前，他一再叮嘱那两位，"一定要去看望一下常庚大叔。也替我问候他。"常庚大叔退休回了苏北盐城老家。这次"金沙江畔"一聚，本来就是应常庚大叔之约举行的。但等这三位到江畔，找了个民宿住下，却传来"大叔病危"，无法来金沙江畔一聚的消息。大叔后来担任过垦区总部规划设计院院长，最后是在垦区副司令位置上退休的。"他老人家这么想见我们，一定有什么'特别的话要交代'。"

　　"你最好还是赶过来和我们一起去见大叔。有你在，大叔会和我们谈得更深入。"李爽劝道。谢平又补充道："老人家是真真正正属于罗曼·罗兰说过的那种人，在认识到生活的真相以后，仍然热爱生活，仍然固执着一种英雄主义、理想主义情怀的人。他要约我们，我也觉得他一定是有话交代。我们还是一起去见他的好。这样的人……"

　　"这样的人怎么了？"

　　谢平犹豫着，本来想说"这样的人现在已经不多了"，但话到嘴边。还是把这后半句咽了下去。只对向少文说道："不说了。不说了。老大，你还是争取和我们一起去吧。"

　　向少文犹豫了一下，最后只是做了个模棱两可的承诺："我……争取吧……"

当天下午，谢平和李爽也离开了这个傣族小木屋。去跟民宿老板娘结账时，李爽抢着掏钱。谢平推开他。李爽说："你跟我抢什么。我好歹在体制内每月还能拿着固定工资。有点稳定收入……""行啦行啦，就你按月拿到手的那点'稳定收入'，在现如今的市场行情中还能算个'钱'吗？还好意思跟我争？"谢平拿出银行卡刷账。

大巴车上人不算多。半道上，大巴车按例在一个小县城宿夜打尖。他俩趁机上街去泡了个澡，做了个足道。还做了"精油开背"。"泰式按摩"。彻底放松了一下。不用说，一切开销都由谢平埋单。让李爽惊诧的是，对这样一种放松方式，谢平是那么的"精通老到"。一道道程序做下来，安排得如此熟练周全顺溜。和足道店老板娘女技师们的调侃嬉笑更是那样的自然随意。"谢平，你什么时候学坏的？是不是小满走了就开始放纵了？"他悄悄地问。"谁学坏了？这和当年跳忠字舞一样啊。都是时代风尚。北京没这个？你那些采访对象没请你去'放松放松'过？×，别跟我装大尾（yǐ）巴狼了！"第二天到机场，两人去附近找了家著名的过桥米线馆。要了个小包间。每人除了要了一大碗鸡汤猴头菇过桥米线，又点了几样云南特色菜肴。少不了要喝点儿。和常庚大叔家人通了个电话。得知大叔已安然度过危险期，转入普通单人病房，再观察几天就可出院，更是松了一大口气。又要了二十串烤串。两份手撕破酥包。半斤绿豆烧。带回宾馆。两人聊着聊着又聊到"学坏了""半度人"和"少文在教堂里被惊着了"这几个话题上去了。

开聊前，谢平从他那个黑色细帆布的旧双肩背里拿出一只用蓝色金丝绒布包裹着的长方形花梨木雕花匣子，轻取轻放地捧到窗台前的那张简易桌子上，告诉李爽："这是小满。小满的骨灰盒。"

"你说,我一直带着她……还能学坏到什么程度?"谢平轻轻地感叹道。

"……"李爽点点头。随即拿起酒杯,向谢平示意了一下,赞叹了声:"好样的,老弟!"然后端起酒杯走到小满的骨灰盒前说道,"小满,好长时间不见了。你保佑咱谢平老弟。还有你那个可爱的小别根。这一杯我敬你。"说着,一口干了。

两人喝了一忽儿,谢平突然问:"你是否觉得昨天少文死活纠缠徐家汇教堂那一档事,有点不正常?"

李爽讪笑了:"你不是一直觉得他挺正常的嘛,怎么这忽儿又觉得不正常了?"

"我在琢磨,他是不是真有什么事了?他在县里挂职,干得好好的,独立师干吗突然把他追回去?"

"还能有什么事,让他赶快去接任副政委呗。"

"从他前儿个的情绪看,他好像……好像有那么一种预感,催他回去并不是让他去接副政委的班……"

"不去接副政委的班,那么火急火燎地催他回去干啥?你听说了些啥了?"

"没有……"

"没有,你瞎猜个啥。少文他还能出什么事?"

"这,可难说……现在上午还在大会上慷慨激昂地教育大伙要这样要那样,下午就被带走了的事还少吗?"

"少文?被带走?他不会!不会的。"

"但愿吧……"

话说到这份儿上,两位都不自觉地慢慢放下了酒杯,一时间居然再没那兴头往下喝了。

> 是的，有人说，我看见半棵树，在那
> 繁茂且又陡峭的山丘上。还有人说我
> 们这代人一切的幸和不幸都缘于我们
> 总是处在新旧两个时代交替的漩涡中。
> 还说，在深夜，他们看见大海不动了。

向少文赶到昆明，给独立师党办打了个电话。说了三件事。首先当然是报告自己行踪，已到昆明。正准备返回独立师。第二件事是请示：最近自己血压、血糖都有点高，身体状况不是太好，他担心晕机，能否改乘火车回垦区。（党办秘书传达修政委的指示是让他"尽快飞回垦区"。）第三件事是"卡拉库里市委那边的工作是否要去了结一下"。"我的临时组织关系还在那边。如果需要了结，是我自己去办理，还是由师里派人去办理？"答复是："修政委说了，您先回师部来。市委那边，师里已经给他们打过招呼了。"这个"招呼"的内容究竟是什么，没透露。

当秘书的都这样，首长没授权，不会多说一句。这是工作纪律。

向少文没"飞"，主要还不是因为"血压、血糖都有点高，担心自己晕机"。他没那么娇气。有一年三秋（秋收秋耕秋播）战役刚结束，一直在三秋指挥部里坐镇着组织指挥全师劳动竞赛工作的他，高压一下蹿到一百六，师里让他带队去省西北部向一个民族团结先进典型取经学习，并看望慰问当地我现役部队的一个高原哨所。时间紧迫，只能飞过去。当时白杨河机场通航的只有苏式伊尔-14那样的小机型。还是螺旋桨的。他一声没吭，上了伊尔-14。机上只有二十来个座位吧。飞越南山时，遇到气流，颠得太厉害了，晕得他都睁不开眼，只觉得脚下那块机舱底板已经裂出个大洞，人要掉出机舱，在空中坠落了。冷汗出得一身又一身，把内衣整个都溻湿了。下了飞机，在那个极简陋的机场休息室里喝了几口热水，只歇了十来分钟，坐上老式的嘎斯69车又赶路去了。晚上在那个取经学习的座谈会上，代表独立师方面还坚持做了将近四十多分钟不带讲稿的即席发言……这回假如要飞，乘坐的肯定是三叉戟或波音737那样的大型喷气客机了。而血压其实也不像他自己声称的那么高。真要飞，绝对没问题。之所以要换火车，无非是想在修政委找他进行这一场"正式谈话"前给自己多争取几天静思反省的时间。

他早料到会有这样一场谈话的。

或早或晚。只是时间而已。

这也是那天徐家汇教堂里发生的那一幕之所以会那么触动他，并那样地震撼到他的一个重要原因。数百个互不相识，不同身份、地位、职业、年龄的男女信徒跪在他们的偶像前，虔诚地战栗着几乎用同一个声音喊出了他们内心的无助、恐惧和祈求。他觉得自己也想这么喊一喊。但他喊不出。不敢喊……

原因很复杂。也可以用一句话来总结。或概括。那就是"多年来，向少文一直处在一种难以摆脱的内心撕裂中"。这在外人是很难觉察出来的。包括他的父亲。外人之所以不易觉察他内心的那点变异，这和他一向以来为人的方式有关。他内敛。自控。自律。把内心包裹得很紧。

要说清楚这一点，就得从头来。

那年的那一天——他至今仍记得很清楚，那是在他担任指导员的那个武装值班连奉命整建制调往朱马尔铁里前沿的第二天。他一个人在空荡荡的连部院子里发呆。院子上空仍飘荡着那么一股猪圈和马厩的气味。那六头育肥了留待过年时享用的猪和那几匹拉炮的马都带走了。老兵们硬是逼着原先不会骑马也不敢骑马的他学会了并喜欢上了骑马。老兵们说,你不会骑马,咋当我们的指导员?上!两腿夹紧了。身子放松了,随着马背的起伏一起起伏。摔两回保你会骑。是啊,多好的老兵,跟自己父兄一样的老兵,再上哪找去——他真的很留恋这个连队,留恋这段指导员生涯。舍不得那些年龄都比他大的"部下"。舍不得那支五六式手枪——他离开连队了,离开了农场的武装系统,不再是他们的一员了。(那时还不可能知道,绕了一大圈,有一度他又会到师武装处任职。)这支专门配备给武装值班连指导员使用的手枪当然要上交了。他留恋这儿每天都能听到的起床号、集合号,特别是那个特别吸引人的开饭号——老兵们虽然五音不全、唱起歌来跟他一样,跑调跑到连二舅妈家都不认识了,却幽默地给这号声配上"歌词",唱起来还十分谐趣顺溜:"苞谷馍打菜打汤……打菜打汤……赶快打汤……"而现在院子里却只剩了林下风的飕飕和小鸟们的唧啾。真的空了。他留恋它,这毕竟是他这一生头一回领导一群人。主政一个单位。他在这个连队里做出了"最辉煌"的政绩——到最后,能让全连的人都希望他这个指导员跟他们一起去朱马尔铁里。都不愿意、不舍得他离开这个连队。但他必须留下。因为团(场)党委对于他,已经做了决定:"另有任用。"而且事先征得了师党委和师武装处的同意。(武装处当初是坚决要让他跟连队一起走的。)现在想起来,如果当时知道后来会发生那么一些事,还不如跟着连队一起去朱马尔铁里前沿,即便牺牲在那场规模并不算太大的战火中,也要比现在这个样子强一万倍……

……那天他带着他那些简单的行李回到团部,刚在招待所安顿下,招待所所长就通知他,安副团长找他。安子奎副团长"文革"前就是正团职领导,担任过红星五场、四场的团长和政委。是个老资格的"垦区人","文革"一开始就靠边站进了"牛棚"。一九六八年,全国的"文革"运动正热火朝天地开展"四大"(大鸣、大放、大字报、大批判)。当时的中央考虑到边疆地区得有个压秤的力量,不能让它乱到无法收拾的地步,便下令中止了垦区的"四大"。改为"正面教育"。一方面从中央军委各总部调了一批现役干部去"支左",同时从"牛棚"里解放了一批靠边站的老干部。各级行政机构立即组织老中青三结合的新领导班子,"抓革命促生产"。老安同志因此被派到红星二场任副团长。在"牛棚"里接受"改造"时,他结识了在鸡场接受"改造"的常庚。现在回过头去看,向少文后来的一路"升迁",跟这两位老同志关系密切。先是常庚向安子奎推荐了向少文。他对即将去红星二场赴任的老安说:"二场有个上海知青,叫向少文。你去了可以关注他一下。这个孩子底子不错。(所谓'底子',指家庭出身。)在上海就入了党。运动期间也没搞打砸抢。人憨厚老实,积极肯干。最难得的是头脑清醒。逻辑条理比较清楚。我关注他很长一段时间了。应该是个可造之才。"经过一段时间的"暗中考察",后来团里要组建这个武装值班连,安副团长就提议让向少文去当指导员。在团党委会上讨论这个提议时,分歧很大。主要一点就是派这么个从来没当过兵的"上海知青"到这么个老兵连去当指导员,无论从哪一方面都说不过去。安副团长提出三条理由,认为经过考察,这个"孩子"在政治觉悟、品德和能力等几个方面一定能胜任此职。第一,先说政治方面。离开上海前就入了党。这在全垦区十来万上海知青中为数也不多。第二,经过缜密外调,凡是接触过他的人都说他办事没私心。生活作风正派。吃得了苦。这说明他品德上够格。第三，这孩子肯干肯学习。这说明他能力上也不会有大问题。还有一条不是不重要：当前知青中都在吵吵着要返城。经调查，他思想比较稳定。愿意留在垦区扎根，说明他对垦区、对我们这个屯垦戍边事业有真感情、真认识，真愿奉献。我们应该培养这样的知青典型，以鼓励更多的年轻人今后到垦区来从我们手里接过这杆"屯垦戍边"大旗。撑起这面大旗。原计划是要让向少文在基层连队好好打磨一下的，不料朱马尔铁里边境冲突告急。中央军委除了对现役野战部队做了应战部署，又下令从垦区调了一批武装值班连队靠前部署。以防万一。按说向少文是应该和连队一起往前开拔的。仍然是安副团长提议："为我们团场今后考虑，得留下这棵苗。"这才会有"全连都走。唯独指导员不走"这样的稀罕事发生。

　　……那天安副团长通知向少文，垦区党委为了改革多年来实行的那套旧的劳动计酬制度，决定从各农场抽调一些人员组成工作队，在著名的红星一场先行试点。"团里派你去参加这次试点工作。"

　　"我哪懂这个？"向少文脸微红起。

　　"知道自己不懂，这就对了。"安副团长说话就是这么直截了当。试点搞了两个来月。工作队属下有六个工作组。他在其中一个工作组里当秘书。工作队总部的秘书是一位老北大毕业生。那时就有三十多了。大伙儿都叫他"大秘"。他们这些就是"小秘"。试点结束，每个工作组都根据自己试的那两个连队情况写一份试点工作总结。只有他写的这份总结一稿通过。回到红星二场，他想着团里会继续分配他下连队。结果留团部机关了。在宣传股股长的位置上干了多半年，师干部科来了个公函，让他到师机关报到。一般情况下，像他这样级别的干部调动，由团政治处组织股股长出面来谈个话就可以了。但这一回，却是安副团长亲自出面来谈的。向少文很真诚地向安副团长表示自己还希望留在基层团场，特别是还能继续到连队去当个基层领导。继续接受这样的一线实践锻炼。安副团长笑了笑说道（平时谈话时很少看得到他的笑容）："我们也不想放你走。但师里来公函直接点名要你。不放也得放。"说到这里他稍稍停顿了一下，收起笑容，用一种父亲对儿子训话的口气，很严肃地说道："这次调动，应该是你这一生最后一次调动了。（在这么短的时间里，连续调动这么多次，在垦区农场的干部队伍中几乎是绝无仅有，没有先例的。在垦区，一生就在一个岗位上干几十年的同志，比比皆是啊。安副团长绝对想不到，向少文却还会变换岗位，后几年从武装科军务参谋上调为武装处副处长，再又递升为师政治部副主任……和他安某人平级了！）你要珍惜。好好干。要对得起组织上对你的期待和培养。"

实事求是地说，对自己这么快就被调到师机关去工作，向少文是完全没有预料期望的。换一种说法，那时的他，思想还比较"纯"。这也是那个时代许多年轻人的一个"特色"——我就是革命的一块"砖"，组织需要我往哪里"搬"我就往哪里"搬"。少有他想。这也是时代使然。所以，那天走出安副团长办公室时，他很平静。只觉得这无非是换了个新工作罢了。组织需要。完完全全没有去想这种调动会给个人生活带来什么变化。进一步又意味着什么。有可能在人的精神层面上产生什么样的影响（是升华？幻化？异化？还是……）。（这绝非虚妄之言。我想年轻时从那个时代过来的人，都会同意我这个对向少文那一刻精神状态的判定。）

其实，他父亲倒是对他早有所告诫。

在他做出决定留在垦区继续干下去之前，他回上海找过父亲。那时，父亲的组织上也找父亲谈过话，表达了可能要调他进京工作的意向。当时，父亲已经在做离开上海的准备。

那忽儿他们住在上海康平路市委机关的家属院里。由于父亲的习惯，家里总是收拾得一干二净，这时却有些凌乱。大件行李市委办公厅走内部机要给托运走了。剩下的那些，则是被父亲认为必须随身带的——有母亲的一些遗物。有父亲自己多年积存的工作笔记。（父亲是个十分谨慎精细的机关工作者。每天都要做工作记录。记录下当天领导对他所作的工作指示——几点几分在什么地方用什么方式做出的。还要记录下他对下属发出的工作指示——几点几分在什么地方用什么方式做出的。以及落实情况。包括当天中央和市委召开了什么重要会议，推出了什么重大政策举措——如果有的话。）父子俩坐在那些准备随身带走的物件中间，心情的确有些异样。书桌上那个小木镜框是父亲亲手做的。镜框里放的是母亲的照片。她大学刚毕业那年在虹口公园鲁迅墓前拍的。向少文知道，这遗像父亲会等到临出门的最后一刻，才会把它收进那个已经用了一二十年的俄罗斯制作的牛皮的旧旅行袋里，随身带走。这个旅行袋是当年上海著名的中苏友好大厦刚落成时，母亲在大厦纪念品商店里买的。小牛皮纯手工缝制。但凡需要承重的地方全缀上了一个个粗大的铜钉。绝对是纯铜的。俄罗斯的产品，虽然在相貌上看起来有点"傻大粗"。但绝对结实。绝对没假货。旅行袋上还缀了个商品牌。是一块方形的牛皮。一面用烙铁烙上当年苏联的Logo——镰刀斧子。另一面烙的是"苏联"的俄文缩写"CCCP"和一个五角星。镜框里的母亲是那么的年轻。母亲毕业自复旦哲学系。毕业后一直在市委党校做教员。

"做决定了？留在垦区，不回上海？"父亲问。

"您看呢？"他问。

"你那两个小兄弟呢？"父亲指谢平和李爽。

"他们不留。走。"

"哦……"父亲弯下身子，把两个胳膊肘支在膝盖上，轻轻握住自己的两只手，低下头，不作声了——这是他跟人谈话时的一个"招牌动作"。稳重老实憨厚和办事既精勤又周到细致的他，一般情况下他都不会立即对对方的问话做出回应。

"您别担心。"向少文说。

"我不担心。"父亲立即抬起头，说道。

"师团的许多领导也都希望我们留下。"

"那当然了……"

"他们说……"

"他们说什么了？"

"等返城大潮过去了，他们会派我到垦区驻上海办事处做驻点工作人员。"

"你答应了？"

"您看呢？"

"……"父亲又一次把胳膊肘支在膝盖上，轻轻握住两只干瘦却又硕大的手，低下头，不作声了。几分钟后，父亲问："你接受他们这样的安排了？"

向少文说："这只是领导一个好心的提议。八字还没一撇哩。还要看是哪一级的驻沪办事处。如果真的是垦区总部的驻沪办事处，那样的人事安排，大概总要拿到总部常委会上议一下的吧？"

"如果只是作为驻上海办事处的一个普通工作人员，无论是哪一级的，都用不着上常委会讨论。主管组织和人事的部门领导就可以做决定了。"显然在高级机关工作多年的父亲比向少文更明白这种人事调动方面的操作规范。

"您的意见呢？"向少文问。

"不去。"父亲如此果断决绝地回答，着实让向少文意外。母亲在世时，需要对向少文的什么事做决定的，往往是母亲。父亲最多附议一下。即便母亲去世了，向少文也成人了，离开这个家也这么多年了，有什么大事来请教父亲，他会在思考成熟后提出他的"参考意见"，但如此果断决绝地当场答复，真的极为罕见。这也是他在高级机关待久了养成的那种凡事务必小心谨慎的习惯使然。

向少文当然想知道"为什么不去"。如果真的能作为垦区驻上海办事处的工作人员留下，那真的是两全其美了——既满足了一些领导希望在这次返城风潮中能有知青不返城，继续为"建设大西北保卫大西北"而"奋斗"的期望，又能实现他个人回上海生活的"小心愿"。（据此也可以看得出，那时的向少文其实已经开始有一些个人打算了。思想上已经说不上是很"纯"的了。）

向少文等着父亲解释。

"你知道你这次做出'留下'这个决定，将要付出什么代价吗？你永远不可能再做'上海人'了。因为可以断定，以后再也不可能搞那种大批知青上山下乡的运动了，所以也不可能再有这样的返城风潮，让你们有机会重新落户上海。而在可以想见的一个相当长的时期里，上海对外地人进沪落户仍然会控制得非常严格。"

"我在驻上海办事处工作不一样生活在上海吗？"

"不一样！驻沪办事处只是个派出机构。需要了，可以随时调你回垦区。而且到一定时间，一定会把你调回垦区使用。"

"那就回呗。"

"但那样，你已经给人造成了某种投机者的印象……"

"投机者？"

"当然了！你一方面说'留下'，在领导那儿赚取了'扎根大西北'的良好印象，另一方面却仍然让自己获取了你想要的'上海生活'。许多人一定会认为你'投机'。而这种误解和由于这种误解产生的社会舆论，到一定时候一定的卡口上，甚至有可能阻碍你今后政治上的发展。"

"……"向少文愣住了。有那么严重吗？他目瞪口呆了。毕竟还是政治老到的父亲想得远啊。过了好大一忽儿，他问："那……您说我该怎么办？"

"要么你别唱高调放大号，老老实实跟着这股返城潮回上海。上海有关方面一定会妥善安排你们的。当然得一步步来，不可能一下子都能安排好了，更不可能满足你们全部的要求。但上海将来的发展前景不可限量。你看这两年，有多少领导同志都让他们的子女到上海来寻找商机，就是个明证。所以，回上海，只要肯努力，一定会有你们大展身手的机会和空间。如果留在垦区，你可能会成为少数扎根边疆的典型之一，也会有相应的发展空间。特别是在政治上。但我说过了，留在垦区是要付出巨大代价的。既然下决心要留，又付了这么大的代价，就一竿子插到底，从最基层踏踏实实地一步步干起。垦区需要这种一心只谋垦区发展，真心实意'扎根边疆'的同志……也一定会为这样的年轻人创造发展空间。这是不用怀疑的。"

"如果到了基层，干不起来，那……从此不就沉没在这'海底'

里，一辈子出不了头……有没有这个可能。"

"当然有。当年红军长征出发时有八九万人吧？最后到延安的只有七八千人。你妈当年从复旦毕业，可以分到领导身边去当秘书，可以分到机关部门做文员，也可以出国深造，或者做学问，或者争取去国际大公司谋高职高薪。但她说她想去市委党校。既可以做点学术研究，又能和我长久保持共同语言。我赞赏她，也提醒她由此个人可能要付出一定代价……"

"去党校当教员，那么好的工作，个人还要付什么代价？"

"当然会有某种'损失'。党校毕竟是个极清廉的单位。没什么大油水可捞的。再比如说，给大领导当秘书，日后提拔的机会就比当教员多得多。给大公司经理当助理，经济收入就更不是党校一个教员可望其项背的。至于出国，起码可以先几年享受那儿高度发达的现代化生活……"

"可是给我的感觉，老妈好像在党校教员这个位置上一直干得挺安心也蛮开心的。她的同事，包括她的领导都很尊敬她。她是怎么做到这一点的？"

"我跟她谈过这个问题……"

"她怎么说？"

"她总结出两个字，**无我**。这是非常非常重要，但又非常非常不容易做得到的。你妈做到了。如果用列宁的话来说……"

"列宁解释过'无我'这个佛学概念的含义？"

"别幼稚。列宁他怎么会来解释'无我'这个概念呢？他老人家在阐述文学事业和无产阶级事业之间的关系时，讲过这样一段话可以帮助你来理解你妈'无我'的含义。列宁说，文学事业应当成为无产阶级总事业的一部分，成为一部统一的、伟大的、由整个工人阶级先锋队所开动的（国家）机器的'齿轮和螺丝钉'……虽然列宁讲的是'文学事业'和'无产阶级总事业'的关系，但我们可以把它理解为我们个人和这个总事业之间的关系……也就是把个人完全融化进这个总事业中成为其中的一个齿轮和螺丝钉，达到'无我'的境界。"

"螺丝钉？这不是雷锋的话吗？"

"你们年轻，只知道雷锋了。雷锋的话也是有出处的。这个思想的根源在列宁同志那儿。"

"爸，您没觉得吗？现在已经没人再引用列宁的话来解释我们现实生活中产生的矛盾和问题了……连妈妈也是。她这'无我'……真的是带着浓厚的佛学禅意的。"

"是吗？"父亲的回答模棱两可。这也是他与人对话时的一个习惯。这可以帮助他减少那些在对话中几乎是必然会和另一方产生的矛盾和对立。

因为是父子间的对话，父亲最后还是给他很明确地提醒了两点："第一，既然留在了垦区，走出了这一步，就一定要走到底。否则，会摔得更痛。再一个，在可能涌现的利益和欲望面前一定要保持必要的清醒和矜持。一定要学会'踩刹车'。"父亲说到这里，向少文搞不懂了："我选择留下，谁都知道这是一条净身苦修的路。怎么还会有什么利益和欲望涌现，还要我去保持清醒和矜持，还要踩什么刹车？"

"儿子，今天一时半会儿很难跟你全都解释得清。这个问题牵涉面太广……太复杂……我就是说清楚了，你一时半会儿也不一定能理解。有一些非得在现实斗争中摸爬滚打出一身伤痕后，才能有所体会……就像开车一样，非要出两回交通事故，跟人剐蹭两回，对交通规则的理解就深刻了。"犹豫了一下以后，他又叹道："别的，你……你只要记住我这句话就行了，'时时告诫自己，要踩好刹车'。"

"您……那……实际上是不是并不希望我留在垦区，还是希望我回上海？"向少文面有难色地刨根问底。

"不不不。我没那个意思。我怎么会有那种意思？现在，党的总方针还是希望青年到基层去，到工农中间去，到艰苦的地方去，在实践中为改变那里一穷二白面貌而奋斗，不管是当年以夺取政权、巩固政权为中心的阶段，还是现在以经济建设为中心的阶段，这仍然是我们党的宗旨之一。应该是不会变的……只要你自己有这么个决心和愿望，我是肯定会支持你的。"

"但，说是不会变而最后还是变了的事，这几年见得还少吗？"

"别胡说！这些年有变化，有些变化的确还很大，但总的宗旨是没有变，也是不会变的。"

"……"向少文不说话了。

"……"父亲也沉默了下来。此刻，父亲确有他当父亲的难言之处。作为父亲，他当然希望儿子能回到自己身边来。这两年，不少和他一样在领导机关工作的同志，可以说"都"把儿女从农村、农场弄回了自己身边——相当大一部分甚至在返城潮掀起前，就办妥了这件事。而且都安排到了相当合适又妥帖的位置上。以他的"家境"，老伴去世多年，膝下又只有少文这一个孩子，无论从哪个角度说，他都有理由、也有能力、也"应该"把少文弄到自己身边来。如果少文也有这个想法，可以这么说，他分分钟就能办了此事。现在的问题是儿子自己要留垦区。得知少文这个想法后，父亲真的纠结、难过了好几个夜晚。他曾经想劝说儿子能体谅他做父亲的心情，收回这个想法。但最后还是放弃了。父亲是这样一种老共产党员，他们是真正能用大道理去管住自己心中那些仍不时会"蠢蠢欲动"的"小道理"的。

但是，他也确实担心。不是担心自己——其实他自己并非没有可担心的。少文妈去世这么些年，他一直未再娶。随着年纪一年老似一年，尽管职务一年高似一年，生活上的"孤独感"也一年强似一年。好在肩上的工作担子仍然挺重，他已经习惯在繁重和繁忙的工作中和一己之孤独做伴——他现在担心的是儿子。他担心的不是儿子受不了"留下"之苦。这一点，十分了解儿子的他，一点都不担心。因为过去了的这些年已经证明儿子是能吃得了大西北戈壁滩上那种种"生活之苦"的。随着改革开放的深入，他相信垦区和全国一样，经济会发展起来，垦区人的生活待遇也会得到相应的改善。特别，对，**特别是当垦区几十万城市知青一窝蜂似的返城。**（光上海的在这个垦区就有十多万，还有北京、天津、武汉等其他城市的加起来就不下二三十万了。）像向少文那样决心继续留下的，少之又少，一定会得到垦区组织的重视和"呵护"。甚至会加以特殊的"培养使用"。后来向少文的经历就充分证明了父亲这个老党务工作者政治判断之"精准"。向少文后来能在几年间从一个连队文教——如果说那也是个"干部"，那么只能算是排级——迅速被提拔到正团级（师政治部副主任），并已经有传闻，马上又要提升为师副政委（那就是副师级了），如果能再进入师党委的常委班子，那就是名正言顺的正师级干部。（等同于地方上的地厅级了。快和他这个奋斗了大半辈子的父亲同级了。）他在生活上所能得到的和享受到的待遇，可能远不是那几十万回城的知青战友在他们的上海、天津等家乡城市中所能相比的了。但恰恰因为如此，这位老父亲才心有所忧——

几十年的政治经历和官场见闻告诉他，儿子所面临的考验，要比当初在连队"吃粗粮""住地窝子""春种秋收冬积肥的劳累"……严峻得多得多，也要严重得多得多……万一过不了这种"关"而摔下马来，这后果……不敢想象。又可以想象……一生唯谨唯慎的父亲目睹了多少个这样的战友、同事、一个领导班子里的合作伙伴春风得意之后掉下"马"而至"身败名裂"……

当然，不是每一个春风得意之人最后都会掉下马来的。不。那只是少数。或者是"极少数"。即便是"极少数"，那也是"一个又一个"地在呈现着啊。"野火烧不尽"啊。纪检委抓不完啊。这些落马之人也是一夜之间从"满头青丝之接班人"变成"白发凌乱的阶下囚"，被推上了历史审判席的啊……

你现在就对向少文说这些，他会信吗？他肯定不信。最起码他会说，是的，干部队伍中确有这样不争气的败类。但我绝对不是。也不会走到那一步。这些家伙是啥玩意儿嘛！开玩笑。啧！！

儿子一定会认为老头子这么想是"杞人忧天"了！

儿子后来还问了："爸，你怎么会这么想的？我是这样的人吗？"

父亲犹豫了好大一忽儿，只跟向少文讲了点他们向家的旧事。向少文的爷爷先前替洋行老板开车。解放后，又在公交车公司当安全督查员。跟汽车打了一辈子交道。当年市委机关事务局根据工作需要，为像父亲那样刚调进机关的年轻干部联系到一个学汽车驾驶的机会。请了公安警校的专业教练来教。一切费用当然不用个人负担。但爷爷知道后，坚决反对父亲去学驾驶。"当时我特别想不通。爷爷他自己跟汽车打了一辈子交道，为什么就不希望我学开车呢？后来才知道，正因为他跟汽车打了一辈子交道，不知道看到过多少个司机因车闯祸，有多少个司机家庭的好日子一霎眼、一恍惚就血淋淋地毁在车轮子底下了。也是因为了这，爷爷后来只当安全监督员，而不肯再上车摸方向盘。我们都是过来人……"

"您到底要我怎么干？是留在垦区，还是不留？"向少文再问。

父亲不作声了。沉吟了好大一会儿，才回答："到底怎么样，你自己决定。我只要你记住我两句话。这也是爷爷后来看我一定要学开车，提醒我的。一句是，学会'让'……"

"让？什么让？"

"谦让的让。宁让三分，不抢一秒。不懂？第二句话就是要学会踩刹车。"

"嗨……这谁不会？"

"别'嗨'！听我说完！"

"……"向少文不说话了。

"是的，学过开车的人没有一个不知道踩刹车的重要。但还是有人在十分之一秒百分之一秒的关键时刻，忘了踩刹车。或者来不及踩刹车。更有甚者手忙脚乱把油门当了刹车，加快速度把自己和他人一起送进了鬼门关。"

过了许多年，向少文才真正体会到父亲当时的提醒和正告对一个顺风顺水正在走着上坡路的年轻人是多么的中肯且又必要……

古训有言，小心驶得万年船啊。

跟父亲谈完话后的当天，他觉得自己是听懂了父亲所有的提醒和告诫的，也下决心要把"留在垦区"这条"净身苦修"之路走到底，并走出名堂来。但是，他最终还是出事了。差一点成了另一个"钟绍灵"……

……向少文回了垦区，下沉基层了。那一段时间里他扑下身子，全心全意地投入，干得虎虎生风。一开始在武装连（还不是值班连）当文教。在垦区，文教是指导员的助手，就像会计统计是连长的助手一样。前边已经说过，这文教只不过是个"排级干部"。关于文教，老职工给它编了这么个顺口溜：一早敲钟起床，傍黑吹哨歌响。组织劳动竞赛让先进上榜。首长下连视察赶紧迎来送往。开个大会带头鼓掌，会后打球照相……指导员要活跃连队生活，让他在晚点名前教大伙学唱一些革命歌曲。他天生不爱唱歌跳舞。又是个左嗓子，五音不全，一张嘴就跑调。既然指导员下了任务，他就不顾一切了，不仅晚点名前必教唱，就连开饭前也会按老部队传统，带领大伙学唱。后来发展到逢会必教唱。他完全不知道自己唱得有多难听。战士们在底下笑话他，他还拼命唱。他那个认真劲儿，最后感动到了战士。大家这样来理解他的"跑调"和"唱得难听"：认为他当年一定是个特别好的唱家。因为大伙都喜欢听他唱，他就拼命唱啊拼命唱，最后唱坏了嗓子，现在才"一张嘴就跑调跑得找不着二舅妈家了"……

　　再后来，他当了武装值班连指导员。当时几乎所有人都纳闷，怎么会派这么一个一天兵都没当过的"上海知青"去当这样一个连队的指导员？这个武装连跟一般的武装连还有区别。它是值班连。也就是说一旦边境吃紧，它正经是要开拔上前线的。不是留后方维护"社会治安"用的。为此，组建这个连队时，全连两百来人，清一色用的是退伍老兵。军龄最短的也有五六年。全世界的人都知道，老兵最讲究资历。也最看重资历。你就是比他晚一天当兵，在他眼里你也比他矮了一头。现在派一个一天兵都没当过的"上海知青"

去主政这样一个老兵连队，这一碗生黄豆他能咽得下去吗？让老兵们更气不过的是，你一天兵都没当过也就算了，而且年纪还比他们都小。这不是明摆着不把老兵当"老兵"了吗！向少文去请教连长：在这种情况下，他怎么才能当好这个指导员。连长也是沈阳军区退伍的。和当年的徐又成一样，退伍前就是个连长。退到垦区提了一级。变成"营级干部"。让他到这个连来当连长是"高配"。给这个连队配备一个"营级连长"，也是表示对这个连队的重视。针对向少文的询问，连长两手一摊，无奈地说："我也整不明白嘛，团部怎么会派你来当指导员。这不是在故意为难你嘛。"但半年后，老兵们，包括这位老连长对此却都没话可说了。都服了向少文。为什么？他无非做到了这两点。其一，说得少，干得多。再一个便是，无论干什么，我先上。前边举过这么个例子。当年小麦返青遭遇严重春旱。只能耙地保墒救苗。所谓耙地保墒，就是拉着钢齿耙耙地，切断土壤中的"毛细血管"，以减少水分蒸发。保住仅有的那点墒情。这钢齿耙重好几百公斤。一般情况下，都是用轮式拖拉机拉着它去耙地。武装连有迫击炮、打坦克用的三七炮，还配备了班用机枪，还有上百支七点六二苏式步枪，成箱的手雷和手榴弹。因为是新建连队，偏偏还没来得及给他们配备轮式拖拉机。其他生产队有，但也都在用着哩。你要耙地，只能靠人拉了。连长下令，明天全连不分男女老少，全体都上。老兵们没干过这种农活儿。特别是一些年轻媳妇，更是老大的不情愿。勉勉强强到了地头，却瞧见那个一天兵都没当过的向指导员已经把拉耙的粗麻绳套在肩上了。全连吭哧吭哧一连耙了好几天。向少文的肩膀头先磨出了血水。先染红了布褂子。刚耙完地，雨来了，还是一场雷暴雨。老天爷，您这不是瞎折腾人吗。纯粹是在考验我们这位年轻的指导员嘛。雷暴雨中，炊事班养的几头育肥猪受了惊吓，拱翻了圈栏，跑了。据说跑到西苇湖那一大片沼泽地里去了。去沼泽地找猪可不是个好活儿。危险。忒危险。那时新起身的苇子已经快齐膝盖高了。新苇子底下还留着去年冬天割苇子留下的苇茬子。在苇湖里干过活儿的人都知道，一脚不留神踩着这茬子尖，它比刀尖还锋利，能戳穿了解放跑鞋的胶皮底。戳穿你脚底心。更危险的是那一大片沼泽地，被水泡软了会陷人。一旦陷入，不挣扎，慢慢陷。挣扎，陷得快。只要陷进了那坑，快陷慢陷最后都是个死。但猪必须找回来。全连就指着这几个"小可爱"过年时"打牙祭"。当天晚上向少文和连长商量明天派谁进西苇湖找猪。

连长说："让炊事班长带两个老兵去吧。"

向少文说："炊事班长的老婆怀上了。能不让他去还是别让他去。万一出事，一个倒，三个垮。"

连长问："咱这个连里新媳妇多。都是老兵退伍时入的洞房。这个桄节儿上她们差不多都怀上了。你说让谁去？猪娃子一直是炊事班管着的。跑了，就该他们去找。他班长不去找他的猪，换谁去合适？"

向少文说："我去。"

连长笑了："你去？你去西苇湖找过猪吗？别闹了。还是让老兵去吧。"

向少文问："老兵去西苇湖找过猪？"

连长说："他们虽然没在西苇湖找过猪，但是……"

向少文说："但是什么？"今天这位向指导员显得特别轴。这是从来没有过的现象。过去用他老爹的话来说，总是挺"谦让"的。

连长不说话了，但看表情，还是不同意他去。

293

向少文说:"我有个条件是他们没有的。"

连长撇撇嘴说:"你?哪个条件?"

向少文说:"我是指导员。还是代理党支部书记。他们谁是?"

连长又笑了,说:"你这倒是句大实话。但是……我得给你交个底了。把你放到这个连里来任职前,安副团长可是亲自有话交代我的,你头一回下连任职,让我一定要保证你的安全。我担着这责任哩。团首长可是挺稀罕你这个'宝贝疙瘩',我可不敢让你去玩命。"

向少文说:"我去是玩命,战士们去就不是玩命?我不能玩命,战士们就该玩命?你,刚才说了,咱连的战士多数退伍时才结的婚。现在他们的媳妇差不多都刚怀上。在这节骨眼儿上不管他们谁出点啥事,毁掉的就是一个家。您连长更是上有老下有小。全连光棍一个,能三个饱一个倒,一人吃饱,全家不饿的只有我,怎么说,我去,真出事,代价也最小。"

连长还要说什么,谁都想不到的是,这位从来没在老连长面前发过火的"上海知青"指导员,这时一拍桌子站了起来:"别跟我争了,连长同志。就这么定了。今天这档事,我这个支部书记说了算!你另外再派两个战士跟着我就行了!"

巧的是,这场两位连首长之间的"争吵"被在门外站岗的哨兵听了去,不久就传遍了全连每个角落,让每个刚怀上了的小媳妇感动得不行不行的。从那天起,在这几百个老兵眼里,怎么看这个没当过一天兵的"上海鸭子"都不比他们矮一头了。这个"新兵蛋子似的指导员"可以称得上是"老兵们的自己人了"。也正因为如此,在上面急令这个连队整建制往前沿调防的时候,老兵们一致希望,也强烈要求"年轻的向指导员"跟他们一起走。继续当他们的指导员。

当然，这个希望也罢要求也罢，都泡汤了。

团首长留下这个"上海鸭子"是要"另有任用"的。这也确实应了向少文他父亲的预料：在无法阻挡的返城风潮中，众人皆走而他们这少数人独留的态势下，垦区党组织是会择机对这少数扎根派人士加以重点培养和使用的。这当然会给他们带来光明的前景。但是否也像我党的老政工干部向少文他父亲担心的那样，给这些扎根派青年带来另一种更为严峻的以至是更为"严重"的考验呢？

让我们"倒骑毛驴看唱本，慢慢往后瞧"……

……但有一点，我们是可以肯定的，这时的向少文，信心满满。踌躇满志。至于后来他内心渐渐发生了某些变化确实连他自己都是意料不到的。现在回想，这变化一开始确实"很细微"，他自己也有所感觉——毕竟父亲是有所告诫的。但这些变化有一些甚至可以用"美妙"来形容。向少文同志一度甚至是在享受这种"变化"，可谓是"防不胜防"啊……

这变化，最早是从调到师军务科当参谋时开始的。并且和"住房"有关。

关于这个"住房"问题，前边好像也提到过，向少文他们刚从上海到农场时，在生产队大田里干活。青年班十五个男生住一个地窝子。是半地窝子。只有窗户高出地面的那种地窝子。一迈腿就能上它房顶。青年班里几个调皮捣蛋的孩子（十五六岁）经常在这半地窝子的房顶上打架。他们全体男生睡一张不足十五米长的大通铺。后来搬出地窝子，搬进土块房。建那土块房的几千块土块（每块重五公斤），还是他们自己和泥打出来的。到武装值班连、团宣传股，确实不用再在地窝子或半地窝子里睡大通铺了，但住的还是土块房，仍没能住上个单间，而是住在办公室里。在办公室的火墙背后单独搭个铺。但无论如何也算是有了自己独用的单人铺了。况且有火墙挡着，到晚间就安静了许多。看个书，从自己装的矿石收音机里听一听国际国内新闻，让身处大西北一隅的自己保持"和中央的联系"也方便多了。师机关的情况就完全不一样了。简直天上地下好比"云泥"之别。师首长每家一幢小别墅。（这种"别墅"当然还不能拿去和现如今那些个大款大腕巨富们动辄花几亿几千万造就的豪华别墅相比。）师机关一般干部住的则是红砖砌的四层宿舍楼。不带"长"的参谋助理干事，已婚的住单间。未婚的两个人或三个人一间。带了"长"的副处以上的即便是未婚，也分你个单间。那是真有地板、有取暖的俄式大壁炉的房间。窗户上安装的是"货真价实的玻璃"。还是双层的。说"亮堂"，那真是亮堂晃眼啊。（在此前，即便在武装连连部，窗户洞也是用废旧化肥袋封的。早期还没有塑料布和塑料薄膜这一说。）住进师机关干部宿舍楼去的第一晚，他躺在床上辗转许久未能入睡……仿佛又回到上海……这感觉真的……真的是不一样了……那天宣布他当副处长。第二天一早，武装处的一个参谋来敲门，向少文以为边境上有什么紧急情况发生。忙翻身起床，只披了件外衣就去应门。那个参谋却说打扰了，前边没发生啥情况。他来，只是想替"向处"去打个早饭。向少文立即觉得，不合适。这个参谋在武装处工作多年，年龄比自己也大得多。是个"老同志"了。怎么可以让他来替自己打早饭？刚说了声，"别别别……"那个参谋已经进屋来拿上"向处"的餐具向食堂走去了。向少文追出去喊："饭菜票……"那个参谋只回了声："没事没事。我有。我先垫着。"就走远了。看着这个参谋在楼道拐角处匆匆消失的背影，这时的他，隐隐地有点不知所措。同时又隐隐地觉得……

觉得……觉得什么呢？觉得同志们对他真好。心里泛起一阵暖意。吃罢早饭向办公室走去时，不知道是自我感觉的缘故，还是确有其事，他觉得机关里的同志看他的目光都和以前不一样了，显然在曾有过的羡慕、客套、生僻和质疑中，又多了一点恭敬和柔和……虽然在武装处召开的欢迎会上，他还是说了这样的话——许多新官上任发表就职演说时都会说的一段话：今天我向少文的职务变了，但我水平没变，还是昨天的向少文。当副处长，只不过是组织的关怀，同志们的信任，工作的需要。还希望同志们今后继续帮助我、提醒我、监督我……

于是，一开始的"不习惯"渐渐被"习惯"代替。开春后机关组织大伙去黄沟植树，即便武装处绝大多数同志的年龄都比他大，但一定会有这样的"老同志"抢着替他扛铁锹。集体乘坐敞篷卡车，那天如果处长不去，那么同志们一定会把唯一的副驾驶位置让给他坐。带处里的同志去四棵树煤矿洽谈接收事项。如果当天赶不回来，要住矿上那个招待所。办入住手续时，招待所所长一定会把他领到走廊的另一头，那里是专为处以上领导干部准备的"高间"。（副师以上的领导住的就不只是"高间"，是"套间"了。矿上这个招待所比较简陋，只设置了一个套间。）而另一条走廊里的那些双人间、三人间甚至四人间或大统间，才是他带去的随员、小车司机和其他普通旅客住的。他不会因此再问一句：为什么一定要分开住呢？也不会担心那几位跟随他来办事的同志心里会不痛快。（这些老同志确实已经不会不痛快了。他们早就"习惯"了。）想到父亲曾跟他讲过的一个"当领导的信条"："随大流并不是任何时候都不能采取的一种工作方法。在非原则问题上要善于跟多数人，甚至跟已经约定俗成的社会惯例妥协。可以从众。千万要避免不论原则和非原则问题，事事都跟多数人对着干，即便你的意见是正确的，也不要硬抗。先跟多数人妥协。然后让事实来教育多数人，让他们在事实面前认识到你当初的意见是对的。这样树立起来的威望和威信才是最牢靠扎实的。一定要相信群众在事实面前是会辨别真假和对错的。久而久之，他们就会自觉自愿地遵从你的领导。这是避免脱离群众、团结多数的一个重要方法。"另一个更重大的变化是，以前他唯一在意的是自己是否尽力干了，是否干好了。唯一的想法就是自己应该干好。必须干好。至于别人怎么看待他，无所谓了。从来不去计较，也不怎么在意"领导是怎么看待我的"。现在他发现自己开始在乎，而且是越来越在乎别人怎么看待他。特别是在意领导怎么看待他。既在乎别人的眼睛怎么看他，也在乎别人的嘴怎么说他。特别在意领导对他的态度。

有一回发生了这么一档事，真惊着他了。或者应该说"吓着他了"更准确。那天是个周末——当时全师十天才休息一回。（虽然国家规定七天休一回，但垦区有自己的规定。农忙时有可能连续二三十天不休。有些老职工私底下就发牢骚，我们垦区啊，除了宪法不敢改，啥都敢改。）那天他睡了个懒觉，错过了早饭时间。本想在宿舍里用那个从上海带来的煤油炉子煮点挂面，切点葱末，再捣点蒜泥拌拌，凑合吃一点就算了。没承想托人从上海带来的那几卷鸡蛋挂面用完了。（说实话，那几卷鸡蛋挂面平时还真没怎么舍得吃。一直是备着"救急"用的。）因为是周末，食堂本来就只供应两餐。这一顿不吃，就得熬到下午三四点去了。于是他就拿着自己那套搪瓷餐具，去食堂碰碰运气。前边提到过，师机关专为师首长用餐而设立的小食堂里有一位康大厨是上海知青。向少文到师武装处后，两人走得挺近。垦区武装值班部队每年都要冬训打靶。师机关各科室的同志也被要求去操练一番。那些不在武装编制中的同志最感兴趣的还是去靶场打上几枪。过过枪瘾。但历来在食堂工作的那些同志连这种过枪瘾的机会也没有。向少文上任后,他给了他们这个过瘾的机会。特别是对上海老乡。但凡轮到康师傅带人给去靶场轮训的同志送饭,向少文总会安排老康打上几枪。那天他到小食堂找到老康。老康二话没说,立即从冰柜里取出一二十个冻饺——这也是平日给师首长准备的夜宵,给向少文煮了起来。煮着煮着,老康突然问向少文:"向处长,今天这个会这么快就散了?""散会?一早开啥会。最近忙得不可开交,难得今天睡了个懒觉……"向少文一边说,一边往小碟子里倒香醋。夹蒜瓣。"是吗?那……一早党办的冯秘书让我们给师首长和各部门处以上的头头准备早饭。他们不到八点就慌急慌忙地来吃了,说是要去机要室听什么绝密文件传达。没通知你?""哦……这个……我知道……"向少文随口应承了一句,心里还是咯噔了一下。手一哆嗦,刚夹到筷子尖上的蒜瓣又抖落了下来。"处以上领导干部"都要听的"绝密文件传达",为什么没人来通知我呢?是党办秘书疏忽了?漏通知了?这是绝对不可能的。需要集中到机要室去听师首长亲自传达的那种"绝密文件",密级极高。事先一定会拟定一份名单交政委亲自过目圈定。政委圈定时会根据他掌握的情况对名单有所取舍。(有些情况相关部门会按相关规定直接向政委报告,党办的同志都不一定知晓。)所以,并不是所有"处以上的"有一个算一个全部都能入圈。比如正在接受内部审查的,或组织上已经接到举报、感觉问题比较严重,但还没来得及对其采取组织措施的,还包括一些虽然没什么问题,但根据文件要求他们不适宜听取今天这个文件传达的那些同志……就不会"通知"他们来听传达。所以,听老康说,师首长和那些被通知去听传达的"处以上领导"不到八点就来吃早饭了。偏偏自己没接到这样的通知，向少文后脊梁上是立即冒出了些许冷汗。为了不致在老康面前失态，他强作平静，勉强吃了几个饺子，又和老康随意扯了几句家常，便赶紧回宿舍了。

他急于要搞清楚，政委为什么没让秘书通知自己去听传达。回到房间，坐立不安。犹豫了一小忽儿，先给一位副处长家打了个电话。看看那位副处长是否去听文件传达了。电话接通。果不其然，那位副处长的家属告诉他，人一早就走了。听什么传达，她不知道。核实了确有这样的安排，这后续的一个来小时，可以说是他到师机关担任副处长以来最"惊惶失措"的一个来小时。他不断地问自己"为什么没被通知去听传达？""为什么？""我有什么问题了？""为什么？"……他翻来覆去地自查原因。觉得无论从哪个方面去权衡，自己都不应该"没被通知"。情急之下，他不止一次想直接给党办打电话，"询问此事"。拿起电话，又放下。放下了，又想去拿。最终，还是在惶惶中"踩了刹车"，没打这个电话。他知道真要那么做了，不仅显得莽撞，还显得幼稚。因为机关工作的基本守则里就有一条"不该问的不问"。"那么，还能找谁摸清这张'底牌'，搞清楚'没通知我'的原因呢？"他快速地在脑海里把有可能掌握此内情的同志逐个过了一遍。甚至过到机关幼儿园里去了。幼儿园的园长是副政委的家属。有一个副园长是司令部参谋长的家属。她们从"枕边风"里也许会刮到一些第一手的情况吧？但这个想法随即被他否定了。他觉得自己这么干，真的可以用两个字来形容，那就是"卑劣"。即使自己的用意只是为了澄清自己的境遇，那也不能把主意打到首长家属身上去。更何况平日里，自己从来也没找过她们。这个时候去"敲门"，如果手里再提点什么东西，再让师首长知道了，今后就别在师机关待着了！然后，他告诫自己："镇静。别慌乱。一定要镇静。既然自查查不出任何'不被通知'的原因，就该相信自己。就该沉住气。组织上总会给个说法的。慌个啥嘛！自乱阵脚，反遭人白眼。"但稍稍平静了一忽儿，心里却又翻腾起来："那……他们为什么不通知我呢？""为什么……不通知，总不会是平白无故的吧？这里总有个原因吧。原因何在？！前不久开师党委扩大会，那么重要的一个会议，还把不是师党委委员的我一起扩大进去了嘛……这一次为什么就不通知我了呢？到底发生什么事了？"

坐立不安。惊惶失措。真的是坐立不安，惊惶失措。而且方寸全乱……

后来才知道，不通知他，完全是当时（修政委的前任）那个师政委的一片好心。在此前，师里让他带着武装处的一帮参谋干事，到邻近一个现役野战师观摩学习他们的军训。说是观摩学习，其实就是下连当兵，跟着野战师的战士一起"摸爬滚打"，直接参与他们的军训。整整一个月。现役部队的战士和连队干部都是一二十岁、最多也不过二十三四岁的"年轻娃娃"。而他带去的这些参谋干事，都是多年前退伍转业的，基本上三十大几快奔四十去了。没当过兵的他算是最年轻的也快奔三十去了。这一个月在现役部队"跟班作业"下来，不说别的，每天早上一个五公里越野，晚上又一个越野五公里，就够他们"喝一壶"的了。一个月下来几乎每个人都瘦了十来斤。真把他们累劈了。昨天刚从部队回来，给师党委做了汇报。师政委看他那个辛苦样，告诉党办，就先别通知向副处长来机要室听传达了。让他好好补补觉。因为这个文件主要是关于台海局势的通报。师党委已决定要单独给武装处全体同志进行传达，还要组织他们深入进行专题学习贯彻。今天不通知向副处长，也耽误不了他了解这文件精神。

　　……知晓了这一切，向少文终于放下了心。下午给下边几个农场的武装股股长打了一圈电话，查问了一下他们武器库改扩建的情况。晚饭前兴冲冲约了武装处几位老同志——都是一直没把家属办到垦区来的单身汉，去师机关后身那条街上一家烧烤店聚了聚。（还叫上了老康。他酒量酒德都好，和这家烧烤店的经理也熟。）几个人美美地喝了一通。同时吃掉好几十串红柳羊肉串。和一大盘加量的大盘鸡。大伙兴之所至，跟至今尚是未婚之身的向副处长约定，将来向处的婚礼就交给他们来办了。到那天，他们一定替向处"好好地"办一个最热闹、最隆重、最体面的婚礼。回到宿舍，自觉已经彻底放松了的向少文，晕晕乎乎四肢八叉地往床上一倒，想好好再补上一觉，却翻过来折过去仍然睡不着。回想自己上午的那一阵"慌乱"，先是觉得可笑。后来觉得多少还是有点"窝囊"。再后来……就"怎么也睡不着了"。认真觉得自己哪儿出了点"问题"。不是出了一点，而是……而是出了"严重"的问题。心理脆弱啊。太脆弱了。偶尔一次没通知我到会，就急惊风似的，跟上了热锅沿的蚂蚁一样，要死要活了。至于吗？年后开春那忽儿，一场几十年未遇的回头雪封山，压塌了二牧场数十间冬窝子。好几百只小羊羔冻饿而死。还有牧工和一大批其他牲口被冻坏。武装处奉命抽调值班战士赶去救灾。路遇车祸，伤了两个战士，还牺牲了一个。当时我有那么着急和慌张过吗？

　　有吗？

　　没有。

　　为什么？

　　……

想到这里,向少文腾地一下从床上坐了起来。觉得口渴。渴得非常厉害。摸摸额头。额头上已经渗出一层油汗……

不久后的一个午夜时分,李爽接到一个电话

来电话的是向少文。语气有点急迫。

"你和谢平在一块儿吧?"他问。

"是的。咋了?我俩正在为你筹划那场婚礼哩。前两天还接到你们武装处一个同事的电话说,尽管你升官当了政治部副主任,调离了他们武装处,但他们和你有言在先,你的婚礼,本来是该由他们来操办的。现在听说由我们主办,但他们还是要出力。现在看看这两家的关系怎么协调。我们正要给你打电话哩,你出面说句话吧。"李爽说道。

"我就是要跟你俩说婚礼的事哩……"向少文说道。

"好啊好啊。你定一下吧,这两家以谁为主来办,别伤了和气。"谢平接过电话对向少文说道。

"婚礼的事,是这样的……我就是来告诉你俩一声,原定的婚礼改期了。你俩这忽儿不用急着上盐城那边去了。"

"改期了?为什么?"李爽忙接过手机,问。

"没为什么……"

"喂喂喂,请大官人说说清楚,什么叫'没为什么'?"李爽着急了,"我们这里都忙得四脚朝天了。我都向那边的市委宣传部把假磕下来了。你以为这个假是那么好磕的?眼下开春三农大忙,也是记者站最吃劲儿的时候。为请这几天假,我他娘的在部长处长跟前赔上了多少个笑脸,做了几多保证?!你就这么一句'没为什么'就

完了（liao）？！"

"电话里说不清。也没法说……"

"没法说？什么事这么严重？小俞变卦了？"谢平再次从李爽手里接过电话，追问。

小俞就是原先说好了要和向少文结婚的那个"小丫头"。

"跟她无关。"

"只是改期，还就是……就是不办了？"

"……"向少文犹豫了一下道，"先不说办不办的事吧……"

"什么叫'先不说办不办的事'？你这意思听起来，好像是不想结这婚了？要吹灯拔蜡了？是不是？喂喂喂，向副政委，不带这样的，您还没过金水桥哩，就开始喜新厌旧了？这可不是我党提倡的作风……"

"扯什么淡哩！啥'副政委'？啥'过金水桥'？改期就是改期。以后的事，我自己都说不清哩。别胡扯了。就这样吧。我先挂了。"

"别别别……"

但没等李爽的话音落地，啪地一下，向少文还真把电话挂了。

李爽和谢平面面相觑。一下子被向少文整愣了。

难不成……难不成……真有什么事了？

……谢平和李爽说他俩马上要去盐城，确实是为向少文的婚礼去做准备的。为什么要去盐城办婚礼，这个我们后面再解释。现在向少文突然要"停办婚礼"，这让谢、李二位一下又想到了这一点，向少文他真出事了？前一段，独立师是有人在传，向少文出事了。那天一个电话把向少文从金沙江畔催回独立师，谢平和李爽心里就存下个"疙瘩"。后来追问向少文,他吞吞吐吐地回答,说的也是"师首长找他'让他说清楚某些事'"。再问他:"让你说清楚什么事?"向少文就含糊了,只说:"无非就是我工作上的一些七七八八的事。跟你们也说不着。"但看当时那种急迫,师首长都没让他回挂职的市里去办交接手续,就要求他立即"赶回师里",谢平和李爽很是为他担了一份心的。但后来,又说没事了。向少文又回挂职的卡拉库里市委正常上班了。社会上风传的那些小道自然也就平息了,但谢平还是有点放心不下。向少文临走前,他悄悄给向少文打了个电话,问:"老大,你跟我说句实话,真没事了?"向少文只简单回了他一句:"你说还有啥事?"后来李爽知道了,还责怪谢平:"你这不是多此一举吗?""什么叫'多此一举'?如果一点事都没有,当时师里怎么会火急火燎地催他回去'说清楚'。当然,也可能有事而没啥大事。说说清楚就了结了……""你既然明白无非就是这么一回事,还去问个啥?非要再去搅和那么一下,让少文再难受一把?""问题是……是不是真像老大他自己说的那样,真没事了?""那你还想咋样?""嗨,我还能咋样……""那还不结了?!说一千道一万,他再出错,也不会出大圈。少文这人我们还不了解他?政治上是个顶个儿的,你就放宽一百个心吧。"后来,作为最知己的朋友,这几位便替向少文操心起他的婚事来了。说是最知己的朋友,主要是一老两少。老的便是当年的鸡场老汉,后来垦区党委委员,再从总部规划设计院院长任上提上去当过几天垦区副司令的常大叔常庚同志。二少就不用我说了,只能是赶不走摘不掉切不开也砸不烂的"刎颈之交"谢平和李爽。这几位早就为向少文的这档"个人问题"着急了。让一般老百姓想来,像向少文那样条件的男人,要解决个人问题,那还不是"三个指头捏田螺,把掐把拿"的事情。只待他点头，开口，随便挑！哪用得着走民间"相亲""求婚""送彩礼"等诸如此类的"俗路子"？但偏偏了，三十出头的这位"大官人"，愣是独身到今天。前些年，还有人为他着急，但随着这一年多坊间传闻他很快要晋升为独立师副政委，公开为他着急的人反而越来越少了——都这么想，嗨，未来的向副政委要解决个人问题，还轮得着我们去叨叨？这不是狗拿耗子猫看大门了吗？唯有那一老二少却仍然为他着急。谢平和李爽找他谈，一开这口就遭向少文堵截："你们烦不烦哪？有这闲工夫赶紧下楼给我弄一箱燕京来！"谢平下楼扛回一箱燕京，起开一瓶往向少文跟前一蹾，还是劝："老大，你听我说。过了这村真没这店了。我和李爽都是过来人。男人三十以前才是光芒万丈的朝阳。过了三十这道坎儿，有些活儿，真是一年不如一年，就成了'夕阳产业'了……这些话也就是我们兄弟之间才会跟你叨一把……""别说那么邪乎！""你还真别不信。性生活不和谐，人家要跟你离、要分你一半家产那可是名正言顺的。法律支持的。别管你多大的官，到时候在法庭上人家一兜底，丢人现眼可是你老大。你做好思想准备吧。""别瞧女人平时柔了吧唧，挺随你，一旦有了分手的念头，那个恶毒，可是比男人还狠哪。午时三刻，炮声一响，立斩不误……"李爽则以过来人之身，不无夸张地感喟。向少文不作声。谢平忍不住了："嗨。嗨。你倒是说说，你这里头到底有啥难言之隐嘛。大家都是男人，有啥不可以在弟兄间拿出来说说的？""我想要嫦娥。你俩帮我弄一个？"李爽立即站起，大声："只要你提条件，天上的嫦娥没有。地上的，也不是就一定找不到。""行啦。别跟我扯球淡了！"向少文长叹一声，掇起一瓶啤酒，捏两块半肥不肥的猪头肉，上电视机跟前，一边看中央电视台一套的《新闻联播》，一边"滋润"他的去了。

向少文不是不想要老婆。他只是不想凑合。那时刚从中央党校轮训回来。在周边所有人眼里，他可真是个"光芒万丈、前途未可限量"的"钻石王小五"。他也自信，只要他看上的，没有哪个女孩他拿不下来。但一方面随着工作岗位不断升迁，他虽居高临下，俯视众女主，却要不断适应新岗位、新职务的新需求和新磨炼，这使他没有足够的时间去和她们交往。即使交往，也必须越发谨慎。有度。他又是个典型的A型血质的人。既追求工作上的尽职尽忠，也向往个人生活的完美，更希望自己枕边的那个女子色、德、才三全。轻易不肯马虎就范。但在取舍之间却又往往犹豫不决，被一众女主认作是个"闷骚型"的男人，即便眼前出现了几位谁都认为相当不错，甚至可以说"众望所归"的女孩，他也会因为自己的犹豫不决（东挑西拣？）拿捏不定而错失机会。另一方面，看到身边进了婚姻这座"围城"的中年干部，家庭生活多数"也就那么回事了"。一度也曾试着谈过一个。稍稍深入一接触，想象中的女孩的"羞怯""含蓄""温柔""谦和"在现实中满不是那么回事。最可笑的是有那么一回，带那女孩去吃饭。半道上下起雨来了。当然是打出租去的。（向少文有专车。但在这种事情上，他还是很自律的。）但没带伞。车到独立师师部最有名的百花村饭店门口，他很绅士地先下车去替女孩开车门。因为雨湿，女孩又穿着高跟鞋，伸脚下车，一滑，不知她是有意还是无意的，便侧身往向少文怀里倒去。向少文完全没有思想准备。而在他潜意识中的女孩"应该是春风和白云一般轻盈、飘逸"的。所以只是很放松地伸出一只手去接。完全没料到"她"会有那么"重"。当然啦，姑娘二十出头，他又挑的他喜欢的微胖那类型的，怎么也得有百十斤上下。这一大块肉墩子完全没有支撑地倒过来，能不让他趔趄？差一点被这"一大团肉"撞倒在雨地里。幸亏他还算年轻，反应也不慢，十个脚趾立即发力，先稳住踉跄摇晃的自己，再用一只手撑在身后的车身上，才接住那位平日里表现得如此"轻盈""飘逸""温顺"，此时此刻却也无法摆脱万有引力控制且又全身心向他怀里扑倒过来的"小女孩"。这才避免了出丑……

哦，谁说她们都跟春风和白云一般那么轻盈飘逸？！

这一回的教训，让他在看待认识异性这个问题上，变得冷静、客观和……现实起来。随着人生阅历的日渐丰富和复杂，对自己这个"枕边人"的标准也在不断更新"完善"。迟疑迟疑再加迟疑。种种迟疑，加上选人的各种"艰难"，有一度他甚至都放弃了这种寻觅。好在他父亲在这方面对他没施加任何压力。父亲始终对他只有一个要求，"开门观天下，立志。**跃马纵五洲，做事**"。只要莫辜负了青春，没为难了岁月，别的，随他。根本不来干预他个人的私生活。这件事就这样一年又一年地拖延了下来。后来谁要再跟他提这档事，他就拿莎士比亚的一句诗来抵挡："可以啊，去找吧，找一个似水的状态流淌，以火的性格燃烧的女子就可以了。"

但生身父亲不干预，还有个"父亲"——常庚大叔却一直在操着这份心。向少文和修为民都是大叔一手扶持起来的年轻干部。很长一段时间把他俩带在自己身边言传身教，说他把他俩当儿子一样管教，有点不符合我党的组织原则。但在遥远的大西北，一般说来，人们还挺看重并向往这种带有"宗亲家族意味"的人事关系。这和许多农村里的情况差不多。也和某些文艺界的情况差不多，比如曲艺相声一类的。在那些个圈子里山头上，师徒等同父子。拜了师便终生归宗。连姓名都要论辈分重新安排。说这一套形似青洪帮人身依附的"封建"旧规矩吧，却在那些个山头上和圈子里至今还挺盛行。挺吃香。

常庚着急向少文的婚事，有他的"私心"——他要为垦区留住向少文这么个"人才"。当年轰轰烈烈支边的十多万上海知青都"孔雀东南飞"了，他向少文不在垦区娶妻成家，难保他早晚不向"东南"飞去。

有一天，常庚和几位"文革"期间从北京军委总部机关等单位派到垦区来军管的老同志聚会，见到贾副师长等人。谈及独立师近况。提到向少文和他这么档"老大难"的事。老贾他平时就喜欢替老战友家里的子女揽这一类谈婚论嫁的"闲事儿"，便追问，向少文他对女方有什么要求？"啥要求也没有……""怎么可能没要求？我见过这个向少文，当年在他们那群'上海鸭子'里要算是个拔尖的人才。现在又进了三梯队培养行列里，对自己的那一位一定有特别的要求。""您老别急嘛，听我说完嘛。他说的啥要求都没有，是指常规讲的那种什么长相啦、身材啦、学历啦、家庭出身啦、兴趣爱好啦……他都不在乎……""可能吗？上海的年轻人还是挺讲究这些的。我可了解他们。""他在垦区这么些年，身上倒也没那么多'上海人'的味道了。您老贾别着急，听我说完。他只是说不在乎，并不是说完全不讲究。这些方面当然起码是要看得过去的。但不是一锤定音的因素。""啥是一锤定音的？""一句话……""一句话？""向少文自己有这么一句话，他要的那一位：要么，她愿意拜倒在我脚下。要么，她能让我拜倒在她脚下。既有水一般的柔情，又有火一般的热度。"老贾愣了愣，笑道："嗨，要找一个水火兼备的小丫头。有点意思。有点意思。好！这档事，就包在我身上了！我替他去找。"

说来也巧。过了些日子，老贾去参加另一场聚会，为一个老战友饯行。这位老战友原先是北京军区空军某高炮师的参谋长。当年也是和他们一起被派到西北这个垦区去执行军管支左任务的。他比老贾他们要"年轻"，结束军管回京，没像老贾他们那样退伍转业，而是又回了老单位高炮师——不久军改，师改旅，成了高炮旅。更难得的是高炮旅主动把他要了回去，还安排他当了副旅长。他也乐意继续在北京地区把防空的重任担当起来。这次奉命协助一位老首长，率领一个军事代表团去非洲执行任务。他们在一家百年老店包间里聚会。就是在这次聚会中，老贾结识了小俞。俞清扬。小俞当时只是这个包间的服务员。但她细心周到。举止大方热情又得体。眼睛里有活。举止中有分寸。把这群半半老头老太太伺候得很到位。自然引起老贾的关注。老贾注意到，这个小姑娘一直在不动声色地观察这群高级军官。像是在琢磨什么。因为发现他也在观察她，她居然还跟老贾交换过一两回眼神。当然，也就仅此而已。聚会结束，已经走出饭店大门了，老贾找了个借口又回到包间，找到小俞，以"下回要订包间"为由，向她索要电话号码。小俞只是把老贾领到前台，取了一张饭店的名片给了他，指着名片上的电话号码说："您预订餐位，可以打这个电话。欢迎您和您的朋友们常来我家就餐。"给老贾碰了一个软钉子。后来老贾常去。直觉告诉他，这个女孩不简单。像是个有大故事的年轻人。就像雨前天空中那一大团乌云，占据在地平线上，没人可以看到它背后到底藏着什么。只能让人觉得，它似乎在等待某一时刻狂风起，电光闪，紧随雷鸣，大雨倾盆。但她到底在等什么，让人真捉摸不定……直到有一回，他吃完饭走出饭店，发现小俞跟了出来，低声地问他："老先生，您是不是有啥事？有事就直说，别这么一趟一趟的，既费钱又费神。"（这话说的……有点像谁了……像当年的小潘？）老贾会意地笑了，并跟她打趣："小丫头，我有那么老吗？""老不老，您自己知道。不过您老要是想在这儿找一个小三玩玩,我劝您还是别费那精神头了,也别浪费那些钱了。我看跟您那些战友一样,都是退伍转业的军官,也不像是有钱没处花的大款。"说得直截了当。说完她直瞪瞪地看着老贾。故意装出那副既玩世又带正色警诫的神情。两种神情不时交替出现。老贾更觉得这丫头"成色不错"。沉默了一忽儿,他问:"你是不是觉得我特坏,是个坏人?"她正色道:"像。也不像。"老贾笑了笑说:"小滑头。说话有点像阿庆嫂,滴水不漏。我确实做过一些错事。想听听我的故事吗?"她不作声。老贾便道:"那就不打扰了。不过,我以后还会到这儿来就餐,你不会赶我走吧?"她还是不作声。老贾只得走了。走了几步回过头来打量,见姑娘还在那儿站着,便犹豫着要不要再上前约约她。这时小俞却照直向他走了过来,说了一句关键性的话:"我很想听听您的故事。您愿意听听我的故事吗?"这让老贾觉得这"小女孩"太有意思了。更觉得该去"试试水"。几天后去机场送走那位老战友,他打了个车直接从机场奔了这家百年老店,约了她的一个工休日,在一个茶座的小包间里开起一个"双向故事会"。

事后,老贾问过她,那天,我都被你怼得要走了。你怎么会又主动上前来搭话了?她狡黠地笑笑说,我琢磨着,您这么个退伍老军干,来来去去的,不像个old rascal(老混混)。老贾诧异了:"小丫头,你怎么就看出我不是个老混混、老渣男呢?"她笑笑,说:"我当然有我的秘诀。你以为我这二十来年是白活的?!""说来听听,啥秘诀?""您先告诉我您这么费心巴力地接近我,到底想干啥,我再告诉您我的秘诀。""你还没男朋友吧?"老贾赶快问。"别打岔。先说说您到底想干啥?"小丫头追问,然后又说,"我瞧着您像是做媒帮人找对象的。""哎呀呀,好眼力!"老贾高兴了。再见面时，为了取得她信任，他毫无遮掩地讲了自己在"作风问题"上犯的多次错误。讲了他从北京皇城根被"发落"到戈壁滩苇湖边，又从戈壁滩苇湖边重返皇城根的全过程。她听呆了。她小声地问："一次次的……您为什么不改改呢？"他刚要回答，茶座的服务员推门进来小心翼翼地问："两位还需要点什么吗？"她突然很不耐烦地冲那个服务员暴了一句："敲门再进！你们领班没教过你们这个吗？！"那服务员赶紧道了歉缩回身子去了。"您接着说。"小丫头平静下来对老贾说。"我说完了。""您还没回答我的问题哩。这一次次的，为什么不改改？"老贾不作声了。她再催问："为什么不改改？！"老贾无奈地："我当然想改……""但您没改！"她提高了音量。老贾没料到她会这么硬怼他。（这反而让老贾暗自赞赏她了——这丫头不来虚的假的。好。）他装作愣了一下。又无奈地苦笑了。告诉她："姑娘，你可能还不了解人性的复杂，人这个玩意儿，有时候，没改得了不等于不想改。想改没改得了，这里包含许多伦理学、心理学、病理学，甚至遗传学方面的原因。当然也包含个人在自律性方面存在的严重缺陷。最主要的还是官当大了，放松了学习，放松了思想改造，个人主义享乐主义膨胀……""套话！别跟我说这。留着上纪委那儿讨好去。跟我，要说人话。""要说真格的就俩字——私欲。私欲害死人啊。更多的，今天一时半会儿真跟你说不完。""你（她突然不用您这么个尊称了）是不是还想告诉我，有些女人挺不要脸的，她们主动向你们这些好色的老男人投怀送抱。""没有没有……""没有？哈哈，我可是知道你们这种老男人！不过……""不过啥？""……"她没回答，只是往火车椅的长靠背上一靠，抱起双臂架起二郎腿，冷笑。过了很多天，两人真熟了，她才告诉他那天在这"不过"两字后头，她没说出来的话是：

"不过，看来老同志你不是最坏的。不少染上了这坏毛病的男人，往往把病根病源都怪到女生头上，说她们瞧着有钱的有权的，主动上赶着投怀送抱。你没有。"而后她站了起来。他以为她要走了。但她没走，只是向窗外张望了一下。她张望窗外是因为她觉得跟这"老头"聊的时间不短了，想看看天色是否已经暗了下来。而这时天色不仅暗了，还黑了。她却又坐了下来。继续架起二郎腿问："有兴趣听听我的故事吗？""您说。"（不知道为什么，这时老贾居然对她改用了尊称。）

小丫头端起茶杯抿了一口她自己点的西湖龙井，稍稍润了润嗓子。随后一段不到六七分钟、随意性特强、逻辑关系有点乱的"开场白"，却把老贾惊到了。

她说她有一阶段在东北某地的一个"疯人院"里做过护士。这个疯人院是个很特殊的"疯人院"。被送进这个疯人院的，都是当年从上海、北京或其他大城市到北大荒来的知青。"他们熬不过北大荒的苦，熬不过远离老家的寂寞，大概还受了些别的刺激吧，看不到出路在哪儿，就爱谁谁了，索性躲进自己的幻觉里。把自己想象成各种各样的人。就开始想说啥就说啥。想干啥就干啥。而且说了干了还死不认账。自己也记不住。别人都以为他们疯了。其实依我看，他们只是在用这种方式回避生活的艰难和复杂，给自己构建了一个谁也不敢去招惹的避风港。这样的人在全北大荒几十万知青中不多，有百十来个吧。政府算是做了档好事。没让他们散落在东北大地上。把他们搜集到一块堆儿，养着……"

"因此，你得出了什么结论？"

"没结论。"

"我不信。"

"就是因为得不出结论,我才要拿出这个问题来跟您这些过来人探讨嘛。"

"你想问啥?"

"只是想问问你们这些过来人,生活对每一个想活下去并想活得好一点的人都么难吗?"

"这样的问题好像……好像不应该是你这个年龄段的孩子问的,特别是不像你这个年龄段的女孩问的。"

"我不是孩子。您看清楚了。"

"哈哈……"

"老同志,这会儿没人想跟您'哈哈'。"

"……"老贾一下被怼得不作声了。但正是从这一刻起,他认可了面前的这个"小丫头"——可以作为个正选对象介绍给独立师政治部那个向少文副主任了。在进一步了解了她的家庭出身情况后,他更坚定了自己的这个信念。

过一天傍晚,在离他和小潘居住的那个地下车库附近一家日式烤肉店里又跟小俞谈了一回。吃完烤肉,小俞直率地问:"老同志,您到底要把我介绍给什么人做老婆?"

"哈哈……"

"……有事赶紧说事。别打哈哈。要没事,就回见了。"说着,小俞拿起手包,起身,冲着大堂间那个结账柜台嚷了声,"服务员,埋单!"

"怎么能让你埋单?"老贾忙抢前一步去结了账。走出店门,天色已全黑。晚风渐凉。老贾不由自主地裹紧了那件挺时髦的黑羊绒紧身及膝中长风衣,并竖起领子,挡住那一股股飕飕直往脖子里灌去的寒风，问小俞："我们能找个地方再聊聊吗？"

"干吗？想去开房？"小丫头警惕地瞟了老贾一眼。

"你说啥呢？"老贾的老脸居然燥热了一下。

"您真打算替我做媒呢？"

"受人之托。成人之美。要不上我家去坐一会儿？挺近的。步行十来分钟……"

"不去。"小丫头说着都后退一步了。

"我小媳妇在家哩。"

"不去。"

"要不，你请我上你那儿坐坐？"

"不行。"

"哈哈。好样的、好样的。那……要不咱俩上河对岸去坐坐。那边沿河有个小公园。闹中取静。是个既安全又能说说话的好地方。"

小俞远远地朝河对岸探视了一眼。她知道河这边，也就是她和老头儿站着的地方，是紧挨着东长安街北京最繁华的商业中心，也就是所谓的CBD地段。围绕着国贸桥，一幢幢直耸云霄的大楼正以惊人的速度和刚度形成一个亚洲乃至世界最重要的商业中心之一。而河对岸仍然是一大片六层楼为主的居民区。相形之下，它就低调和平常得多了。据说在这片低调平常的居民区近旁曾有过一个火车站。对北京来说曾是个十分重要的车站——北京东站。现在车站是撤了，但常有车头进驻这儿维修。好像仍是北京少不了的一个运输机构。而沿河确实树影婆娑。路灯光中，可以看到一些居民带着孩子在林间甬道上嬉戏。

明明只是条并不宽的河，而为找到过河的那座简便铁桥，再沿河找到公园入口处，却花了好几十分钟。直到在一处既不算太幽静又比较幽静的地方坐下，天色就黑得透透的了。

就在尔后的交谈中，老贾惊喜地得知，此"小俞"原来还是前不久奉命去非洲执行任务的他们那位老战友"高炮旅副旅长"的女儿。惊喜之余，细细一想，这女孩如水似火般的性格和做人所持的那种独立向度，确有军干子女那种模样。正因为出生在这样的大院里，她才会一眼就品出老贾是"坏人里最好的人，又是好人里一个中不溜的坏人"。（熟识后，老贾还经常拿着这句话四处去开玩笑说，"再没见过一个丫头的眼睛和嘴有她这么'毒'的！"）

"哎呀呀呀……"

"您哎呀个啥？"

"太好了……"

"好啥？"

"老战友的闺女。还有比这更合适的吗？真是踏破铁鞋啊！哎，当年你爸跟我们一起去西北垦区支左，军管，你怎么去了大东北呢？"

"在那个年代，父母奉命去西北，儿女去了东北，稀罕吗？"

"那……你后来怎么会上什么疯人院当了护士，还是护工？"

"护士。"

"你自己要求去的？"

"是的。"

"为什么？那地方工资高？"

"那个年代的人追求工资高低吗？你们西北垦区去了十多万北京、上海知青，多少万转业战士，多少万河南、江苏农村支边青年……还有最早那批解放大西北就地转业建垦区的老同志，他们住地窝子，啃玉米馍，喝涝坝水，扛铁锹挥砍土镘，修大渠，建林带，有谁是冲着高工资去的？那时候有高工资吗？冲高工资去活着，是这些年才有的事。"

"那是那是……可话说回来，他们不管咋样还是有人组织、有人下令，是伟大领袖发出号召才奔最艰苦的地方去的。而去疯人院……好像……好像……有点不那个……你偏偏要去那种地方，所为何来呢？"

"这很奇怪吗？"

"不奇怪不奇怪……可是……"老贾还想问点什么，小俞立即打断了他的话头："还有什么问题吗？没什么问题了，您要是真给我介绍对象，带对方的照片了吗？让我看看对方长啥样。"

"这个疯人院……"

"老同志，您真没完没了了，真跟'疯人院'干上了！您是不是以为，我当年也是精神出了问题被人扭送进疯人院的？后来恢复正常了，为了挣点钱养活自己，才留在那里干了护士活儿的？您就不相信我是有意去疯人院做社会调查的？"

"去疯人院做社会调查？为什么？"

这位叫"俞清扬"的小姑娘接下来的回答让老贾不得不更要高看她一眼了。

她说她当年听说一个十分出名的矿区，从全国调集了数万人，用数年时间，举行了一场极其艰苦卓绝的大会战，开发出一个世上罕见的稀有金属矿。为我国填补了一个巨大的空白。让西方那些想在这个领域死死卡我们脖子，狠狠讹我们一把的混蛋家伙的妄想全落空了。但与此同时，在离这个矿区的不太远的山沟沟里却建起了一座精神病院。而且据说在那几年里在那个区域精神病患者急增。

她想知道这些精神病人和这场强度和力度都空前的"大会战"有没有直接的关系？如果有，那是一种什么样的关系？如果没有，它为什么要建在离矿区不太远的山沟沟里。不管是有关系，还是没关系，它为什么要"避人耳目"似的建在"山沟沟"里？在进山口还设立了岗哨。没有得到批准，没有有关方面开的路条，是进不了这个山口的。

"你去了？"

"去了。"

"那年你多大？"

"不到十七岁吧。"

"那么点年纪，怎么会对这么个问题感兴趣？"

"您问我，我问谁去？"

"调查出什么名堂来了？"

"没有。"

"为什么？"

"这还用问吗？他们发现我是去做社会调查的，就把我赶出来了。"

"你怎么拿到路条的？"

"谁给一个十六七岁的女娃开路条？"

"那你怎么混进去的？"

"说通了一个往里运副食品的卡车司机，把我藏在冷藏厢里带进去的。"

"后来呢？"

"后来就没后来了。"

……后来……后来听说了北大荒有这么个病院,专门收治多年来在开发建设北大荒的过程中得病的上海、北京等大城市的知青。她又赶去了。

"这回如愿了?"

"那是因为我做足了准备。提前考了个护士证。另外,一方面社会更开放了,开放的程度非往日可比,对精神疾病的态度和看法也能比较理性、科学和客观了。没那么些掖着藏着的东西了。最起码让人不用路条就进得了那些'山口',跨得过它门槛了。再一个,他们那儿确实也缺这一类的人手。我又是主动'投怀送抱'上门去的,既年轻力壮,又诚心诚意。再说长得还可让人看两眼。这样的货,不收白不收嘛。"

"你小小年纪死活要奔着这样一些病人去做调查,你……你不觉得有点让人匪夷所思吗?甚至让人觉得有点出了大格儿。甚至还可以说是'别有用心'。你真没问过自己,如此这般,究竟所为何来?"

"朦朦胧胧地好像也问过我自己……"

"有答案吗?"

"朦朦胧胧有一个,但不知道对不对。"

"能说来听听吗?"

"哎,老贾同志,您干吗死活盯着这么档事打破砂锅璺(问)到底?这跟你要把我介绍给什么人当老婆有关系吗?"

"当然有关系。"

"您担心我也有精神病,非得查个水落石出?"

"哈哈,这倒不是。小清扬,实不相瞒,你也可以感觉出来,这么多年,老汉我阅人无数,其中看到的踅摸过的女子更不少。但真还没有接触到像你这样的女娃……"

"是吗?"俞清扬笑了,"对此,我应该感到荣幸,还是惊悚?"

"哈哈哈……"老贾再防不住了,便大笑,这姑娘太有趣了,然后回答了五个字,"你,人小心大。"

"曾经的小护士、现在的餐厅服务员,心大吗?"

"心大心小,跟职务职业无关。"

"您这么给我戴高帽,是再想哄出我什么话来?"

"现在你们年轻人中间流行一句话,就是三十岁前争取做到财务自由,方可让自己活得精彩一点……"

"我很穷啊。哪里谈得上财务自由。"

"但你精神上很自由。请告诉我,这两年你到底在琢磨什么?"

"您这么问,好像我心里真有个什么大的打算。其实一直以来零七八碎的念头不能说一点都没有,但我真没觉得自己正经在琢磨个啥。您居然这么问了,我还真得把自己这些年这一点零七八碎的想法系统系统,归置归置。"稍微沉吟了一忽儿,她这样回答,"前不久,我老爸去非洲前,也这样一本正经地考问过我。他担心我老这么随心所欲地飘来晃去,不务个正业,将来高不成低不就,都嫁不出去咋办。哈哈,这位高炮旅副旅长怕自己闺女瞎火了……"

"怎么会哪?!"

"是啊,怎么会哪!"俞清扬轻轻叹了口气,笑道,"这些年,离开家,离开了父母,遭遇各种各样的人和事,仔细想想,不管是哪种活法的人,很少见到能把自己的想法坚持到底的……现在流行一种说法就是推不倒墙,就和墙搭伙一起过日子。这都还算是好的,而我在精神病院里看到的那些病人,依我观察,他们多数是因为失去了没法挽回,辛辛苦苦争取到的到头来却又让别人拿走了,抗不住这种巨大的落差造成精神崩溃……如果我找不到那一种能让我为之坚持一辈子的东西，我想我有一天是不是也会疯了……"

"你想太多了。"

"因此？"

"因此别自寻烦恼。别没事找事。"

"您的意思是我不必去想那么些了？"

"那倒也不是。"

小丫头默默一笑，停顿了一忽儿，又说道："有一位大学老师告诉我，人是一个不可能完成的产品。现在没有、将来也不会有真正意义上的'完成品'。都只能算是半半拉的待完成品。"

"不能说这位老师说的这个话完全没道理。人家到底是大学教师，说出来的话都挺深奥。不过，还有种说法是，我们应该成为、也可以做一个大写的人。"

"这是谁说的？"

"俄罗斯作家高尔基。你不知道？"

"嘿，老同志，真看不出来，您还有点学问哩。"

"嗨，瞧你说的。我们那时候，只要读过几本书的人，几乎都知道高尔基、奥斯特洛夫斯基和牛虻，就像你们现在人人都知道邓丽君、谭咏麟、崔健、毛阿敏一样。后来怎么了，你没跟那位大学老师交往下去？"老贾更关心小清扬目前跟这个大学男老师的关系。

"没有。"

"为什么？"

"嗯……"

"要是不好回答，咱们就绕过这问题去。"

"没啥不好回答的。他有个习惯挺烦人的，说着说着，喜欢摸摸你手啊，摸摸脑袋，捏捏你脸。再不然就坐过来，把手就直直地往你大腿上搁……"

"哦——这野种！"

"其实他还是挺有学问的。就是有点'居心不良'。"说着，她笑了。咯咯咯地笑。

"居心不良。确实居心不良。"老贾说着，不由自主地脸上有一点燥热起来。

俞清扬挺敏锐，情商也挺高，立即打圆场："我又不是在说您。您脸红什么？咱一老一少，来往这么多次，您都没碰我一下。我早就说过，您应该是坏人堆里的好人。好人堆里嘛，稍稍有一点坏毛病但早已改正了的'坏人'。嘻嘻。"

"对对对……把我归到第三类……正确……用河南话该咋夸你来着？恁爹英明。恁娘伟大。"老贾说着，招得小姑娘哈哈大笑起来。

"嘿，说个这，您就觉得我爹英明，我娘伟大了？您老说您特了解女人。您真懂女人吗？女人是在男人贪婪的目光中反复'熔铸和锻造'出来的。'锻造'这个词我用得酷吧？准吧？女人知道自己的短袖短到什么程度、露出几许腋窝最为合适。那也是从男人偷窥的眼光中琢磨出来的……所以，女人坏是让男人带的。娃娃不学好，根儿在他爹妈身上。学生不优秀，那一定是他没遇到优秀的老师。这是一条千真万确放之四海皆准的真理。女人凭直觉就能断定跟什么样的人该保持什么样的距离才是安全保险的。"

老贾反驳道："照你这么说，那些上当受骗的女人女孩，又是怎么回事呢？"

"那是因为在被男人灌了各种各样的迷魂汤以后，她们自觉不自觉地关闭了自己的直觉功能。"

后来俞清扬和向少文说起这场和老贾同志的谈话，向少文告诉她："那天你的一番高论给贾副师长留下极其深刻的印象。他对你简直了，可以说是一百个称赞，一万个认可。竭力向我推荐你。"

"是吗？我还有'高论'呢？"俞清扬带着一脸百思不得其解的神情问，"他还夸我什么来着？快告诉我！"

"他还说……还说以后让我小心着点……说你不好伺候……"

"让你小心着点？小心啥？说我不好伺候，我怎么不好伺候来着？"

"他说结婚以后……"

"说谁结婚以后？"

"当然是说你和我。"

"哎呀这个死老贾。谁说过要跟谁结婚来着？"俞清扬脸大红。

向少文故意逗她："他还告诉我，你让他转告我，男人光谈恋爱不结婚，一准是个大流氓。所以说你就是想着要跟我结婚的。"

"我什么时候让他转告这话了？好像我在逼你非要跟我结婚似的？我成啥了？超市货架上最后一棵没人要的烂白菜，变着法地一心想把自己推销出去？还说我不好伺候。我怎么不好伺候了？这死老头，好像他伺候过我似的。满嘴跑火车。一句真话都没有！亏我还说他是坏人堆里最好的一个人哩……"俞清扬真急了。一通吼叫。

"好了好了。他没说过这些话。都是我瞎编的。逗你玩哩……最近他一直在催我赶快把你娶回家。别让这么块光洁细润、真真正正的和田白玉落别人手里了。"向少文赶紧解释。

"你……你……你这个坏家伙！"说着，俞清扬就要扑过来跟他"拼命"。

向少文笑着抓住她的一双小手，让她安静下来："好了好了。不闹了。咱俩说会儿正经话。"

"那你松手啊。说正经话还要抓着人手？"她脸红起，瞥了向少文一眼。随即又假装挣扎了一下。但最后还是把自己那双小手留在了向少文的那双大手里。当向少文说了句："你跟那个大学老师……"她马上又急了，并且立即把手抽了回去啐道："提他干啥嘛。后来我再没搭理过他。"向少文忙安慰她："我知道我知道。我没别的意思。""你老跟我提他，是不是还怀疑我什么？""没有没有。你别急。我就是想告诉你，那个大学老师看起来心术有点不正，不过他说的那段话，我回头查过，还真是一段很有名的话。这段话出自德国人雅斯柏斯写的一本书里。知道这个雅斯柏斯是谁吗？"

"……"俞清扬摇摇头。

"德国很有名的哲学家哩。不要以为德国只出坏人希特勒。后来只会做豪车。奥迪、宝马、奔驰、玛莎拉蒂什么的……它对世界影响最大的是出思想家。别的不说，光出了马克思、恩格斯这两位，就够它德国牛上千百年的了。但那位大学老师引用雅斯柏斯那句话，是掐头去尾了的，只用了他半句的大意。这也是当下学术界从西方镀金回来的少数人一个毛病。从西方生吞活剥批发了一些东西回来，本来他山之石，为我所用，是件好事。但这些人往往只用符合他三观的那些半半拉的东西来糊弄国内的一些年轻人。雅斯柏斯的那段话，后半句是这么说的：'人不完整，但他永远向着未来敞开大门。'加上这后半句，意思就完整了，人生态度也积极了。也就是说，人虽然总是完整不了的，但他总在向着未来努力。我们无法获取终极真理，但总在接近真理的沿途中。这个表达，才是比较确切的。你说呢？而且特有意思的是……马克思去世的那一年，正好是这位雅斯柏斯出生的那年。要按藏传佛教的说法，他应该是马克思的转世灵童，本该继承马克思的革命衣钵。但他却走了另一条路……"说到这里，向少文发现俞清扬似乎在听，又似乎没在听。只是定定地在看着他。眼神中充满了一种虔诚的崇敬，甚至还可以说是"爱戴般的向往"。

"你怎么了？听不进去了？不想听了？"

"不不不……不……想听。特想听。您说。再说。"

"真想听？"

"想听……"

"真的？"

"哎呀，你真够烦人的。真的真的真的。快说呀！"

后来……后来，他俩就把关系确定了下来……又过了一段时间，向少文告诉谢平和李爽，他要和"俞清扬同学"去民政局登记结婚了。"你俩铁定要给我做伴郎。"紧接着婚期确定了。婚礼的举办地也定了下来——江苏盐城。那是常庚大叔的老家。这一年多，大叔一直在他老家养病。向少文让他俩提前把假请好。（主要是李爽。谢平无所谓请不请假。他反正是个"自由大调者"嘛。据说独立师的修政委也会去参加这位"同门师兄弟"的大礼。）"你俩有谁误了我这大事，别怪我翻脸。"但谁也想不到的是，临近婚期，他突然从盐城打来这么个电话，让确定了的婚礼一下变得"遥遥无期"了……

然后他俩就去找贾副师长。这位曾经的"中介人"也完全不知情。一个劲儿地说："不可能。完全不可能嘛。我这方面完全没有这样的消息。真有这么个变化，他向少文现在身份地位再变了再瞧不上我这个老领导,不屑于跟我通报,至少小清扬她会给我通报一声。她亲爸还在非洲,委托我代表女方家长参加婚礼。发生这么大的变动,她怎么着也会跟我说一声。但没有啊。"再给向少文打电话。手机关机了。这么多年来,向少文从来没跟他俩中断过联系。万一要躲个清静,想关机,事先也一定会通报他俩,并启用另外一部手机,以单独保持跟他俩的联系。现在,两部手机都关了。

毫无疑问,出事了。

是向少文和小清扬之间出了啥事?可是,他俩之间还能出啥事?

老贾细心去俞清扬的住处"考察"了一番。就像当初他去小潘租住的那间地下车库"闺房"去考察一样。他历来认为,看一个女孩怎么收拾她的住处,哪怕去"溜一眼",也能帮助你了解她的为人和生活态度。小清扬住在一处出租屋里,简陋到不能再简陋,但收拾得干净利索。一架单人床床头放着一本广播英语教材。一部单声道的半道体袖珍收音机。矮腿小桌上备着一套青花瓷茶具。一把大肚白瓷茶壶。简易的橱柜里存放着小半锅米粥和一两个凉馒头。一瓶老干妈辣酱。两根青白十分分明且又粗壮的大葱。显见得她日子过得简朴平常。他还让小潘来帮他考察小清扬。他觉得女孩看女孩,会更客观一些,更严正一点。谁知道她俩一见如故,就说到一块儿去了。叽叽喳喳小声说了一忽儿,就不管不顾地把老贾扔一旁,只想着说她俩的悄悄话去了。小潘甚至都责怪他,为什么不早点把小清扬带到家里来。

常庚大叔对这档事自然更加上心。盐城是常庚大叔的老家。常家当年曾是盐城城里一个大户。据说当年盐城城里有这么一条街,街上的房子有一多半都是他们常家的。家里有钱,就送他去上海求学。他把自己学成了一个"追求革命的理想主义者"。离休后,他回老家,愿意在这座充满人文气息和革命传统的古城里安逸下来。(盐城出过我党著名的大笔杆子胡乔木、大外交家乔冠华。南宋时期的民族英雄陆秀夫也是盐城人。身为南宋左丞相的他,抗元南侵失败。毅然决然驱妻、子入海,然后怀揣玉玺,负幼帝投海自尽。当年新四军军部就设在盐城。)

为了让向少文和小清扬相互加深了解,也便于他就近考察这女孩,常庚大叔动用了平日里轻易不动用的关系——一些新四军老同志当年结束了在苏北地区的斗争后,奉命奔赴全国各个战场和各种岗位。当他们离休后,有一部分和常庚大叔一样,愿意选择回这里来安度晚年。即使故去后,他们的家属和子女留在江苏各地的也不少。他们中间,很有些是大叔可动用的关系——虽然他轻易不动用它,但要把小清扬调到盐城近郊一个小镇上来,对于他确实不算是一件什么难事。他问过小清扬,你愿意在这儿干个啥呢?她回答得倒也干脆,干啥都行,只要能经常看到向少文和您老人家,总让我有点事情干干,别闲着就行。向少文后来也亲自上这儿来会过她一回。在小镇上住过一周时间。就近跟她交往,觉得这小姑娘确实不错。

既然如此,还能出什么事能让他在婚礼前夕做出撤销婚礼的决定?这种老套的大反转情节一般只会出现在蹩脚的电视剧或电影里的啊。

因此,结论只能是,如果真的出事了,这事只能出在向少文自己身上。

但向少文又能出什么事呢?这几年他上升的气势如此旺盛。

但……他不出事,怎么会断然中止自己的婚礼呢?他又那么认可小清扬……

茫然。真的茫茫然。

打电话去找常庚大叔。大叔在ICU病房里躺着哩。身上插着好些根管子。不能接电话。

是不是因为大叔病重，才决定撤销婚礼的？

不至于呀。因了大叔这方面的原因，最多是推迟，不至于要"撤销"。再说了，大叔病危，完全可以在电话里通报一声。这是件让人痛心但还不至于不能说的事。而向少文在最后一次通话中，断然挂断电话前说的是："电话里说不清，以后见面再解释。"大叔病重，完全不属于那种"电话里说不清"，非要见面再解释的事啊。

于是，两人决定立即去盐城跑一趟。

两人急忙先赶回李爽的记者站。却看到有四五个人聚集在记者站门楼底下，都带着简单的行李，像是远道而来的上访者——记者站时不时地会有这样一些来自底层的百姓，因上访遇阻，便找到记者站，请驻京记者帮忙递状纸。在他们眼里，驻京记者仿佛钦差或朝中当值大臣。怎么着都能见到中央首长。那一群人看到李爽和谢平，其中一位便慌忙扑了过来。等那人扑近了一看，却是一针姐孙桂琴。一脸沧桑。疲惫。和焦虑。身后还跟着一个五六岁的女孩。

李爽一下愣住了。孙桂琴从身后拽过那个小女孩，告诉她："这是你亲爸。叫呀，叫'亲爸'。"小女孩呆呆地看着李爽，不肯开口。挣扎着直往孙桂琴身后躲去。

李爽只傻愣愣地问了一声："咋回事？你们啥时候来的？咋事先也不来个电话……"

这时，在门楼子底下台阶上坐着的那几位大汉也都站了起来。准备过来打招呼。谢平估计一定是孙桂琴在卡拉库里那头又遭遇了什么重大事故，便赶紧低声提醒李爽："带他们上屋里说话。这儿不方便。"

上了楼，进了屋，才知道这一回其实没啥大事。茂源恒那边所有的官司基本打赢了。只剩民事赔偿部分还在扯皮。一针姐索性把简易旅馆原先那些被砸坏了的部分都拆了。她的意思是，旧的不去，新的不来。既然已经被砸了，我就在被砸的废墟上弄个新的、规模更大的，也让九泉之下的老曾瞧着放心。高兴。资金不够，从银行贷。县工商银行主管放贷业务的经理是个明白人，明白北高地铁路近期必定要开工，以后一旦通车了，卡拉库里地面上对服务行业的需求必定会大幅增长。算来算去，都觉得这笔款贷得。风险概率极低。又对贷款人孙桂琴进行了考察，亲自和她谈过几轮，在全面了解了这个倔强而有主见的寡妇后，更觉得把钱放给她，靠谱。也应该。便在限定的工作日之内就放出了这笔贷款。这次来京，一针姐是替老曾兑现以往的一个承诺：等公司的日子好过些了，由公司掏路费，让职工轮流去北京天安门广场上转一转。看看升国旗，看看天安门城楼和城楼上的毛主席像，同在国旗下站岗的武警战士一起合个影。

听一针姐把情况摆了摆，李爽松下一口气，赶紧安排好一针姐这一行人的食宿，又去安排记者站的工作，再狠狠地亲了两下闺女的小脸，并告诉孙桂琴他已经替闺女取好了名字——一诺。做人难得一诺啊。这一诺抵千钧。一诺承千古。一诺贯长虹。一诺啊一诺，等你真真切切地理解了你亲爹给你取的这个名字的全部含义时，你亲爹应该早已满头白发，也许都不在人世了，你就好好地和你所爱的人活下去吧……

那时候苏北一带机场还不像现在这么"普及"。更没有直飞盐城的航班。两人如想抢时间，要么选择先落南京禄口机场，要么走上海虹桥这条线。下了飞机再转乘大巴去盐城。两人毫不犹豫地选了路程较远一些的上海虹桥。原因只有一个，到虹桥机场，谢平可以让小妹谢珍奇带小别根上机场来接他们。他可以看一眼小别根。即使没时间在上海多逗留，多陪一忽儿儿子。好在是能见一面。好在是叫了个出租去长途车站，一路上懂事的小别根一直依偎在谢平的怀里。一只小手搂着谢平匆忙间在虹桥机场儿童用品商店给他买的那辆电动遥控坦克，另一只小手则紧紧抓着谢平的胸襟，生怕他跑了似的。还不时回头看看这个似陌生又熟悉的父亲，始终一语不发。

小别根确实长得越来越像小满。身上、头发上的汗味都有点像小满……

到长途车站，谢平塞给小妹一个不薄的信封袋。里面装着三千元人民币。谢珍奇瞪他一眼，嗔责："侬这是做啥啦？！付儿子的饭钱？勿要太戆哦！（戆，上海话，笨，傻，愚蠢，不通情理。等等。）"谢平忙示意她不要在小别根面前推三阻四。回头去看儿子。儿子僵站在那里。赶紧过去搂过儿子，嘱咐一句："要听姑姑的话，不要调皮。过两天阿爸再来看你。"儿子没回应。"不喜欢爸给你买的坦克车？"儿子还是没有回应。只见儿子大大黑黑的眼睛里渐渐涌出泪水。谢平忙低声问："儿子，不喜欢爸买的坦克车？想要啥。快讲。爸一定答应你。"小别根往前走了一小步，附在谢平的耳根处低声说道："阿爸，弄堂里的小朋友都在讲，侬在帮我找后妈。"谢平忙说："勿要听他们瞎三话四！啥地方来的后妈？！"小别根看看谢平，似乎不相信。眼眶里的泪水却滚动起来。谢平问："侬想要后妈哦？"小别根使劲儿摇头。谢平抓紧了儿子的小手，坚定地告诉他："只要侬不想要，阿爸肯定不会帮侬找后妈。""真的？"儿子追问。谢平肯定："真的！"小别根这才哇地一下哭出声来。扑到谢平怀里。

谢平眼圈红了。眼眶湿了。

父子俩抱着哭了一忽儿。

去盐城的大巴发动着，小别根追到车窗下，大声叫喊："爸，打开车窗。我要跟侬拜拜。"大巴拐出车场大门时，还能看到小别根一边追赶着越开越快的大巴车，一边还在向谢平挥着小手。尖声尖气地喊着拜拜。谢平鼻根又酸起。去掏手巾纸。却在口袋里摸到那个装着三千元钱的信封袋……不知哪个瞬间，谢珍奇又把它塞了过来……

**车到盐城站，向少文已经在
站内的下车点那儿等着了**

从北京飞上海前，两位给向少文发了短信。向少文立即回了信，让他俩别去。谢平告诉他："老大，我俩已经登机了。再从上海转乘大巴去盐城。盐城我们不熟。几个小时后，如果你还活在这个世界上，还认我俩是你的兄弟，请务必来车站接我们。"

谢平和李爽万万想不到，只一个多月没见，春寒料峭薄暮之中的向少文竟消瘦得那么厉害。原先方方正正挺饱满的一张国字脸上似乎只剩两个高突的颧骨和一个尖削的下巴了。"你怎么了？相亲都相成这副德行了？老大，知道你这回遇着了个好姑娘。那您也悠着点嘛。别跟饿狼似的……把自己折腾成这厾样。"李爽调侃。"病了?还是咋了?"谢平问得简单。更多的是诧异和关切。向少文啥话都没说,只是叹了口气道:"上车吧。先住下再说……叫你们别来,偏要来。你们啊……"谢平提议,要不要先去看望一下常庚大叔。但这忽儿已经过了病房的探望时间,只得作罢。

不长时间,车就开出了盐城城圈,到了那个小镇上。向少文给他俩安排在一个民营小旅馆里。

他给他俩每人安排了个单间。一推窗户,只见柳条袅袅。小河淙淙。正合林则徐两句诗的画意和韵味:"青山不墨千秋画,绿水无弦万古琴"。

"说说吧,向书记,到底是怎么回事?您可真把我俩整蒙了。"李爽说着,从床头柜的抽屉里掏出旅店给的袋泡茶,闻了闻,便把它们扔进了垃圾桶。取出自己带来的明前龙井,给每人沏了一杯。

"小清扬还在你跟前吧?"谢平小小地啜了一口那茶,觉得这茶汤还不错,一边询问小清扬的去向,一边真心冲李爽竖了竖大拇哥,探过身去,低声说了句,"哪儿的明前龙井?正经要得。给我弄半斤。"

小清扬没离开盐城。不一忽儿,有人轻轻敲门。正是小清扬。端着个托盘,送晚饭来了。

"向书记说您二位辛苦一路,这一顿就不去外头吃了。先这么将就着垫巴垫巴。洗洗早点休息。我也不怎么会弄。两位大哥凑合着吃点……"

"小清扬,你差了辈了。该叫我们叔才对。"李爽笑道。

小清扬立即红起脸,打量了向少文一眼,吞吞吐吐地不知道该不该改口。

"别搭理他俩。让你叫他俩叔,把我放在什么位置上了?喷!"

向少文一本正经地啐道。

小清扬拿起空托盘,转身要走。走到门口却又站住了。谢平估计她有话要说,便发话:"你吃了没有?要是没吃,留下一块儿吃吧。"小清扬确实想留下。她有话要跟刚来的这两位"大哥"说,但看到向少文并不想要留她下来,便在房门口犹豫了一下后,掏出一张事先写好的小纸条递给了谢平。

"干啥呢?鬼鬼祟祟的。"向少文瞟了那张纸条一眼,问。

谢平看了一眼纸条,把它递给了李爽。李爽看了一眼,又把它递给了向少文。

纸条上只写了一句话"请两位大哥劝劝向书记"。

> 这一夜谢平和李爽只听不说。向少文几
> 乎说了整整一夜。而小清扬送来的那一托
> 盘餐食一直放到天亮也没人去动它一下

窗外的月色依然还是那么明净。雨后的檐滴也一直在续续不断、慢慢悠悠地落在庭院廊下的地砖上,发出一下下低微而清幽的声响。因为房间里只开了单人沙发旁的那盏立地灯。而仅有的那点灯光又被灯头上那个鹅黄色云雾纱大灯罩遮去多半。房间就显得尤其昏暗。这种朦胧,昏暗,让向少文看起来格外消瘦。颧骨格外高突。神情也显得尤其忧郁。

一开始,向少文什么都不肯说。甚至都不肯解释他如此消瘦的原因。

"向书记,你别把我们当傻×!"谢平有点不高兴了。

"……"向少文只是低垂着头不作声。

333

"你整得满世界的人都知道你向书记要娶人家小清扬为妻了。现在突然把她给甩了。不办婚礼了。你让人家小丫头今后怎么做人？"

"……"向少文还是不作声。并且面无表情。

"你这么随心所欲，让我们今后怎么看你？！"

"你把人家约到盐城来，跟人家同居了一周时间。现在又不要人家了……当年你狗日的怎么装成个正人君子责备我把一针姐的肚子搞大的？"

"没有同居。没有上床。我和小清扬之间没有发生任何你们想象中的那些行为……"

"你俩都决定要做夫妻了，又把人找来'同居'了一周时间，你连碰都没碰人家一下，你以为你很'正人君子'？很男人？只能说你是个孬人。小清扬，我说的在理不在理？"李爽大言不惭地谴责向少文。小清扬的脸却大红起来。

"老大，你可是宣布了要跟人家办婚礼的。一个地级市的市委书记怎么可以这么干，翻手为云，覆手为雨，变脸比三岁娃娃尿床还容易……"

"这个'市委书记'也不存在了。"向少文闷闷地说了一句。

"什么意思？！"谢平、李爽同时一惊。

是的。半个月前，向少文接到省委和垦区党委组织部的通知，让他结束这次在地方上挂职，立即回独立师。回独立师，既不是一度传说的要被提为师副政委，也不是回到师政治部副主任的原位上去，而是去师规划办当副主任。这个师规划办是新设的一个单位。人员都还没配齐。也没怎么开展工作。更何况还是个"副主任"，是个在大多数人眼里有职无权、啥也干不成、也不需要你干的"虚职"。从级别上来说，也比原先那个师政治部副主任还降了一格儿。

"为什么?"

这句话没从李爽和谢平嘴里蹦出来。但从他俩的神色——绷紧的上半身、睁大了的眼睛和眼神中那满含着的不解、疑惑和质询里充分流露了出来。

足足闷了十来分钟,向少文不作声。谢平和李爽也直瞪瞪地那么看着他。不作声。等回答。

毫无疑问。肯定出事了。而且是大事。不然不会突然把他从挂职的地方调回独立师。调回来,却又没放到原先的岗位上,而是降格让他担任了个虚职——这么安置一个干部,一般情况下往往是处于"待调查"或者"待处理"状态的临时性安置。这一点,这哥仨都懂。所以……那二位不追问了。于是三位一起噤声了。一起很默契地保持了一种静默状态。这种静默让人窒息。

窗外也静。檐滴声既已消失。月色却依旧。仿佛"**人去秋千闲挂月,马停杨柳倦嘶风**"。

屋里只听到小清扬低低的断断续续的抽泣声。

然后……然后小清扬拿起托盘怏怏地走了……然后……然后向少文开口了。那语气有点像交代后事。

"有件事要拜托二位。你们走以前最好去医院看一下常庚大叔。"他说得倒也平静。

"这不用你叮嘱。"

"帮我把小清扬带走。"

"她会跟我们走吗?"

"这个,你们不用担心。我会做好她工作的。"向少文说着,却向窗外瞟了一眼。窗外什么都没有。但他还是怔怔地呆看了一忽儿。

并不自觉地流露出一种失落和恍惚、迷茫和沮丧的神情。然后又从这无法言说的失落、恍惚、迷茫和沮丧中清醒,回过头来愧怩地看了看李爽和谢平。

不知道为什么,这时候的向少文让谢平突然想起了钟绍灵。想起了那一天站在断崖边的钟绍灵。想起那个对他喊着"谢平,你别再往前走了,不要再逼我了"的钟绍灵。想起在那节布置奢华的旧车厢里的小董。想起那一刻她的苍白和绝望。同时也想起了那把精致的象牙柄镀铬小手枪。再对比小清扬刚留下的那张纸条——请两位大哥劝劝向书记……刹那间一阵寒战陡然从他后背生起。额角上顿时冒出冷汗。并不由自主地打起冷战来。

"小清扬不会跟我们走的。"谢平故意把这句话说得很响。借此可以驱赶脑海中浮现出的那个钟绍灵的影像,可以帮助自己控制住那阵仍在不断袭来的冷战。他接着警告向少文:"今天你要不跟我们说出个一二三来,我们不会就这样跟个傻帽似的一走了之。"

向少文没反驳。好像料到谢平他俩会持这种强硬态度。稍稍停顿了一小忽儿,他勉强挤出一点微笑道:"我这事,跟你俩八竿子搭不上。说到底也没什么太了不起的。你们何必……"

"什么'何必'?什么'没什么太了不起的'?!我再说一遍,别把我俩当傻×!"李爽站起。猛吼一声。向少文这才收回了那生硬的微笑。

"少文,我们三个人从当年写血书下决心离开上海到现在,多少年了?从青葱岁月,到人届中年,生生死死一路走来,啥都是一起经历的。我们历来把你当真兄弟,当老大哥。你也要把我们当真兄弟才行。时至今日,还有啥不能跟我们说的?!"谢平说得情真意切。

"真兄弟。我们当然是真兄弟……"向少文说着突然眼圈微微发红了,声音也略有些哽咽了。"不过……不过……"他迟疑了好大一忽儿,断然说道,"我这些事,在组织下结论前,真的不能说。"

"你真不把我们当兄弟?!"李爽站起吼道。

"这不是……不是……不是什么兄弟不兄弟的事!"说到这里,向少文也站起身来,突然用尽吃奶的力气冲着李爽吼了一嗓子,"这是政治纪律。你们没必要掺和。也掺和不了。掺和进来对你们没好处!你们应该懂的!不要再逼我了……"

谢平和李爽完全呆住了。钟绍灵冲着谢平说的最后一句话不就是"你们不要再逼我了"?!

那么,还要再追问下去吗?还能再追问吗?

不要了?

真道是"半世浮萍随逝水,一宵冷雨葬名花","人生只似风前絮,欢也零星,悲也零星"?

……

于是,深夜,大海真的再不动了

那年离开上海前,向少文带谢平和李爽到他母校上海中学(上海中学,上海顶级的重点中学之一。许多年里,这里也是像向少文那样的上海高干子弟最集中的一所中学。初中毕业那年,李爽也曾考过这个"准皇家中学"。可能是因为家庭成分问题,没被录取。第二年才和本来比他低一级的谢平一起考入了另一所重点中学,上海延安中学)去见他当年的一位语文老师。当时老师对他们在治愈结核病后决定放弃高考去大西北军垦农场务农,表示过高度的惋惜。

但又肯定了他们这个"革命行为"。他说:"你们正在被塑造成一种新人。一种在彻底革命的理想主义光芒照耀下成长的新人。我们这一代人不行了。身上背负的历史包袱太多。虽然不能说我们所背负的全都是污垢泥苔,但一层又一层的旧东西盘根错节,积重难返,要想重新轻装踏歌前行已不太容易了。中国需要新人,也在呼唤新人。千百年来,代代都有新人出。你们就是这个时代的新人。不过,历史又告诉我们,新人不好做。在享受'新人'荣光的同时,也一定会付出相应的代价。特别要当心的是,在你们成长过程中,别变成自己曾经非常讨厌的那种人而被时代淘汰。你们时刻要有这样的戒心和防备。"当时向少文他们完全不理解老师这番话的意思——既然决心要做新人,怎么还有可能会"变成自己曾经非常讨厌的那种人"?还时刻要有这样的戒心和防备。最后,告别时,老师送给他们一首诗,说是给即将出征远行的他们"以壮行色"的。这首诗是明朝第一忠臣于谦写的。据说清朝的两广总督、著名的禁烟功臣林则徐特别看重这首诗,还特地恭恭敬敬地抄录下来,张挂在他家的中堂,以激励自己。这首诗是这样写的:"夜看银台吐绛花,晓闻灵鹊噪檐牙。民安足遂中心愿,年壮何妨到处家。得失纷纷随梦蝶,公私扰扰付鸣蛙。晚香好在东篱菊,相伴秋霜入鬓华。"

说实话,当时处于兴奋状态中的向少文他们其实只读懂了诗中这两句:"民安足遂中心愿,年壮何妨到处家"。是的,"民安足遂中心愿"的意思,无非就是我们现在天天在讲的"为人民服务,让全世界无产阶级都得解放"嘛。至于"年壮何妨到处家",我们不正在实践着嘛,"不远万里去和工农相结合,不惜以四海为家"。但他们忽略了老师给的其他几句"得失随梦蝶,公私付鸣蛙"和"晚香东篱菊,秋霜入鬓华"中暗示的某种提醒和预警,更不可能深刻理解老师郑重告诫的"在成为新人的过程中，有可能变成自己曾经非常讨厌的那种人"……

但，这能怪他们吗？那时他们的确太年轻。可以说还完全不懂"人生"二字。人生这扇大门只不过刚向他们打开。于谦、林则徐和语文老师那样一些过来人的人生感悟对于他们毕竟过于"深奥"和"生涩"了。于谦这样的大忠臣后来屈死刑场。发誓要"苟利国家生死以，岂因祸福避趋之"的林则徐，则带着为官一生所留下的满身"伤痕"含冤被流放去了大西北……而那位语文老师则是目睹过自己教过的某些学生在做新人的沿途中，不慎"失足"，蜕变成了"自己曾经非常讨厌的那种人"，才会向他们发出如此感慨和警示。但那时的他们又怎能领悟得到这些呢？

那个夜晚，在盐城，这哥仨只得"无语话桑梓"。不一忽儿，有人来敲门。敲门的还是小清扬。因为凉意渐浓。外头起风了。可能会有七八级大风。她是来替这哥仨关窗玻璃外那一层木板护窗的。同时提醒这几个大男人，如果还想聊下去，该加衣服了。进了门，她才发现屋里气氛凝重，便觉出自己来得不是时候，便尴尬，刚想抽身走去，却被向少文叫住："清扬，先别走。听我说。明天你跟谢平、李爽两位大哥先回北京……"

小清扬一听向少文让她明天就离开盐城，心里老大的不愿意。不高兴。先郁郁地呆坐了一忽儿，再看了看桌上那些没动过一筷的餐食，又看看向少文，才直直地问："你啥意思吗？招之即来，挥之即去？"

"不是……"向少文讷言。

"啥不是？！"小清扬一下站起，怒问。眼眶里顿时溢满泪水。

又是一阵沉默。依旧"无语话桑梓"……

等向少文再开口,他对谢平和李爽说了这样一段话:"这段时间我深刻省察过自己,我是否就是谢平你说的那种半度人?还没自我改造彻底的……"随后,他自嘲般地苦笑道,"我记得你在你那本书里还说过,我们这代人一切的幸和不幸都缘于我们总是处在新旧两个时代交替的漩涡中。我一向以为,不管别人怎么样,也不管同辈中曾有过多少人经受这种'漩涡'的折腾,最后甚至像钟绍灵那样在这时代的'漩涡'中惨遭没顶,起码我不会陷进这样的漩涡里去,重蹈这样的覆辙,更不会遭遇没顶之灾。我记得我曾经引用罗曼·罗兰的一句很著名的话来'教育'你俩。罗曼·罗兰说,世界上只有一种英雄主义,那就是在认识到生活的真相以后,仍然热爱生活。我觉得我就是这样一种人。我在你们面前,也尽力表现得我就是这样的一种典范。时时以某种'传教士'的面貌出现在你们面前,但事实证明,我不配……"

……前边我们说过,向少文调到师机关任职后,心态逐渐发生了一些变化。他坦承:"现在回过头去看,我这种变化说起来也很简单,用一句话就能概括,那就是从单纯变得复杂了。从无我,变得有我了。从有我变得开始计较我的得失多少和大小了。"

有"我"不对吗?

完全做到无我,有可能吗?

人自出生那一刻始,就有一个父母分配给你的"我"。这个实体将负责载着你走完人生之路。除非你夭折,或"英年早逝",或自暴自弃了,否则你总在这个"我"之中。你脱离不了这个"我"。它将随形附影,牢牢跟死你。负载着你。重要的话得说三遍啊。但更重要的问题在于，这个"我"是会变化的。是可塑的。所以，特别要重视的是你用尽一生的心血一点一滴地"处心积虑"地究竟塑造了一个什么样的我。究竟拥有了一个什么样的"我"。

一向善于做自我解剖的向少文，说到这里，仿佛又回到过去经常在朋友和同事间扮演的那个"传教士"的角色上去了。一改近期以来凝固了的颓丧。忧郁。在他那依旧憔悴的眼眉间和消瘦的脸面上陡然又神采奕奕，容光焕发起来。居然让谢平和李爽他俩都愣怔住了。但这只是一刹那的事。随即那"神采"中的"容光"便消退。消退之快，就像晚霞中大退潮的海滩，一眨眼工夫所有的喧嚣和灿烂都重归于灰暗、寂静和落寞……

一个多月前他骤然得知，当年钟绍灵自杀居然跟他有关。他对钟绍灵的死负有"不可推卸的责任"。甚至还可以说，是他当年的某种"不当行为"促成了（逼得？）钟绍灵开枪自杀，同时还害死了另一个"老同志"……

千钧之锤又一次砸落下来，咔嚓一下，砸碎了一个元青花罐。

让我们回望一下这段"史实"。

关于钟绍灵的自杀，一直以来，外界都是这么说的：当年年轻的钟绍灵为替某些领导隐瞒库都克达吾克引水渠工程重大事故的真相，秘密拘禁了事件的知情者，并造成一名知情者在拘禁期间"非正常"死亡。长期以来受不了良心的谴责，也自知必逃不过法律的制裁，因而"畏罪自杀"。这结论，几乎是被所有人"公认"。向少文也从来没有怀疑过这个"结论"。但事实是，钟绍灵一开始并没有要自杀。他还是想争取一个将功补过的机会，让自己免于死刑判决。

他想活下去。不仅因为自己还年轻。还因为垦区新党委根据中央纪检委指示精神，决定重启对库都克达吾克引水渠工程重大事故结论的复查。省、垦区纪监委和省、垦区公安厅联合专案组曾找钟绍灵谈过一次话。专案组的同志态度还是平和的。对他的称呼也没变，还是"钟绍灵同志"。"钟绍灵同志，我们向你了解一点情况。请你本着实事求是，对党、对组织、对事故中牺牲的同志负责的态度，谈一谈你掌握的有关的一些情况。"这确实让他看到了一丝可以活下去的曙光。

他准备"自首"。去揭发。他知道，揭发或交代了专案组尚没有掌握的相关"罪行"，对澄清案情有重大贡献、重大立功表现者，是可以得到从轻或减轻处罚的。也就是说，他认为自己是有活下去的机会的。他真的很想卸下这副担了这么些年的担子。即使判个无期，在接受惩罚之后，总算能重新轻轻松松地喘上一口气。

专案组的同志和他谈话时，着重地提到了一个人，"苏某"。他就是曾担任过独立师政委，后来又担任垦区政委、党委书记，是垦区少数几个部级干部中担任党内职务最高的一个人——苏振海"同志"。（垦区党委还有个第一书记，中央规定，由省委书记兼任。）由于谈话当时，这个苏某人还在任上，所以，专案组的同志没有明着点出他的名字。但他们的指向，钟绍灵当然是心知肚明的。当年苏振海在独立师任政委的时候，为接待一位他的老领导和老领导的一家人回垦区探望，挪用库都克达吾克引水渠的工程款，把总部通往独立师的那条沙石子公路全部铺成黑油路。其中一段约有四五公里，路况特别糟，一时间没法改造成高等级的黑油路——主要是时间不赶趟了，经费也有一点捉襟见肘了。苏振海便下令让公路沿线的几个农场拿出留存给牲口越冬时救命用的饲料麦草拿来铺路，以保证老领导车队经过时不受颠簸。此举造成那一年越冬牲畜，特别是开春时出生的羊羔大量死亡。这几个农场牲口存栏数急剧下降。畜牧业生产遭受沉重打击。为进一步搞好接待工作，他又按省和垦区总部迎宾馆的规格，在独立师师部后身的北高坡上新建了个迎宾馆。把师部三平方公里的市容重新整了一个过。把所有的路灯杆和灯罩都换成天安门广场上用的那种样式。连发电厂、针织厂两个高几十米的大烟筒都粉刷一过。刷上了老领导当年最喜欢的红褐色。大大扩充师史展览馆的内容，以突出介绍老领导在独立师主政的功绩。还临时从总部借调来豫剧团，以老领导创建第一个农场时的事迹为模本，赶排了一个四幕十一场豫剧《边疆新歌》，让师文工队赶排了一台歌舞晚会《我们都是向阳花》，中心内容是展示独立师今后五年的规划和发展方向。为此重新升级换代了师俱乐部所有的舞台灯光装置和音响设备，并更换了全部的座椅套……所耗费用相当一部分就是从库都克达吾克引水渠工程款中挪用的。严重影响了库都克达吾克引水渠的工程质量，把它做成了个豆腐渣工程。开春，南山融雪。洪水下来冲垮新修的龙口，二十多个年轻人奋不顾身排险牺牲。事故发生后，苏某人搬出"中央精神"，强调"当前，稳定是重中之重的头等大事。尤其在边疆地区，不能让别有用心的人利用偶发的一次工程事故来搅乱民心，转移目标，破坏了当前政治整顿和经济建设齐头并进的大好形势"，"全师上下一定要提高警惕，顾全大局，维护好这个来之不易的团结奋进的局面"。他一方面指示师红色屯垦报、广播站联合组织一支专门的报道队伍，大力宣扬那二十多个在事故中"捐躯"的年轻人"奋勇排险"的事迹，另一方面压下所有要求追究责任、认真汲取教训的呼声和稿件。在内部，则强调要特别做好那几个事故知情者的工作。明确指示把他们集中到一个特别安静、完全不受外界干扰的地方,用"办学习班"的方式,万无一失地做好他们的思想工作。而且特别指示把这个工作交给"小钟"来负责——那时,钟绍灵还没到党办,刚调入师司令部行政办公室。年轻的钟绍灵当时也坚信"苏政委"是为了大局才让他去做这几个知情者工作的。而办学习班,也不是什么犯法的事。因为那个阶段,"办学习班"蔚然成风,各地各级组织都会用此方法来统一人们思想。后来,他不是没产生过怀疑,一度也忐忑过,不安过。因为就他所知道的"学习班",从没有像这个学习班那样,限制"学员"行动自由长达数年之久。这和"关押""拘禁"有什么区别呢?但事情毕竟是自己做下的。又随着苏某人职务的高升,他自己也被苏某人从独立师机关调到垦区总部机关,在最接近领导核心的办公厅任要职。"苏政委有恩于我"的想法让他怎么也迈不出"卸下这个包袱,去说出真相"这一步。随着时日的推移,他甚至产生了"有苏政委在,就不会有人追查这档事"的错觉。即便如此,深夜里他还是不时被噩梦惊醒……

近年来,他知道越来越多的干部和职工向上"举报"前二三十年间垦区存在的各种问题。从独立师发出的举报,更多的是"强烈"要求省委和总部查明当年那些知情者的下落……在犹豫再三后,他曾给苏政委打过电话。(那个阶段,苏政委去北京陆军总院"养病"了。垦区的日常工作由新来的一位副政委主持。)在电话里,他对苏政委说,这些同志被非法拘禁的时间太长了。凡事压久了,必然会露馅。而且"已经死了一个了"。他的死因,勉勉强强还可以借口"因病没得到及时治疗"搪塞过去,但要是再出这么一档事,恐怕就没法搪塞了。"政委,我真没别的意思,只是觉得我们应该在某个适当时机,找个合适的理由,安抚好这几个被拘禁者的情绪,赶快恢复他们的人身自由，安排好他们和他们家属的工作、生活，并给予适当的经济补偿。如果需要向他们道歉的话，也由我出头来做。总之只要能平息了这几个同志的怨气，让他们不再追究往事得失，必须尽快了结这档事了。这个'包袱'不能再这么背下去了。这个包袱不管谁来背，总有一天会背不起的。到那时候，说啥都没用了。"

"什么拘禁？什么包袱？他们是学习班的学员！你怎么了？也犯迷糊了？"苏政委不高兴了。

"……"钟绍灵只能不作声。

苏政委放缓了口气，安慰道："好了好了，我知道了。知道了……小钟啊，你只管干好你手头的工作。别的嘛就不用想那么些了。学习班的问题，我这里再研究一下。尽快解决它。但在这个节骨眼上要沉得住气。成大事者要会谋大局。懂吗？"说着，便不由分说地挂了电话。

那天打完电话，钟绍灵就后悔了。"追随"苏某人这么多年，自己怎么会糊涂到如此程度，竟然完全把控不住自己，做出如此"失策"的事。当下中央正在对各部口的领导班子进行调整。苏某人的年龄已到副部任职的最后期限。眼下没有什么比这件事更重要了，就是争取一切机会"进正部"。这就是他所说的"大局"。在这么个裉节上，他绝对不会允许有谁拿什么引水渠工程事故或别的什么事来"搅局"。也包括他一向最信得过的"小钟"。如果这样做了，不等于堵了他苏某人最后的"进部"之路，结束他苏某人的政治生命吗？他怎会认同此举，并与之"善罢甘休"？这么些年追随下来，"小钟"他太了解这位苏政委了。政委他真的是"爱憎分明。立场坚定"。他深知自己位高权重，责任重大。要完成"使命"，他必须让身边的人跟他同心同德。指到哪儿打到哪儿。能跟他同心同德的，他会给你一切方便和"优惠"。让你升职，带队出国考察，变相享受已经中止了的福利分房政策，主动让人安排好你太太的工作、让孩子进入重点学校插班，还会去看望你病重住院的父亲或岳父……如果你跟他三心二意，阳奉阴违，两面三刀……你即便正在ICU病房抢救，他也会设法让你立即"滚出"白杨河市。这么说，可能有点夸张了。但他给人的感觉就是这样。刚才自己那个电话打过去，给政委的感觉就是"小钟"熬不住了，想动摇了，甚至让他觉得已经在动摇了。所以他啪地一下把电话挂了。那会怎么样呢？想到这里，一阵寒战立即从钟绍灵心尖上掠过。他马上拿起电话，想再给苏政委补个电话，收回自己刚说的那些"愚蠢的建议和想法"。但犹豫再三，他还是放下了电话。他知道，现在再说什么，再怎么说都没用了。苏政委最瞧不上的就是身边那种胆小怕事、畏首畏尾、半途而废的工作人员，最饶不过的就是"要背叛他"（即使只是要"背离"他）的人。而自己刚才的表现在苏政委看来就属于典型的"胆小怕事，畏首畏尾，半途而废"，并"已经想要背叛"他了。更何况又在当下这个对于苏政委来说是如此重要的关节上……他一定不会让这种苗头滋生起来，一定会把它消除在"萌芽状态"中……

是的，钟绍灵太了解这位苏政委了。他曾贴身亲耳听苏政委说过无数遍，一个称职的能谋大事的政治家，在关键时刻，处理人和事，绝对不能心慈手软。早有古训，心慈手软者不能带兵……

在忐忑不安中连续经历了几个辗转难眠的夜晚之后，他想妥了，绝不能再让这位领导和那一帮人把他往更深的泥坑里拖去。不能让自己年轻莽撞无知时犯下的错彻底毁了自己。万一到最后关头要和苏某人摊牌，他手里还拿捏着一张可以迫使苏某人"回心转意"、最起码让他不敢进一步伤害自己的"王炸"。

那还是他在独立师办公室当主任的时候得到这张"王炸"的。他和司政后几个业务部门的老同志一向处得都挺融洽。闲暇时他会经常去几个办公室转转，和他们谝谝闲传（西北土话，拉家常说闲话的意思）。有一回和师财务处一个老会计一起喝酒。醺醺然后的老会计对自己辛苦多年，最后没有得到公平对待，发了不少牢骚。"太欺负人了嘛。莫名其妙。一点名堂都没有就让总部来的一个小丫头把我给顶替了……就是要派人来顶包，你怎么你也得给个话吧？没有。啥话也不给，就把我从总账会计的位置上抻下来了。真是替他们干了一辈子啊。钟主任……你就是打发一条老狗也不能这样啊……""别别别……您叫我小钟就行……咱爷俩，还有什么主任不主任的。您老先别生气。我也是刚知道这码事。（钟绍灵没说实话。作为办公室主任，怎么会不知道机关里一些重大的人事变动呢？）等我见了苏政委，我替您反映一下。您消消气……消消气。全师上下都知道，您是我们师的一本活账本、财务方面的顶级高手……""什么活账本、顶级高手……钟主任啊……不想用你了，你在他们眼里就是个破烂货。他们怎么可以这么对待一个老同志？什么玩意儿嘛……"老头趁着酒劲儿，越说越没边儿了。这要传出去，说党办钟主任跟着老会计在小饭店里一起发牢骚骂师领导，这还得了？！钟绍灵想撤了。但老会计冒出的一段话又把他镇住了："钟主任啊钟主任，你不知道啊，当年他们怎么祸祸财政部下拨的救灾扶困资金的……我这里可是有一本账的啊……"老会计见钟主任将信将疑，索性打开了话匣子。这不说不要紧，一说，真把当年还只有三十刚出点头的"钟主任""吓住了"。老人问：这么些年独立师为什么一直在亏损运转？职工们可是没少干哪。大伙挣的钱、财政部按时下拨的扶困款又去哪儿了？"不是一万两万，也不是十万百万。说出来你都不敢信哪。钟主任，这些账别人不清楚，我这个管账的还能不清楚？这一笔笔我都记着哩。前些日子，他让秘书找我谈话，要我把这些账都移交给那个小丫头。你说我能移交吗？敢交吗？这一交，他们不就都'洗白'了？咱独立师二三十万职工二三十年辛辛苦苦干下的血汗钱就这么不留一点痕迹地打了水漂了？就此一笔勾销了？他们想得美！"老人家因酒意而涨红的脸上陡然生出一种"咬牙切齿"的神情。钟绍灵愣住了。如果老会计没说假话，他手头真有这样的账本。苏政委让他交，他拒交，会造成什么后果。交了，又会带来什么后果，他是完全可以想象的。这些年他一直为自己当初盲从而去拘禁那些知情者而后悔又后怕。现在他更不能去劝阻老会计交账本，但也不能劝说他交账本，让自己再次陷入这么个两难的泥潭中。于是，他随便找了个借口，赶紧撤了。隔天一早，他细细一想，赶紧又上老会计家去找他了。他要郑重叮嘱老人一句："昨晚你啥也没跟我说。我啥也没听到。记住了？！"老会计宿醉未醒。懵懵懂懂起来接待"钟主任"，问："啥事啊，记住不记住的？"钟绍灵赶紧让他洗了把凉水脸，清醒清醒。然后把他带到家属院外一条无人问津的小林带里，跟他说账本的事。老会计居然一愣，反问："啥账本？"酒后失忆了？钟绍灵哭笑不得，只能把昨晚的事又说了一遍。老会计自己也吓住了："我说了不想给那个小丫头片子交账本了？没有吧？"钟绍灵只得把昨晚的话再给他说了一遍，并加重语气，正色道："您是不是以为我钟绍灵在诓你呢？"老会计蔫了："我哪会这么想您钟主任呢？那一定是我喝高了。当时都不是我自己了。钟主任，您千万别当真。您把我昨晚说的那些，全当阎王爷贴的告示，都是鬼话哩，您别信……""到底有没有这样的账本?"钟绍灵一听他要否了昨晚说的话,就改用审问的口气追问。老会计一看,钟主任较真起来了,便垂下脑袋,犹豫了好大一忽儿,才蔫蔫地应道:"跟您钟主任真人不说假话,有……""您把账本藏起了,财务那边还怎么继续做账?""钟主任啊,您真是铁路警察,不管哪段不知哪段里的奥秘。从古至今谁家做账会只做一套?都有好几套呐。真账假账……真真假假,一套自己留底、一套对付查账。对付查账的也不止一套,对付税务的,对付本系统查账的……给职工们公布的……给领导汇报的……能是一套吗?""您留在自己手里的是哪一套?真的?假的?""……"又犹豫了好大一忽儿,老会计说了:"那当然是真家伙啦……哪有那种二毬货,留假账做底?您说我该咋办?交还是不交?您年轻头脑清明,帮我拿个主意吧。""你们财务上的事,我咋知道该咋办。该死该活,路倒路埋,您自己瞅着办!"莫名其妙地被这个老会计拉进了又一个"泥坑"里。钟绍灵这时真有点恼火了,最后还是丢下了这么一句:"老先生,您正经给我记着,就这一句话:昨晚您啥也没跟我说。我呢,啥也没听见。"说罢,气呼呼转身就向林带外走去。老头也急了,起身冲着钟绍灵的背影吼了一嗓子:"您要不管我,不给指个活路,我回头就把这些账全给烧了!""你吼个毬!你爱烧不烧。你要嫌知道你这档毬事的人太少,上广播站吼去!"说着又向林带外走去了。但刚走了两步,脑袋里突然闪出一道灵光,激他一格棱。下意识地收住了脚下那匆匆的碎步。一时间他说不清这道灵光究竟兆示个什么。但直觉和经验告诉他,它并非无来头的。就像谢平常常会感觉有什么白乌鸦在跟随他,追踪他一样。这是发生在无意识深处的一道灵念之光,说不清道不明,但绝对不虚幻。不是的……许多次的经验都在告诉他,这里往往含着一种暗示……又在指明什么提醒什么……这种感觉迫使他回过头来,狠狠瞟了老会计一眼。老会计似乎还在林带边呆站着,等他做回应。就在这一瞬间,他突然觉悟到:"账本"……对的,就是这账本……这个藏着独立师多年财务秘密的"账本"。它是可以用来指控一些人,威慑一些人,从而改变和左右一些人的命运的。起码能改变一些人对他的态度……这几天他翻来覆去睡不着,就是在担心万一风声更紧点,压力更大点,苏政委身边那帮人会不会使出这一阴招,把当年"办学习班拘禁知情者"的责任全推到他钟绍灵头上,到时候就真的是百口千口也难辩了。别说跳进黄河洗不清了,就是坐着飞机去跳太平洋也洗不清啦!再加上那笔账——他手上因故死了一个知情者……他钟绍灵真就只能去把牢底坐穿,或者直接被五花大绑往南戈壁送了。(南戈壁,二十世纪四十年代初当地一些民族分裂主义分子勾结境外势力在那儿修建过一个简易军用机场,准备为境外入侵者运输军需后勤物品。但没怎么用就荒废了,后来就被改做了刑场。枪声时有时无,一直沿用至今。)如果他掌握了这些账本,到那一天,他们真敢把一切责任都往他身上推,要他"鱼死",那他就抛出账本,让他们"网破"。他们知道他手里掌握着这些秘密,也许能镇住他们,在必须整一个"鱼死网破"前的一刹那,可以呵止住他们。也许……也许这就是刚才那道灵光在冥冥中的一闪暗示给我的"最后出路"吧……想到这里,他兴奋起来,赶紧大步向老会计走了过去……

拿到账本后,他又产生了另一种担心。说实话,他太了解像老会计那样在机关勤勤恳恳埋头工作了大半辈子的老同志,他们习惯了"服从",最容易随着上边"风向"的转换,迅速改变自己的姿态和做派。一旦风声再紧,老会计他会不会沉不住气,主动去找苏政委供认他有这么个账本,但让钟主任拿走了,把他和账本的事"一锅烩"了和盘托出，然后让苏政委那一帮人来突袭，从我这儿抄走账本……到那时候，他们会不会趁一个月黑风高天，把我捆到茫茫戈壁滩上蔫不唧地不留任何痕迹地收拾了？在百里渺无人烟的大戈壁上，玩这种"游戏"那还不是跟娃娃撒尿和泥团一样，小事一桩？！前一阵那两个检察官之死，不是到今天也查无实据，可能就不了了之了吗？所以，得藏个他们想不到更找不到的地方才保险……

藏哪儿更安全更稳当，才真正算得是进了保险公司那个既能防江洋大盗又能抗原子弹氢弹攻击、万无一失的地下保险库里了呢？这段时间以来，他一直在为这个挠心的事伤透了脑筋。

这时，向少文敲开了他那辆装潢豪华的旧车厢门。那时，钟绍灵已经找各种借口，在卡拉库里（吐瓦克）这片茂密古老的灌木林中待了好长一段时间了。

向少文是苏政委派来"摸"他的底的。正如钟绍灵分析的那样，接了钟绍灵那个电话后，苏振海认定钟绍灵已经"动摇"。在这么个重要时刻，钟绍灵的动摇很可能让他一整条辛苦经营构筑起的"拦水坝"发生整体性的垮塌溃堤。这是苏振海绝不能允许的。再三权衡，他决定派个人去和钟绍灵直接接触一下。摸摸底。坐实了，钟绍灵这个一向忠厚踏实听话能干的助手是不是真的动摇了。苏振海真的无法让自己相信"动摇""背叛"这样的行为会发生在"小钟"身上。所以一定要去"摸一下底"。之所以选中向少文，是因为向少文身上有不少"小钟"早年也有的那些"优点"。且又比没能经过相当的理论熏陶的钟绍灵更"单纯"更"积极向上"，又处在最"渴求进步"的阶段，但对以"组织"的名义托付给的任务的忠诚度，又不比当年的"小钟"差。而且，向少文要比钟绍灵小个六七岁。这种年龄上的差距，会减少钟绍灵对向少文的警惕，相反会让向少文更容易取得钟的信任。（这一点，也为后来的事实证实。）那天，向少文以他自己的真诚和坚定，和钟绍灵滔滔不绝地谈了三四个小时。中心一个意思就是让钟要"相信组织""以大局为重"。"切勿轻举妄动，改变对组织的态度"。向少文说到"真正的革命者为了顾全大局，是可以不惜牺牲个人一切利益的"，想起他们这批人毅然决然离开上海时所发生的一系列"悲壮到感天动地"的场面，再一次忍不住地让眼眶湿热起来。他还给钟绍灵举了许多以往革命先烈"舍小家顾大局"的例子。最后，钟绍灵被打动了吗？没有。老到的钟绍灵一直在冷静地观察着向少文，脑子却在飞快地分析着，比较着，归纳着……反复掂量着眼前这个突然被苏政委派来试探他的新一拨"幸运儿"。既然是苏政委派来的，他肯定是获得了信任的。如果能让这个得到苏政委信任，但依然还在被些许"浪漫的空想主义诗意"支配着的"小年轻"替他收藏保管这些账本，怎么样……恐怕不只是全独立师，就算是全垦区、全中国都不会有人猜得到账本会藏在他手里。

不妨试一试？

试一试？

他的脑子在飞快复核着这个大胆的"提议"。

最后决定，试一试！搏一搏！

至于怎么才能让这个小伙子接下这个账本，那就简单得多了。用其人之道还治其人呗。刚才小伙子用革命的纯情来"教育""打动"他"顾全大局""忠于组织"。好吧，那我就还用"革命的纯情"来打动他。告诉他，保管好这些账本，在当前来说是对党的农垦事业一大贡献。于是他就这样做了。同样以情动人，以诚说理。谈他和他父亲当年在荒漠上那段累到咯血的"创业"经历。谈那些农场的老职工们如何渴望垦区打好翻身仗，让农场的后代们也能过上京沪广深人已经过上的那种"现代化生活"。谈到前些年大伙拼死拼活地干，农场却一直亏损。想吃个白面馍都成了稀罕事。再用黑松林招待所那个高级餐厅里随便享用的西餐点心来做对比。（那时节向少文还没去过黑松林。）谈到首长们一辆老式的嘎斯69车一年的维修保养费就顶上几十上百职工一年的工资。现在他们又想着更换进口的牛头（丰田）越野。每人还要增添一辆供他们在总部白杨河城里柏油马路上行驶的三厢双门轿车。总部多年来花巨资养着五六个专业剧团，这得多少个团场卖多少吨棉花才养得下来？而连队的职工一辈子又能看上几回他们的演出？有许多老职工一回都轮不上吧？！这些剧团但凡真下团场演出了，大张旗鼓啊，团场又得花多少钱来接待招待他们啊。等等等等。"留着这些账本，我们有朝一日可以用它来改变这个颓状⋯⋯真正去继承延安传统和西柏坡精神，在这片大戈壁滩上还我一个江南水乡之梦⋯⋯"说到这里，钟绍灵的眼眶也"由衷"地湿热了一下。

"那⋯⋯为什么一定要交给我来保管呢？"向少文感动之余还是追问了一下。他不傻。

"当然也可以放我这儿，由我来保管。但我的目标比较大。而放你那儿会更隐蔽一些。但你放心。这只是暂时性的。过了这一阵，我会把它取回来再作妥善处理。少文同志，我们这样做，也是为了更好地配合当下总部党委开展的纠风工作。我们期待着这场暴风雨来得更猛烈一些。我们一起努力，为这场暴风骤雨做出我们应做的贡献。你说对不对呢？难道你还信不过我这个党委办公厅主任？"

显然，钟绍灵最后这一句话最有说服力。

向少文坦然收下了账本。但最后他还一本正经地"谆谆嘱咐"

钟绍灵，首长要您看管好那几个知情者，那也是有关纠风的大事。"千万不可半途而废"。老到的钟绍灵自然也一口答应了。他算计好了，只要挺过当前这一时段，等新班子完全建立起来后，苏振海等人失去对垦区局面的掌控力之后，他就可以出来说话了，该自首时就去自首，该抛出账本时就抛出账本。到那时，无论受到怎样的处罚，都是应该的，他欣然接受。他也相信到那时，组织上会恰如其分地处理他这个案子。他一定还会有时间活着去做他应该做的、能够做和想做的，但至今还没做的也是他父亲那一拨人一直希望他去做的那一点事情，哪怕到那时候走出监狱自己已垂垂老矣……

钟绍灵以为自己已经想得很周全了，把一切都安排妥了，但万万没想到的是，他这百密一疏，却使地动山摇了

钟绍灵严重低估了向少文"这个年轻人""天真、幼稚"和"忠于"组织的程度。向少文一回到独立师师部，几乎没加犹豫，也没仔细想一想，更没通知钟绍灵，就把账本交给了"组织"——通过苏振海的秘书交给了苏振海。交这个账本他还是认真用了心的。钟绍灵越是把这件事说得"高大上"，越发使向少文觉得万万不能把这么重要的物证"滞留"在自己手中。"得把它立即交给组织"才对。这里还有个特别重要的关节问题，信念问题，促使向少文把账本"毫不犹豫"地交给了苏某人：那就是向少文通过前些年的拨乱反正和父亲一向的教导，他坚定地认为，像苏政委这样的高级干部本人绝对不可能牵涉进账本中记录的那些"龌龊事"里。这些龌龊事绝对和苏政委无关。于是他把它们密封在一个牛皮纸做的卷宗袋里，打上封签。封面上妥妥地写着"苏振海政委亲启"。在交给苏振海秘书时,还对秘书同志一再强调"此件关系重大。请您一定要亲自交到苏政委手上"。并且声明:"这些材料是从钟主任那儿取来的。"秘书问他:"都是些什么材料?如果首长问的话,我该怎么回答?"向少文说:"钟主任只告诉我这些材料对下一步的纠风工作很重要。没说别的什么。我也没看。"然后他又强调了一下,"请您务必要亲手交到苏政委手上。"向少文这时有意隐去了钟绍灵原先是让他本人来保管这些"材料"的这个关节。一路上他生怕有什么闪失,一直紧紧地抱着这份"材料"。

那天把账本交给"组织"后,向少文一身轻松。他为自己感到"骄傲",认为自己经受了一次考验——没有背着"组织",隐瞒"组织"干事。但紧接着让他想不到的事就发生了。几天后,那个老会计"被人弄死了"。说是出车祸。在去红星八场给一个会计员培训班讲课的路上,途经桦树沟水库前那个大下坡,不知道怎么搞的,连车带人一起滑进八九十米深的水库里,溺水身亡。而那个司机却在"慌忙"中居然得以越窗逃生……

一些人不信这只是一起意外事故。因为去年晚些时候,有一个运煤的司机迷乱在婚外情里,用同样的方法把自己的老婆搞死在八九十米深的水库里了。但大多数人坚信这一回老会计的死是意外事故。因为在这个大下坡上不止一次出过同样的车祸。独立师师部派出所所长教导员都亲自出马,查到最后,认定是"意外"。是"机械故障""疲劳驾驶"等原因造成的。向少文也觉得"这应该是一起意外事故"。但一个多星期后,谢平打来电话,告诉他钟绍灵自杀了——谢平是在向少文从钟绍灵那儿回来后,被另一些同志派去做钟绍灵工作的。谢平在电话里没多说什么。不方便多说。只是忍不住地问了一句:"你上次从老钟那儿回来,把他给你的什么东西交给苏振海了?""你……这是什么意思?"向少文一愣。"……"谢平不说话,只听到他呼呼直喘粗气。"钟绍灵给我什么东西,跟他自杀扯得上吗?哎,说话呀。别砸一个榔头过来就闷声大发财了。"向少文催促,责备。只要和谢平、李爽他俩在一起,他多少会持一种居高临下的姿态。但这时向少文隐隐约约地感觉到,这场重大的"意外"车祸可能不是"意外"。老会计的死,可能跟他交出账本有一定的关系。他再想问谢平一点什么,谢平气鼓鼓地甩了这么一句"见面再说",就把电话挂了。

……钟绍灵是老会计"溺亡"的当天深夜就得到这个"噩耗"的——同时得知,向少文把账本交给苏本人了。机关内部有他"自己人"。不时跟他通风报信。向他发出警示。第二天他就查清,那天老会计乘坐的那辆车的司机曾经是苏振海的专车司机,为他开过好几年车。后来被苏振海提拔为师机关小车队队长。再后来执意辞职下海,开了个颇具规模的汽修厂,几乎包下了独立师一半以上公用交通车和农用机械的保养修理业务。苏政委到总部任职后,这位当年的政委专车司机还把汽修厂开到了白杨河市。揽下了总部机关车队维修保养的活儿。这绝对是旱涝保收的肥活儿。而要做到这一点,背后没有一只大手给撑着,绝对拿不到这一大块"肥肉"的。基层一直有人议论,这背后的大手应该就是苏政委。至于他回报给苏家多少,这只能意会而无法细究了。钟绍灵同时查清,老会计要去讲课,这位早年的"小车队队长"主动上门要开车送老会计。当然找了个非常得当的理由,说红星八场派出所长一辆别克系列的黑壳三厢大轿车在他厂子里大修完毕。他正要给他送车去八场。"顺路。捎个脚。麻烦啥?"这一"捎脚",就把老会计捎到阎王爷那儿去了。

他们真下手啊。下毒手。其实，从那天得知向少文一到师部就把"账本"交给苏振海以后，钟绍灵就有这种思想准备了。只是没想到他们这么快就会把老会计收拾了。师部派出所所长和师部交警大队队长"双雄"亲自出马，掩盖事故真相。查的结果当然是"意外车祸"。钟绍灵知道，下一个"出车祸的"就将会是他了……而他曾经为自己设想过一条将功补过的"生路"已经被掐断了……

向少文"无意中"的这"一击"，击碎了钟绍灵最后一点希望。当看到谢平被新党委班子派来接触他时，他误会了，以为新班子的领导也"盯上了"他。苏某人那一帮人既然会对老会计下手，说明他们也已经走到了最后疯狂的那条路上去了。他们当然更不会放过他。现在新班子领导也不信任他，他绝望了。他知道应该由自己来了结这一生了。他不想被"审判"。更不想活生生地被送往南戈壁。不想看到曾经的朋友哥儿们伙伴们和曾经那么信任他、跟随他的下级坐在法庭的旁听席上，站在去南戈壁的路旁，向他投来那种怜悯、怜惜、哀痛欲绝却又悲愤难忍的目光……毕竟他还保存着这样一把精致的象牙柄的镀铬小手枪……

该用一下这支"可爱"的小手枪了……

在最后的时日里，他留了一句话，让小董转告谢平："请告诉你那位姓向的知青战友，我们这一代人应该结束天真幼稚的阶段了。"

> 认识和获取真理的过程并不像许多青年
> 朋友想象的那么愉悦，但认识自己和获
> 得自我真相的过程也许更漫长，更痛苦

说实话，在很长一段时间里，向少文并不认为（或者说不愿意承认)是他"害死"了钟绍灵和老会计。(当然,客观地说,完全怪罪于他,也不公正。)但"稀里糊涂"地摊上了两条人命,让一向十分自信的他第一次看到了自己灰色的一面。有一回他问常庚大叔,难道当时我不该把"账本"交给苏政委他们吗?那时候虽然已成立了总部新班子,但苏政委还在位。还代表着一级组织。没人告诉我内部已经在审查他。"我……"他还想为自己辩白。他特别希望常大叔能像当年在鸡场时那样,躲开窗外那些"金戈铁马""疾风暴雨",平和地给他们分析眼前遇到的各种难题和笑谈以往的趣事。但这一天,常大叔却沉默了。"您也认为是我害了钟绍灵和老会计?"向少文忐忑。"这倒没有……"大叔讷讷。"那您认为我错在哪儿了?""你错……如果要说你们有错,那就错在你们太年轻……"

是的,他们看过《红岩》这本书,也知道当年重庆党的地下工作者在惨遭敌人杀害前就很清醒地也非常沉痛地向党提出过八条"血泪嘱托",指出"**要防止领导成员腐化**","**对上级也不要迷信**"。因为他们的被捕和最后的被杀害,就是那些腐化变质的"上级"和叛变投敌的"领导成员"造成的。这八条,一字一句全是血和泪啊。但对于当代的年轻人,即使看一百遍《红岩》,要在现实斗争中去准确判别哪一个"领导成员"已经"腐化",哪一个"上级"不该去信任(更不要说"迷信"他),也不是很容易做得到的一件事。我们虽然天天在提倡、日日在要求"领导成员"心中要有群众,"要把人民群众满意不满意当作衡量我们工作好坏的唯一标准",要经常接近群众,深入群众,倾听人民群众的呼声。但在我们的体制还处在日趋完善、还不能说十分完善的情况下,还没法让所有的干部都做到心中只有人民群众。一小部分干部心目中最看重的可能还不是"人民群众",而是他们的"上级"。因为经验告诉他们最终决定他们一生命运的，不是人民对他们的评价和好恶，而是领导对他们的评价和好恶。而少数领导在评价下级时，不是以人民的评价为准，而是以下级对他们自己的态度为准。

这确实是个难题。九万里长河波涛起伏，五千年风云迭代更替。无数英雄"两脚踢翻尘世界，一肩挑尽古今愁"。但真正解决这个难题，让此愁不再愁，怕只怕还得几代人不懈努力才成……

垦区总部和独立师组建新党委班子后，立即组织力量重新侦破老会计溺亡一案。由于撤换了师部派出所原所长、原教导员等一批警务人员中的腐败分子，排除了来自师公安局内部的阻力。查实并逮捕了作案凶手、原师部小车队队长。因为向少文当时把苏某人等经济犯罪的重要证据直接交给了苏本人，为查清他和苏某等人的关系，垦区党委决定对他停职审查。并由垦区纪检委、公安厅和独立师相关部门联合组成的专案组很严肃地找向少文谈了一次话。宣布了有关规定。

谈话仅仅过去一个多月，他就瘦成了眼前这副模样。有的同志说他，"一夜之间便白了鬓角"。这绝对是夸大其词。但他确是为此取消既定的婚礼的。一开始总有三四天时间，不吃不喝，也闭门不出。连俞清扬去敲门也不开。

"你这样就能解决问题了吗？"俞清扬在门外说。

"……"他没反应。

"你想绝食？你知道你在干什么？你这样，别人会认为你是在对抗这次审查。"俞清扬仿佛一夜之间年长了二十岁。

"……"门里还是没反应。

"好吧。你绝食吧。从今天开始，我跟你一起绝食。要死我俩一起死。"

哐的一声。门被猛地拉开了。脸色憔悴的向少文冲了出来，对着俞清扬发出一连串的吼叫："这儿有你什么事？你来掺和个啥？你是我什么人？这事跟你有啥关系？快走！"

"我是你什么人？我跟你有什么关系？你问谁呢？向少文，我是你老婆！"俞清扬一边回怼，一边不由分说地向门里走去。向少文想拦她。俞清扬一下甩掉向少文伸过来阻拦她的那只手，正色地对向少文吼道："咋的了，你还想打人？！"

向少文无奈地："你……你……你……"

俞清扬冷笑："你啥你？你看看你这副熊样，不让我们这些非党非干的小老百姓笑死还真不甘心呢？不就是临时摘你几天乌纱帽，给你点时间闲下来让你写份检查清醒清醒吗？这就天塌地陷了，要死要活了？就要绝食了？"

"我没绝食……"

"没绝食，那你吃呀！"说着俞清扬甩出一袋师食品厂做的豆沙馅面包。

"……"向少文一时语塞。他觉得自己已经无法跟这个只会"胡搅蛮缠"的"小姑娘"缠乎下去了，便苦笑，准备放缓了口气，好生劝她离开。便抬头去看。却见俞清扬她直愣愣地站在门框边，两眼呆直地看着他，脸色跟他一样苍白，脸面同样的瘦削可怜，两颗硕大的泪珠刚滚出眼眶，正慢慢地、慢慢地从她那仅仅几天工夫就变得既青白又尖削了的脸颊上流淌下来……

我到底是什么人？又到底怎么了？

专案组的同志说我这些年变了。

我变了？

先不说别的。就说那天，我从钟绍灵手里拿到那些账本，着急忙慌地赶回师部，完全可以说是"迫不及待"地想把它们交给苏振海。当时我心里真的没有一点别的打算？动机中没掺杂任何一点私心杂念？真的只是为了体现一种"对组织的忠诚"？

如果有别的打算，那又是一种什么"打算"？这种打算和所谓的"对组织的忠诚"占比，是三七开？二八开？还是五五开，一九开？

恐怕算不清……

是的，很难把它们计算得那么精准。但有一点是可以肯定的，这么些年下来，我内心已经不像刚到垦区时那样"干净""单一"了。也不像刚走上领导岗位，在武装值班连和战士们一起拉钢齿耙给麦地保墒时那么"专注"和"纯粹"了。

如果再追问一句，我所谓的这个"忠于组织"，真的只是为了我们曾经在党旗前发誓要为之奋斗终生的那个"伟大事业"，只为了普天之下居底层而久久无力改善自己生活现状的众生脱困免难？就没有产生过掺杂了一丝一点的私念？比如，急于交出账本，真的没有丝毫要为了向苏振海本人邀功，以确保自己不断取得"政治"进步和职务提升的念头？

现在我都不好意思直截了当地回答这个问题了。说不是吧，那我成啥了。吞吞吐吐说个"是"呢，我觉得愧对这个"是"——都到这个份儿上了，再用某些不实之词来为自己遮遮掩掩，我又成个啥了？！

……我想到过我向少文居然有一天也会被停职审查吗？昨天父亲打电话过来问近况如何？听他口气，好像他已经听谁说了些什么。我还能跟他说什么？只回了他四个字："一切照常。"都没敢跟他说"一切正常"。他好像还是从中听出点名堂了,沉沉地回了声:"哦……"过了一忽儿突然又对我念叨起他惯于念叨的那些人生哲理:"人一生总是难免要遇到点坷坎。只要善于从中总结教训,能吃一堑长一智,也就算是为求个不断进步所付的代价了。不付代价是不可能的……"我应他:"我会这样做的。爸,您放心。"他稍停了一忽儿,好像觉得再多说也没用,便说道:"那好吧。有什么情况,经常通个气。"我马上应道:"好的。您放心,我会好好做总结的。"然后他又告诉我:"昨天是你妈的祭日。我去扫墓了。也替你献了束花。我跟你妈说,我们父子俩都挺好的。请她别惦记……"我心里一阵酸涩,忙说了声:"谢谢……"他接着又说道:"我让她在九泉之下多关照你一下……"我赶紧又说了声"谢谢……"说这第一个"谢"字时,我已经快要控制不住自己了,说到第二个"谢"字,便哽咽住了。说不下去了……这是多年来从未有过的……

是的是的,父亲总归是父亲啊……

其实,向少文他早就发现自己
也在变。就像当年谢平一样

跟谢平不同的是,谢平当年觉得的那种"变",是爆炸性的。周遭被一团烈火裹挟。它们烤灼他。逼迫他。他不想变,又不得不变。不能不变。眼看这团烈火在摧毁他、融化他。重新铸造他。他挣扎,为的就是要熄灭这正在改变自己的火,要制止它对他的另类熔铸和塑造。但他终究还是无法制止那种在三千八百度烈焰中自我的裂变。当时他是真真正正地想制止它的啊……而向少文是一点一滴地觉察着自己在变,某种程度上甚至还可以说他是在"享受"着这种变。

当然，很难说得清，他是在显意识层面上还是在潜意识层面上享受着这种"改变"……

最早向少文和所有的年轻人一样，也包括谢平和李爽，是不承认自己会变的。也许这一点可以看作是年轻人的一种共性。上帝赐给他们共用的一个"logo"——我就是永远。而且"我的未来不是梦"——好像有一首流行歌就是这么唱的。我们高歌猛进。我们坚信，一切我希望追求的都是可以实现的。我就是我。哈哈。我来了，人生！

其实那个时候，向少文已经看到许多人在变。身边就有这样的实例。比如他最熟悉的知青们。经历返城大动荡。他们回城。身份、地位、生活格局和思想追求都发生了剧变。他们往往是缩回到自己原先的那个生活圈子里，再去履行每一个人原先要履行而一直没履行的那份责任。说白了就是对传统道德观念、对家庭信仰的回归。这里最触动向少文（也包括谢平和李爽）的是袁雅芳。她返城前已经在红星二场当上了场部加工厂的厂长兼支部书记。（团场加工厂主要利用本场生产的农产品生产酱油、醋、棉籽油等，再做点饼干糕点之类的小食品，都是供应本团场职工家属娃娃食用的。）作为一个厂长和支书，毫无疑问，她已经能决定和左右二三百人的命运了。回上海后带着两个孩子借住在她姐姐家——房子原先是父母的。父母去世，这房子自然就成了姐姐姐夫的了。那时候的兄弟姐妹不像这几年，还很少发生因为遗产纠纷而打上法庭去的悲剧性"笑话"。姐姐和姐夫"大度"地接纳了她一家。但因为是"借住"，她很快也很自觉地就变成姐姐姐夫跟前一个乖乖妹。顺女。人们发现，她的口头语也发生了变化，很快就从当厂长和支书时的那个"这些都是红头文件上规定的。咱们必须照着干。这话我只说一遍，不再重复。听懂了没有？"变成了"嗨，你没听我姐这样说吗……我姐夫是那样说的……老有意思的啦……"姐说她袁雅芳过去打过两次胎。还流产过两个女婴。她姐告诫她："现在你要给她们补取个名字。在心里要为她俩重立个户头。每年到打胎流产的那一天，都要替她们烧点纸钱和衣物……这么多年，你没管过她们，这两个小宝宝在阴间真可怜啊。作孽啊。"于是每到这一天，袁雅芳都会按姐姐说的去给那两个小宝宝做祭。还会含着眼泪正经八百地呼唤着她俩的名字，让她俩来领取她烧给她俩的钱物。当向少文等人惊讶她的变化时，她很坦然地说，"你们不也在变吗？而我只不过是回归。洗去了'革命'所强加的，回归原本的我。"如此这般的典型例子，在返城的知青群中不一而足……

当然，生活还是让向少文终于真切地感到自己也在变。

前边说过，他住进师机关干部宿舍楼的头一夜，就真切地感受到师机关干部的生活和基层团场的生活之间的天壤之别。在师机关，职务带长和不带长，生活待遇又有相当的差别。他开始感到，自己能到师机关来工作，能当个副处长，真好……从来也没想到会有这么好……他为自己庆幸……为自己又能过上城市化的生活而庆幸。庆幸自己能调到师机关……庆幸居然还能当上副处长。就事论事地说，有这种庆幸心，也是人之常情……不过，那时还有警觉之心，就像当时他在日记中提醒自己时写的那样："要警惕被生活所累，千万不能陷入生活的温柔陷阱中。"

有一天，原先上海团校的一个同学——红星二场酒厂销售科的老丁到师部办事，顺路来看他，聊起初到农场时老丁遭遇的一档事。那时少数知青开始被使用，调离班组不用再靠干农活领工资——有的去子女校任教，有的在连部当统计或会计。有的甚至调到场部门市部站柜台。也有调到配水点当配水员的。到修理厂当修理工。于是，仍留在班组劳动的那些知青思想上便开始波动。老丁觉得自己离开上海前是经上海团校培训了的"骨干"，有责任让团场领导了解这些情况，以便针对性地加强对知青的思想工作，让他们"稳定"下来。那时老丁还没调到酒厂做销售。还在三角庄牧业队劳动。三角庄离场部十来公里。老丁不会骑车，也没钱买自行车。（那忽儿知青一月工资也就三十来元。还不能按月领到。而一辆自行车，不管是飞鸽二八还是永久二八，时价都得一百二三十元。）他趁早起身，啃了个苞谷馍，一路步行。腿脚不便的他赶到场部，已是午饭时分。人们告诉他团首长都在场部小食堂里吃午饭哩。他便傻乎乎地找了去。果不其然，那天六七个没下连队检查工作的团首长围成一桌，正说着笑着吃着。一桌六七个碗碟，荤素搭配齐全。（最馋人的是一道大葱爆炒羊肉片。这几乎是谢平、李爽、向少文他仨和老丁等在经历了西北农场生活后的下半辈子最爱吃、常吃不厌、越吃越爱吃的一道保留菜目。）一旁放着的主食则是馒头、花卷、油烙饼，外加一大卡盆胡辣片儿汤。想喝多少就舀多少。毫无疑问，那些主食全都是细粮制作。那忽儿基层连队粮食定量中百分之九十八是粗粮。三角庄牧业队也不例外，每天每顿都在吃发黑发酸的苞谷馍馍。（苞谷粒大，不容易晒干。磨成粉堆在一起，容易发霉。发霉的苞谷粉蒸出的馍馍就会发黑。）再加上走了十来公里，那一个苞谷馍早就被各种消化器官分赃完了。老丁此刻绝对饥肠辘辘。眼前的这一切，毋庸讳言，对他诱惑力巨大，对他意志的"摧残力"更大。但老丁还是忍住了。没失态。他告诉向少文:"不是跟你吹的,当时我真忍住了,我真的想到我是上海团校培训出来的。我从上海到垦区来是为了革命。我不能在团首长跟前跌这个份儿。丢了上海团校的面子。再一个,我也想到,当初从垦区派到上海做我们动员工作的那些同志都说过,垦区的干部都有当年南泥湾三五九旅官兵同吃同住同劳动同甘共苦的优秀传统。我想着,我主动过来向他们汇报情况,大老远地步行了这么些路,赶上饭点了嘛,更何况那一大卡盆的胡辣汤和那么些白面馍馍他们几个人怎么也喝不完吃不了啊。团首长一定会招呼我坐下来和他们一起吃一口……没承想,他们看了看我,只说了句,'小伙子,你有什么情况,得先向你们连领导报告。到团部来是越级报告。这是不可以的。**懂吗?**'我告诉他们,我要报告的不是哪一个连队的事情,是目前全团上海知青中普遍存在的一些问题。我还特地向他们表明,我是上海团校出来的。离开上海前,团校领导特地叮嘱我们,到垦区后,一定要在广大知青中起骨干带头作用。不要只关心自己。要关心和帮助其他的知青在农场过好'三关'(劳动关、思想关和生活关)。他们马上打断我的话,说'其他知青过三关的问题,团场有知青办专门负责做这工作。你现在的任务就是让自己在连队里好好劳动。好好过三关。**懂吗?**'冲我说完这两个'**懂吗**',就再不管我了。他们继续吃他们的喝他们的。就好像眼前根本没我这个人似的。我傻傻地呆站了一小忽儿。肚子饿得咕咕叫。当时的尴尬和窘迫,真的是……真的是没法形容,但凡地上有条缝,我都恨不能一头攮进去算了。你说这叫啥事?哪儿看得到什么'南泥湾传统'?这传统在哪儿呢?"说到最后,他这样问向少文。但向少文没正面回答他。只说:"你说的这个故事,我听着耳熟,好像谢平也跟我唠叨过。他还说他将来要是行,想把它写进他要写的一本小说里……"（后来谢平果不其然把它写进了他的处女作《高地 高地》里了。）老丁抢着开玩笑道："谢平跟你说的就是从我这儿批发去的。他要用它去蒙稿费，我还得跟他要版权费哩。"后来他见向少文始终也没有对他在团部机关食堂这个"遭遇"表示出应有的义愤，便揣着一肚子牢骚，一瘸一瘸地走了——他在三角庄牧业队曾从马背上摔下来过。看着老丁渐渐走远的背影，一开始向少文居然没产生更多的感慨，只有一点遗憾，他遗憾自己没用毛主席的著名诗句"牢骚太盛防肠断"来劝这个老丁。同时又觉得这个老丁还是"少见多怪"了，到农场这么长时间了——其实也不能算长，也就一两年时间吧，还没有摆脱从上海带来的那点"书生气"，看问题仍然是那么"简单""幼稚""偏激"……但是……但是什么呢？但是，在听了老丁的叙述后，自己怎么会那么平静呢？要是放在一两年前，我会那么平静吗？想起当初自己在连队里劳动时，看到连队司务长用留给队里生病的职工做病号饭用的那仅有的百分之二细粮，去给下连队的团首长擀面条做招待饭时，不也"愤愤不平"过吗？现在怎么就觉得老丁的"愤愤不平"是"简单""幼稚""过于偏激"，是"书生意气""少见多怪"了呢？……向少文曾经崇拜过两位诗人。一位是苏联时期的马雅可夫斯基，他曾写过著名的长诗《列宁》。另一个就是黎巴嫩籍的美国诗人纪伯伦。他的睿智和高度诗化的人生警句让他叹为观止。纪伯伦说过，"一个人有两个我，一个在黑暗中醒着，一个在光明中睡着。"向少文渐渐发现，眼前的这个"向少文"确确实实正在分裂成两个。但究竟哪一个"在黑暗中醒着"，哪一个"在光明中睡着"，他还说不清。在这两个相背而行渐趋渐远的"向少文"中，他该保留哪一个呢？还是让他俩"和平共处"？那时他也还说不清。这种说不清道不明的无奈，这两年越来越强烈,甚至让他一直处在一种难以摆脱的内心撕裂中,而且这撕裂的趋势却是实实在在地越来越严重而激烈了……

他一直没跟谢平和李爽说过他的这种"被撕裂之痛"。更没有向他俩提出一起来探讨解决这种"痛苦"的途径。之所以没向他俩公开,原因很复杂,但主要的还是他不想在他两人心目中破坏了自己这个"传道士"形象。不想让他俩觉得"'传道士'居然也有解决不了的思想问题"。(李爽一度确实这么说过他,你呀,对自己要求这么严,做事又这么执着,真有一点传道士和殉道者的味道了。)

很久以后,向少文在调整了一下自己的心绪,带着点惨笑向李爽和谢平谈到自己这段经历时,他倒是说得很平静。但谢平和李爽还是看到向少文的眼圈微微地红了。眼眶里泛出愧怩的泪花。他那张整个瘦脱了形并变得异常苍白的脸上,嘴唇干裂,不由自主地翕张着。整个身子也控制不住地在颤抖。带动身前的茶几同时在晃动,发出一阵阵轻微的嘎吱声……

历史上有个著名的传说。说的是康熙南巡时,看到江面上千帆并举,问身边陪同他巡视的镇江金山寺方丈香磬禅师,江上有几多船。禅师告诉他:"不多不少,两条。"康熙哑然失笑地反问:"怎么只有两条?江面上分明有很多很多条啊……"方丈不慌不忙地解释道:"无论有多少条,总算起来只有两条。一条为名来。一条为利去。"向少文愧怩的是,事到如今,他不得不承认,自己也和不少人一样,好端端的一生被这两条急匆匆来往的"船"搅乱了。

当然,这种"被搅乱"是有个过程的。那年发生的"机要室虚惊"只不过向他昭示了某种精神上的"恶性细胞"已经开始在他体内滋生……只是他自己还没有认识到这里有一种"恶性细胞"存在。更不认为它最终会形成致命的"险情"。当时他对它的感受和认识还是浅层次的,只是发觉自己在发生变化。在那场"机要室虚惊"之后,他会更主动地留心各种会议,特别是常规应该通知他参加的会议是否及时通知到他了。更加关注自己在大会主席台上排位的变化。往前挪了,还是往后退了。后来发展到下边团场的武装股股长来师部开会,他会关注他们在会前会后跟武装处的哪位领导走得更近,走动更多。特别会关注那些曾经和自己走得较近、走动较多的股长近来态度的变化。他发觉,到师机关后,自己只能用百分之十或二十,最多不超过百分之三十的精力用在工作上。其余的那些时间和精力"只能",或"应该",或"必须"用在调整各种各样的人事关系上。他进入了这个"圈子",自觉产生一种恐惧,害怕被圈子抛弃。怎么不被这圈子抛弃,逐渐就成了他生存的主旋律。整天惊慌地思虑着的主要问题。从前他只是在做一件自己想做的、应该做的事。现在却……却开始用百分之六七十甚至更多的精力在筹划怎么留在这个圈子里……

在"机要室虚惊"一事发生后不久,还发生过一档事。那天——是冬天,按垦区武装部的安排,各师组织武装值班连队进行冬季拉练。所谓"拉练",就是把部队整建制、全装备拉出去,在长途强行军中进行多项目"对抗演习"。这是种种演练中最重要的一种演练。也是对各级武装机构平日工作绩效、各武装值班连队平时军训成果的一次集大成的考察。最后是要排名次,论奖罚的。对于各级武装干部来说,最后考评结果是要进"个人档案"的。不言而喻,也会影响到这些同志今后晋级提拔。向少文负责组织指挥三管处的值班连队进行拉练。三管处是全师三个管理处中最小，也是武装值班连队最少的一个管理处。只管辖四个农场的九个值班连队。但这个管理处离国境线最近。区域内的国境线却最长。定边守边任务也最繁重。仅有的这几个连队都是满装满员、精兵重装的。还配备了当时只有现役部队才有、垦区其他值班连队都没有的"四零火箭筒"，专门用来对付境外那些坦克群。向少文是主动要求去三管处的。原因之一是，当年他当过指导员的那个值班连队这时就布防在三管处的国境线上。另外一个原因是，三管处离师部最远，管辖的地域最广，地形最复杂，有荒漠、戈壁、山区，又有大片苇湖灌木湿地……还是个多民族聚居区域，情况多变。而武装处三个副处长就数他年轻。"我不去，难道还让那些老同志去吗？"他说。

　　总的来说，那次冬季演练还算顺利。军区和垦区党委都比较满意。演习快结束时，军区和垦区的主要领导都来了。按常规，他们会接见演习部队营团以上干部，进行表彰，并会和他们合影。因为演习还在进行中，为了不影响演习进程，这次他们只深入到一些演习点去视察了一下，并没有打算接见全体营团以上干部。只是在二管处的演习指挥部找了些同志做了个座谈。后来还是应参加座谈的同志的"强烈"要求，才安排了合影。这消息传到三管处演（习）指（挥部）时，已经是第二天的凌晨三点四十五分了。向少文当时还在和一些连队领导开会，总结白天用四零火箭筒打坦克的经验。他一听军区和垦区的首长和二管处演指的同志合影了，便急了。并火冒三丈。追问值班参谋为什么没及早把这消息报告给他。后来得知，合影改时间了，改在今天上午九点了。也就是说他还来得及赶去参加合影。他立即宣布休会。立即下令派车。他要连夜赶往二管处去参加合影。演指的同志们都愣了。他们从来没见向副处长发过这么大的火。更没有见他为拍个照合个影这点"小事"大动干戈过。平日里，向处还是挺温文尔雅的。今晚居然为"合影"不光发了火，还要连夜赶过去参加。要知道从三管处到师部就有二百来公里。再从师部到二管处演指还有四五十公里。特别是从师部到二管处，有十来公里路况相当不好。这深更半夜，路上倒是车稀人少。但正因为深更半夜，车稀人少，又是心急火燎地赶路，车速一定会跑到一百五十迈以上，凌晨时分又是司机最疲乏、最容易走神出事的时候。经验告诉我们，许多车祸往往就是在这个时间段里出现的。但没人敢阻拦。他甚至都不要任何人陪同。"你们都给我好好休息。咱们头一回使火箭筒就打得不错。这里大有经验可总结。合完影，我会立马往回赶。咱们继续把这个会开了。尽快把我们的经验形成文字。争取在军区和垦区首长离开我们师以前，把这个经验总结呈到他们手里。"后来在一个老参谋的建议和坚持下，他才同意多带一个司机。这样一路上有两个司机轮换着开，"安全系数会高一点"。而当所有人都劝他别只为赶一场合影冒险"连夜长途奔袭"，只有这位老参谋与众不同，只在一旁站着。一声不吭。没劝。

说起来，向少文之所以这么急着非要赶去参加这样的"合影"，跟这位老参谋还有一定的关系。那还是向少文刚调到师武装处任副处长的时候。那是个多雨的春天。师党委号召大伙植树。那天，所有师领导都去黄沟植树了。向少文的任务是率师部警卫连在师俱乐部后身那片空地上植树。快到中午时分，那个老参谋匆匆过来，告诉向少文，黄沟那边快栽完了。然后师首长就会和植树的群众、少先队员一起合影。他问向少文："您怎么还在这儿磨叽，不赶过去参加合影？"向少文说："拐角处还有一小片地没栽上……""那有啥要紧的嘛。让警卫连的小伙子接着干。您得去参加合影。快去快去。

周处和两位副处长都已经在那儿了。""我……我就不去了吧……这边只剩十来棵了……"那时候的向少文还不懂得这种"合影"的重要性。"别磨叽了！你得去。听我的！"老参谋正色起来，并把向少文拉到一旁，低声说道："您必须得去。再不抓紧就不赶趟了。回头我再跟您细说这里的利害关系。"向少文当时还半信半疑。好在黄沟离师部不算太远。老参谋又把警卫连常备的那辆值班警车调了过来。那天紧赶慢赶，向少文总算赶上了合影。晚上，老参谋找到向少文宿舍，先向他道了歉。"白天我那样急赤白脸地跟您这位处领导说话，太不礼貌……"然后他解释："向处，您刚到机关，还不太了解机关工作中的一些'关节'。过去有一句老话，从排级干到营连一级，得靠实干。基层不养懒官。也养不起懒官。到团以上，再想进步，只靠实干就不行了。这里的含义还用得着我明说吗？师武装处在师机关是个大处。别的处的领导基本上都是正营职，了不起也就是个副团。咱武装处是正儿八经的正团。周处从部队上下来时就是正团。他是平级使用。从正团再往上走，就像在埃及金字塔上往上走一样，越往塔尖上去，能得到提拔的人越少。岗位也越重要。在这种情况下，干得好当然还是头一条的，但另一条因素就越来越重要了，那就得看你是不是领导熟悉的信得过的……在某种情况下，你还得是他认可的'自己人'。我这么说，确实很俗气。用你们上海话来说，已经俗得一塌糊涂了。也违反我党的组织原则了。但是……"说到这里他诡异地笑了笑，"但是……像您这样只知道埋头干活儿，不主动往领导身边靠，不设法让领导经常看到您，别说您还想求一个更大的进步，就说您现在这个位置什么时候保不齐就让竞争者填补了。像今天这样的合影，按老规矩，明天就会在师红色屯垦报头版头条登出。大伙一看，在领导身边找不到您向处的影子，一回两回不要紧，回回都看不到您，同志们会怎么想？师长政委会怎么想？"

"有谁会注意这种合影？还吃饱了撑的去这合影里找有谁没谁？"向少文问。他那时就那么"天真"。

"嘿，您可别这么说。现在要问的是，在机关里还有谁不会这么去瞧。"

后来的某一天，开午饭时，向少文还真留心了。他看到，真有些科处级干部在餐桌上一边端详红色屯垦报第一版上刊登的那张"师领导和职工战士一起植树"的照片，一边窃窃私语议论着什么。让向少文不无意外的是，他们真的在议论上一回合影谁离师长政委近。这一回又有什么变化……再后来他和那些科处级干部都熟识了，更是发现在餐桌上他们最热衷的话题总是……对，**总是谁谁谁"终于"被提拔了，谁谁谁"终于"被调动了，谁谁谁"可能"会被轮岗，谁谁谁"真的"被双规留置了**……谁谁谁"终于"、谁谁谁"有可能"、谁谁谁"怎么会"、谁谁谁"没想到"、谁谁谁"我早就说过"……谁谁谁……谁谁谁……议论的范围和对象不只限本师本机关的同志。还有可能是下边团场的同志，也有可能是上边垦区省委省政府甚至更高层的……当然往上议论时，一定会把音量压低一个八度。说完了还会强调一声："这个，咱们哪儿说哪儿了。谁扩散谁负责！"……在此同时，向少文还发现一个现象，他们很少……对，很少听到他们……或者还应该说，几乎没有听到他们谈论过别的什么——当然，这现象一般来说只发生在机关小食堂开午饭时的小餐桌上……大部分有家小的只要有可能，晚饭都回自己小家去吃了……

现在回过头去看，无论是"机要室虚惊"，还是"必须去合影""私底下议论人事变动"等，都算不上是什么大事。但就这几档不大的"小事"，对到师机关任职不久的向少文的影响却不小。而且这种类似的"小事"不止一次地发生并逐渐逐渐地深入到、涸化了向少文年轻的内心，在这样一个内心中不断叠加它们的"影响"，在原先那个比较单纯的"向少文"面前打开了一个并不单纯的"界面"，一旦被这个界面左右了，他会不由自主地开始形成另一个"向少文"，也因此会改变他在某些重大事件发生时可能会产生的行为和举止……

到师机关任职不久，他结交的第一个"朋友"，拜到的第一个"老师"，不是武装处的其他几位领导，更不是处里的那些参谋干事助理员，而是工作上基本没什么交集的师党办副主任潘公亮。这是"鸡场老汉"常大叔推荐给他的。那忽儿大叔已经得到调令，要去垦区总部任职。但具体职务还没确定。暂住在总部那个著名的黑松林招待所等待分配。他在黑松林招待所那个异常宽敞的套间里很认真地给向少文推荐了这位"北大哲学系毕业、比向少文他们早到垦区六七年的、也算是他自己忘年交的""潘副主任"。

"公亮同志有城府。有头脑。虽然只比你们早到垦区几年，但他一到独立师就在首长身边工作。非常熟悉机关工作。是一个非常勤奋踏实的同志。"他这样向向少文介绍他这位"忘年交"，"你可以放心跟他交往。当然你也要留点神，别让他把你带到什么沟里去了。他毕竟早已不是那种只会死啃本本，只会按条条框框办事的白面书生了。另外，他不是一个特别好接近的同志，这也和他的工作有关。"

"什么叫'跟他的工作有关'？"向少文问。"他一直在首长身边工作，纪律要求他不能过分亲近谁，也不能明显表示出疏远谁。"但真见了这位"潘副主任"，让向少文意外的是，他绝对是个标准的"白面书生"。中等偏矮的个头。也许因为经常熬夜的缘故，本来就白的肤色些微泛着青灰。透过他尖削的下巴上那一层薄薄的皮肤，可以明显地看到那几根青蓝色的静脉血管。一身洗褪色了的蓝布中山装，再配上那双廉价的猪皮浅帮皮鞋，太像师部中学一个资深教员了。

但有一点大叔是说对了的，这位年轻的党办副主任确实不太好接近，总是不冷也不热，让人很难看得出他内心对你到底有什么看法。真是"含而不露"。给人城府极深的感觉。第一次跟他见面时，向少文就跟他真切表示了想跟他"学习"的愿望，并把大叔高度评价他的那番话原原本本复述给了他。当然瞒去了最后提醒向少文要留神的那一段。但那位公亮同志神情始终没有发生丝毫变化，很平静、平静到有一点淡漠，只回了一句："向副处长，我俩都是副处，谁跟谁呀。"然后又说了一句，"我们都是首长的跟班。好好为首长服务就是了。"

向少文还想细问他几句，这位公亮同志已经起身了，指指挂在门框上方的那只老式旧电钟，那意思是告诉向少文，他得去为师党委常委会去做记录了。然后拿起桌上那个玻璃杯——原先是装糖水蜜桃的。糖水蜜桃喝完了，他用旧毛线给它织了个杯套，拿它当了茶杯用。老大不小的一个杯子里，最起码沏上了多半杯茶叶。茶汤直直地发乌。明显是个只喝浓茶的老茶客。随后夹起一本"保密本"——那就是在所有机关工作人员眼里最"神秘"的师党委常委会会议记录本。封面上盖着一个方形特殊章子。章子里只有两个特别醒目的仿宋阳刻字:"绝密"。出门时又重复了那句话:"好好为首长服务就OK了。"仿佛这就是他在师机关首长身边干了这么些年能贡献给这位"新兵蛋子"的唯一"经验"。

后来向少文还得知,都快四十的他至今没有成家。更奇怪的是这么多年了,居然没一点想要成家的征兆。他独自住在师俱乐部后身一个几乎快要荒废的十来平方米大的偏房里。后来新建了那幢师机关干部宿舍楼,主管机关事务的协理员都给他选定了阳面的大房间,配好了所有的家具(那时候,这幢宿舍楼里所有的家具都是公家给配备的。当然是按等级来配备。比如,科级配木把软垫沙发。副处配人造革扶手软垫沙发……以此类推,一般干部只给配全木的靠背椅)。但就因为他是党办的领导,协理员还特地给他配了个三人沙发——虽然仍只是人造革扶手的,但可以让他在熬夜起草文件需要时躺上一躺。闭闭眼。

要知道,师党委,包括司政后三大部门所有主要文件,更别提师长政委的讲话稿了,全都是他起草的。或者必得由他改定的。机关里向来就有这么一个说法——当然是玩笑话——"老潘就是咱们独立师的'乔老爷'(暗指'胡乔木'和'乔冠华')。"即便如此,他还是住他"俱乐部后身那个几乎快要荒废了的偏房"。他说,他经常开夜车。赶稿。一赶就是大半夜。甚至通宵。住宿舍楼,既影响其他同志休息,下了班的那些年轻人在走廊里走动嬉闹也特别影响他十分需要的那种"安静"。因为他已经有轻度的神经衰弱症,会失眠。只不过他同意把那个三人沙发搬到他的"偏房"里。他说"这是工作需要"。还让协理员给他安了个一点五匹的空调机。他说"这也是工作需要"。

机关里的同志——主要是那些年轻人后来就怀疑处在人生"壮

年"阶段的老潘之所以如此"坚守"那个偏房,是为了方便他"深夜幽会"。闲话传到他耳朵里,他只笑笑道:"我倒是真想幽那么一下哩。问问师长政委,他们给我这时间不?再说,我真要幽会,至于要在这么个小破屋里搞吗?天下何处无芳草?你们也太小瞧我潘某人了吧?真是的!"后来跟他熟了,就这男女问题,他对向少文说过这么一句"金句":"让千里之堤溃于一'穴',值当吗?"当然,他也不会跟你详解这"千里之堤"和"一穴"的具体所指。后来有那么一回,向少文遭遇了这么一件"小事",对这位已经担任多年"副主任"的公亮同志有了更深一层的了解。

那天得知老潘病了——他身体一直不太好。向少文买了点西洋参去看他。他正在那偏房里给自己熬小米粥——他胃不好。听说小米粥养胃。桌上一部老式的286电脑通宵开着。马上要召开师党委扩大会,研究下半年的工作部署。政委在大会上的一个讲话稿已经改过好几遍了,正在做最后的修改润饰,经政委本人认定,上常委会最后敲定。这是为会议定调的主旨报告。其重要性不言而喻。

看到向少文不太好意思地"蔫不唧唧"地把那一小盒西洋参放在那台老式电脑边上。公亮同志用手里的那个汤勺指着那一盒西洋参揶揄道:"你也学会这一套了?"

"老师病了嘛……"向少文想辩解。但脸还是有点红了。

"谁是你老师?!"老潘讪笑。立即反问。

"谁是我老师,那还用说吗?!"向少文回了一句。

"送礼要送双。这一点你都不懂?就这么惨兮兮地提溜着一小盒东西就大言不惭地上门来了,还说是来看'老师'的。你好意思?"

就这样照直"打脸"。一点弯儿都不拐。

向少文的脸大红。

然后他拆了参盒看了看里边参的"成色"道:"像你这样拿这种不上等级的洋参送礼,等于自败家门。比不送还糟糕。你是瞧不起自己呢,还是瞧不起你要送的那个'老师'?你要是拿了它去送领导,那还不更砸锅了?"他把话说到这个份儿上,向少文简直无地自容了。勉强说了声:"明白了,潘老师。我拿去换个好一点的……"

"自己经济条件够不上,可以买低档一点的国产参段。但出手前,为什么不先把它磨成粉呢?整段的洋参好不好,是国产的还是正经漂洋过海从美国来的花旗参,人家一眼就能看得出来。领导忙,不一定能顾得上琢磨这些名堂。但领导家属一般来说在这方面一定是个专家。你为什么不先磨成粉。成粉状了,她就不容易区分了。再买个美国花旗参的包装盒装上。一毛钱的东西不就能起到一元十元的效果了?我小时候也给我老师送过礼,就从来不干你这种傻事,事倍功半,吃力费劲儿还不讨好。"

向少文暗自一惊。老师到底是"老师"啊!

向少文拿回了那一小盒国产西洋参,准备找地方去磨粉,刚走出房门,听到潘副主任在他身后提醒道:"师百货大楼和邮局之间那条窄窄的夹道上新开了不少小店。最北头有一家专卖各种参杞土药的,那个老板能代客磨粉。也能从他手里买到各种牌号的包装盒……"

过不多久,向少文在政委办公室的文件柜顶上看到了同样盒装的粉剂"美国西洋参"。两盒。当然他不能保证这就是他补送给潘副主任的那两盒——后来,他确实是又补买了一盒,一起拿去磨了粉,重新包装后给公亮同志送了过去的……

后来从别的同志嘴里,向少文得知,公亮同志当年家境贫寒。五岁父亲上山背煤坠崖身亡。十岁母亲病故。他是他奶奶带大的。有一回——那时他和公亮同志已经走得相当近了,听公亮同志说他奶奶。"我很少有时间回老家去看她老人家。直到她报病危，才请出假来。奶奶还责备我不该丢下工作跑这一趟。两天后她走了。她就是硬熬着要看我最后一眼才咽下最后一口气的……（说到这里，公亮同志开始有点哽咽了。）我姑替她净身穿衣，准备送火葬场，才发现老人家后背上长了拳头大小一个肿块，已经开始溃烂了。都烂成这样了，她还一直咬牙忍着，抗着，从来不跟家里的谁吭过一声。没去麻烦过任何一个人。更不想给我增加负担。一直到去世……"说到这里，这位从来没见他动过情的公亮同志，再也忍不住了，冲着天花板大吼了两下，便埋下头号哭了起来。他不去掩饰，甚至都不去擦一下那直往地板上滴落的泪水，就这么让它去滴……滴……大哭了一忽儿，才一下把那惊天动地的哭声控制在了喉头。由于要硬憋住正在往外爆发的哭泣，整个人禁不住地抽动起来，泪水还在滴落……直到能完全控制住自己的情绪了，他才抬起头，像个老农似的，用手掌抹去脸面上残存的那点泪痕，对向少文长叹了一声，说了一句："少文老弟，这就是我们……我们底层的老百姓。我们至亲的亲人啊……你我能在机关工作，就好好干吧。"

……后来，公亮同志和向少文几乎是在同一时刻得到新的任命。向少文担任了政治部副主任。公亮同志他更是众望所归，被扶正担任了党办主任。（原先的那个主任好像出了什么问题。让大伙吃惊的是，他居然失踪了。怎么找也找不着他了。）

被扶正后的公亮同志还是那个老样子，一身旧的蓝布中山装。脸还是那么灰白。下巴颏还是那么尖削。只是那青紫色的静脉血管越发明显了。还住在那间偏房里。原先在他办公桌旁边总放着一台老式的中文打字机。现在还放着。这样的中文打字机可以说现在的年轻人百分之一百都没见过，更甭说使唤过。它有一个硕大的金属盘，盘中遵照使用人的习惯，或按部首，或按拼音字母的序列，分门别类地排列着一千多个小小的铅铸汉字。打字人寻找到所需的那个汉字后，按动一下按键，便能挟起这个铅铸就的汉字，它便用力锤打在蜡纸上，留下字痕。一篇文章如果有一千字，那就要啪嗒啪嗒地打一千下。如果是一万字，就得啪嗒啪嗒地打一万下。打好的蜡纸安装到滚筒式油印机上印出文件、通知、公告或处分决定……这种活儿本来应该由党办秘书科文印室里的那两个小丫头干的。但经常有这种急活儿，都来不及先起草文稿再打印，公亮同志就会直接在打字机上写，边打边写，写完也打完，立即交付油印呈送或下发。这种活儿，只有公亮同志干得了。所以在他那个偏房里才会常年地放着这样一台老古董的中文打字机。深更半夜，如果有人从俱乐部后身他那个灯光常常亮到天明时分的小窗户底下走过，如果您听到从那偏房里连续传出那种"大珠小珠落玉盘"式的打字声，就知道新提起来的党办主任又在为师首长们赶什么急活儿了。而这种来不及起稿，直接在打字机上一气呵成就去油印成件的急活儿，在整个师机关里确确实实只有公亮同志干得了，这还真的不仅仅因为他是北大哲学系毕业的……还因为这位"北大哲学系的毕业生"确实能吃苦耐劳。

再后来，独立师经济上得翻身，财务上的自由权增大，便购置了一批新车，把师领导原先用的那种早已老掉了牙的苏式八座嘎斯69换成了小日本的牛头（丰田）越野。在全垦区它已经算是最晚给领导换车的师级单位了。按规定，能换乘新车的必须是师领导班子成员。党办主任一职虽处核心位置，毕竟还不能算在"领导班子"中。但这一回，常委会决定，给公亮同志换一辆新车。"工作需要"。但他却拒绝了。他找到主管这次换车的机关协理员，他说他还用原先的那辆嘎斯69。还用原先的那个司机。

"这是常委的决定。麻烦您受累，凑合一下接了这辆新车吧。"协理员说得挺幽默。好像公亮同志不要新车，会委屈了他这个协理员似的。

"我都爱死这辆新车了。但说真格的，我没福气消受。您别误会，不是别人，是我爹妈不让我消受。"公亮同志也说得幽默，却又恳切。

"别跟我逗乐了。啥消受不消受的，公亮同志，咱明人不说暗话，小巷子里扛长竹竿——只能直着来，您要不换车，让其他换了车的领导咋说？"

"第一，我本来就不是领导班子的人。我是伺候领导的人。只要有车使，使什么车都没所谓。（他习惯说'没所谓'。不说'无所谓'。）第二，多少年了，总有这毛病，坐新车，我头晕。您还别不信。就跟一些人似的，穿啥都行，只要一穿新衣服，走路都顺拐。别扭……"

"你这说的不是阎王贴告示，净是鬼话吗，谁信呢？！"

"帮帮忙。帮帮忙。我真头晕。这么些年，您见我坐过新车吗？跟领导下团场，他要坐新车，我宁可去修理厂找老解放牌去。您没听说过这事？帮帮忙。帮帮忙。"

得知了这些，向少文也不想换了——政治部副主任虽说不是常委，但"名正言顺"是领导班子成员。可以换车。这事传到公亮同志耳朵里，他去找他了。关上办公室的门，他凑近了向少文，低声跟他说道："我不要新车，因为我不是领导班子里的人。是完全说得过去的正当行为。你瞎掺和个啥？你正经是班子成员。你不要车，让那些要了车的成员咋说？你这不是成心跟他们过不去？闹不团结？常大叔没跟你说过，政治成熟的标志之一，就是善于在非原则问题上随众。不掌握这一点领导艺术的人当不了好领导。难不成，你也头晕了？！"向少文就没再提不换车的事了……

后来向少文问过大叔，您到底跟公亮同志说过类似的话没有。大叔只是笑道："这小子，真会白话。"也没说出个所以然来。

现在再来说，所有这些人人小小发生在向少文跟前的事，向少文像海绵吸水，饿汉刨食一样，都照单全收了，收下的这些东西无疑深刻而全面地影响了、促成了他的"成熟"，也加快了他对机关工作的复杂性的认识。这种"成熟"和"认识"也促使他从钟绍灵手里拿到那几本账本后，立即转身就向当时还在位的依然代表着"组织"的苏"政委"跑去了。在别的同志看来，他这"投怀送抱"绝非偶然。"查查他"，也理所当然。他们说，到他拿着那些账本，向苏振海跑去的时候，已经不像他自己说的那样，纯粹是为了忠实于组织。有没有邀功的成色？有没有让自己在这个圈子立脚更稳的打算？有没有一个由此一步一步地向苏振海靠得更近的计划？

在经过一番痛苦的反反复复的三省四省五六省……以后，向少文承认，当时自己头脑中确实已经生成了这些不纯粹的东西了。

哦，白乌鸦啊半度人……

停职审查结束。给了个还过得去的结论。大意是信念**不够**纯粹。思想改造**不够**彻底。立场**不够**坚定。没定政治错误。"哈哈。'三不够'干部。新时代新产品。有新意。"谢平过来挖苦了一通。催着他既然审查结束了，赶紧把婚礼接着办了。"你要再不娶小清扬，我可要娶她了。我这儿还单着哩。"李爽则提醒："听说小清扬她爸从非洲回来了。现在办婚礼，这活儿就全了。"都催促向少文赶快办婚礼，也是想借此让向少文摆脱了"停职审查"的阴影，重新起步。

"你俩干啥呢，要让小清扬给我冲喜？你们把她当个啥了？"向少文一眼就看破了他俩的"阴谋"。

其实向少文自己并没有觉得自己还被什么阴影"笼罩"着。一年前修政委正式通知他"停职审查"。当时他反而松了口气。在之前的一两个月间，机关内外对他各种各样的议论蜂起。他简直是在各种脸色和眼色中度过这段时间的。整个人也像风暴潮中的破帆船，没着没落地晃荡；又像云雾山中的小木屋，今日复明日地不知何日才能见到日出。正式通知要"停职审查"，他反而心定了。坦然了。正式查一查，我向少文是鬼是人、几分是人几分是鬼，总会有个结论。查清了，在谁跟前都有个交代了。是我做错的，该给啥处分咱就接受啥处分。处分完了，允许咱干啥，咱接着抬起头干吗。但这一跤摔下来，让他明白，内心不纯早晚入瓮。也让他看到，改革开放以来，经济上去了，人心同时也变复杂了。说得时髦一点，就是"多样化了"，说得危言耸听一点，那就是"多元化"了。复杂、多样化起来的人文环境对任何人、任何政治组织都是个检验，也是严格的、严峻的考验。这个检验和考验还会是长期的。当时，常大叔听说他被审查后，急剧暴瘦，人也萎了，真担心他经受不了这样的政治冲击，彻底趴下。于是特别让潘公亮来做他的工作。结果公亮同志来了一看，该同志气色正在恢复。谈吐举止也趋正常。他自己也很清楚，他的"错"既不在"贪腐"，也没牵扯进"团伙"里，更没参与任何"非组织活动"。组织上的审查，只会帮他澄清问题性质和程度，拭去一段时间以来，思想上沾染的不良斑迹和霉点。便于自己轻装再前进。"停职后，该同志主动要求去卡拉库里一个偏远乡里劳动。其实也没咋干活，凭着过去的一些老关系，帮乡里建了两个养猪场。一家造纸厂。一家烟花炮竹厂。想着都是技术含量不太高，又有长效的项目，既容易上马，回报也快。乡领导和乡亲们都很高兴。却不知这几家企业，特别是那个猪场和纸厂严重污染环境。

让新来的县委书记狠批了一通，勒令下马。少文同志挨批后，又写了几份检查，但情绪总体看来正常。显然已经习惯了在批评中成长。经检讨后渐趋成熟。您老就放心吧。人家再怎么说，也是当过市委书记和师政治部副主任的人。当初的提拔是稍嫌着急了一点，但现在人家'苔依润处深，一径入疏林'，已渐入法门，谙熟此道。您还真把他当多年前的那个'知青'来对待？不必了吧。"公亮同志这样给常大叔做了个口头汇报。

向少文这次去乡下生活，是经过一番深思熟虑后做的决定。痛定思痛。他真切而深切地感到自己这一阶段的过失，就失在"太看重自己的得失了"。党说要以"人民为中心"。老妈说要"无我"。自己一步一步地把"我"供到了头顶上。现在被摘掉了"顶戴花翎"，个人的问题，组织正在审查。自己想插手也插不上手，也不能插手。何不趁此机会，干脆就把"我"搁一边，重拾"我"以外的那个世界。和人。重新找回那个能真切掂量人生分量的那个秤砣。看看能不能再把"他们"和"他（她）"装进自己的心中。当谢平和李爽一起来乡里看他时，他跟他俩谈道："这一阶段，我有一点体会了，那就是'放低身架重新认真去看看周边的人，胜过闭门读十年书'。"

李爽笑道："老大，你又偏激了。读书还是很重要的。我现在就苦于没时间认认真真、从头到尾地通读一本书。"

"别抬杠。听少文说下去。"谢平捅了李爽一下，同时又挖苦他道，"你不是没时间，是净忙着跟在宣传口径后面做报道了。"

"我一个搞新闻报道的，不跟宣传口径，你想让我跟谁？谢平，你净说这种没头没脑的话，是不是在娱乐圈里只顾着挣大钱都把自己挣迷糊了？"

谢平没反驳。最近，他自觉和李爽之间的争执和龃龉越来越多。特别是在李爽被恢复了他那个记者站副站长一职，不久又被去副扶正之后，整个人似乎变得更谨慎。也更固执。但在争执中，两人时常又都会感到不想再和对方争下去，"因为你没法和生活在冰天雪地中的寒鸦去讨论热带雨林中那些个黑枕王鹟或银丝胸冠鸟的多彩和斑斓。"对此又常常会产生一种隐隐的痛惜和无奈……不等争论完，两人又都会把他们之间这份兄弟情看得比谁占有"真理"更重。所以，争着争着，两人都会不由自主地苦笑笑，停下了，不再争论了。

……这一回向少文下乡，去的那个"乡"严格说来应该算个镇子。当然是小镇。以前我们也曾提到过它，它就是"庙儿沟"。因为在镇子前方一个馒头状的山包上，军方建了个气象站，所以它在周边几十公里范围内一直享有一点知名度。早先向少文曾来过这里，那还是刚到武装处任副处长的时候，带师文工团一个春节慰问小分队来给驻守在这个气象站里的军人们拜年。当时站在山包上往下看，那一片景象真还是有一点"凄凉"。五六间低矮的平顶土房围绕着公路边一个小小的邮政营业点，一个马爬犁交通站，再加上十几间土块房，零零落落、稀稀拉拉地分布在山前山后的那些洼地里。用旧毡片做成的门帘都碎成了条条子，在凛冽的寒风中簌簌地飘忽。仔细看了路边立着的一块字迹早已模糊的木制路牌，人们才会得知这儿是长途客车下车点。远远近近还能看到的，就是一群群散放着的马和骆驼。还有一些埋头在雪地里啃草根的羊们和牦牛。除此以外，就只有连片逶迤起伏秃而又凸，全被大雪覆盖着的山包群了。当年一首著名的歌里唱的"没有草也没有水，连鸟儿也不飞"就是对它最精准的描绘。难怪慰问演出结束，小分队的那几个小丫头，站在气象站栅栏门前四处瞭望。半天，说不出一句话来。她们完全被气象站的那些兵哥哥能常年坚守在这儿生活、战斗，所打动。并被震撼。深深为他们心疼……向少文这一回当然是独自前往的。再见到这个庙儿沟，可以说他完全认不出它了——除了那个气象站。长途客车的下车点，早已不只是一根字迹模糊的木牌子了。而是一大间很整齐的红砖瓦房。邮政营业点也扩大翻新了。成"局"了还是"所"了，他没打听，反正一旁还多了个门面看得过去的银行。然后是一片片聚集了的民宅——其中仍有土块房，但多数已是砖房了。据说不远处的山沟沟里发现了沥青矿。是有开采价值的沥青矿。储量还不小。当年因为昆卡戈壁上有一个正在开采的沥青矿，向少文去那里的一个武装值班连检查工作得知，这个"沥青"就是铺就上海无数条马路的"柏油"，在好奇心驱使下，特地去参观过那个矿。那天还真把他吓着了。他完全没想到沥青矿的矿脉会生成在一条条很窄又很深的岩缝里。岩缝只有四五十厘米宽，往下深达一百多米。或更深更窄。工人们只能从这么窄的一条条缝缝里一点点往下采挖。向少文要下去瞧的那条缝，已经被采到一百多米深了。他被人"左一道，右一道"结结实实地捆上帆布安全带往下放的时候，他一直在担心两边的岩壁会突然合拢来挤扁了他、埋葬了他。或者上边哪一块石块松动了，掉下来砸碎了他脑袋。沥青矿（还有云母矿、铝矾土矿）的发现和开采，给这个原本没有一点"香火气"的"庙"儿沟带来勃勃生机和商机。

但给向少文深刻印象的是居然有人在这种地方也建起了加油站。那是个傍晚，他得到通知，审查结束了，结论出来了，他可以返回师部了。也就是说他被"解放"了。师机关协理员兴冲冲打电话给他，说要派车来接他。他拒绝了。他告诉协理员，这儿挺方便的。

每天都有长途班车往来白杨河市和独立师师部。当天还有最后一班车直开独立师师部。他搭班车回，差不多午夜时分就到师部了。"那也行，我让小食堂给您准备夜宵。"协理员仍然很热情地在安排向副主任回归。"不用不用。真不用。"向少文忙说。"行了。说妥了。我让康大厨给您烙油烙饼。（向少文的最爱之一。）再煮一碗你们南方人爱喝的醪糟鸡蛋。您还住八号楼（那幢四层的红砖宿舍楼）。原先您住的那个房间还给您留着哩。其他事明天见面再说。今晚我就不在小食堂里候着您了。明天一早师长政委要赶到白杨河市去参会。我还得候着那一摊去。"

然后，向少文赶紧收拾东西，给长途车站打电话订当天最后一班车票，并早早地去了车站。（没跟这边的熟人告别。这段时间他还真认识了不少非常值得交往的人。要让他们知道他要走了，今晚你还真别想脱得了身。这顿晚饭就能把你喝趴下喝迷糊了。更别说明天后天……这一轮又一轮推不掉又不能拒绝的告别宴，更会让他在种种伤感的漩涡里挪不开步去。）因为来得早，小小的候车室空空荡荡。他四处转转。转到候车室后身，放眼看去倒是一片开阔地。看着眼下完全安静下来的这小镇，他突发一种感慨。多年前的荒凉被这一群人开发成一种希望。他今天要走了，而他们，将留下。继续陪伴点点灯火以外的那片依然荒芜寂寞的大戈壁。再往远处看，就是那个加油站。硕大的中石油标志在晚霞中显得尤其扎眼。如果说这个小镇子上别的建筑你还是能看出那一点它的土气，它的简陋，它的风霜经年……但眼前这个加油站，完全按全国统一"标准样式"盖起来的加油站，它和京沪广深哪哪的加油站毫无差别。它使你眼睛一亮。哦，现代化的"列车"还是不折不扣地驶进了这个角落。它使你相信，这仅仅是个开始，以后肯定还会有更多现代化的标志耸立于此地……他刚想再往前走几步仔细看看这个加油站时，突然从加油站里走出一女孩，穿着加油站工作服。修长、匀称、挺拔。穿一双笨重的翻毛皮鞋，却让她更显英气。剪·头齐耳短发，则显得格外干净利索。加油站门前的停车场上每天都会升国旗。她是来收旗的。收下国旗，她没急着回站里。捧着叠好的国旗，在张望什么。也许啥也没张望。只是习惯性地要在外面站一忽儿，看看那五彩斑斓的晚霞。或者……或者……是因为她发现了向少文才站下的……她是被向少文吸引到了？他情不自禁地向前跑了几步。女孩也发现这个陌生男子是冲着她跑去的。有点不好意思了。想回避，可又不想回避。是的，在这么个地方想遇见一个面容、气质、体型、衣着……再加上年龄都合适的"男生"还是不太容易的。向少文又向前跑了几步。都能看到晚风撩起她的短发了。小丫头好像也发现了什么，在呆呆地看了一眼向少文以后，便转身赶快跑进加油站里去了。到底是什么"吓"走了她？她究竟发现了什么？发现这个不是适龄"男生"，而只是一个大龄"男人"？还仅仅是因为看到这个"男人"居然向她逼近了过来，而本能采取的一种自我保护行为？总之，她走掉了。向少文很有些失落。惋惜。惋惜这么一个清秀的女孩"云落"在这么偏远的一个加油站里。她是怎么来的？她能过得下去吗？加油站里其他的职工会欺负她吗？她会在这儿待多少年呢？在这儿结婚生子？她会嫁给一个什么样的男人？他甚至想到如果他恢复了工作，这个加油站归独立师管辖，在他权限之内，他会把她调到生活工作条件稍好一点的单位去吗？还有很多很多这样的女孩，在很多很多这样偏僻遥远的庙儿沟里谋生。如果长得不如眼前这个女孩，他会以同样的关切和惋惜之心去设法改善她们的生存处境吗？他愿意努力地去改变她和他们——一些男孩的生存处境吗?

回独立师的路上,他一直在想着这个女孩,并非只是因为她清秀挺拔而年轻的身影……

他这次来庙儿沟,就是想找个地方能帮助他搞清一个问题,寻找一个答案:这些年他向少文真的像一些同志指出的那样,丢失了"自己"。如果说,自古至今,每一代人都有寄托自己灵魂的地方,他,向少文有吗?

来到小镇,他结识了不少人。有一个被当地人誉为"天才"的年轻人。麦子苞谷成熟的时候,他只要上地里走上一圈,用手去轻轻触摸一下那些麦穗和苞谷棒子,就能大约估计出当年的亩产。上下差不了十斤。他从没有离开过这个庙儿沟。他也不愿意离开这个庙儿沟。他确信,他的这种"特异功能"是他房后的那些个小山包赋予他的。因为他经常听到小山包的背后会发出一阵阵轻微的轰隆声。只要这阵隆隆声起,他那只手就会发热。他觉得镇子上所有的年轻人都忌妒他。作弄他。而不作弄他的,无非也是在利用他。所以平时基本不出门。最近,由于向少文的牵线搭桥,他才慢慢和周围的同龄人开始交往起来。由此,向少文结识了一群年轻人。他们的集合,只是因为一台老式的十二英寸彩色电视机。他们按电视里看到的样式,建立自己的生活模式。让向少文惊讶的是,他们的衣着、发式、说话的口音甚至走路的姿势一点都不差于独立师师部、白杨河市内,甚至他所知道的上海、北京的年轻人流行的那一套。他们的衣服是自己做的,头发是互相理的。他们在沙枣林里打台球。台球桌也是自制的。他们收藏各种时尚杂志。花大量时间互相传阅。向少文还在一个大院里结识了一个女电话接线员。和她的母亲。女接线员是个胖女孩。母女俩的院子里有两架葡萄藤。沿着土院墙,这位母亲种满了一种比围墙还要高出一头的葵菊。开的是浅紫和粉红的花。每朵花都比成人的拳头还大。据说这位母亲在镇子上开了一家私人诊所,交游很广。交往着不少中年以上的异性朋友。镇上一个自小缺乏母爱的小年轻一直在追求她。而她的年纪让她几乎都可以做他的母亲了。但她暗中还是接受了那个小年轻。向少文去了后,镇上就把他安排到这母女俩的大院里居住。那里干净。地方也宽敞。母女俩一日三餐的伙食调理得也不错。没料到,那母亲竟喜欢上了向少文。那小年轻就非常恨向少文。向少文很坦率地找两位谈了话。告诉他俩,自己有未婚妻。听说那位母亲曾活得相当坎坷——现在也不平静啊,不得已才来到这小镇上开这家私人门诊谋生。向少文劝她该回头看一看了,认真总结一下自己的前半生。但她告诉向少文,我不可能再回头了,只能一条道地走下去。后来,向少文找了个借口,搬出了这个从其他各方面来说,无论怎么比较都相当不错的大院……

而在林林总总结识的这些朋友中,印象尤为深刻的有两位。一位叫门三臣。一位始终不肯透露自己的名和姓,连介绍他认识的那位胖女孩的母亲,诊所女老板、女大夫也不知道他到底姓甚名谁。

先说那位门三臣。本镇镇长。但就本镇的范围来说,又是流言蜚语最多的一个。此人"文革"前是外乡一个杀猪的。仅仅因为——当然这也是本镇那些好事者嘴中所说的,没人考证核实过——"文革"时善待了几位下放劳动的老干部。其中一位老同志恢复工作后,把他调到庙儿沟来当了镇长。"这不是屎壳郎说书,净是臭屁话吗?"门镇长跟向少文说到这些流言蜚语时,极为愤慨。又流露出极端不屑。"我当年就算真的是屠夫又咋了?贺老总当年闹革命不也就凭两把杀猪刀起家的吗！"（贺老总最初的确是两把菜刀闹革命的，但这两把"菜刀"居然还曾是"杀猪刀"，就不知典出何处了。）古话说，英雄不问出处，将军不论高矮。杀猪出身的怎么就不能当镇长了？不管怎么说，庙儿沟镇在他治下，这些年的变化摆在那儿哩。这些变化来之不易，功劳当然不能都算在老门一人身上，有时势、政策、上边领导的支持帮扶等综合因素发力，才有今天的"庙儿沟"。但无论如何都不能抹杀了镇长的作用。假如这位镇长真的只会"伺候落难将相"，只会在猪身上"舞刀使劲儿"，这个镇子最起码不会稳定如斯，安详如斯。中石油也不会有兴趣、有勇气选择在这儿建加油站。那个长得极清秀的女孩也就不会到这儿来"拼搏奋斗"了……也有人嘴咸（闲），说他把这个镇长当下来，全靠他那位贤淑"英明"的老婆。而那位在镇小学当教导主任的老婆之所以嫁给了他，是因为当年他借职业之便，经常提溜着一包包猪下水，去未来的老丈人家串门。换言之，他这个有文化有头脑的还有一定姿色的老婆是他用一包包猪下水淘换来的。段子手啊，你们在哪个时代都忙得不亦乐乎。混得吃香又喝辣。能说点正经的人话吗？！

不过，要说让向少文同志真感到惊心动魄的人，前边说的那些就只能算是庙儿沟里小儿科式的人物了。那一天的一大早，私人诊所的女老板、女大夫突然上屋里来看向少文，少不了会带些刚下架的无核白葡萄和刚从屋后菜地里摘来的茄子、豆角、丝瓜、西红柿，还有甘肃十里香白兰瓜。还会捎些应急用的感冒退烧止咳等常用药。按惯例一定还会替向少文把屋子收拾一下（音hà）。但今天没有。"带你去见个人。锁上门。咱们这就走。"说罢，放下手里的东西，她就在门外等着了。很着急的样子，又有点神秘兮兮。好像外头有接应的直升机在候着似的。向少文当然来不及漱洗，只得草草用凉水抹了把脸，过了过嘴，就跟她出了门。显然更没时间吃早饭。人家却早想到了。等向少文走近，顺手递了两个还热乎着的豆包。带向少文走到拴在林带里的一匹青花马旁，她问向少文："会骑吗？"向少文迟疑地打量了她一眼，坚定地答道："这还用问？"是的，在垦区武装部队历练过的，能不会骑马？多余问的！"那就好。你先上。"她说。向少文一愣。什么叫"你先上"？难不成，两人骑一匹马去轧马路？这又是什么算计？看向少文犹豫开了，对方又问了一声："到底会不会骑呀？"看来是要用实际行动来证明了。向少文二话不说，抻住缰绳，一骗腿，飞身上马，把马吓了个一激灵。在林带里连连蹦跶了两下。但向少文立即控制住了它，让它慢慢又回到女老板身旁。这一手虽然算不上什么特别了不起的骑术，但已经足以让她认识老向究竟是何许人了。她这才毫不犹豫地把手递给在马上的向少文，那意思是让他拉她一把，让她上马。向少文这一下真有点含糊了。合着这真要男女搭伙一起去轧马路，出一趟洋相？女老板见向少文迟迟不拉她的手，就不再撒娇，一手扳住鞍桥，一蹬腿，也上了马背，坐在了向少文的怀里。向少文的脸一下烘热了。"走啊，你到底会不会招呼马？"接线员她妈催促。"你家不是有辆面包车吗？四个轮子的不使，干吗非得劳心费力地使这四个蹄子的？"向少文一边问，一边使劲儿往后挪开身子也躲不开接线员她妈温热的身子，尤其是她那一头自家烫卷的头发蓬松着直刺挠着他鼻尖，再加上廉价生发油的香味混合了些微的汗味冲得他都要窒息，既难受又尴尬。

"咱们要进淹了水的苇湖滩。没法走车。"接线员她妈越说越往向少文怀里靠将过来。

"进那险地，干啥？寻宝？"向少文嘲讽道，一边又忙不迭地躲她，但又不敢让自己的动作幅度太大了，害她也害自己一起从马背上滑溜下来。

这时驮着他俩的马已经进了滩地。一脚泥水，一脚干枝枯叶地，踩得咕哧嘎吱地响。就这样提心吊胆地行进了多半个小时，一路上她还饶有兴趣地追问"你那未婚媳妇"的情况。路径两旁净是多半人高的苇子棵。再走了一小忽儿，便看到一小片干燥的小高地上出现一幢用苇席苇把红柳枝和各种干蒿草搭建起来的小窝棚。"假正经，你想见的人我给你带来了。你咋谢我呢？"她大喊。立即从那坡地上的小窝棚里跑出一个人来。

一个被她称作"假正经"的中年人。年龄和她相仿。四四方方的国字脸。让向少文想起央视的某位播音员。只是上嘴唇上多了一抹漂亮的胡髭。由于久居野外，皮肤黑亮得多。上身穿着一件蓝白格的衬衫。洗旧了，但干净。束在一条水洗蓝的牛仔裤里。束腰的是一根鳄鱼牌皮带。赤脚。挽着裤管。戴着顶旧得不像样了的棒球帽。但这并不妨碍给人留下绝顶时髦的印象。

"向少文同志？请进。快请进。"他异常热情地招呼向少文。并开玩笑似的对接线员她妈说，"咱俩拥抱一下？"

"去去去。谁跟你拥抱！"她啐他一嘴，同时瞥了向少文一眼。显然还是在意他的在场的。"咱们就在外面说话吧。不进你那棚棚子了。每回都让人觉得憋屈。"她说道。那中年汉子的回怼立即让向少文对他"另眼看待"了。中年汉子笑着对接线员她妈说："知道古代希腊有个叫赫拉克里特的大学问家吗？有一回一帮人去他家看他。见他都没钱生火，在那儿冷得索索发抖，便都很失望，转身想走。这位赫老哥说了一句很有学问的话，把他们留住了。他说：'这里没生火，但我这里有诸神在场啊。'再说，您大妹子嘴上说我这儿憋屈，但也没少来呀！""谁没少来？胡扯八扯，嚼烂你舌根！""大妹子"红起脸辩白。

中年汉子再没回辩，只是嘿嘿一乐就把他俩让进了棚里。向少文原以为这只是个供临时起意来野外露营性质的那种简陋棚棚，却没想到，"麻雀虽小，却五脏俱全"。单身汉长期独处该有的生活用品一应俱全。当然，防雨设施、渔具和一台袖珍柴油发电机、一整套炊具餐具茶具则是必不可少的。一侧的墙壁上（如果能称之为"墙壁"的话）居然还挂着一支双筒猎枪。这可是近年来特别明令禁止的玩意儿。这家伙胆儿可真是够肥的。没准有公安方面的人给他罩着，就"没所谓"了。当然更不能少的是一张家庭合影照。在那个所谓的床头，也的确挂着一张彩色合影照。两个人的。但不是他和他媳妇的。看样子是一对母女。三十来岁的一个少妇和五岁的女儿。只是镜框被涂成了黑色。

这倒让向少文心头一格棱。刚到嘴边的问话，赶紧咽了下去。他本来是想问一下，夫人怎么没跟他一起来野营。现在别问了……后来得知，夫人和女儿几年前遭遇车祸。当时他也在车上。他重伤。夫人和女儿不治身亡。后来才得知，他之所以遁世隐居跟她娘俩的不幸离去不是没一点关系。关系重大。当然，原因不止这一个。

还值得一提的是，在棚棚子的一个角落里，一根尼龙绳上，挂着一长串暴腌后又晒干了的小鱼。还有两只经过同样处理了的剥皮野兔。

是的，石泰祥——这个中年汉子，曾有过一个人人羡慕的家庭。一份人人羡慕的职业——他曾是垦区自己创办的农垦大学早期毕业生。后来当过白杨河市八一中学党总支副书记兼教务长。当过红星九场政治处主任,副政委。给垦区第一任司令员、白小燕的父亲当过一阵秘书。在钟绍灵、白小燕之前主持过垦区总部党委办公厅的工作。后来……后来不知道为什么突然被挪动了一下,调到垦区党校当了很长一段时间的某教研室副主任。被人说是"明也降暗也降,是实打实地让赋闲了"。是另一种形式的"靠边站"。他却说"我应其命,得其所,乐在其中"。再后来……再后来,他家就"突然"出了那场车祸。他就到这片沼泽地里"安身乐命"地"钓其鱼。打其野兔。晒足其鱼干"了……好在还有心且很潇洒、很洋气地留了那一抹胡髭,时不时地喝两口老白干。时不时唱两句:"提篮小卖拾煤渣……"有人说这表明他还是念念不忘他那个闺女,他那年轻的媳妇。(媳妇比他小十来岁吧。有人说是他在中学当领导时的一个学生。也有人说是他在红星九场当副政委时该场子女校的一个教员。没人说得准。)也有人说最近那位接线员的亲娘,庙儿沟那家私人诊所的女老板、女大夫经常性地往他那儿去。一待就是好几个小时。两人关系一度甚是暧昧。此言让人也难辨真假。

……向少文一到庙儿沟,老石就知道了。这当然还得"谢谢"那位"接线员的亲娘和女老板""经常性地上他这儿来嚼舌头"。其实,老石虽然早就离开了垦区总部,"逍遥"在这远离喧嚣之地,但他不闭塞,消息还是蛮灵通的。他随身一直带着一个功能齐全的高性能七波段袖珍半导体收音机。这是给他提供国内外"大消息"的。至于从"老肖"(女老板姓肖。平日里他管她叫老肖)那儿得来的那点点滴滴"片言只语",在他儿还真算不上个啥。他另有直供的"信息管道",可让他获知垦区内的"重大信息"。你瞧老石他这个棚棚子里隔三岔五就会多出个空酒瓶来。你去问镇上所有卖酒的店老板，他们又都会告诉你，老石从来也没有上他们那儿买过酒。此人应该是不喝酒的。但那些空酒瓶又是从哪儿来的呢？你要上他棚棚子里去找，又找不到那些个空酒瓶。难不成他隔空抓物搞来了这些酒瓶，又隔空遁物，让它们消失了？他的一些老朋友老部下知道他，他不是不喝酒的人。还挺能喝。他喝的那些酒都是"只能悄悄地来"看望他的这些老朋友和老部下送的。他们边聊边喝。喝完了，酒瓶空了，积攒下来，惹眼。但他又不想让人凭这些空酒瓶得知他这儿经常会来人，经常会给他带来各种各样的消息。而且并非都只是一些不咸不淡的"闲话"。所以，第一，他从不留那些"朋友"在这儿过夜，尽量缩短他们在这儿逗留的时间——包括那位"老肖"女士。第二，就给那些空酒瓶找了个"墓地"，他称之为"酒冢"。都埋了。

他跟向少文没有过工作上的交集。如果说，他俩都没见过面，还不太确切。老石曾给垦区一些年轻的机关干部讲过课。有一回在黑松林俱乐部的大会堂开讲。他俩应该是"见了的"。老石在台上讲。向少文在台下听。那是个可容纳上千人的会堂。那天没满座。按通知只来了三百来位。在台下听讲的向少文是见着了石前辈。但石前辈绝对没见着他。讲完课，不少年轻的听讲者争着上前要让石老师签名。向少文那时还没学会"往前挤"，也无心去学"老师，给留个联系方式吧"……那一套。

虽然赋闲了，但积习难改的老石，即使隐居到了这片全是杞柳、铃铛刺、趴地柏等灌木和高高大大、密密丛丛的苇子棵的湿地中了，他还是忍不住地想知道自己曾经参与过的那个世界里发生了什么……但只是想知道。没想再参与一把。他知道自己已经从那个世界里除名了。消失了。他不能去参与。也"不应该"去参与。在这期间，他先是听到了他的接任者钟绍灵出事了。而且是开枪自杀。接着从独立师传来一个消息，那儿有一个上海知青，一个被人誉为"政治新秀"的上海知青、一个发展下去有可能成为垦区办公厅另一个接任者的上海知青最近也出事了，被隔离审查。(当然，他也知道，更多那些留在垦区没返城的知青在垦区各级组织的关怀和帮助下，正在健康迅速成长。)得知向少文被审查，他倒也没有因此就"不平静"了。作为在政坛亲身经历过、也耳闻目睹过种种变故的人，他再也不会因一个新秀的被审查而"不平静"。只是那天晚上，他在深沟的一个拐弯处，一个鱼群最容易来上钩的地方，傻傻地待了好几个小时。且一条鱼也没钓得上来。他不知道自己在那儿干了个啥。只是一条鱼都没钓得上来就是了。黎明时分，从苇子棵里蹿出一群群黑雀，它们欢快地在铺满锦缎般早霞的天空上翻飞，忽而像乌云一样集合在一起，忽而又像无数调皮的小学生那样向着远方的地平线和起伏不定的山包背后四散疾奔而去……最后扑向附近农场正在秋翻的田野。它们会跟在拖拉机后头，在翻卷的泥浪中啄食各种小虫……

人怎么会活成了自己讨厌的那个样子？

最近他经常会思考这个问题。

后来他从"老肖"嘴里听说向少文到了庙儿沟，他就特别想见见这个已经不能算年轻的"年轻人"。

他有话要跟他说。

他告诉向少文，他叫石泰祥。

向少文眼睛一亮，忙说："石老师，您在这儿呢？我听过您的课。您可能不认得我。当时会堂里那么些听课的人……"

老石笑了笑道："我还像个老师吗？"

向少文忙应道:"孔子厄于陈蔡,仍是三千弟子之师。"

老石笑了笑道:"你很会说话。"

向少文应道:"老师厄于丛林鱼凫间,我当不必奉承阿谀。"

老石问:"你怎么知道我仍可做一个'老师',有教于你?因为我老?"

向少文笑道:"老师哪里老了?今天肖姐一见您,我看她喜形于色,满脸春风的……"

"老肖"立即嗔向向少文道:"我怎么'一见老石就喜形于色',还'满脸春风'的?你俩转(zhuǎi),别扯上我还涮我!要嫌我碍事,我上外头待着去。"

老石赶紧就着老肖这句话顺坡下驴,把她招到身边,附在她耳旁悄悄说了句什么。老肖果然上外头"待着去了"。出门时还狠狠地嘱咐了一句:"你俩转(zhuǎi)啥都行,就不许在背后说我坏话。"

老石刚才就是告诉她,他想跟向少文单独说一会儿话。让她上棚外去歇会儿。

老肖一走,他俩居然都有一种不知话再从何处说起的感觉。一时间反倒都静默了下来。向少文当然是等着这位石老师先开口,看看他"究竟有何要教于他而特地托那位肖姐把他叫到这个丛林鱼凫间来"的。而石泰祥真要把自己这些年来一直想说的那些话一并在这个已经不年轻的年轻人面前和盘端出,也不是那么容易。毕竟一段时间以来,他已经没有跟谁推心置腹地倾诉过什么了。那些老朋友老部下来,也就是交换些最新的信息而已。真要跟他们探讨类似"每一代人都有安放灵魂的地方。我们该怎么办"或者"人怎么会活成了自己讨厌的那个样子"的问题,真有可能"吓着"他们了。

过了一会儿，他问向少文："你熟悉钟绍灵吗？"

向少文说："不熟悉。说真的，我跟他真只有那一面之交。就是当着专案组同志的面，我也是这样说的。"

"哦……"石泰祥长长地感叹了一声。

"您……知道我被停职审查过吧？"

"……"石泰祥点点头。

"那您熟悉钟绍灵？"向少文问。即便这样，他还是多少有点意外——谈话怎么会从"谈论钟绍灵"开始？

"不仅是熟悉，而且是很熟悉。当年，他是我推荐给垦区党委人事部门的，还在苏政委面前力荐过他。"

"哦……"这下轮到向少文惊诧了。开始觉得这个"聊天"会有点不一般。会有点他意想不到的东西。

石泰祥出身并不是"望门"，学历也不高。中专文化。（不过这在当年，在垦区，中专生绝对要算是相当有文化的了。）他倒是正经毕业分配来的。家庭虽然不是红几代，但也没什么可查的。平平常常稳稳当当一个小职员家庭。他之所以走得顺，完完全全靠的是"聪明能干"。他是真聪明。真肯学。真能干。而且让他学什么，他就去学什么。学啥像啥。一学就通。一通就冒尖。以"多才多艺，干啥都拿得起来，就是与众不同。就是鹤立鸡群。但又不欺生辱小，广得人缘"。还有一样让一众男人"恨死他"——长得还俊。男人气十足。让那些领导的家属，但凡见过他以后，就会老在领导面前叨叨他："真是个人才啊……你还别说，我真没见过几个有这么全面的……"而让领导的家属们勉强能挑出些毛病、稍感不太舒服的是，这个"石泰祥"居然搞了个师生恋……

他那会儿并不知道他特别看重的"小钟"比他还要沉稳，还要

399

有城府——这完全因为这个"小钟"的童年和少年时代比他吃了多得多的苦。而且是真正沉到最底层去了的那种。苦难会改变人。往哪个方向变,什么时候变,变多变少,最后变成什么样,因人而异。因时而异。因周边环境而异。跟社会的大走向、大提倡也不无关系。他更不知道,自己在把小钟推荐给了苏政委,在发生库都克达吾克引水渠工程事故后,苏政委就让他去干了那么一档事。他居然真会去干了。而且还一直瞒着他这位"老师兼恩人"。事发后,老石自责过。觉得小钟最后走到"举枪自尽"那一步,不能说他没有一点责任。有心"生成了"他,而不负责教成他。养不教"父"之过。但这种纯粹出于道义层面上的自责,又管什么用呢?

石泰祥很清楚,在某种环境中人是完全有可能发生某种变化的。他有切身体会。因为他就这样变过,逐渐变成自己讨厌的一种人。用北京胡同串子的话说,"只会听喝儿",而别无他求的一种人,一度自己还很得意。他极力掩饰自己的主张和想法,尽一切努力去把"贯彻执行"做到极致,而且从中得到极大的乐趣。从根上实事求是地说起,许多时候,要他执行的和普通民众需要的往往是相通的,或者说,上面要他贯彻执行的就是从民众的需求中提炼升华出来的,两者本质上是一致的。也可以说是符合他自己的想法的。但到一定时候,就会机械了,就习惯只执行而不去想别的了。本来机关工作就是上情下达,下情上达,让两者得以沟通,**把这两端有机地融合起来**。但到后来,也不知从何时起,自己就只注重了"上情",而忽视了"下情"。在这种情况下,执行也往往会出偏差。不是过火,就是没达到要求。他不是不明白自己正在失去一个"自己",原先他也想搞点业务,做点研究,写点自己想写的文章。后来不行了。没时间，也没那种感觉了。于是他常常情不自禁地会在那些学术和业务上做出成就的老同学老同事面前感叹自己"碌碌无为"，可是要让他摆脱那种他也开始有点厌烦了的机关事务性工作，他却又感到自己已"力所不逮""为时已晚"。其实他的不能摆脱，不完全是"力所不逮"，而是自己已经开始享受这种种事务性工作带来的各种优越感和优越性和……和什么呢？他觉得说不清了。其实他很清楚，这种优越感和优越性加在一起的结果，毕竟让他的职务一步步高升了。有一回他跟苏政委去某省见某位省部级领导。到了那位领导家里，他当然只能听着，是不能插嘴的。在苏政委和那位省部级领导——应该是位省委书记聊天时，苏政委感慨自己只是忙，但没忙出大名堂，赞扬那位老战友仍然具备一个理想主义者的风采，干得"风生水起"。那位省委书记的回答凿实让一旁只听不说的石泰祥大为惊诧。那位省委书记像推脱一个恶评似的忙否认："不不不，我可不是理想主义者，一定要说是，充其量也只是半个理想主义者。"而苏政委也表示："对此确实感同身受。最多只能是半个。或者还得是少一半的。"

在回垦区的路上，石泰祥一直在反刍这个问题。他能理解这位省委书记这么界定自己是有他"苦衷"的。作为一个省委书记，面对错综复杂的社情民情省情，中央的任务，民众的呼声，以及各种敌对势力的破坏和攻击，要都摆平了干妥了，只抱着一厢情愿的理想去硬做，执着于那样一种"天真和纯情"，八九不离十是要碰得头破血流的。

所以，只能是半个……

这样的省部级领导到底有多少？抱着半个理想主义者的情怀和意愿，在这条我们要坚持走下去的路上究竟能走多远？

但，不是半个（甚至是小半个），又能怎么办？

回过头去如果能请出李大钊、方志敏等同志，他们肯定不会承认自己只是"半个"，甚至最后关头写下《多余的话》的瞿秋白也不会承认自己只是"半个"。但他们因此丧失了最后活下去的那点可能啊。虽然他们是高唱《国际歌》而走向绞刑架的，是盘腿而坐直面敌人为枪杀他们而射来的子弹的，比如那个年少如刘胡兰的，则是怒目而视敌人那把向自己头颈用力铡下的铡刀……但他们还是"没能活下来"啊。他们牺牲了……他们坚守住自己心中那"整个理想主义"，成就了同志们后来的坐天下……

在活着还是死去的抉择关头，他们执意选择了不活。因为有人对他们说，要想活，你必须抛弃理想。背叛理想。他们宁愿不活。

但活着有多好啊……

他们坚守住了自己心中那"完整的理想主义"。

在理想主义这个问题上，到底是半个的好，还是全乎的好，石泰祥最后也没整清楚。最后他放弃了。还是让中央党校那些专门搞理论研究的教授们去研究吧……而近年来社会上那些长胡子戴眼镜的人喝着咖啡已经在提倡"取消革命""取消高尚""取消斗争"了。某些地方的春节联欢晚会上，那些漂漂亮亮意气风发的男女主持人率领全体演职员向全国观众喊得最响亮的口号已经改成"恭喜发财"了。

这样下去，即使只剩"半个"，是否也会嫌太多了一点？苏政委那天说的就是："或者还得更少一点。"

有件事情，石泰祥一直没告诉过任何人。钟绍灵自杀的前一天，曾给他打过一个电话。电话接通后，钟绍灵突然叫了他一声"老师"。然后没头没脑地说了声："这么多年了，谢谢您。"当时老石隐隐感到要出事。因为他已经得到信息,新党委开始追查库都克达吾克引水渠工程事故真相。种种"风言风语"都指向了"小钟"。但老石觉得,不管怎样,这事的全部责任不能由钟绍灵一个人担起。真相必须查明。责任也得分清。最后处罚,党一贯的方针是"惩前毖后,治病救人"。不会不分青红皂白具体背景和原因,眉毛胡子一把抓的。小钟毕竟是奉命行事。再一个当时死了一个同志,也不是他"故意杀死的"。这是可以查得清的。但当时查案纠风势头正紧。他不能在电话里把话说得太透,只是大概地安慰了他钟绍灵一下。为了缓解钟绍灵过分紧张的心绪,老石还在电话里跟他开了个不咸不淡带点段子性质的玩笑。钟绍灵果然松下口气,又说了声:"谢谢。"石泰祥以为他已经做通了钟绍灵的工作,起码减轻了他的思想包袱。却不料,过了一小忽儿,钟绍灵又闷闷地说了句:"老师,我输给了我自己。我把自己弄丢了。我对不起您。您多保重。"就把电话挂了。再给他打,他就怎么也不接电话了。

其实石泰祥也有过和向少文,甚至和钟绍灵同样的经历。只是没有严重到那样的程度。比如,当年垦区党委根据中央的精神,每年要办几件实事。办了的,一方面要往上汇报。领导还要宣传。曾经抽调了几个笔杆子去收集这方面的事迹。其中就有石泰祥。那会儿,他还在白杨河市的中学里任职。这帮笔杆子下去前,苏政委有几句话让秘书转告他们。石泰祥着急,先去了分配给他的采访单位。秘书在转达政委的指示时,就把他给落下了。等石泰祥调查结束了,秘书想起这档事。苏政委听到秘书急火攻心地在给老石打电话,问他发生什么事了。秘书才一头冷汗地说:"老石的书面报告可能还没经您审,就已经送文印科打印了……"苏政委大发雷霆,因为这回拟定年度几件必办的项目中，苏政委把他夫人家亲戚刚上马的两个厂子也列进了这份名单里。底下还是有些反映的。他当然不希望在汇报稿中看到这些情况。便立即让秘书去文印室取回底稿来看。看完底稿，政委不吭气了。只说了让秘书"立即把老石给我叫来"。石泰祥不知道政委为什么要发这么大的火，先是把那个小年轻秘书痛骂了一通："你他妈的还是受过正规文秘培训班培训的。怎么可以私自把领导的指示'贪污'了呢？他让我把稿先呈送他审，我没呈，这不是犯了先斩后奏的大忌了吗？你这不是把我也害苦了吗？走，我们一起去见苏政委，你必须帮我证明，不是我不给他审，是你这个小糊涂蛋贪污了他的指示。"小年轻秘书都快吓哭了，哆哆嗦嗦跟着石泰祥来到苏政委面前。没想到苏政委看了一眼这个小秘书却说："我只要你把老石给我叫来，你来干什么？"小年轻秘书走后，苏政委也没说啥，只说这次的情况报告写得不错，可以立即送垦区红色屯垦报去发表，鼓励了老石一番。苏政委的态度发生如此大的改变，石泰祥虽然一时也大惑而不解，但已经猜到几分了。他下去调查时，发现了这个"秘密"——苏政委不仅把本不该列进垦区必办项目的这两个厂子列进了必办项，给这两个厂子的支持和优惠力度还远超规定给必办项目的。但石泰祥在书面汇报中主动隐瞒了这一点，只说这几个项目进展快，质量好，取得了很好的"社会效益和经济效益"。再没说别的。特别没有提这两个厂子和苏家人的关系。也许就是因为这，让苏政委感到他会办事，能成为他的人，在当年开完三干会后，把石调离了学校，调到下边一线农场担任政治处主任，做进一步的培养和锻炼……

是的，这回的"主动"让石泰祥"尝到了从未尝到过的甜头"。获取了在仕途上"进步"的一个捷径。但事实证明，**所有命运的馈**

赠，暗中都标好了价格（茨威格语）。后来苏政委那位热衷于艺术的夫人想在北京、上海举办她的画展，本身就习画多年的老石当然清楚，夫人这种水平的画作无论怎样也是进不了北京和上海美术馆的展厅的，哪怕你用重金去铺路……再退一万步说，人家美术馆审展的同志真让钱迷了心窍，闭着眼让你去展出了。毕竟上海、北京那些有兴趣去美术馆看画展的观众还是有相当的观赏水平的。展出的效果只能得到一通恶评。得到这样的"知名度"，还不如不要。老石同志婉转又婉转，耐心再耐心，旁敲侧击，半抱琵琶半遮面地陈清利害，请了一个夫人最信任的人去做工作，最后鼓起百倍千倍的勇气，直接向苏政委进谏，算是勉强答应在省会找到一个区文化中心，办了个展览。但从那以后，夫人的脸色就不太好看了。虽然当面不说什么难听的话，但关于石泰祥的好话是再也听不到了。甚至包括苏政委本人的态度，也能感觉到有了明显的变化。不能说就是因为这些事，但我们这位老石同志在机关轮岗锻炼时被从党办这么个核心岗位上"轮"了下来。不到一年的时间，苏政委就在党委会上以根据中央精神，要加快培养年轻干部的要求，提名钟绍灵上位党办主任一职。老石知道自己该走了……

现在他要对向少文说的就是，一个人必需要有一个安放灵魂的地方。这地方只有自己去寻找。首先问自己，这种灵魂性的东西，你有吗？我说的是属于人的灵魂性的，而不是别的什么东西。你不要以为是个人就肯定有灵魂了，不会有别的东西了。太不一定了。如果你确认自己是有灵魂的，而且是值得珍惜的那种，在寻找安放它的地方时，就得守住一个底线。你要明白，你无论去哪儿，做什么，最后要面对的还是自己。你到底要一个什么样的自己。又怎么样才能不丢掉了这个你自己所要的自己，这只有你自己才能回答。

也必须回答好。说到这里,他把钟绍灵给他打的最后那个电话中说的那句话又给向少文复述了一遍:"老师,我输给了我自己。我把自己弄丢了。我对不起您。您多保重。"

向少文愣住了。

是不是又到该结尾的时候了?

向少文回到师部,修政委找他谈了一次话。征求他对下一步工作安排的想法。他说:"我听组织的。"修政委笑了,说道:"老同学,别跟我来这一套。现在组织问你,你对自己下一步工作的安排有什么想法。你还跟我打什么太极拳?还是你现在只会打太极拳了?"

向少文说:"如果允许的话,请给我一点时间,考虑考虑。"

"这个说得实在。我可以给你考虑的时间。不过我有个条件,你得在这段时间里,把婚给我结了。娶完小清扬回来告诉我你的答案。"修政委说完起身要走。

向少文忙拦住他:"哎,你这样可不行。当政委的还带逼婚呢?"

"嘿,不逼你,我怕你还不把我当政委哩!你那个老朋友李爽都来找过我了,再三强调,这次你从庙儿沟回来,不娶了小清扬,他可真娶她了……"

"拉倒吧。你听他的!"

"嘿,我干吗不听他的?"

"你这当政委的不急着去落实中央守边稳边富边强边要求。跟我这儿叽叽歪歪净说啥小清扬大清扬的!"

"我怎么就不能说说小清扬了?你要让李爽娶了小清扬,她可就跟着人家去北京了。我还想让你娶了她，把她留在我独立师哩。我都想好了，在师部中学给她安排个工作。你说呢？"

向少文这时把双臂抱在怀里，对着修为民坏笑了一下，说："你怎么知道我向少文一定就会留在独立师？娶了小清扬就不会带她远走高飞？现在国门都开放了，允许来去自由。你师门还禁闭着？"

"开什么玩笑？你走？你上哪儿？哈哈。你还走？"

"别哈哈。你不是给我几天假了吗？我听你的，娶小清扬……"

"哎，这事，还是你自己做决定。别以后夫妻俩闹别扭，跑来跟我算账，说当初是我逼你娶小清扬的。"

"放心吧，我的修政委，昨天回到师部，我就给清扬打了电话。向她求了婚。"

"电话求婚，那能作数？"

向少文拿出手机，翻出昨天和清扬的通话记录让修为民听。由录音为证，向少文确确实实向清扬表白了，正式求婚。也听得出清扬是哽咽了的，应该是流着泪应承了的。两人已经约定马上先去北京见双方的父母，求得他们祝福。然后就在北京登记，趁双方父母都在场，先在北京举办一个小型的结婚仪式。再去盐城办婚礼。

"你是独立师的人，不在独立师登记办事，算什么名堂？！"修政委生气了。

"政委同志，我们双方的父母亲都在北京。在婚姻这档事情上，是你政委大，还是父母亲大？"

"……"修为民不说话了。

"回来我给你带喜糖。"

"少文……"修为民的口气一下变得相当严肃了，"你刚才说要带清扬远走高飞，什么意思？真的要离开独立师？是不是这一回的审查惹翻了你？"

"为民，你要这样想我，就把我向少文当小人看了。对今后，我是有些考虑。但还没做最后决定。不管最后做什么决定，你一定要相信我向少文，我是有一个共产党员最起码的该有的党性原则的。再怎么说，我入党也这么些年了。我能跟党组织较劲儿吗？这次接受审查，我浴火重生。对人生确实有了些新的认识，也想做一些新规划。新尝试……"

"独立师就容不下你向少文这些新尝试和新规划？"

"我说了，我得认真考虑。再做决定。我现在不是还没辞职吗？您还是我的政委。我会认真考虑您的要求。也请您也能让我从从容容地做一次有底线的考虑……"

"好！做一次有底线的考虑！我等你的决定。回独立师前，你给我发个信，我派车去白杨河机场接你们。对了，我还没加你微信吧？加一个。加一个。保持联系。这个手机号是我私密的手机号。有任何事情，你都可以用它找到我。少文，独立师等着你。"

"……"向少文心一热，情不自禁地上前拥抱了一下修为民。就快快地走了。他不想让修为民看到他的泪水。他不想用泪水来结束他的独立师生涯。是的，他要离开独立师了。他要去和谢平、李爽会合，去尝试、去探讨一个新的自己的途径。不为别的，只为守住一个底线，不做半度人。

出了修为民的办公室，他立即给谢平打了个电话。对方的手机响老半天，也没接。又给李爽打，李爽也没接。"这两个家伙！"他愤愤。一个多小时后，两个"家伙"终于分别回电话了。两人居然都去了上海。准备去盐城。说是常庚大叔又一次报病危了。"这一回老人家恐怕是真留不住了。打你十来次电话，你他妈的都关着机。

你干啥呢？见修为民也用不着关手机啊！别废话了，赶紧过来吧，我们一起去见大叔最后一面。"

哥仨火烧火燎赶到盐城，倒是见了大叔最后一面，但大叔已经不能说话了。好像还有知觉。三个人附在他耳朵旁告诉他，他们来看他了。大叔一动不动地躺着，毫无反应；过了一忽儿，只见从他眼角慢慢淌出两颗泪珠。依然没有任何动静。再过了一忽儿，监视仪上表示心象的那根曲线突然颤抖了一下，就急剧地变成了直线。几位大夫和护士忙扒拉开仍围在大叔身旁的那哥仨和大叔的几位亲属，忙不迭地进行抢救，显然已经不行了……

让向少文、谢平、李爽欣慰的是，大叔还是知道他们最后来看他了。但大夫说，他流泪，并不表明当时他还有知觉。更不表明他能听到你们最后跟他说的那句话。这泪水是给他输的液外溢了。但向少文、谢平和李爽坚持认为，大叔当时还是有知觉的。他是一直在等他们。他的眼泪，是他此时此刻唯一可以用来向他们进行告别的方式。如果真是像大夫说的，这"泪水"只是输液的外溢，不是他情感的表达。大叔一动不动地插管输液已经两三天了。如果是外溢，应该经常在溢。为什么偏偏只在向少文他们到了以后，说了那句话以后，他仨来看他以后，才"外溢"了呢？而且……而且早也不是晚也不是，偏偏在他仨到了之后几分钟，他才肯"撒手乘鹤"而去呢？他就是在等我们啊！走出医院大门，三个人呆站了好大一忽儿。是的，总算见着了，但还是遗憾。遗憾的是，没跟大叔他最后说上话。"他应该是有话要留给我们的。"谢平感叹。向少文长叹了一口气说了这么一句话："大叔用他一生的所作所为留下了要告诫我们的话。这就够了。"

几天后，他们在上海又聚了一回。讨论了"今后"这个大问题。

409

话题又绕回到"金沙江畔"上去了。当时是大叔提议让他们去的。大叔如果不是因为发病，他也会去。大叔在北京开会，遇到一位年轻的民营企业家。是个七〇后。大学文化。做过各种生意，都是来钱快的那一类的。也攒了千八百万。有一天他路过一个卖旧书的地摊，看到一本讲抗战时期西南联大内迁的书。他忽然顿悟。来钱再快再多也只能说是一种"小生意"。中国得有人想着"明天""明年""今后"。西南联大在国难深重的当口，不惧千里万里，水里火里枪林弹雨，为中国的明天"育才""贮才"。这才是一笔"大中国人"做的真正的"大生意"。他想到了发电。中国大发展，能源为要。世界今后的希望在清洁能源。他想到太阳能发电。想到水电。他集合了一批有志青年，在南方做了个小水电，积累了一些在中国由民营企业家做水电的经验，下一步想干一档"大买卖"，去西南角十万大山丛中找一个好去处，干一个三五百万千瓦以上的大水电站。他和常庚大叔聊得挺投机，就因为他听大叔说到，在他们西北垦区里有一批能吃苦肯实干会动脑筋且又有组织能力的中青年人。"能替我介绍几位来加盟吗？我手头缺人哩。"这才有了大叔的提议："去金沙江畔走一走看一看。怎么样？"

从干旱荒蛮的戈壁滩开荒种地，到雨水丰盈丛林密布的十万大山丛中建电站。特别是从半军半农的国有体制到民营的"资本家"手下去打工。不啻"换了人间"做一回"新人"！说不好，这还将是一部分，甚至是大部分中国人将来活下去的一种必然方式……哥几个去尝试一下，咋样？

向少文心动了。谢平心动了。李爽说，他要好好想一想。毕竟丢掉驻京站站长的差使，去"打工"，这还得有点勇气。有一番"考量"才行。当然，当务之急，还是先把少文兄的婚事办了。而谢平还有一档急事，他的妹夫黄林大刑满释放了。把他那个古董店盘给了别人，决意要出国。毫无疑义的是谢珍奇也得跟着走。小别根咋办？谢珍奇的意思是她得带走。一是她已经舍不得这个侄子离开她了。既然她要出国，带着这个侄子一起走，让他从小就能受到"更好"的教育，在她看来是"题中应有之义"，也是"两全其美"的事。但谢平不干了。先不论孩子这么小就去国外，是否一定就能受到比国内更好的教育，成长得更全面，有一点却是可以肯定的，小别根这一走，将来一定不再是他的儿子了。当然他还会叫他爹。但这一声爹叫起来一定要有多生分就会有多生分。"干脆我也把你办了移民，怎么样？不就多掏个几百万移民费吗？老谢啊，你早该走了！你失去过一次机会，这次，你就跟儿子一起走吧！别再三心二意了。"黄林大这么做他工作。"你留下小别根，你自己带得了他吗？他又不想让你替他找后妈。你怎么办？"妹妹珍奇这么捅他心窝。"这，你们就别管了。儿子绝对不能让你们带走。就是去问小满，她也不会让他走。"谢平断然。"唉，还要问啥小满。你啊你，你这个谢平……"

其实，谢平心里早有打算，只是没跟小妹和林大透露而已。隔一天，他去找了应奋。应奋前一阵在一个好地段盘下一个好店面，开了一家书店，取名"不舍"。专门请同济教建筑设计的老师做了装潢设计。那天他带了一瓶红酒去看她。

"有啥好事要求我？"应奋一边开瓶，一边笑着问。

谢平要替她开瓶。但应奋已经拿住酒瓶和起子了。不一忽儿，那瓶塞噗地一下起出。

"你很熟练啊。"谢平惊讶。

"开个红酒瓶都让你意外。你个谢大红人小瞧我了。"

411

"别挖苦人。我是来求你的。"

"有事才登三宝殿啊。真没劲!"应奋把斟上酒的酒杯递给谢平,"是不是为了儿子的事?"

谢平一愣:"你……知道?"

应奋端着自己那一杯红酒往单人沙发上一坐,架起二郎腿,笑嗔:"多大一点事还得让你妹妹来蹚路,自己就不能直接来求一下?"

"珍奇找过你?这丫头!"

"什么丫头,人家已经是千万资产之家的主妇了。"

"她怎么跟你说的?"

"她让我劝你跟她走。"

"这家伙太怪了,让你来劝我。她怎么说的?"

"想知道吗?"

"当然……"

"那我就说了。我说了,你别脸红。你妹妹她说,就是因为我,你才不愿意出国的。我说不会吧。我这么个黄脸老婆婆,能让他'因为'了?"

但,谢平脸红了。

"嘿,还真脸红了。怎么回事?谢平同志,难道你还真是因为了我?你跟珍奇透过底了?"

"没有没有。我怎么会跟她说这呢?"

"那,她怎么知道的?"

"谁知道她是怎么知道的。这个鬼机灵东西!"

"那你,真的是因为了我?"

"……嗯……"

"嗯啥嗯？！"

"你……我……我能把小别根放在你这儿替我带一段时间吗？"

"带多长时间？一个月？一年？还是三五天？"

"嗯……"谢平吭哧了好大一忽儿，才鼓起勇气说道，"永远。"

于是……

就这样吧。该结束了。也可以结束了。至于金沙江那边的事，咱们找机会再说吧。

二〇二二年七月十二日

凌晨两点十七分于昌平北七家第十四稿

窗外雨声渐大

二〇二二年八月二十九日

下午四点十八分删改定稿

窗外无雨，却有秋色了